GIOVANNINO GUARESCHI

Don Camillos kleine Welt

Geschichten

Aus dem Italienischen übersetzt von Alfons Dalma

Evangelische Verlagsanstalt Berlin

Ausgewählt, herausgegeben und mit einem Nachwort
von Jörg Hildebrandt
Aus dem Italienischen übersetzt von Alfons Dalma
Mit Zeichnungen von Giovannino Guareschi

Die vorliegende Erzählsammlung ist eine gekürzte Auswahl
der beiden im Otto Müller Verlag Salzburg
erschienenen Romane von Giovannino Guareschi
»Don Camillo und Peppone« (1950)
und »Don Camillo und seine Herde« (1953)

Der Abdruck erfolgt mit freundlicher Genehmigung
des Otto Müller Verlages Salzburg

Die Originalausgaben erschienen unter den Titeln
»Mondo piccolo ›Don Camillo‹« (1948)
und »Mondo piccolo ›Don Camillo e il suo gregge‹« (1953)
bei Editore Rizzoli Mailand

Nur zum Vertrieb und Versand in der DDR

ISBN 3-374-00986-7

1. Auflage

Lizenz 420. LSV 6520. H 5990
Einbandgestaltung: Werner Sroka
(unter Verwendung einer Zeichnung des Autors)
Printed in the German Democratic Republic
Satz und Druck: Druckwerkstätten Stollberg

[redacted]

Wie Don Camillo und Peppone geboren wurden und wie sie weiterleben

Wie mich die Gescheitheit dieser »Bürokraten« reizt: Überall nisten sie sich ein, auch an den unmöglichsten Orten, hinter jeder Ecke lauern sie auf einen.

Sie schauen mich mit gelangweiltem und mitleidvollem Gesicht an, wenn sie mich mit einem maschinengetippten Manuskript oder mit Tusche gezeichnetem Gekritzel im letzten Augenblick daherkommen sehen.

»Immer im letzten Augenblick, immer mit Verspätung, dieser unglückselige Guareschi«, sagen sie auch dann, wenn ihre Lippen stumm bleiben.

Ich habe jetzt den Kaffee, das Speisesoda, das Nikotin, die Müdigkeit und die Schläfrigkeit satt. Die Kleider kleben mir am Leibe, weil ich mich seit zwei oder drei Tagen nicht mehr ausgezogen habe. Der Bart ist mir gewachsen, die Hände sind schmutzig. Alles tut mir weh, der Kopf, der Magen, das Herz, die Leber, der Mund. Das zerzauste Haar hängt mir über die Nase herab, vor den Augen kreisen Schwärme von schwarzen Punkten. Jene

Bürokraten schauen mich an und schütteln den Kopf, voll dummer Weisheit, und sagen zu mir:

»Warum läßt du es immer auf die letzte Minute ankommen? Warum arbeitest du dann nicht jedesmal ein wenig, wenn du gerade Zeit hast?«

Ich habe es nie in meinem Leben bereut, morgen getan zu haben, was ich heute hätte tun können.

Wenn ich die »Fachleute« des gesunden Hausverstandes gehört hätte, dann hätte ich heute nicht einmal das wenige, das ich jetzt habe.

Ich erinnere mich an jenen Heiligen Abend Weihnachten 1946. Der Feiertage wegen mußte die Arbeit früher als gewöhnlich erledigt werden. Man mußte »vorarbeiten«, wie die Bürokraten sagen. Damals hatte ich nicht nur den »Candido« zu redigieren, ich pflegte auch kleine Erzählungen für »Oggi«, ein anderes Wochenblatt meines Verlegers, zu schreiben, und so befand ich mich an jenem Vorabend wie immer in scheußlicher Verlegenheit. Es war schon Abend, und die Geschichte, die die letzte Seite meiner Zeitung ausfüllen sollte, war noch immer nicht geschrieben. Am Nachmittag war es mir gerade gelungen, eine kleine Sache für das andere Wochenblatt zu schreiben, und sie war bereits gesetzt und umbrochen. »Wir müssen sofort den Umbruch für den ›Candido‹ abschließen!« erklärte der Faktor.

Daraufhin ließ ich die kleine Sache aus »Oggi« herausnehmen, in größeren Buchstaben neu setzen und stellte sie auf die noch leere Seite des »Candido«.

»Gottes Wille geschehe!« rief ich. Dann stotterte ich irgendeine kleine Erzählung für das andere Blatt zusammen, wofür ich gerade noch eine halbe Stunde Zeit hatte, und füllte so auch dieses Loch aus. »Gottes Wille geschehe!« sagte ich.

Und es war Gottes Wille, daß gerade das geschehen war, was geschah. Gott ist kein Bürokrat.

Ich will damit sagen: wenn ich auf die Bürokraten gehört und meine Arbeit rechtzeitig abgeliefert hätte, so wären Don Camillo, Peppone und die anderen Dinge der

»Kleinen Welt« an jenem Heiligen Abend Weihnachten 1946 zwar geboren worden, aber auch gleich gestorben.

In der Tat, die allererste Erzählung der »Kleinen Welt«, »Die Beichte«, war jene kleine Geschichte, die ich für das andere Wochenblatt bestimmt hatte. Und wenn sie dort erschienen wäre, wäre es dabei geblieben, wie im Falle aller anderen kleinen Geschichten, und die Sache hätte keine weiteren Folgen gehabt.

So aber kamen, kaum daß sie im »Candido« erschienen war, noch und noch Briefe von meinen vierundzwanzig Lesern, so daß ich mich veranlaßt sah, eine zweite Episode aus dem Leben des starken Priesters und des starken roten Bürgermeisters der Bassa zu schreiben.

Und so, im gleichen Scherz wie damals, überreichte ich vor zwei Stunden (im letzten Augenblick und zum Mißvergnügen der Druckfachleute) die zweihundertste Fortsetzung der »Kleinen Welt«.

Und vor drei Stunden erfuhr ich durch einen Brief aus Paris, daß in Frankreich das erste Buch mit den Erzählungen der »Kleinen Welt« eine Auflage von achthunderttausend Exemplaren erreicht hat.

Ich habe es nie in meinem Leben bereut, morgen getan zu haben, was ich heute oder vor einem Monat hätte tun sollen.

Oft werde ich traurig, wenn ich die Sachen lese, die ich geschrieben habe; im Grunde genommen kränke ich mich aber doch nicht so sehr, weil ich mit ruhigem Gewissen sagen kann, daß ich mich immer bis aufs äußerste widersetzt habe, sie zu schreiben. Ich habe mich immer bemüht, es auf morgen zu verschieben.

Nun habe ich euch erzählt, meine Freunde, wie mein großer Priester und mein starker Bürgermeister aus der Bassa geboren wurden.

Mehr als zweihundertmal habe ich sie schon in Händel verwickelt und gezwungen, die unmöglichsten Dinge der Welt zu tun; so sehr unmöglich, daß sie am Ende geradezu wahr sein können.

Es ist schon ein Jammer. Andererseits, was soll ich mit

ihnen machen, da sie nun einmal auf der Welt sind? Soll ich sie umbringen?

Nicht daß ich auf mich das Loblied eines »Schöpfers« gesungen haben möchte, ich will gar nicht sagen, daß ich sie geschaffen habe. Ich habe ihnen nur eine Stimme gegeben.

Wer sie geschaffen hat, ist die Bassa!

Ich bin ihnen begegnet, ich habe sie unter den Arm genommen, und ich habe sie einfach durch das Alphabet auf und ab gehen lassen.

Gegen Ende 1951, als der große Strom die Dämme zerstört und die glücklichen Felder der Bassa überschwemmt hatte, bekam ich von ausländischen Lesern Pakete mit Decken und Kleidern »für Don Camillos und Peppones Leute«. Das rührte mich ungemein, und ich kam mir vor, nicht irgendein Idiot zu sein, sondern ein wichtiger Idiot.

Was ich damals über die Bassa und die »Kleine Welt« zu sagen hatte, habe ich in meinen Geschichten festgehalten. Heute erkenne ich, daß meine damals erfundenen Gestalten Wirklichkeit geworden sind, ich befinde mich nach wie vor in voller Übereinstimmung mit meiner Person.

Ich erinnere mich, daß ich als Junge oft am Ufer des großen Stromes saß und mich gefragt habe: »Wer weiß, ob ich – wenn ich einmal groß bin – das andere Ufer erreichen werde!«

Ich träumte davon, einmal ein Fahrrad zu besitzen.

Jetzt bin ich fünfundvierzig Jahre alt und habe das Fahrrad erworben. Und oft setze ich mich wie früher am Ufer des großen Flusses nieder, kaue an einem Strohhalm und denke: Wie viel besser ist es hier an diesem Ufer!

Und ich höre den Geschichten zu, die mir der große Strom erzählt, und die Menschen sagen von mir: »Mit dem Alter wird er eitel.« Es ist aber nicht wahr, weil ich immer eitel war.

Gott sei Dank!

Hier wird mit drei Geschichten der Schauplatz der Handlung, das Besondere der Landschaft und ihrer Menschen geschildert

Also: in meinen jungen Jahren war ich Reporter bei einer Zeitung und trieb mich den ganzen Tag auf dem Fahrrad herum, um etwas Berichtenswertes zu finden.

Dann lernte ich ein Mädchen kennen und verbrachte nunmehr meine Tage mit den Überlegungen, wie sich dieses Mädchen wohl verhielte, wenn ich Kaiser von Mexiko wäre oder sterben würde. Und am Abend füllte ich meine Seiten, indem ich Ereignisse erfand, und diese Ereignisse gefielen den Leuten ganz gut, weil sie wahrscheinlicher waren als die wirklichen.

Mein Wortschatz dürfte aus etwa zweihundert Wörtern bestehen (auf eines mehr oder weniger kommt es nicht an). Es sind dieselben, mit denen ich früher die Geschichte vom Alten, der von einem Radfahrer überfahren wurde, oder die Geschichte von der Bäuerin, die beim

Kartoffelschälen ihre Fingerkuppe lassen mußte, zu erzählen pflegte.

Keine Literatur also oder ähnliche Ware: ich bleibe in diesem Buch jener Zeitungsberichterstatter und beschränke mich darauf, Tagesereignisse zu erzählen. Es sind erfundene Dinge, und sie sind daher so wahrscheinlich, daß ich in einer Reihe von Fällen eine Geschichte geschrieben und dann nach einigen Monaten gesehen habe, wie sie in Wirklichkeit sich wiederholt. Es ist nichts Außerordentliches dabei; es ist einfach eine Sache der Überlegung: man betrachtet die Umstände, die Jahreszeit, die Mode und den psychologischen Augenblick, und man schließt daraus, daß beim gegebenen Stand der Dinge in einem bestimmten Milieu dieses oder jenes Ereignis sich zutragen könnte.

Diese Erzählungen leben in einem bestimmten Klima und in einem bestimmten Milieu. Im ersten Teil der Sammlung ist es das italienische politische Klima vom Dezember 1946 bis zum Dezember 1947. Im großen und ganzen die Geschichte eines Jahres Politik.

Das Milieu ist ein Stück der Poebene. Und da muß ich klarstellen, daß der Po für mich bei Piacenza beginnt.

Die Tatsache, daß es von Piacenza aufwärts noch immer derselbe Fluß ist, bedeutet gar nichts: auch die Via Emilia ist zwischen Piacenza und Mailand im Grunde genommen immer dieselbe Straße; und doch ist die wirkliche Via Emilia nur jene zwischen Piacenza und Rimini.

Man kann einen Fluß nicht mit einer Straße vergleichen, weil die Straßen der Geschichte und die Flüsse der Geographie angehören.

Na und?

Der Po beginnt also bei Piacenza und tut sehr gut daran, weil er der einzige achtenswerte Fluß ist, den es in Italien gibt: die Flüsse, die auf sich selbst etwas halten, entfalten sich in der Ebene, weil Wasser eine Sache ist, dazu geschaffen, waagerecht zu bleiben, und nur wenn es vollkommen waagerecht ist, bewahrt das Wasser seine natürliche Würde. Die Wasserfälle von Niagara sind eine Zirkussensation, so wie Menschen, die auf den Händen gehen.

Der Po beginnt bei Piacenza, und bei Piacenza beginnt auch »Mondo Piccolo«, die »Kleine Welt« meiner Erzählungen, und diese kleine Welt liegt auf jenem Stück Ebene, das sich zwischen dem Po und den Apenninen ausbreitet.

Diese »Kleine Welt« ist aber nicht mein eigenes Heimatdorf, sie steht nirgendwo fest. Der Ort der »Kleinen Welt« ist ein kleiner schwarzer Punkt, der sich zusammen mit seinen Camillos und seinen Filottis, mit seinen Peppones und seinen Smilzos auf und ab entlang des Flusses auf diesem Stück Erde zwischen dem Po und den Apenninen bewegt. Das Klima bleibt aber dasselbe. Die Landschaft auch. Und in einer solchen Landschaft genügt es, auf der Straße stehenzubleiben und ein Siedlerhaus anzuschauen, das da halb verschwunden in Mais- und Hanffeldern liegt, und schon entsteht eine Geschichte.

Erste Geschichte: Wie auch Gott einmal Angst bekam

Ich wohnte in Boscaccio, in der Tiefebene, mit meinem Vater, meiner Mutter und meinen elf Brüdern. Ich, der Älteste, war kaum zwölf Jahre alt, Chico, der Jüngste, kaum zwei Jahre. Meine Mutter gab mir jeden Morgen ein Stück Brot, ein Säckchen mit Äpfeln oder süßen Kastanien, mein Vater stellte uns im Hof in Reih und Glied auf und ließ uns laut das Vaterunser beten, dann gingen wir mit Gott und kehrten bei Sonnenuntergang zurück.

Unsere Felder hatten kein Ende, und wir hätten den ganzen Tag laufen können, ohne sie zu verlassen. Mein Vater hätte kein Wort gesagt, auch wenn wir ihm ganze keimende Weizenfelder zertrampelt oder eine ganze Reihe von Weinstöcken zertreten hätten. Und trotzdem verließen wir immer wieder die eigenen Felder und trieben dann ziemlich viel Unfug. Auch Chico, der kaum zwei Jahre alt war und einen kleinen rosigen Mund und große Augen mit langen Wimpern und Stirnlocken wie ein Englein hatte, verschonte keine einzige Gans, die er auf Wurfweite erblickte.

Und dann, jeden Morgen, kaum daß wir weg waren, kamen immer wieder alte Weiber zum Elternhof mit Körben voll Gänsen, Hennen und Küken, und meine Mutter ersetzte jeden toten Kopf durch einen lebendigen.

Wir hatten tausend Hühner, die auf unseren Feldern stöberten; wenn wir aber eines in den Topf geben wollten, mußten wir es kaufen.

Meine Mutter schüttelte den Kopf und fuhr fort, tote Gänse durch lebendige zu ersetzen. Mein Vater runzelte die Stirn, zwirbelte sich seinen langen Schnurrbart hoch und fragte barsch die Weiber aus, um in Erfahrung zu bringen, welcher von den zwölfen den Streich gespielt hatte.

Wenn ihm hier und da eines sagte, es sei Chico, der Kleinste, gewesen, ließ sich der Vater die Geschichte dreimal oder viermal erzählen und fragte, wie er denn den Stein geworfen habe und ob der Stein groß gewesen sei und ob er die Gans beim ersten Wurf getroffen habe.

Diese Dinge habe ich erst viel später erfahren. Damals dachte man nicht daran. Ich erinnere mich, wie Chico einmal eine Gans verfolgte, die dumm mitten über eine Wiese spazierte, während ich mich mit den zehn anderen hinter einem Gesträuch versteckt hielt. Da erblickte ich in einer Entfernung von ungefähr zwanzig Schritten meinen Vater, wie er im Schatten einer großen Eiche seine Pfeife rauchte.

Als Chico die Gans erlegt hatte, ging mein Vater ruhig, mit beiden Händen in den Taschen, davon, und ich und meine Brüder dankten dem lieben Gott.

»Hat nichts bemerkt«, sagte ich leise zu den andern. Ich konnte damals nicht begreifen, daß der Vater den ganzen Tag unsere Spur verfolgt hatte und sich wie ein

Dieb versteckt hielt, nur um sehen zu können, wie Chico die Gänse tötete.

Ich verliere aber den Faden. Das kommt davon, daß man zu viele Erinnerungen hat. Ich muß euch sagen, daß Boscaccio eine Gemeinde ist, in der niemand zu sterben pflegte, was der außerordentlichen Luft, die man dort atmete, zuzuschreiben war.

Es schien also unmöglich, daß in Boscaccio ein zweijähriges Kind erkranken könnte.

Und doch erkrankte Chico ernsthaft. An einem Abend, als wir im Begriff waren heimzukehren, streckte sich Chico plötzlich auf der Erde aus und fing an zu weinen. Dann hörte er auf zu weinen und schlief ein. Er wollte nicht aufwachen, und ich nahm ihn auf den Arm.

Chico glühte wie Feuer. Uns alle überfiel furchtbare Angst. Die Sonne ging unter, und der Himmel war schwarz und rot, die Schatten lang. Wir ließen Chico im Gras liegen und liefen brüllend und weinend davon, als ob uns etwas Schreckliches und Geheimnisvolles verfolgt hätte.

»Chico schläft und brennt! ... Chico hat Feuer im Kopf!« schluchzte ich, als ich vor meinem Vater stand.

Mein Vater, ich sehe es noch heute, holte sein Gewehr von der Wand, lud es, nahm es dann unter den Arm und folgte uns wortlos, während wir eng um ihn herum gingen und uns nicht mehr ängstigten, weil unser Vater imstande war, einen Hasen auf achtzig Meter Entfernung zu treffen.

Chico lag verlassen im dunklen Gras und schien in seinem langen hellen Kleid und mit seinen Stirnlocken ein Englein des lieben Gottes zu sein, dem ein Flügelchen kaputtging und das dann in den Klee fiel.

In Boscaccio pflegte niemand zu sterben, und als die Leute erfuhren, daß es um Chico schlecht stehe, überfiel sie ein furchtbarer Schrecken. In den Häusern sprach man nur noch flüsternd. Durch das Land hinkte ein gefährlicher Fremder, und nachts wagte niemand ein Fenster aufzumachen, vor Angst, daß er im mondbeschienenen Hof sehen könnte, wie der Tod, in Schwarz gekleidet und mit einer Sense in der Hand, umhergeht.

Mein Vater ließ drei oder vier berühmte Ärzte mit der Kutsche holen. Und alle betasteten Chico und legten das Ohr an seinen Rücken, um dann meinen Vater anzusehen, ohne ein Wort zu sagen.

Chico schlief und fieberte noch immer, und sein Gesicht war weißer als das Bettuch geworden. Meine Mutter weinte mitten unter uns und wollte nicht mehr essen; mein Vater setzte sich überhaupt nicht mehr nieder und zwirbelte weiter seinen Schnurrbart, ohne irgendwas zu sprechen.

Am vierten Tag breiteten die letzten drei Ärzte, die zusammengekommen waren, die Arme aus und sagten zu meinem Vater:

»Nur noch der liebe Gott kann Ihr Kind retten.«

Ich kann mich erinnern, es war ein Vormittag: mein Vater gab uns mit dem Kopf ein Zeichen, und wir folgten ihm in den Hof. Mit einem Pfiff versammelte er die Knechte und Mägde. Insgesamt werden es – Männer, Frauen und Kinder – an die fünfzig gewesen sein.

Mein Vater war groß, mager und stark, mit einem langen Schnurrbart, großem Hut, offener, kurzer Jacke, engen Hosen und hohen Stiefeln. (In seiner Jugend war mein Vater in Amerika gewesen und kleidete sich daher amerikanisch.) Schrecklich war er, wenn er sich so breitbeinig vor einen stellte. Mein Vater stellte sich also breitbeinig vor alle seine Angehörigen und sagte:

»Nur der liebe Gott kann Chico retten. Auf die Knie: wir müssen den lieben Gott bitten, Chico zu retten.«

Alle knieten nieder und begannen laut zum lieben Gott zu beten. Die Frauen sprachen immer wieder etwas vor, und wir und die Männer antworteten mit Amen.

Mein Vater blieb mit verschränkten Armen stehen, unbeweglich wie ein Standbild, bis sieben Uhr abends, und alle beteten, weil sie Angst vor meinem Vater und weil sie Chico lieb hatten.

Um sieben Uhr abends, als sich die Sonne zum Horizont neigte, kam eine Frau, meinen Vater zu holen. Ich folgte ihm.

Die drei Ärzte saßen blaß um Chicos Bett.

»Es wird immer schlimmer«, sagte der älteste. »Er wird die Nacht nicht überleben.«

Mein Vater sprach kein Wort, ich spürte aber, wie er in seiner Hand die meine preßte.

Wir gingen hinaus. Mein Vater ergriff das Gewehr, lud es scharf, hängte es um, nahm ein großes Bündel und überreichte es mir.

»Gehen wir«, sagte er.

Wir schritten über die Felder. Die Sonne hatte sich bereits hinter den entferntesten Hain versteckt. Wir schwangen uns über eine Gartenmauer und klopften an eine Tür.

Der Priester war allein zu Hause und aß gerade beim Licht einer Öllampe. Mein Vater betrat das Zimmer, ohne den Hut abzunehmen.

»Hochwürden«, sagte mein Vater, »Chico ist krank, und nur der liebe Gott kann ihn retten. Heute haben sechzig Personen durch zwölf Stunden zum lieben Gott gebetet, Chico geht es aber schlechter, und er wird die heutige Nacht nicht überleben.«

Der Priester schaute meinen Vater mit großen Augen an.

»Hochwürden«, fuhr mein Vater fort, »nur du kannst mit dem lieben Gott sprechen und ihm zu verstehen geben, wie die Dinge liegen. Gib ihm zu verstehen, daß ich, wenn Chico nicht wieder gesund wird, alles in die Luft sprenge. In diesem Bündel hier sind fünf Kilo Dynamit. Von der ganzen Kirche wird kein Stein auf dem andern bleiben. Gehen wir!«

Der Priester sagte kein Wort: er ging, gefolgt von meinem Vater, betrat die Kirche, kniete vor dem Altar nieder und faltete die Hände.

Mein Vater stand mitten in der Kirche, das Gewehr unter dem Arm, mit gespreizten Beinen, wie ein Fels. Auf dem Altar brannte eine einzige Kerze, alles andere lag im Dunkeln.

Gegen Mitternacht rief mich mein Vater:

»Geh und schau, wie es mit Chico steht, und komm gleich zurück.«

Ich flog über die Felder und kam nach Hause, das Herz klopfte mir im Halse. Dann kehrte ich um und lief noch schneller.

Mein Vater stand noch immer da, fest und breitbeinig, mit dem Gewehr unter dem Arm, und der Priester betete ununterbrochen kniend auf der Altartreppe.

»Vater!« schrie ich außer Atem. »Chico geht es besser! Der Arzt sagt, daß er außer Gefahr ist! Ein Wunder! Alle lachen und freuen sich!«

Der Priester stand auf. Er schwitzte, und sein Gesicht war aufgelöst.

»Geht in Ordnung«, sagte barsch mein Vater.

Und während der Priester mit offenem Munde dreinschaute, nahm mein Vater aus der Tasche einen Tausender und warf ihn in den Opferstock.

»Die mir erwiesenen Dienste bezahle ich«, sagte mein Vater. »Gute Nacht.«

Mein Vater prahlte niemals mit dieser Geschichte; es gibt aber heute noch in Boscaccio hier und da Verfluchte, die behaupten, daß damals auch Gott einmal Angst hatte.

Das ist die Tiefebene, die Bassa, ein Land, wo es Leute gibt, die ihre Kinder nicht taufen lassen und fluchen, nicht etwa um Gott zu verneinen, sondern um Gott zu trotzen. Es ist etwa vierzig Kilometer oder auch weniger von der Stadt entfernt; in dieser von den Dämmen zerschnittenen Ebene, wo man kaum über einen Zaun oder über eine Straßenbiegung hinaussieht, ist jedoch jeder Kilometer zehn Kilometer wert. Und die Stadt ist ein Ding von der anderen Welt.

Ich erinnere mich:

Zweite Geschichte: Wie der Fluß ein Wunder vollbrachte

Manchmal sah man in Boscaccio auch Leute aus der Stadt: Mechaniker, Maurer. Sie gingen zum Fluß, um die Schrauben der Stahlbrücken zu prüfen, oder zum Entwässerungskanal, um die Wände der Schleusen zu betonieren.

Sie trugen einen Strohhut oder eine Stoffmütze schief über dem Ohr, ließen sich vor dem Gasthaus der Nita nieder und verlangten Bier und Beefsteak mit Spinat.

Boscaccio war ein Ort, wo die Leute zu Hause aßen und nur ins Gasthaus gingen zum Fluchen, zum Kegelspielen und um in Gesellschaft Wein zu trinken.

»Wein, Bohnensuppe mit Speck und Eier mit Zwiebel«, pflegte Nita, angelehnt an die Tür, zu antworten. Und dann begannen meistens diese Menschen ihre Strohhüte und Mützen nach hinten zu schieben und zu schreien, daß das und jenes an Nita schön sei, und mit großen Fäusten auf den Tisch zu schlagen und wie Gänse zu schnattern.

Diese Leute aus der Stadt verstanden nichts: wenn sie auf dem Lande herumgingen, führten sie sich wie Säue im Kornfeld auf: Krach und Skandal. Diese Leute aus der Stadt aßen zu Hause faschiertes Pferdefleisch, und in Boscaccio verlangten sie Bier, wo man dort höchstens Wein aus Näpfen hätte trinken können, und behandelten mit Überheblichkeit Menschen, die – wie mein Vater – dreihundertfünfzig Stück Vieh, zwölf Söhne und riesige Ländereien besaßen.

Das hat sich jetzt ziemlich geändert, weil auch auf dem Lande Leute sind, die die Mütze ganz schief tragen, faschiertes Pferdefleisch essen und den Mädchen im Gasthaus zurufen, daß das und jenes an ihnen schön sei: der Telegraf und die Eisenbahn haben auf diesem Gebiet viel geleistet. Damals war es aber anders, und wenn jene aus der Stadt nach Boscaccio kamen, gab es Leute, die beim Ausgehen überlegten, ob sie die Doppelflinte mit Schrot oder sogar mit einer Kugel laden sollten.

Boscaccio war ein solches gottgesegnetes Dorf.

Wir saßen einmal um den Holzstock der Tenne und schauten unserem Vater zu, wie er aus einem Pappelklotz eine Weizenschaufel anfertigte, als Chico dahergelaufen kam.

»Uh, uh«, sagte Chico, der zwei Jahre alt war und keine langen Reden halten konnte. Ich kann es nicht fassen, wie es mein Vater anstellte, immer zu verstehen, was Chico stotterte.

»Es ist ein Fremder oder ein Vieh«, sagte mein Vater, ließ sich sein Gewehr bringen und sich von Chico zur Wiese vor dem ersten Eschenbaum führen.

Wir fanden sechs Unglückselige aus der Stadt vor: sie hatten dreifüßige Gestelle und weiß-rote Stangen und maßen, ich weiß nicht was, indem sie den Klee zertraten.

»Was macht ihr da?« fragte mein Vater den nächsten, der eine von diesen weiß und rot gefärbten Stangen hielt.

»Ich mache meine Arbeit«, erklärte dieser Idiot, ohne sich umzuschauen, »und wenn auch Sie Ihre Arbeit machen, werden wir uns viel Gerede ersparen.«

»Schauen Sie, daß Sie weiterkommen!« schrien die anderen, die mitten im Klee um den Dreifuß herumstanden.

»Weg!« sagte mein Vater, indem er sein Doppelgewehr gegen die sechs städtischen Idioten richtete.

Und diese, als sie ihn so sahen, groß wie eine Pappel, ergriffen ihr Werkzeug und liefen wie Hasen davon.

Als wir abends um den Holzstock herumstanden und unserem Vater zuschauten, wie er mit den letzten Schlägen der Hacke seine Schaufel zurichtete, kamen die sechs von der Stadt in Begleitung zweier Wachleute zurück, die aufzustöbern sie bis zum Bahnhof in Gazzola gegangen waren.

»Dieser da«, sagte einer von den sechs Erbärmlichen und zeigte auf meinen Vater.

Mein Vater fuhr fort zu basteln, er hob nicht einmal den Kopf, und der Wachtmeister sagte, daß er nicht verstehe, wie das passieren konnte.

»Es ist passiert, daß ich sechs Fremde gesehen habe, wie sie mir meinen Klee zugrunde richteten, und daß ich sie von meinem Grund weggejagt habe«, erklärte mein Vater.

Der Wachtmeister sagte, daß es sich um einen Ingenieur und seine Gehilfen handle, die gekommen seien, Messungen für die Strecke einer Dampftramway vorzunehmen.

»Sie hätten es sagen sollen. Wer mein Haus betritt, muß um Erlaubnis bitten«, erklärte mein Vater und betrachtete zufrieden seine Arbeit. »Und überhaupt, durch meine Felder darf keine Tramway ziehen!«

»Wenn es uns gefällt, wird die Tramway durchziehen«, lachte wütend der Ingenieur.

Mein Vater aber hatte bemerkt, daß die Schaufel an der Seite einen Buckel hatte, und war mit ganzer Aufmerksamkeit dabei, diesen auszuglätten.

Der Wachtmeister behauptete, mein Vater müsse den Ingenieur und seine Gehilfen auf seine Felder lassen. »Es ist eine Regierungssache«, schloß er.

»Wenn sie mir ein Papier mit dem Regierungsstempel zeigen, werde ich sie lassen«, murmelte mein Vater. »Mein Recht kenne ich.«

Der Wachtmeister gab zu, daß mein Vater recht hätte und daß der Ingenieur ein gestempeltes Papier bringen müsse.

Der Ingenieur und die fünf Städtischen kamen am nächsten Tag wieder. Sie betraten den Hof, die Strohhüte auf den Hinterkopf und die Mützen übers Ohr geschoben.

»Da ist das Papier«, sagte der Ingenieur und legte meinem Vater ein Blatt vor.

Mein Vater nahm das Blatt und ging ins Haus. Wir folgten ihm. »Lies langsam«, befahl mein Vater, als wir in der Küche waren. Und ich las und las wieder.

»Geh und sage ihm, daß er gehen kann«, sagte schließlich finster mein Vater.

Als ich wieder ins Haus kam, folgte ich meinem Vater

mit den anderen auf den Dachboden, wo wir uns um das runde Fenster stellten, das zu den Feldern hinschaute.

Die sechs Idioten gingen fröhlich und ein Liedchen summend den Steinweg bis zum Eschenbaum. Plötzlich sahen wir sie wütend gestikulieren. Einer tat, als ob er zu unserem Haus laufen wollte, die anderen aber hielten ihn auf.

Auch heute noch machen es die Leute aus der Stadt so: sie tun, als ob sie sich auf einen stürzen würden, die anderen halten sie aber immer zurück.

Sie blieben noch einige Zeit auf dem Steinweg und berieten, zogen dann die Schuhe, die Strümpfe aus und krempelten die Hosen auf. Endlich betraten sie hüpfend die Kleewiese.

Es war eine harte Arbeit von Mitternacht bis fünf Uhr früh gewesen: vier Tiefpflüge, von achtzig Ochsen gezogen, hatten die ganze Kleewiese aufgerissen. Dann mußte man Gräben vertiefen und andere öffnen, um die gepflügte Erde zu überschwemmen. Schließlich mußte man zehn Fuhren Jauche bringen und sie ins Wasser entleeren.

Mein Vater blieb bis Mittag mit uns am Dachbodenfenster, und wir schauten zu, wie die Menschen aus der Stadt umhersprangen.

Jedesmal, wenn einer von den sechs stolperte und in den Schmutz fiel, trillerte Chico wie ein Vöglein, und meine Mutter, die heraufgestiegen war, um uns zu sagen, daß die Suppe fertig sei, zeigte sich sehr zufrieden.

»Schau ihn nur an: seit heute früh hat er wieder seine gute Farbe bekommen. Er hat geradezu Bedürfnis nach ein wenig Unterhaltung gehabt. Der liebe Gott sei bedankt, daß er dir heute nacht diesen Gedanken gab«, sagte meine Mutter.

Gegen Abend kamen die sechs aus der Stadt wieder, begleitet von Wachen und von einem in Schwarz gekleideten Herrn, der von Gott weiß woher aufgetaucht war.

»Die Herren behaupten, Sie hätten ein Feld überschwemmt, um sie in ihrer Arbeit zu behindern«, verkündete der schwarzgekleidete Mann, verärgert, daß mein Vater sitzen geblieben war und nicht einmal aufgeschaut hatte.

Mein Vater machte seinen Pfiff, und im Hof erschien sein Gesinde. Männer und Frauen und Kinder, so an die fünfzig.

»Sie sagen, ich hätte heute nacht die Wiese beim ersten Eschenbaum überschwemmt«, erklärte mein Vater.

»Es ist bereits fünfundzwanzig Tage her, daß das Feld unter Wasser ist«, behauptete ein Alter.

»Fünfundzwanzig Tage«, sagten die Männer, die Weiber und die Kinder.

»Sie werden es verwechselt haben mit dem Kleefeld beim zweiten Eschenbaum«, schloß ein Kuhhirte. »Man kann sich leicht irren, wenn man keine Erfahrung hat.«

Alle gingen von dannen und bissen sich in die Lippen vor Wut.

Am nächsten Morgen ließ mein Vater einspannen und fuhr in die Stadt, in der er drei Tage blieb. Sehr düster im Gesicht kam er zurück.

»Nichts zu machen, die Schienen müssen durch«, erklärte er meiner Mutter.

Es kamen andere Leute aus der Stadt und pflanzten kleine Holzpflöcke zwischen den nunmehr trockenen Furchen. Die Eisenbahn sollte über das ganze Kleefeld führen, um dann wieder die Straße zu erreichen und sie bis zum Bahnhof von Gazzola nicht mehr zu verlassen.

Die Dampftramway sollte den Bahnhof von Gazzola mit der Stadt verbinden, und es wäre eigentlich ein schöner Vorteil für das Land gewesen; sie hätte aber durch die Güter meines Vaters ziehen müssen, und dies sollte sogar durch Überheblichkeit erreicht werden, und das war das Schlimmste daran. Hätten sie es höflich von meinem Vater gefordert, hätte er die Erde abgetreten, ohne eine Lira dafür zu verlangen. Mein Vater war dem Fortschritt nicht abgeneigt. War nicht er der erste hierzulande, der ein modernes Doppelgewehr mit geschlossenen Hähnen gekauft hatte?

So aber, o du lieber Gott!

Entlang der Landstraße stapelten lange Menschenreihen Steine auf, legten Schwellen und befestigten auf ihnen Schrauben. Und so wie sich dann die Schienen verlängerten, machte die Lokomotive mit den Wagen für Baumaterial immer wieder einen Schritt vorwärts. Nachts schliefen die Leute in den gedeckten Karren am Schluß des Geleitzuges.

Nunmehr näherte sich die Eisenbahn dem Kleefeld, und an einem Morgen begannen die Leute, ein Stück Zaun abzutragen. Ich und mein Vater saßen unter dem ersten Eschenbaum: auch Gringo, ein Hund, den mein Vater wie unsereins liebte, war mit uns. Kaum hatten die Schaufeln den Zaun durchbrochen, sprang Gringo zur Straße, und als die Leute zwischen den Latten eine Öffnung machten, fanden sie ihn drohend vor sich, wie er ihnen die Zähne zeigte.

Einer von den Idioten machte einen Schritt vorwärts, und Gringo sprang ihm an den Hals.

Sie waren an die dreißig, mit Krampen und Schaufeln. Sie sahen uns nicht, weil wir hinter der Esche waren.

Der Ingenieur trat mit einem Stock hervor.

»Weg, du Vieh«, schrie er. Gringo riß ihn aber an der Wade, und er fiel brüllend zu Boden.

Die anderen griffen in Masse mit Krampen und Schaufeln an. Gringo ließ nicht nach. Er blutete, fuhr aber fort zu beißen, Waden und Hände zu zerreißen.

Mein Vater biß an seinem Schnurrbart. Er war blaß wie ein Toter und schwitzte. Hätte er gepfiffen, wäre Gringo sofort zurückgekehrt und am Leben geblieben. Mein Vater pfiff nicht: er fuhr fort zuzuschauen, blaß wie ein Toter, die Stirn in Schweiß gebadet, und drückte fest meine Hand, während ich schluchzte.

An den Stamm der Esche war das Doppelgewehr angelehnt und blieb so, angelehnt.

Gringo hatte keine Kraft mehr und kämpfte nur noch

mit seiner kleinen Seele. Einer zerspaltete ihm den Kopf mit der Schaufelkante.

Ein anderer nagelte ihn mit einem Spaten am Boden fest. Gringo klagte noch eine Weile und streckte sich dann aus.

Da erhob sich mein Vater, nahm das Doppelgewehr unter den Arm und schritt langsam und finster zu den Leuten aus der Stadt.

Als sie ihn so vor sich erscheinen sahen, groß wie eine Pappel, mit dem hängenden Schnurrbart, breitem Hut, kurzer Jacke, engen Hosen und hohen Stiefeln, traten alle einen Schritt zurück und schauten ihn stumm an, die Stiele ihrer Werkzeuge fester umklammernd.

Mein Vater schritt bis zu Gringo, bückte sich, faßte ihn am Halsband und schleppte ihn wie einen Fetzen weg.

Wir bestatteten ihn am Fuße des Dammes, und als ich die Erde festgestampft hatte, wie sie früher war, nahm mein Vater den Hut ab.

Auch ich nahm den Hut ab.

Die Tramway kam nie nach Gazzola: es war Herbst, und der Fluß stieg an und rollte dahin, gelb von Schlamm; in einer Nacht durchbrach er den Damm, und das Wasser lief über die Felder und überschwemmte den ganzen niedrigen Teil des Gutes: das Kleefeld und die Straße wurden zu einem einzigen See.

Da stellten sie die Arbeiten ein, und um jede spätere Gefahr zu vermeiden, beendeten sie die Strecke bei Boscaccio, acht Kilometer von unserem Haus entfernt.

Und als sich der Fluß beruhigt hatte und wir mit den Leuten gingen, den Damm zu reparieren, drückte mir mein Vater fest die Hand.

Der Damm war gerade an der Stelle durchbrochen, wo wir Gringo begraben hatten. So viel vermag eines Hundes kleine Seele.

Ich sage euch, das ist das Wunder der Bassa.

Das ist die Welt der »Kleinen Welt«: lange und gerade Straßen, kleine, rot und gelb und ultramarinblau gestrichene Häuser, verloren mitten in den Weinstockreihen. An den Abenden im August erhebt sich langsam hinter dem Damm ein roter und riesenhafter Mond, der wie ein Ding aus einem anderen Jahrhundert ausschaut. Einer sitzt auf einem Kieshaufen, am Grabenrand, mit einem an die Telegrafenstange angelehnten Fahrrad. Er dreht sich eine Zigarette aus dem selbstgeschnittenen Tabak. Du gehst vorbei, und er bittet dich um Feuer. Ihr redet. Du sagst ihm, daß du zum Fest tanzen gehst, und jener schüttelt den Kopf. Du sagst ihm, daß es dort schöne Mädchen gibt, und er schüttelt wieder den Kopf.

Dritte Geschichte:
Wie die Bassa die Treue hält

Mädchen? Nichts von Mädchen! Wenn es darum geht, sich hier und da im Gasthaus einen Jux zu machen, zu singen, bitte, bin ich immer dafür. Für nichts anderes aber: ich habe bereits mein Mädchen, das jeden Abend bei der dritten Telegrafenstange an der Straße von Fabbricone auf mich wartet.

Ich war vierzehn und kehrte auf dem Fahrrad heim, auf der Straße von Fabbricone. Ein Pflaumenbaum ließ einen Zweig über eine Mauer hängen, und einmal blieb ich stehen.

Ein Mädchen kam von den Feldern, mit einem Körbchen in der Hand, und ich rief es.

Sie mußte an die neunzehn sein, weil sie viel größer war als ich und gut geformt.

»Du, mach mir die Leiter«, sagte ich zu ihr.

Das Mädchen legte das Körbchen ab, und ich stieg auf ihre Schultern. Der Ast war übervoll, und ich füllte mein Hemd mit gelben Pflaumen.

»Breite deine Schürze aus und teilen wir«, sagte ich zu dem Mädchen.

Das Mädchen antwortete, daß es nicht nötig sei.

»Magst du keine Pflaumen?« fragte ich.

»Schon, ich kann aber pflücken, soviel ich will«, erklärte sie. »Der Baum gehört mir, ich wohne hier.«

Ich war damals vierzehn Jahre alt und trug kurze Hosen. Aber ich war Hilfsarbeiter bei einem Maurer und fürchtete niemanden. Sie war viel größer als ich und geformt wie eine Frau.

»Du treibst Spaß mit mir«, rief ich und schaute sie böse an, »ich kann dir aber dein Gesicht herrichten, du Hopfenstange.«

Sie hauchte nicht einmal.

Zwei Abende später begegnete ich ihr wieder auf der Straße.

»Servus, Hopfenstange!« rief ich und machte eine Grimasse. Jetzt könnte ich es nicht mehr, aber damals konnte ich es besser als der Vorarbeiter, der es doch in Neapel gelernt hatte.

Ich begegnete ihr noch mehrmals, sagte aber nichts; eines Abends verlor ich endlich die Geduld, sprang vom Fahrrad und versperrte ihr den Weg.

»Darf man wissen, warum du mich so anschaust?« fragte ich, indem ich mein Mützenschild ganz auf eine Seite schob.

Das Mädchen öffnete weit zwei wie Wasser klare Augen, wie ich sie sonst niemals sah.

»Ich schaue dich nicht an«, antwortete sie ängstlich.

Ich bestieg wieder mein Fahrrad. »Gib acht, Hopfenstange!« rief ich ihr zu. »Ich kenne keinen Spaß.«

Eine Woche später sah ich sie in der Ferne, wie sie vor mir an der Seite eines jungen Burschen ging, und große Wut überkam mich. Ich stellte mich auf die Pedale und fing an, wie ein Besessener zu treten. Zwei Meter hinter dem Jüngling stemmte ich mich auf und versetzte ihm im Vorbeifahren einen Stoß mit den Schultern, der ihn der Länge nach auf die Erde hinstreckte wie einen leeren Sack.

Ich hörte, wie er mich einen Hurensohn nannte, da stieg ich ab und lehnte mein Fahrrad an eine Telegrafenstange in der Nähe eines Kieshaufens. Ich sah, wie er auf mich zulief wie ein Besessener: es war ein Zwanzigjähriger – und mit einer Faust hätte er mich erschlagen können. Ich war aber Hilfsarbeiter bei einem Maurer und fürchtete niemanden. Als es an der Zeit war, warf ich einen Stein, der ihn mitten ins Gesicht traf.

Mein Vater war ein hervorragender Mechaniker, und wenn er einmal einen Franzosen in der Hand hatte, konnte er das ganze Dorf in die Flucht jagen. Und trotzdem, wenn mein Vater sah, daß ich mich eines Steines bemächtigte, machte er kehrt und wartete, bis ich schlief, um sich meiner zu bemächtigen. Und er war mein Vater! Was will da dieser Grünschnabel von mir! Sein Gesicht blutete, und als ich wieder Lust hatte, sprang ich auf mein Fahrrad und fuhr davon.

Zwei Abende fuhr ich weit herum, aber am dritten Abend kehrte ich auf der Straße von Fabbricone zurück, und kaum erblickte ich das Mädchen, holte ich es ein und stieg auf amerikanisch ab, indem ich vom Sattel nach hinten sprang.

Der Anblick der Burschen von heute ist zum Lachen, wenn sie radfahren: Schutzbleche, Glöckchen, Bremsen, elektrische Scheinwerfer, Wechselgänge und was weiß ich noch. Ich besaß ein »Frera«, das ganz verrostet war, aber um die sechzehn Stufen auf dem Hauptplatz hinunterzufahren, gab es kein besseres. Ich hielt die Lenkstange wie Gerbi und flog wie ein Blitz.

Ich stieg also ab und stand vor dem Mädchen. Meine Tasche hing am Griff, und ich holte einen Hammer heraus.

»Wenn ich dich noch einmal mit dem anderen sehe, spalte ich dir und ihm den Kopf«, sagte ich.

Das Mädchen schaute mich mit ihren verfluchten, wasserklaren Augen an. »Warum sagst du so was?« fragte sie leise.

Ich wußte es nicht, was war es mir auch schon wichtig?

»Weil ich will«, antwortete ich. »Von jetzt an mußt du entweder allein oder mit mir gehen.«

»Ich bin neunzehn und du höchstens vierzehn«, sagte das Mädchen. »Wenn du wenigstens achtzehn wärst, stünde es ganz anders. Ich bin schon eine Frau, und du bist ein Kind.«

»Du wartest, bis ich achtzehn bin«, schrie ich. »Und untersteh dich, dich mit jemand anderem sehen zu lassen! Dann bist du erledigt!«

Ich war damals Hilfsarbeiter bei einem Maurer und fürchtete niemanden: wenn ich zufällig von Frauen reden hörte, lief ich davon. Ich kümmerte mich um die Frauen nicht mehr als um trockene Feigen. Diese da sollte aber mit den anderen keine Dummheiten machen.

Ich sah das Mädchen fast vier Jahre lang jeden Abend außer Sonntag. Sie war immer da, angelehnt an die dritte Telegrafenstange, auf der Straße von Fabbricone. Wenn es regnete, hatte sie brav ihren Schirm mit.

Ich blieb kein einziges Mal stehen.

»Grüß dich«, sagte ich im Vorbeifahren.

»Grüß dich«, antwortete sie.

An meinem achtzehnten Geburtstag stieg ich vom Rad ab.

»Bin achtzehn«, sagte ich ihr. »Jetzt kannst du mit mir gehen. Wenn du dich jetzt dumm aufführst, schlage ich dir den Schädel ein.«

Sie war damals schon dreiundzwanzig Jahre alt und eine vollendete Frau geworden. Sie hatte trotzdem noch immer ihre wasserhellen Augen und sprach immer leise, wie früher.

»Du bist achtzehn«, antwortete sie mir, »ich aber dreiundzwanzig. Die Burschen würden mich steinigen, wenn sie mich mit einem so jungen Kerl gehen sähen.«

Ich ließ das Fahrrad zu Boden fallen, ergriff einen flachen Stein und sagte zu ihr:

»Siehst du diesen Isolator dort, den ersten auf der dritten Stange?«

Sie bejahte mit dem Kopf.

Ich traf ihn in der Mitte, und es blieb nur der Eisenhaken übrig, nackt wie ein Wurm.

»Die Burschen«, rief ich, »sollen zuerst so arbeiten können, bevor sie dich zu steinigen wagen.«

»Ich sagte nur so«, machte das Mädchen klar. »Es geht nicht, daß eine Frau mit einem Minderjährigen geht. Wenn du wenigstens schon beim Militär gewesen wärst ...«

Ich drehte das Schild meiner Mütze ganz nach links: »Mein liebes Mädchen, glaubst du, ich bin ein Dummkopf? Wenn ich das Militär hinter mir habe, bin ich einundzwanzig und du sechsundzwanzig. Und dann fängt die Geschichte von vorne an.«

»Nein«, antwortete das Mädchen, »achtzehn und dreiundzwanzig ist eine Sache, und einundzwanzig und sechsundzwanzig ist eine andere. Je älter, um so weniger zählt der Unterschied. Ob ein Mann einundzwanzig oder sechsundzwanzig Jahre alt ist, ist gleich.«

Die Überlegung schien mir richtig: ich war aber nicht der Typ, der sich an der Nase herumführen ließ.

»Gut, wir reden darüber, wenn ich vom Militär komme«, sagte ich und schwang mich auf den Sattel. »Paß aber auf: wenn ich dich dann nicht finde, komme ich dir auch unter das Bett deines Vaters nach, dir den Schädel einzuschlagen.«

Jeden Abend sah ich sie bei der dritten Telegrafenstange stehen und stieg nie ab. Ich sagte ihr guten Abend, und sie antwortete mir guten Abend. Als meine Einberufung gekommen war, rief ich ihr zu:

»Morgen rücke ich ein.«

»Auf Wiedersehen«, antwortete das Mädchen.

Es ist jetzt nicht die Zeit, von meinem ganzen Dienst beim Militär zu erzählen. Achtzehn Monate aß ich vom Kessel und blieb derselbe, der ich zu Hause war. Ich habe höchstens drei Monate in Reih und Glied gedient. Man kann ruhig sagen, daß ich jeden Abend entweder Kasernenarrest hatte oder in der Zelle saß.

Kaum waren die achtzehn Monate vorbei, schickte man mich nach Hause.

Ich kam spät am Nachmittag heim, und ohne mich

überhaupt in Zivil zu kleiden, sprang ich auf das Fahrrad und fuhr zur Straße nach Fabbricone.

Sollte mir jene wieder Geschichten machen, würde ich sie mit dem Fahrrad erschlagen.

Es begann langsam dunkel zu werden, und ich fuhr wie ein Blitz und dachte, wo ich sie, zum Teufel, finden werde. Ich mußte sie aber gar nicht suchen, ganz im Gegenteil: das Mädchen war da und wartete pünktlich auf mich unter der dritten Telegrafenstange.

Sie war genauso, wie ich sie verlassen hatte, und die Augen waren genau dieselben.

Ich stieg vor ihr ab.

»Ich habe es hinter mir«, sagte ich, indem ich ihr den Entlassungsschein zeigte. »Da ist die sitzende Italia, und das bedeutet uneingeschränkte Entlassung.«

»Sehr schön«, antwortete das Mädchen.

Ich war wie ein Gottverdammter gefahren, ich hatte eine trockene Kehle.

»Könnte ich nicht ein paar gelbe Pflaumen haben, wie damals?« fragte ich.

Das Mädchen seufzte: »Es tut mir leid, der Baum ist aber abgebrannt.«

»Abgebrannt?« wunderte ich mich. »Seit wann brennen denn die Pflaumenbäume ab!«

»Es war vor sechs Monaten«, antwortete das Mädchen. »Eines Nachts fing der Heustadel Feuer, und das Haus verbrannte und auch alle Bäume im Obstgarten, wie Zündhölzer. Alles ist verbrannt: nach zwei Stunden standen nur noch die Wände. Siehst du sie?«

Ich schaute hin und sah ein Stück schwarzer Mauer mit einem Fenster, das auf den roten Himmel hin geöffnet war.

»Und du?« fragte ich.

»Auch ich«, antwortete sie mit einem Seufzer, »auch ich, wie alles andere. Ein Häufchen Asche – und weg war ich.«

Ich schaute das Mädchen an, das an der Telegrafenstange angelehnt stand; ich schaute sie starr an, und durch ihr Gesicht und ihren Körper hindurch sah ich die Holzadern der Stange und das Gras im Graben.

Ich richtete einen Finger auf ihre Stirn und berührte die Telegrafenstange.

»Hab ich dir weh getan?« fragte ich.

»Nein, du hast mir nicht weh getan.«

Wir blieben eine Weile schweigend, während der Himmel immer dunkler rot wurde.

»Und jetzt?« sagte ich endlich.

»Ich habe auf dich gewartet«, seufzte das Mädchen, »damit du siehst, daß es nicht meine Schuld war. Kann ich jetzt gehen?«

Ich war damals einundzwanzig und hätte die Waffe mit einem Fünfundsiebzigerkaliber präsentieren können, wenn es notwendig gewesen wäre. Wenn mich Mädchen sahen, richteten sie sich auf, als ob sie an einem General vorbeimarschierten, und schauten mich so lange an, bis ihnen die Augen weh taten.

»Und jetzt?« wiederholte das Mädchen leise. »Soll ich gehen?«

»Nein«, antwortete ich, »du mußt warten, bis ich auch den anderen Dienst ausgedient habe. So leicht wirst du mich nicht los, meine Schöne.«

»Es ist gut«, sagte das Mädchen. Und es schien mir, als ob sie lächelte.

Ich habe aber solche Dummheiten nicht gerne und bestieg mein Fahrrad.

Es sind jetzt bald zwölf Jahre, daß wir uns jeden Abend sehen. Ich komme vorbei und steige nicht einmal ab:

»Grüß dich.«

»Grüß dich.«

Verstehen Sie? Wenn es darum geht, im Gasthaus einmal zu singen oder einen Jux zu machen, bin ich immer dafür. Nichts anderes aber: ich habe bereits ein Mädchen, das jeden Abend bei der dritten Telegrafenstange auf mich wartet, auf der Straße von Fabbricone.

Der eine sagt jetzt: Brüderchen, warum erzählst du uns diese Geschichte?

So, antworte ich. Weil man begreifen muß, daß auf diesem Stück Erde zwischen Fluß und Berg Dinge geschehen können, die anderswo nicht geschehen. Dinge, die immer mit der Landschaft im Einklang sind. Und es weht dort eine besondere Luft, die den Lebenden und den Toten wohltut, und auch Hunde haben dort eine Seele. Dann versteht man Don Camillo, Peppone und alles andere besser. Und man wundere sich nicht, daß Christus spricht und daß einer dem anderen auf den Schädel schlagen kann in aller Anständigkeit, weil ohne Haß. Und daß sich zwei Widersacher letzten Endes doch in den wesentlichen Dingen einigen.

Denn dort ist der breite ewige Atem des Flusses, der die Luft reinigt. Des stillen und majestätischen Flusses, über dessen Damm gegen Abend der Tod auf dem Fahrrad dahineilt. Oder geh du nachts auf dem Damm und bleib stehen und schaue in den kleinen Friedhof hinein, der da unten liegt. Wenn dann der Schatten eines Toten kommt und sich neben dir niederläßt, erschrickst du nicht und plauderst ruhig mit ihm.

So, das ist die Luft, die man auf diesem abgelegenen Stück Erde atmet. Man kann auch leicht verstehen, was dort die Politik verursachen kann.

Jetzt ist noch diese Sache da mit dem Christus vom Kruzifix, der in diesen Erzählungen oft spricht. Der Hauptpersonen sind nämlich drei: Der Priester Don Camillo, der Kommunist Peppone und der gekreuzigte Christus.

Da muß man also erklären: Wenn sich die Priester wegen Don Camillo beleidigt fühlen, so können sie meinetwegen einen Leuchter auf meinem Schädel zertrümmern; wenn die Kommunisten wegen Peppone beleidigt sind, können sie auf meinem Rücken einen Knüppel entzweihauen, wenn sich aber jemand wegen der Reden Christi beleidigt fühlt, so kann man nichts machen. Wer in meinen Geschichten spricht, ist nicht Christus, sondern *mein* Christus, das heißt die Stimme *meines* Gewissens.

Meine persönliche Angelegenheit, meine Sache.

Und darum: jeder für sich und Gott für alle.

Die Beichte

Don Camillo war ein Mensch von jener Sorte, die Haare auf den Zähnen hat. So ist einmal in der Gegend eine schmutzige Sache passiert, alte Gutsbesitzer und Mägde waren darin verwickelt. Während der Messe hatte Don Camillo gerade eine im allgemeinen Ton gehaltene und völlig harmlose Predigt begonnen, als er plötzlich und ausgerechnet in der ersten Reihe der Gläubigen einen jener Unkeuschen erblickte. Da brannten ihm die Pferde durch, er unterbrach seine nette kleine Ansprache, warf dem Jesus vom Kruzifix auf dem Hochaltar ein Tuch über den Kopf, so daß er nicht hören konnte, was folgen sollte, stemmte die beiden Fäuste in die Hüften und beendete die Rede auf seine Art. Und so donnernd war die Stimme, die sich dem Munde dieses Riesenmenschen entrang, und so grobe Dinge schmetterte er hinaus, daß die Kirchendecke bebte.

Als also die Zeit des Wahlkampfes kam, drückte Don Camillo sich natürlich mehrmals in dieser so klaren Art und Weise über die lokalen Vertreter der Linken aus, so daß eines schönen Abends, gerade noch zwischen Licht und Finsternis, während Don Camillo von einem Weg in den Pfarrhof zurückkehrte, ein Brocken Mensch, in einen Mantel gehüllt, hinter einem Zaun, wo er sich offensichtlich versteckt gehalten hatte, erschien und Don Camillo von hinten angriff. Er machte sich den Umstand zunutze, daß Don Camillo durch das Fahrrad behindert war, an dessen Lenkstange ein Korb mit siebzig frischen Eiern aufgehängt war, und versetzte ihm eine Tracht Prügel, worauf er, wie von der Erde verschlungen, verschwand.

Don Camillo sagte niemandem etwas von diesem Vorfall. Im Pfarrhaus angelangt, und nachdem er die Eier in Sicherheit gebracht hatte, ging er in die Kirche, um sich mit Christus zu beraten, so wie er immer in Augenblikken des Zweifelns zu tun pflegte.

»Was soll ich tun?« fragte Don Camillo.

»Schmiere dir den Rücken mit ein wenig Öl ein und sei still«, antwortete ihm Christus vom Hochaltar. »Man muß vergeben, wenn man uns beleidigt. Das ist die Regel.«

»Gut«, warf Don Camillo ein. »Hier handelt es sich aber um Prügel, nicht um Beleidigung.«

»Was willst du damit sagen?« erwiderte leise Jesus. »Sind vielleicht die dem Körper zugefügten Beleidigungen schmerzhafter als jene, die dem Geist zugefügt werden?«

»Einverstanden, Herr. Du mußt aber in Betracht ziehen, daß man – indem man einen Deiner Diener prügelt – Dich beleidigt. Mir geht es viel mehr um Dich als um mich.«

»War ich vielleicht nicht noch mehr ein Diener Gottes als du? Und habe ich nicht auch jenem verziehen, der mich gekreuzigt hat?«

»Mit Dir kann man nicht reden«, schloß Don Camillo. »Du hast immer recht. Dein Wille geschehe. Wir werden verzeihen. Erinnere Dich aber, daß Du die Verantwortung zu tragen hast, wenn diese Verbrecher durch mein

Schweigen ermutigt werden und mir eines schönen Tages meinen dummen Kürbiskopf einschlagen. Ich könnte Dir Stellen aus dem Alten Testament anführen ...«

»Don Camillo, mir kommst du mit dem Alten Testament! Bitte, ich übernehme die volle Verantwortung. Und übrigens, unter uns, ein wenig Prügel stehen dir gut, so wirst du lernen, in meinem Hause keine Politik zu treiben.«

Don Camillo hatte also verziehen. Eines blieb ihm aber im Halse stecken wie eine Fischgräte: die Neugierde, wer es nur gewesen sein könnte, der ihn geprügelt hatte.

Die Zeit verging, und ein Abend kam, an dem Don Camillo noch zu später Stunde im Beichtstuhl saß und durch das Gitter das Gesicht des Häuptlings der extremen Linken erkannte.

Peppone im Beichtstuhl, das war ein Ereignis, bei dem einem der Mund offenstehen bleiben mußte. Don Camillo strahlte:

»Gott sei mit dir, lieber Bruder, mit dir mehr als mit irgend jemandem, weil du mehr als die anderen seinen Segen notwendig hast. Es muß schon lange her sein, daß du das letztemal gebeichtet hast.«

»Es war 1918«, antwortete Peppone.

»Stell dir nur alle die Sünden vor, die du in diesen dreißig Jahren mit all deinen heidnischen Gedanken im Kopf begangen hast!«

»Na ja, es sind schon so manche«, seufzte Peppone.

»Zum Beispiel?«

»Zum Beispiel: vor zwei Monaten habe ich Sie geprügelt.«

»Ernste Sache«, antwortete Don Camillo. »Indem du einen Diener Gottes beleidigt hast, fügtest du Gott selbst eine Beleidigung zu.«

»Ich habe es bereut«, rief Peppone. »Außerdem habe ich Sie nicht als einen Diener Gottes, sondern als einen politischen Gegner geprügelt. Es war ein Moment der Schwäche.«

»Außer dieser und der Zugehörigkeit zu deiner teuflischen Partei hast du noch andere schwere Sünden zu beichten?«

Peppone schüttete den Sack aus.

Alles in allem war es nicht viel, und Don Camillo fertigte ihn mit zwanzig Vaterunsern und Ave-Marias ab. Als dann Peppone an der Kommunionsbank kniete, um seine Buße abzubeten, fiel auch Don Camillo vor dem Kruzifix auf die Knie.

»Jesus«, sagte er, »verzeihe mir, aber ich haue ihm eine runter.«

»Denke nicht einmal daran«, antwortete Jesus. »Ich habe ihm vergeben, du mußt ihm auch vergeben. Im Grunde genommen ist er ein braver Mensch.«

»Jesus, traue diesen Roten nicht. Sie sind furchtbar heimtückisch. Schau ihn Dir gut an: hat er nicht ein Räubergesicht?«

»Ein Gesicht wie alle anderen. Don Camillo, in dein Herz hat sich Gift eingeschlichen!«

»Jesus, wenn ich Dir je gut und mit Hingabe gedient habe, dann bitte ich um diese eine Gnade: Laß es wenigstens zu, daß ihm dieser Leuchter auf den Nacken fällt. Was ist schon so ein Leuchter, mein Jesus?«

»Nein«, antwortete Jesus. »Deine Hände sind zum Segnen, nicht zum Schlagen da.«

Don Camillo seufzte.

Er verbeugte sich und verließ den Altar.

Er wandte sich dann noch einmal um, um sich zu bekreuzigen, und befand sich so gerade hinter Peppones Rücken, während dieser kniend ganz im Gebet versunken war.

»In Ordnung«, flüsterte Don Camillo, indem er die Hände faltete und zu Jesus hinaufschaute. »Die Hände sind zum Segnen da, nicht aber die Füße!«

»Auch das ist wahr«, sagte Jesus vom Hochaltar, »aber ich bitte dich, Don Camillo: nur einen!«

Der Fußtritt traf wie ein Blitz. Peppone steckte ihn, ohne mit der Wimper zu zucken, ein, stand dann auf und seufzte erleichtert:

»Zehn Minuten warte ich schon darauf«, sagte er. »Jetzt fühle ich mich viel besser.«

»Ich auch«, rief Don Camillo, und sein Herz war jetzt leicht und rein wie der heitere Himmel.

Jesus sagte nichts. Man sah Ihm aber an, daß auch Er zufrieden war.

Die Taufe

Ein Mann und zwei Frauen traten plötzlich in die Kirche. Eine der beiden Frauen war die angetraute Gattin Peppones, des Häuptlings der Roten.

Don Camillo, der hoch oben auf einer Leiter stand und die Aureole des heiligen Josef mit Sidol behandelte, drehte sich um und fragte, was sie von ihm wollten.

»Es ist was zum Taufen«, sagte der Mann. Und eine der Frauen zeigte ein Wäschebündel mit einem Neugeborenen darin.

»Von wem ist es?« fragte Don Camillo, die Leiter verlassend.

»Von mir«, antwortete Peppones Gattin.

»Und deinem Mann?« erkundigte sich Don Camillo.

»Natürlich! Von wem denn? Von Ihnen vielleicht?« antwortete trocken Peppones Gattin.

»Kein Grund zur Aufregung«, bemerkte Don Camillo, indem er seine Schritte zur Sakristei richtete. »Was weiß ich? Hat man denn nicht gesagt, daß in eurer Partei freie Liebe Mode ist?«

Am Hauptaltar vorbeigehend, beugte Don Camillo das rechte Knie und blickte aus einem Augenwinkel hinauf zum gekreuzigten Christus.

»O Herr, hast Du gehört? Hab ich's dieser Gottlosen gesagt?«

»Rede keinen Unsinn, Don Camillo!« antwortete Christus streng. »Wenn sie gottlos wären, würden sie ihre Kinder nicht zur Taufe herbringen. Hätte dir Peppones Gattin eine Ohrfeige gegeben, hättest du sie wohl verdient.«

«Hätte mir Peppones Gattin eine Ohrfeige gegeben, hätte ich sie alle drei am Kragen gepackt und ...«

»Und?« fragte Jesus streng.

»Nichts, nur so ...«, antwortete Don Camillo und entfernte sich eilig.

»Don Camillo, nimm dich in acht!« ermahnte ihn Jesus.

Don Camillo zog die Kirchengewänder an und stellte sich zum Taufbecken.

»Wie wollt ihr ihn nennen?« fragte Don Camillo Peppones Gattin.

»Lenin Libero Antonio«, erwiderte diese.

»Laß ihn in Rußland taufen«, sagte Don Camillo ruhig und deckte das Taufbecken wieder zu.

Don Camillo hatte Hände, groß wie Schaufeln, und die drei gingen, ohne ein Wort zu sagen. Don Camillo versuchte in die Sakristei zu entschlüpfen, Christi Stimme nagelte ihn aber fest.

»Don Camillo, du hast wieder etwas sehr Schlechtes getan. Geh, rufe die Leute zurück und taufe das Kind!«

»Jesus«, antwortete Don Camillo, »bedenke, daß die Taufe keine Komödie ist. Die Taufe ist eine heilige Sache. Die Taufe ...«

»Don Camillo«, unterbrach ihn Christus. »Wen willst du denn belehren, was die Taufe ist? Mich vielleicht, der sie eingesetzt hat? Ich sage dir, daß du einen bösen Streich gespielt hast. Stell dir nur vor: stirbt das Kind jetzt, wird es deine Schuld sein, wenn es nicht in den Himmel kommt.«

»Jesus, bitte, nur nicht tragisch!« erwiderte Don Camillo. »Warum sollte es denn sterben? Es ist weiß und rot wie eine Rose!«

»Das besagt noch nichts«, ermahnte ihn Christus. »Es kann ihm ein Ziegel auf den Kopf fallen, es kann einen Schlaganfall erleiden. Du hättest es taufen müssen!«

Don Camillo breitete die Arme aus: »Jesus, bitte, bedenke einen Moment. Wenn man sicher wäre, daß es später einmal in die Hölle kommt, könnte man's noch machen. Aber, obwohl es der Sohn eines großen Taugenichts ist, ist es nicht ausgeschlossen, daß es eines Tages Dir im Paradies zur Last fällt. Und dann, sag mir bitte, wie kann ich denn gestatten, daß zu Dir ins Paradies Leute kommen, die Lenin heißen? Ich habe es für den guten Ruf des Himmels gemacht.«

»Für den guten Ruf des Himmels sorge ich«, rief Jesus ärgerlich Don Camillo zu. »Was mich interessiert, ist, ob jemand ein anständiger Mensch ist. Ob er Lenin oder Bottone heißt, ist mir gleich. Du hättest höchstens diesen Leuten vor Augen führen können, daß es später für die Kinder, sind sie erst groß, sehr unangenehm sein kann, solch bombastische Namen zu tragen.«

»Ist schon gut«, antwortete Don Camillo. »Ich habe nie recht. Ich werde versuchen, es wiedergutzumachen.«

In diesem Moment betrat jemand die Kirche. Es war Peppone allein, mit dem Kind auf dem Arm. Peppone schloß das Kirchentor und schob den Riegel vor.

»Ich gehe nicht von hier«, sagte er, »solange mein Sohn nicht auf den Namen getauft ist, den ich will!«

»Siehst du, o Gott«, murmelte lächelnd Don Camillo. »So sind diese Leute. Man ist von den heiligsten Absichten erfüllt, und schau, wie sie einen behandeln!«

»Versetze dich in seine Haut«, erwiderte Christus. »Man kann diese Anschauung nicht billigen, man kann sie aber verstehen.«

Don Camillo schüttelte den Kopf.

»Ich geh hier nicht weg, solange mein Sohn nicht auf den Namen getauft ist, den ich will!« wiederholte Peppone, legte das Bündel mit dem Kind auf eine Bank, zog die Jacke aus, krempelte die Ärmel auf und näherte sich drohend.

»Jesus«, betete Don Camillo. »Ich verlasse mich auf Dich. Wenn Du es für gerecht erachtest, daß einer Deiner Priester der Gewalt der Laien weicht, ich weiche. Aber auf jeden Fall sei nicht traurig, wenn sie mir morgen ein Kalb bringen und mich zwingen, es zu taufen. Du weißt es, man darf keine Präzedenzfälle schaffen.«

»Gut«, antwortete Christus. »Du mußt versuchen, es ihm verständlich zu machen ...«

»Und wenn dieser da mir eine runterhaut?«

»Nimm sie, Don Camillo. Ertrage, leide, wie ich es getan.«

Da wandte sich Don Camillo um: »In Ordnung, Peppone«, sagte er. »Das Kind wird getauft, aber nicht auf den verfluchten Namen.«

»Don Camillo«, murmelte Peppone, »denken Sie daran, daß ich einen sehr empfindlichen Bauch habe, seit mich damals, im Gebirge, eine Kugel getroffen hat. Machen Sie keine Tiefschläge, oder ich beginne mit dieser Bank zu schlagen!«

»Sei ruhig, Peppone, ich werde dich schon am Oberteil zurechtbiegen«, antwortete Don Camillo und versetzte ihm eine Maurerohrfeige hinters Ohr.

Sie waren zwei Riesen mit Armen wie aus Stahl, und die Ohrfeigen pfiffen durch die Luft. Nach zwanzig Minuten schweigsamen und wilden Kampfes hörte Don Camillo eine Stimme hinter seinem Rücken:

»Fest, Don Camillo! Einen Hieb auf den Unterkiefer!«

Es war Christus vom Hochaltar. Don Camillo feuerte auf den Unterkiefer. Peppone streckte sich auf den Boden aus.

Peppone blieb gute zehn Minuten in seiner ganzen Länge ausgestreckt liegen, stand dann auf, tastete sein Kinn ab, knöpfte die Ärmel zu, zog die Jacke an, knotete sein rotes Halstuch und nahm das Kind auf den Arm.

Im Kirchengewand wartete Don Camillo, fest wie ein

Fels, vor dem Taufbecken. Peppone näherte sich langsam.

»Wie werden wir ihn nennen?« fragte Don Camillo.

»Camillo Libero Antonio«, murmelte Peppone.

Don Camillo schüttelte den Kopf.

»Nein, nennen wir ihn lieber Libero Camillo Lenin«, sagte er. »Ja, auch Lenin. Wenn nämlich ein Camillo dabei ist, können die anderen nichts mehr anrichten.«

»Amen«, murmelte Peppone und tastete noch einmal sein Kinn ab.

Als alles fertig war, ging Don Camillo am Altar vorbei. Christus sagte lächelnd:

»Don Camillo, ich muß schon sagen: Von der Politik verstehst du mehr als ich.«

»Von den Schlägen auch«, antwortete Don Camillo sehr stolz, eine große Beule auf der Stirn gleichgültig betastend.

Die Verfolgung

Don Camillo hatte sich in einer Predigt über lokale Themen ein wenig gehenlassen. Er richtete einige ziemlich giftige Pfeile an die Adresse »jener gewissen anderen«, so daß am nächsten Abend, als er sich an den Glockenseilen zu schaffen machte, da der Glöckner irgendwo hingerufen worden war, die Hölle losging.

Irgendein verfluchter Hund hatte an den Glockenschwengeln Knallfrösche angebracht. Es entstand kein Schaden, aber ein fürchterlicher Krach, so daß einen fast der Schlag traf.

Don Camillo verlor kein Wort darüber. Er hielt den abendlichen Gottesdienst in vollkommener Ruhe ab, und die Kirche war zum Bersten voll. Von »jenen gewissen anderen« fehlte nicht einer. Peppone saß in der ersten Reihe, und alle hatten sie so unschuldige Gesichter, daß selbst ein Heiliger darüber vor Wut hätte zerspringen müssen. Aber Don Camillo war groß im Einstecken; die Leute gingen enttäuscht nach Hause.

Nachdem Don Camillo das Kirchentor geschlossen

hatte, nahm er einen Mantel um und kniete vor dem Weggehen auf der ersten Altarstufe eilig nieder.

»Don Camillo«, sagte Christus vom Kreuz herunter, »laß ihn da!«

»Ich verstehe nicht«, wehrte sich Don Camillo.

»Laß ihn da!«

Don Camillo zog unter dem Mantel einen Stock hervor und legte ihn vor den Altar.

»Schlimme Sache, Don Camillo.«

»Jesus, er ist nicht etwa aus Eiche, nur aus Pappel. Leicht und biegsam ...«, rechtfertigte sich Don Camillo.

»Geh ins Bett, Don Camillo, und denke nicht mehr an Peppone!«

Don Camillo breitete resigniert die Arme aus und ging fiebernd ins Bett. Als am nächsten Abend Peppones Frau bei ihm erschien, sprang er aus dem Bett, als ob unter ihm eine Knallerbse explodiert wäre.

»Don Camillo ...«, fing die Frau an, die sehr aufgeregt zu sein schien.

Doch Don Camillo unterbrach sie: »Weg von hier, Heidin!«

»Don Camillo, lassen Sie diese Dummheiten! Der Unglückliche, der damals auf Peppone schoß, ist in Castellino. Man hat ihn freigelassen!«

Don Camillo zündete sich eine Zigarre an.

»Was geht denn das mich an? Habe ich vielleicht die Amnestie gewährt? Und übrigens, was geht das Ganze auch dich an?«

Die Frau fing zu schreien an: »Es geht mich etwas an, da Leute zu Peppone gekommen sind und ihm das gesagt haben, und da sich Peppone sofort wie ein Verrückter auf den Weg nach Castellino gemacht hat. Er hat die Maschinenpistole mitgenommen.«

»Also habt ihr doch versteckte Waffen? Nicht wahr?«

»Don Camillo, lassen Sie die Politik in Ruhe. Verstehen Sie denn nicht? Peppone will ihn niederschießen! Wenn Sie mir nicht helfen, stürzt er sich und die Kinder ins Verderben!«

Don Camillo lachte boshaft: »So wird er lernen, was es heißt, Knallfrösche an die Glocken zu binden! Im Zuchthaus möchte ich ihn sterben sehen. Hinaus aus dem Haus!«

Drei Minuten später saß Don Camillo mit der hochgebundenen Soutane auf dem Rennrad, Marke »Wolsit«, das dem Sohn des Sakristans gehörte, und fuhr mit allen Kräften nach Castellino.

Es war herrlicher Mondschein, und so erblickte Don Camillo vier Kilometer vor Castellino einen Mann, der auf der Brüstung einer kleinen Brücke über dem Fossone saß. Er bremste ein wenig, weil man vorsichtig sein muß, wenn man nachts durch die Gegend fährt. Etwa zehn Meter vor der Brücke hielt er an und ergriff einen Franzosen, der zufällig in der Tasche war.

»Junger Mann«, fragte er, »haben Sie einen Dicken auf einem Fahrrad gesehen, der nach Castellino fuhr?«

»Nein, Don Camillo« antwortete der andere ruhig.

Don Camillo trat zu ihm.

»Warst du schon in Castellino?« fragte er.

»Nein, ich habe es mir überlegt. Es steht nicht dafür. Es war bestimmt meine dumme Frau, die Sie belästigt hat?«

»Belästigt? Was heißt belästigt? Ein kleiner Spaziergang.«

»Hm, das schaut gut aus, ein Priester auf dem Rad!« lachte ihn Peppone aus.

Don Camillo ließ sich neben ihm nieder.

»Mein Sohn, man muß darauf gefaßt sein, allerlei in dieser Welt zu erleben.«

Eine knappe Stunde später war Don Camillo wieder zu Hause und ging, Christus einen kleinen Bericht zu erstatten.

»Alles in Ordnung, so wie Du es mir nahegelegt hattest.«

»Schön, Don Camillo. Sag mir aber, habe ich dir auch nahegelegt, ihn an den Beinen zu fassen und ins Wasser zu werfen?«

Don Camillo breitete die Arme aus: »Wirklich, ich kann mich nicht mehr gut erinnern. Tatsache ist, daß es ihm nicht gefiel, einen Priester auf dem Rennrad zu sehen, und so habe ich ihm geholfen, nichts mehr zu sehen.«

»Ich verstehe. Ist er schon zurück?»

»Er wird bald kommen. Als ich ihn in den Graben fallen sah, dachte ich mir, daß er so naß nicht gut radfahren könne, und so bin ich auf den Gedanken gekommen, mit den beiden Fahrrädern zurückzukehren.«

»Das war ein sehr netter Gedanke, Don Camillo«, stimmte Christus zu, schaute aber sehr ernst drein.

Peppone klopfte im Morgengrauen an die Tür des Pfarrhauses. Er war durch und durch naß, und Don Camillo fragte ihn, ob es denn draußen regne.

»Nebel«, antwortet Peppone zähneknirschend. »Kann ich mein Fahrrad haben?«

»Ja, richtig, stell dir vor, es ist hier.«

Peppone prüfte das Fahrrad. »Kommt Ihnen nicht vor, als ob auf dem Rahmen eine Maschinenpistole angebracht gewesen wäre?«

Don Camillo breitete lächelnd die Arme aus.

»Maschinenpistole? Was ist denn das?«

»Ich«, sagte Peppone, schon wieder in der Tür, »ich habe in meinem Leben nur einen einzigen Fehler gemacht. Daß ich Ihnen nämlich Knallfrösche an die Glokken gebunden habe. Ich hätte eine halbe Tonne Dynamit anbinden sollen.«

»Irren ist menschlich«, bemerkte Don Camillo.

Der Jagdausflug

Don Camillo war ein vollendeter Ehrenmann, besaß aber außer einer unbändigen Leidenschaft für die Jagd auch einen Zwillingsstutzen und herrliche Walsrodepatronen. Außerdem war das Jagdgebiet des Barons Stocco nur fünf Kilometer entfernt und stellte eine wirkliche Herausforderung dar.

Nicht nur das Hochwild, sondern sogar die Hühner der ganzen Umgebung wußten bereits, daß sie nur in dieses Gehege hinter dem Eisengitter zu flüchten brauchten, und sie konnten dem ins Gesicht lachen, der Lust gehabt hatte, ihnen den Hals umzudrehen.

Es war also nichts Besonderes daran, daß Don Camillo eines Abends – nachdem er seine Soutane in eine Barchenthose gesteckt und seinen Schädel mit einem breitkrempigen Filzhut bedeckt hatte – das Jagdgebiet des Barons betrat. Der Mensch ist schwach, und noch schwächer ist der Jäger. Es war auch nichts Merkwürdiges, daß Don Camillos Zwillingsstutzen auf einmal von selbst losging und der Schuß einen über einen Meter langen

Hasen wie ein Blitz traf. Als Don Camillo den Hasen so auf der Erde ausgestreckt sah, steckte er ihn selbstverständlich in seine Jagdtasche und war gerade im Begriff, den Rückzug anzutreten, als er plötzlich jemanden vor sich erblickte und dann – nachdem er den Hut tief in die Stirn gezogen hatte – dem Unbekannten mit dem Schädel einen solchen Stoß in die Magengegend versetzte, daß dieser auf den Rücken fallen und alle viere in die Luft strecken mußte. Es wäre nämlich nicht schön gewesen, wenn man im Dorf erfahren hätte, daß der Pfarrer beim Wildern im verbotenen Jagdgebiet überrascht worden sei.

Das Pech war, daß der andere denselben Gedanken mit dem Schädelstoß hatte, und so begegneten sich die beiden Schädel mittenwegs, und es gab einen solchen Zusammenprall, daß auf einmal die beiden mit einem Erdbeben im Kopf am Boden saßen.

»Einen solchen Sauschädel kann nur unser geliebter Herr Bürgermeister haben«, murmelte Don Camillo, als sich sein Blick wieder ein bißchen klärte.

»Einen solchen Stierschädel kann nur unser geliebter Erzpriester haben«, antwortete Peppone, indem er sich am Kopf kratzte.

Auch Peppone war zur Jagd in dieses verbotene Gebiet ausgerückt, auch er hatte in seiner Jagdtasche ein schönes Hasenexemplar und blickte höhnisch jetzt zu Don Camillo.

»Nie hätte ich gedacht, daß gerade jener, der uns die Achtung für das Eigentum des Nächsten predigt, den Stacheldraht durchschneidet und sich zum Wilderer macht.«

»Und ich hätte wieder nicht gedacht, daß gerade der Erste Bürger, der Genosse Bürgermeister …«

»Bürgermeister, aber Genosse«, unterbrach ihn Peppone, »das heißt, daß ich von jenen teuflischen Theorien angesteckt bin, die für eine gerechte Verteilung der Güter eintreten, und daß infolgedessen meine Handlungsweise viel besser mit meinen Ideen in Einklang zu bringen ist als jene unseres Erzpriesters, der dementgegen ...«

Jemand näherte sich, ein Dritter, und war nur noch einige Schritte entfernt. Es war unmöglich, die Flucht zu ergreifen, weil man sonst einige Bleikugeln nachgeschickt bekommen hätte, da es sich diesmal wirklich um einen Jagdaufseher handelte.

»Man muß etwas machen!« flüsterte Don Camillo. »Wenn man uns hier findet, kommt es zu einem Skandal!«

»Das geht mich nichts an«, antwortete ruhig Peppone. »Ich stehe immer für meine Handlungen ein.«

Die Schritte kamen noch näher, und Don Camillo versteckte sich hinter einem Baum. Peppone rührte sich nicht, und als der Jagdaufseher mit einem schußbereiten Gewehr vor ihm erschien, grüßte er ihn sogar.

»Guten Abend.«

»Was machen Sie hier?« fragte der Aufseher.

»Sammle Schwämme.«

»Mit dem Gewehr?«

»Es ist eine Methode wie jede andere.«

Die Methode, mit der man Jagdaufseher ungefährlich machen kann, ist nicht sehr kompliziert. Wenn man sich hinter dem Rücken eines Jagdaufsehers befindet, muß man ihm einen Mantel über den Kopf werfen und dann einen möglichst festen Schlag darauf versetzen. Es genügt nachher, sich die momentane Bewußtlosigkeit des Subjekts zunutze zu machen, um den Zaun zu erreichen und zu passieren. Dann ist alles in Ordnung.

Don Camillo und Peppone fanden sich draußen wieder und saßen hinter einem Busch, eine Meile vom Jagdgebiet entfernt.

»Don Camillo«, seufzte Peppone, »eine sehr schlimme Sache haben wir da gemacht. Unsere Hände haben wir gegen einen Beschützer der Ordnung erhoben. Es ist ein Verbrechen!«

Don Camillo, der diese Hände erhoben hatte, schwitzte kalt.

»Mein Gewissen plagt mich«, fuhr Peppone infam fort. »Wenn ich an die furchtbare Angelegenheit denke, finde ich keine Ruhe. Wie werde ich nur den Mut aufbringen, einen Diener Gottes aufzusuchen, um ihn um Vergebung für mein Verbrechen anzuflehen? Verflucht sei der Tag, an dem ich der Versuchung des moskowitischen Wortes verfiel, die heiligen Gebote der christlichen Barmherzigkeit vergessend!«

Don Camillo war so gedemütigt, daß er am liebsten geweint hätte. Andererseits hatte er ein tolles Verlangen, seinem üblen Kumpanen einen Faustschlag auf den Kopf zu versetzen. Da Peppone dies begriff, hörte er auf zu höhnen.

»Verfluchte Versuchung«, rief Peppone aus, zog den Hasen aus der Tasche und warf ihn weit weg.

»Jawohl, verflucht«, rief auch Don Camillo aus und zog seinen Hasen heraus, warf ihn weit in den Schnee und entfernte sich tief gesenkten Hauptes.

Peppone folgte ihm bis Gaggie und bog dann nach rechts ein.

»Entschuldigen Sie«, sagte Peppone noch vorher, »vermögen Sie mir in der Umgebung einen guten Pfarrer zu empfehlen, bei dem ich meine Sünden beichten könnte?«

Don Camillo ballte die Fäuste und ging geradeaus weiter.

Als er genug Mut gesammelt hatte, erschien er vor dem Christus vom Hochaltar und breitete die Arme auseinander.

»Ich habe es nicht meinetwegen getan ... Ich habe es nur deswegen gemacht, weil es der Kirche geschadet hätte, wenn man es erfahren hätte, daß ich beim Wildern ergriffen wurde ...«

Christus blieb aber stumm, und in solchen Fällen pflegten Don Camillo Fieberschauer zu befallen, worauf er sich meistens jegliche Nahrung, außer Wasser und Brot, für viele Tage verbot, bis ihm zum Schluß Christus gerührt zu sagen pflegte: »Genug.«

Bevor diesmal Christus »genug« sagte, nährte sich

Don Camillo ganze sieben Tage von Brot und Wasser, und gerade am Abend des siebenten, als er sich bereits an die Wände anlehnen mußte, um auf den Beinen zu bleiben, und der Hunger ihm im Magen heulte, kam Peppone zur Beichte.

»Ich habe das Gesetz und die Gebote des christlichen Glaubens übertreten«, sagte Peppone.

»Ich weiß«, antwortete Don Camillo.

»Außerdem: Kaum hatten Sie sich entfernt, kam ich zurück, nahm beide Hasen und bereitete mir einen, gedünstet in Saft, während ich den anderen in die Beize legte.«

»Das habe ich mir gedacht«, antwortete Don Camillo wie mit letztem Hauch. Und als er später am Hochaltar vorbeiging, lächelte ihm Christus zu, nicht so sehr in Anbetracht der sieben Fastentage als in Anbetracht des Umstandes, daß Don Camillo im Moment, als er mit »Das habe ich mir gedacht« antwortete, keinen Wunsch verspürte, Peppone einen Faustschlag zu versetzen, sondern ganz im Gegenteil sich tief bei der Erinnerung schämte, daß auch er an jenem Abend einen Augenblick der Versuchung ausgesetzt war, zurückzukehren und dasselbe zu tun, was Peppone tatsächlich tat.

»Armer Don Camillo!« flüsterte Christus gerührt.

Und Don Camillo breitete die Arme aus, als ob er sagen wollte, daß er alles mache, was möglich ist, und daß es nicht aus Bosheit geschah, wenn er sich manchmal verirrt habe.

»Ich weiß, ich weiß, Don Camillo«, antwortete Christus. »Und jetzt geh und iß von deinem Hasen, den dir Peppone schön eingebeizt in der Pfarrküche hinterlegt hat.«

Die Brandstiftung

Es war eine finstere Regennacht, als das alte Haus plötzlich zu brennen anfing.

Das alte Haus war ein verfallener und verlassener Bau, der auf einem Hügel stand, und die Leute fürchteten sich, an ihn heranzukommen – auch tagsüber –, da sie erzählten, er sei voller Schlangen und Gespenster. Das Merkwürdige war, daß das alte Haus nur aus einem großen Haufen Steine bestand, weil das Holz, auch das kleinste Stückchen, das vielleicht einmal übriggeblieben war, nachdem die letzten Bewohner das Haus verlassen und alles Brauchbare mitgenommen hatten, vom Wind und vom Regen zerfressen worden war. Trotzdem brannte der Steinhaufen jetzt wie ein Freudenfeuer.

Viele Leute verließen das Dorf und machten sich auf den Weg, um sich den Brand anzuschauen, und alle wunderten sich sehr darüber.

Auch Don Camillo kam heranspaziert und gesellte sich zu einem Häufchen Menschen, das im Begriff war, den holprigen Steinweg zu betreten, der zum alten Haus führte.

»Es wird einer von unseren Revolutionären gewesen sein, der die Ruine mit Stroh gefüllt und sie dann angezündet hat, um irgendein bedeutendes Datum zu feiern«, sagte Don Camillo laut und ging mit großen Schritten der Gruppe voran. »Was sagt denn unser Herr Bürgermeister dazu?«

Peppone drehte sich nicht einmal um.

»Wie soll ich das wissen?« murmelte er.

»Nun, als Bürgermeister müßtest du alles wissen«, erwiderte Don Camillo, der offensichtlich außerordentlich vergnügt war. »Ist vielleicht heute ein geschichtlicher Gedenktag?«

»Sagen Sie so etwas nicht einmal im Spaß, oder es wird morgen das ganze Land davon reden, daß wir diese verfluchte Geschichte veranstaltet haben«, unterbrach ihn Brusco, der zusammen mit den Repräsentanten der Linken neben Peppone ging.

Am Ende zweier Hecken, die ihn einsäumten, öffnete sich der Weg zu einer steinigen, armseligen Wiese, in deren Mitte der kleine Hügel stand, auf dem das alte Haus errichtet war. Es war ungefähr dreihundert Meter entfernt, und man sah die Steine wie eine Fackel brennen.

Peppone blieb stehen, und die Leute breiteten sich nach links und rechts aus. Ein Windstoß brachte eine Rauchwolke heran.

»Das ist kein Stroh, es muß Benzin sein!«

Die Leute begannen diesen merkwürdigen Umstand zu kommentieren, und jemand machte Anstalten weiterzugehen, wurde aber durch laute Zurufe aufgehalten.

»Keine Dummheiten!«

Nun hatten sich gegen Kriegsende im Dorf und in der Umgebung lange Zeit Truppen aufgehalten. Es war möglich, daß so eine Gruppe dort Benzinkanister versteckt hatte. Vielleicht war es auch gestohlenes Benzin und wurde von den Dieben in das alte Haus gebracht. Man konnte nie wissen.

Don Camillo fing an zu lachen.

»Erzähl mir keine Märchen! Mir ist die ganze Geschichte verdächtig, und ich will mich mit eigenen Augen überzeugen, was da los ist.«

Entschlossen löste er sich von der Herde und ging schnellen Schrittes zur brennenden Ruine. Er hatte bereits etwa hundert Meter zurückgelegt, als ihn Peppone mit einigen großen Sprüngen einholte.

»Sofort zurück, Sie ...«

»Mit welchem Recht mengst du dich in meine Angelegenheiten ein?« erwiderte ungeduldig Don Camillo, schob seinen Hut nach hinten und stemmte seine großen Fäuste in die Hüften.

»Ich befehle es Ihnen als Bürgermeister! Ich kann es nicht gestatten, daß sich einer meiner Bürger so dumm der Gefahr aussetzt!«

»Was für einer Gefahr?«

»Riechen Sie denn nicht? Es ist ja ein Benzinlager! Gott weiß, welche Teufelei dahintersteckt!«

Don Camillo schaute ihn mißtrauisch an.

»Was weißt du denn davon?«

»Ich? Ich weiß nichts, es ist aber meine Pflicht, Sie zu warnen, denn wo Benzin ist, könnte auch etwas anderes dabei sein.«

Don Camillo lachte auf.

»Ich habe verstanden. Weißt du, was los ist? Das Herz ist dir in die Hose gerutscht, und jetzt ärgerst du dich, daß deine Herde zusehen muß, wie ihr Chef von einem so armseligen reaktionären Pfäfflein wie Don Camillo in der Zivilcourage unterrichtet wird.«

Peppone ballte die Fäuste.

»Meine Leute haben mich im Partisanenkrieg im Gebirge am Werk gesehen und ...«

»Jetzt ist es anders, Genosse Bürgermeister, man muß in der Ebene arbeiten. Im Gebirge kann man leicht den großen Helden spielen.«

Peppone spuckte sich in die Hände, atmete tief und ging entschlossenen Schrittes auf die brennende Stätte zu. Nach fünfzig Metern sprang Don Camillo, der bis dahin mit gekreuzten Armen Peppone beobachtet hatte, auf und holte ihn ein.

»Halt!«

»Was halt!« schrie auch Peppone und riß den Arm los. »Gehen Sie lieber Ihre Geranien begießen. Ich gehe weiter. Wir werden sehen, wer Angst hat, Sie oder ich.«

Don Camillo hätte sich am liebsten auch in die Hände gespuckt, tat es aber nicht, da er sich daran erinnerte, daß er Erzpriester sei. Er beschränkte sich darauf, auch tief einzuatmen und die Fäuste zu ballen, und ging weiter.

Sie gingen Schulter an Schulter, Peppone und Don Camillo, und die Entfernung verringerte sich, und schon spürten sie die Hitze, und sie preßten die Zähne immer mehr aufeinander und ballten immer fester die Fäuste, während sie einander aus den Augenwinkeln beobachteten und jeder von ihnen hoffte, daß der andere stehenbleiben werde, alle beide waren jedoch entschlossen, wenigstens einen Schritt mehr zu machen als der andere.

Achtzig, siebzig, sechzig Meter.

»Halt!« sagte eine Stimme, der man gehorchen mußte. Und beide blieben im selben Augenblick stehen, drehten sich um und liefen wie Blitze davon.

In diesem Moment riß ein schrecklicher Donner die Stille entzwei, während das alte Haus in die Luft flog und sich wie eine Feuerblume entfaltete.

Sie kamen beide, mitten auf der Straße sitzend, zu sich, und keine Seele war weit und breit zu sehen, da alle wie Hasen zum Dorf geflüchtet waren.

Dann gingen sie schweigend Schulter an Schulter. Plötzlich murmelte Peppone:

»Warum habe ich Sie nur nicht weitergehen lassen? Es wäre besser gewesen.«

»Genau das denke ich mir auch«, antwortete Don Camillo. »Eine blendende Gelegenheit versäumt.«

»Hätte ich Sie weitergehen lassen«, fuhr Peppone fort, »hätte ich die Freude gehabt, den schwärzesten Reaktionär der Welt in die Luft fliegen zu sehen.«

»Ich glaube nicht«, antwortete Don Camillo, ohne sich

umzuschauen. »Bei fünfzig Meter wäre ich stehengeblieben.«

»Warum?«

»Weil ich gewußt habe, daß in der Höhle unter dem alten Haus sechs Benzinkanister, fünfundneunzig Maschinenpistolen, zweihundertfünfundsiebzig Handgranaten, zwei Kisten Munition, sieben Maschinengewehre und dreihundert Kilo Dynamit lagerten.«

Peppone blieb stehen und schaute ihn mit weit aufgerissenen Augen an.

»Nichts Besonderes!« erklärte Don Camillo. »Bevor ich das Benzin anzündete, wurde alles schön gezählt.«

Peppone ballte die Fäuste.

»Ich möchte Sie jetzt erschlagen!« schrie er zähneknirschend.

»Das kann ich gut verstehen, Peppone, es ist aber nicht leicht, mich zu erschlagen.«

Sie gingen weiter, nach einer Weile blieb aber Peppone stehen.

»Aber ... Sie haben also doch gewußt, wie gefährlich es war, und sind trotzdem bis auf fünfzig Meter herangegangen, und wenn man uns nicht aufgehalten hätte, wären Sie bestimmt weitergegangen ...«

»Natürlich. Ich habe genauso alles gewußt, wie du alles gewußt hast«, erwiderte Don Camillo. »Unsere persönliche Eitelkeit war aber im Spiel.«

Peppone schüttelte den Kopf.

»Da ist nichts zu sagen, Kerle sind wir beide. Schade, daß Sie nicht zu den Unseren gehören.«

»Genauso denke ich auch. Schade, daß du nicht zu uns gehörst.«

Vor der Pfarre trennten sie sich.

»Im Grunde genommen haben Sie mir einen Dienst erwiesen«, sagte Peppone. »Dieser ganze Laden oben im alten Haus lag mir auf dem Gewissen wie ein Damoklesschwert.«

»Langsam, langsam mit historischen Zitaten, Peppone«, antwortete Don Camillo.

»Und doch«, fuhr Peppone fort. »Sie sagen, es waren sieben Maschinengewehre, und indessen waren es eigentlich acht. Wer wird denn das eine genommen haben?«

»Mach dir keine Sorgen«, antwortete Don Camillo. »Ich habe es genommen. Wenn eines Tages die proletarische Revolution ausbricht, dann halte dich im weiten Umkreis vom Pfarrhaus.«

»Auf Wiedersehen in der Hölle!« murmelte Peppone im Weggehen.

Don Camillo ließ sich vor Christus am Hochaltar auf die Knie nieder.

»Ich danke Dir«, sagte er, »ich danke Dir, daß Du uns aufgehalten hast. Hättest Du nicht ›halt!‹ gesagt, wäre daraus noch eine dumme Geschichte geworden!«

«Aber nein«, erwiderte lächelnd Christus. »Da du gewußt hast, wohin du gegangen bist, so wäre das ein Selbstmord gewesen – und du wärst schon zurückgegangen, Don Camillo.«

»Ja, sicher, aber man darf den eigenen Glauben nie überschätzen. Die Eitelkeit ist manchem schon zum Verhängnis geworden.«

»Sag mir lieber, wie ist denn das mit dem Maschinengewehr? Hast du ein solch verhängnisvolles Zeug mitgenommen?«

»Nein«, antwortete Don Camillo. »Es waren acht, und acht sind in die Luft geflogen. Es ist aber gut, wenn die Roten denken, daß es hier ein Maschinengewehr gibt.«

»Gut«, sagte Christus. »Wenn's doch wahr wäre. Das Pech ist nur, daß du wirklich dieses verfluchte Werkzeug mitgenommen hast. Warum bist du so ein Lügner, Don Camillo?«

Don Camillo breitete die Arme aus ...

Der Schatz

Smilzo erschien im Pfarrhof. Er war ein junger, ehemaliger Partisan, der Peppone als Kurier gedient hatte, als dieser im Gebirge war. Jetzt hatten sie ihn zum Gemeindediener gemacht. Er brachte einen großen, luxuriösen Brief, aus handgearbeitetem Papier, mit gotischen Lettern und dem Briefkopf der Partito Comunista.

»Euer Wohlgeboren werden höflich eingeladen, eine Veranstaltung sozialen Charakters, die morgen um zehn Uhr auf dem Platz der Freiheit stattfinden wird, mit Ihrer Anwesenheit zu beehren. Der Sektionssekretär Genosse Botazzi, Bürgermeister Giuseppe.«

Don Camillo schaute Smilzo ins Gesicht.

»Sag dem Herrn Genossen Peppone, Bürgermeister Giuseppe, daß ich gar keine, aber schon gar keine Lust habe zu kommen, um alle üblichen Dummheiten über Reaktion und Kapitalisten anzuhören. Ich kenne sie schon auswendig.«

»Nein«, erklärte Smilzo, »gar keine politischen Reden. Patriotische Angelegenheit mit sozialem Charakter.

Wenn Sie nein sagen, heißt es, Sie verstehen nichts von Demokratie.«

Don Camillo schüttelte ernst den Kopf.

»Wenn die Dinge so sind«, rief er aus, »sag ich nichts mehr.«

»In Ordnung. Der Chef sagt, Sie sollen in Uniform und mit dem Werkzeug kommen.«

»Werkzeug?«

»Ja, Kübel und Pinsel – es gibt verschiedenes zu segnen.«

Smilzo sprach zu Don Camillo in dieser Art, eben weil er Smilzo war, das heißt ein so klein gewachsener und teuflisch wendiger Lausbub, daß er im Partisanenkrieg sich zwischen den Kugeln durchschlängeln konnte, ohne Schaden davonzutragen. Als daher das von Don Camillo ihm nachgeworfene große Buch den Punkt erreichte, wo Smilzos Kopf gewesen war, war Smilzo schon außerhalb des Hauses und drückte fest auf die Pedale seines Fahrrades.

Don Camillo stand auf, hob das Buch auf und ging zu Christus am Hochaltar, um dort seiner Verstimmung freien Lauf zu lassen.

»Jesus«, sagte er, »ist es denn unmöglich zu erfahren, was jene Leute für morgen im Schilde führen? Noch nie habe ich etwas so Geheimnisvolles gesehen. Was sollen alle diese Vorbereitungen heißen? Diese Stangen, die sie rundherum um den freien Platz zwischen der Apotheke und dem Baghetti-Haus in die Erde pflanzen? Was für ein Teufelswerk soll das sein?«

»Mein Sohn, wenn es Teufelswerk wäre, würden sie es erstens nicht offen machen, und zweitens würden sie dich nicht einladen, um es zu segnen. Hab Geduld bis morgen.«

Don Camillo ging am Abend hinaus, um einen Blick auf die Vorbereitungen zu werfen, er sah aber nur Stangen und Fahnenmasten rundherum um die Wiese, und niemand konnte sich erklären, was da geschehen sollte.

Als er am nächsten Morgen, begleitet von zwei Ministranten, die Kirche verließ, zitterten ihm die Knie. Er spürte, daß etwas nicht mit rechten Dingen zuging. Er witterte Verrat.

Er kam nach einer Stunde zurück, außer sich, fiebernd.

»Was ist denn geschehen?« fragte ihn Christus vom Hochaltar.

»Haarsträubend«, stotterte Don Camillo. »Fürchterlich. Musikkapelle, Garibaldi-Hymne, eine Rede Peppones und die Grundsteinlegung für das ›Haus des Volkes‹. Und ich mußte den Grundstein segnen. Peppone war außer sich vor Befriedigung. Dieser Schuft hat mich aufgefordert, ein paar Worte zu sagen, und so mußte ich eine kleine Gelegenheitsrede halten, weil dieser Gauner das Ganze, obwohl es eine Parteisache war, als öffentliches Werk dargestellt hat!«

Don Camillo ging in der leeren Kirche auf und ab. Dann blieb er wieder vor Christus stehen.

»Ein Witz«, rief er aus. »Versammlungssaal, Lesesaal, Bibliothek, Turnsaal, Ambulatorium, Theater! Ein Wolkenkratzer mit zwei Stockwerken, mit einem Sportplatz und einer Kegelbahn. Und alles für lächerliche zehn Millionen.«

»Es ist nicht teuer bei den heutigen Preisen«, bemerkte Christus.

Don Camillo fiel auf einer Bank zusammen.

»Jesus«, seufzte er traurig, »warum tatest Du mir diese Schmach an?«

»Don Camillo, du bist nicht bei Verstand!«

»Schon, ich bin bei Verstand. Es sind schon zehn Jahre her, daß ich tagtäglich auf den Knien um ein paar Lire bitte, um eine kleine Bibliothek anlegen zu können, um ein Spielzimmer für Buben, einen Kinderspielplatz mit einer Schaukel, mit ein paar Turngeräten und vielleicht mit einem kleinen Schwimmbad wie in Castellina einrichten zu können. Es ist schon zehn Jahre her, daß ich mich zerreiße, indem ich diesen schmutzigen, geizigen Großgrundbesitzern, die ich am liebsten ohrfeigen möchte, wenn ich ihnen begegne, Komplimente und Verbeugungen mache; ich werde ungefähr zweihundert Lotterien zustande gebracht, an zweitausend Türen angeklopft haben, und ich habe nichts erreicht. Und da kommt so ein exkommunizierter Lackel, und sieh da, zehn Millionen regnen ihm vom Himmel in die Tasche.«

Christus schüttelte das Haupt.

»Sie regnen ihm nicht vom Himmel«, antwortete er. »Die Erde hat sie ihm gegeben. Ich habe damit nichts zu tun, Don Camillo. Es ist ein Ergebnis seiner persönlichen Initiative.«

Don Camillo breitete die Arme aus.

»Dann ist die Sache einfach. Das heißt, ich bin ein armer Idiot.«

Don Camillo begab sich in seine Kammer und ging in ihr zornig grübelnd hin und her. Er schloß die Möglichkeit aus, daß Peppone durch Straßenüberfälle oder Bankeinbruch zu den zehn Millionen gekommen wäre.

»Diese Banditen! In den Tagen der Befreiung, als Peppone vom Gebirge heruntergekommen war und als es so ausschaute, als ob von einem Tag zum andern die proletarische Revolution ausbrechen würde, hat er bestimmt die Angst dieser Feiglinge von Großgrundbesitzern sich zunutze gemacht und sie ausgeplündert.«

Dann fiel ihm aber ein, daß die Herrschaften in jenen Tagen nicht in der Gegend gewesen waren, vielmehr war ein englischer Trupp da, der mit Peppones Leuten kam. Die Engländer hatten sich sofort in den Herrschaftshäusern breitgemacht, wo sie nun an die Stelle der »Hakenkreuzler« traten. Die waren vorher geraume Zeit in der Gegend und hatten die Herrschaftshäuser systematisch von allen besseren Sachen gesäubert. Man konnte also nicht einmal annehmen, daß Peppone durch Hausdurchsuchungen zu den zehn Millionen gekommen sei.

Vielleicht kam das Geld aus Rußland? Er fing zu lachen an: Man stelle sich vor, die Russen hätten an nichts anderes zu denken als an Peppone!

»Jesus«, ging Don Camillo schließlich bitten, »könntest Du mir nicht sagen, wo Peppone das Geld gefunden hat?«

»Don Camillo«, antwortete lächelnd Christus, »glaubst du vielleicht, daß ich ein Detektiv bin? Warum Gott fragen, was Wahrheit ist, wenn die Wahrheit in dir ist? Suche sie, Don Camillo! Und warum gehst du eigentlich nicht indessen ein wenig in die Stadt, um dich zu zerstreuen?«

Als er am Abend aus dem Dorf zurückkam, erschien Don Camillo vor Christus in einem Zustand eindrucksvoller Erregung.

»Was ist denn los mit dir, Don Camillo?«

»Tolle Sache!« rief Don Camillo außer Atem. »Ich bin einem Toten begegnet! Auge in Auge, auf der Straße!«

»Don Camillo, beruhige dich und denke nach: gewöhnlich begegnet man Toten nicht Auge in Auge auf der Straße. Es handelt sich meistens um Lebende.«

»Ausgeschlossen«, schrie Don Camillo. »Das war ein Toter, doppelt tot, weil ich ihn selbst eingesegnet habe.«

»Wenn's denn so ist«, antwortete Christus, »dann sag ich nichts mehr. Es wird ein Gespenst gewesen sein.«

Don Camillo zuckte mit den Achseln.

»Aber wo! Gespenster existieren nur in den Hohlköpfen dummer Weiblein!«

»Also?«

»Hm ...«, murmelte Don Camillo.

Don Camillo sammelte seine Gedanken. Der Tote war ein hagerer junger Mann, keiner aus der Gegend. Er war vom Gebirge zusammen mit Peppones Leuten heruntergekommen. Er hatte eine Kopfwunde, war bewußtlos, und man hatte ihn im Erdgeschoß der Villa Docchi, die zuerst den »Hakenkreuzlern« als Befehlsstand gedient und in der sich später das englische Kommando eingenistet hatte, untergebracht. Im Zimmer nebenan hatte Peppone seinen Befehlsstand gehabt.

Don Camillo konnte sich sehr gut erinnern: die Villa war von drei englischen Wachrunden umstellt, nicht einmal eine Fliege hätte ein und aus gehen können, weil in der Umgebung noch Kämpfe stattfanden und die Engländer auf ihre eigene Sicherheit besonderen Wert legten.

Das war in der Früh. In der Nacht starb der Verwundete. Peppone ließ gegen Mitternacht Don Camillo rufen; als Don Camillo aber kam, war der junge Mann schon kalt. Die Engländer wollten keinen Toten im Hause haben, und so wurde gegen Mittag die Totenbahre aus der Villa gebracht, getragen von Peppone und seinen drei Getreuesten. Eine englische Abteilung, Gott vergelt's ihr, erwies die letzte Ehre.

Don Camillo konnte sich erinnern, daß das Begräbnis äußerst rührend war: das ganze Dorf hinter dem Sarg, der sich auf einer Lafette befand.

Ja, und die Ansprache auf dem Friedhof, bevor man den Sarg in die Grube senkte, die hatte er, Don Camillo, selbst gehalten, und die Leute hatten geweint. Auch Peppone, in der ersten Reihe, schluchzte.

Wenn ich so richtig dabei bin, dann kann ich schon reden! dachte Don Camillo selbstzufrieden, indem er sich dieser Episode erinnerte. Dann nahm er die logische Folgerung seiner Gedankengänge wieder auf und kam zu folgendem Schluß: Und trotz alledem bin ich bereit zu schwören, daß der magere junge Mann, dem ich heute in der Stadt begegnet bin, der gleiche ist, den ich zu Grabe geleitet habe.

Er seufzte.

»So ist das Leben!«

Am nächsten Tag ging Don Camillo Peppone in seiner Werkstatt besuchen und fand ihn unter einem Auto liegend vor.

»Guten Tag, Genosse Bürgermeister! Ich bin gekommen, um dir zu sagen, daß ich seit zwei Tagen an deine Beschreibung des Hauses des Volkes denke.«

»Schön, nicht wahr?« grinste Peppone.

»Herrlich. Ich hab mich auch entschlossen, ein kleines Haus mit Schwimmbad, Kindergarten, Spielplatz, kleinem Theater und so weiter zu errichten. Du weißt, ich hab so etwas seit Jahren schon im Kopf. Die Grundsteinlegung findet am kommenden Sonntag statt. Natürlich liegt mir viel daran, daß auch du als Bürgermeister kommst.«

Peppone kroch unter dem Auto hervor und wischte mit dem Hemdsärmel sein ölverschmiertes Gesicht ab.

»Sehr gern, Höflichkeit gegen Höflichkeit.«

»Gut. Inzwischen überleg es dir, wie du die Pläne für dein Haus etwas bescheidener gestalten könntest. Es ist für meinen Geschmack etwas zu groß.«

Peppone schaute ihn entsetzt an.

»Don Camillo, sind Sie verrückt?«

»Nein, jedenfalls nicht mehr als damals, als ich ein Begräbnis hatte und eine patriotische Ansprache vor einem Sarg hielt, der offensichtlich nicht gut vernagelt war, da ich gestern der Leiche in der Stadt begegnet bin.«

Peppone knirschte mit den Zähnen.

»Was wollen Sie damit sagen?«

»Nichts. Daß dieser Sarg, dem die Engländer die letzte Ehre erwiesen und den ich einsegnete, Sachen enthielt, die du in der Villa Docchi gefunden hattest, bevor die Engländer dort ihr Kommando eingerichtet hatten. Und der Tote war lebendig und versteckt auf dem Dachboden!«

»Ach!« heulte Peppone. »Immer dieselbe Geschichte! Man versucht, die Partisanenbewegung zu verleumden!«

»Reg dich nicht auf, Peppone, und laß die Partisanen in Ruhe. Mich führst du nicht hinters Licht.«

Und dann ging er, während Peppone dunkle Drohungen murmelte.

An diesem gleichen Abend sah Don Camillo Peppone in Begleitung von Brusco und zwei anderen Großkopfeten in das Pfarrhaus kommen. Dieselben, die damals die Bahre trugen.

»Sie können uns nicht verleumden«, sagte Peppone düster. »Die Sachen waren von den Deutschen gestohlen, Silber, Fotoapparate, Instrumente, Gold und so weiter.

Hätten wir es nicht genommen, wären es die Engländer gewesen. Es war die einzige Möglichkeit, die Sachen wegzubringen. Hier sind Quittungen und Zeugenaussagen: niemand hat eine Lira für sich genommen. Zehn Millionen wurden gefunden, und zehn Millionen werden für das Volk ausgegeben.«

Brusco, der leicht aufbrauste, fing an zu schreien, das sei die Wahrheit, und falls es nötig sein sollte, wisse er schon, wie man gewisse Leute zu behandeln habe.

»Ich auch«, antwortete ruhig Don Camillo. Und ließ die Zeitung fallen, die er vor sich ausgebreitet hielt, und da sah man, daß er unter dem rechten Arm die berühmte Maschinenpistole hielt, die einst Peppone gehört hatte.

Brusco erbleichte und trat um einen Schritt zurück, und Peppone breitete die Arme aus.

»Don Camillo, wir sollten jetzt nicht streiten.«

»Ganz meine Meinung«, antwortete Don Camillo. »Um so mehr, als ich mit euch absolut einig bin: zehn Millionen sind gerettet, und zehn Millionen soll das Volk erhalten. Sieben durch euer Haus des Volkes und drei durch meinen Kindergarten für die Söhne des Volkes. ›Lasset die Kindlein zu mir kommen.‹ Ich verlange nur, was mir zusteht.«

Die vier berieten leise, und dann sprach Peppone:

»Wenn Sie nicht dieses verfluchte Ding in der Hand hätten, würde ich Ihnen sagen, daß das die schlimmste Erpressung ist, die die Welt je gesehen hat.«

Am Sonntag wohnte Bürgermeister Peppone mit dem gesamten Gemeinderat der Grundsteinlegung für Don Camillos Kindergarten bei. Und hielt sogar eine kleine Ansprache. Er fand jedoch einen Augenblick, um Don Camillo ins Ohr zu flüstern: »Es wäre vielleicht besser, man würde Ihnen diesen Grundstein um den Hals binden und Sie dann in den Po stürzen.«

Don Camillo ging am Abend, Christus Bericht zu erstatten.

»Was sagst Du dazu?« fragte er am Schluß.

»Das, was dir Peppone erwidert hat: Wenn du nicht

dieses verfluchte Ding in der Hand hättest, würde ich sagen, daß dies die schlimmste Erpressung war, die die Welt je gesehen hat.«

»Ich habe doch die Geldanweisung in der Hand, die mir Peppone heute gegeben hat«, protestierte Don Camillo.

»Das ist es«, flüsterte Christus. »Mit diesen drei Millionen wirst du zu viele gute und schöne Dinge machen, Don Camillo, als daß ich dich jetzt schlecht behandeln könnte.«

Don Camillo verbeugte sich und ging schlafen und träumte von einem Garten voll Kinder, einem Garten mit Turngeräten und einer Schaukel, und auf der Schaukel saß Peppones kleinster Sohn und quietschte wie ein Vöglein.

Rivalen

Kam da ein bedeutender Mann aus der Stadt, und die Leute aller Parteien liefen zusammen. Darum bestimmte Peppone, daß die Versammlung auf dem Marktplatz stattfinden solle, und ließ nicht nur ein schönes, mit rotem Stoff überzogenes Podium errichten, sondern beschaffte auch einen von jenen kleinen Lieferwagen, auf deren Dach vier große Trichter angebracht sind und die im Innern einen elektrischen Mechanismus für die Tonverstärkung besitzen.

Sonntag nachmittag war also der Platz zum Bersten voll, und die Leute füllten sogar teilweise den Kirchplatz, der ausgerechnet an den Marktplatz grenzte.

Don Camillo hatte alle Türen verriegelt und zog sich dann in die Sakristei zurück, um niemanden zu sehen, niemanden zu hören und kein böses Blut in seinem Herzen aufsteigen zu lassen. Er schlummerte gerade, als ihn eine Stimme, die jener des Zornes Gottes glich, aus dem Schlaf riß: »Kombattanten ...!«

Als ob die Mauern überhaupt nicht da wären.

Don Camillo ging zum Hochaltar, um dort seiner Empörung freien Lauf zu lassen.

»Sie haben ihre verfluchten Lautsprecher ausgerechnet gegen uns gerichtet«, rief er aus. »Das ist eine glatte Verletzung des Hausrechtes.«

»Du kannst nichts machen, Don Camillo. Das ist der Fortschritt«, antwortete Christus.

Nach einer allgemeinen Einführung ging der Redner gleich in medias res, und da er ein Extremist war, sprach er scharf.

»Wir haben im Rahmen der Gesetzlichkeit zu bleiben – und wir werden es auch tun! Wenn wir auch zu diesem Zweck rigorose Maßnahmen gegen alle Volksfeinde ergreifen müssen ...«

Don Camillo rannte hin und her wie ein Pferd.

»Jesus, hörst Du das?«

»Ja, Don Camillo, ich höre, nur allzu deutlich.«

»Jesus, warum läßt Du nicht auf diesen Ungläubigen einen Blitz niedergehen?«

»Don Camillo, bleibe im Rahmen der Gesetzlichkeit. Wenn du jemanden umlegen willst, um ihm weiszumachen, daß er im Unrecht ist, dann sage mir bitte, wozu ich mich kreuzigen ließ?«

Don Camillo breitete die Arme aus.

»Du hast recht, wie immer. Es bleibt uns nur noch übrig, zu warten, bis man auch uns kreuzigt.«

Christus lächelte.

»Wenn du anstatt zu reden und dann erst darüber nachzudenken, was du gesagt hast, erst überlegtest, was du sagen sollst, und dann erst sprächest, würdest du es bestimmt vermeiden, Dummheiten zu reden.«

Don Camillo senkte den Kopf.

»... und was jene betrifft, die sich im Schatten des Kreuzes verbergen und durch das Gift ihres zweideutigen Wortes die Arbeitermassen zu entzweien suchen ...« Die Stimme des Lautsprechers, vom Wind getragen, erfüllte die Kirche und ließ die roten, gelben und blauen Scheiben der gotischen Fenster erzittern.

Don Camillo ergriff einen großen Leuchter aus Bronze und, indem er ihn wie eine Keule in der Hand hielt, ging er zähneknirschend zur Tür.

»Halt, Don Camillo!« rief Christus. »Du wirst so lange die Kirche nicht verlassen, bis alle den Platz verlassen haben.«

»Schon gut«, erwiderte Don Camillo und stellte den Leuchter zurück. »Ich gehorche.«

Er ging in der Kirche hin und her und blieb dann wieder vor Christus stehen.

»Hier kann ich aber machen, was ich will?«

»Natürlich, Don Camillo, du bist in deinem Hause und kannst machen, was du willst. Außer dich ans Fenster zu stellen und mit dem Maschinengewehr auf die Leute zu schießen.«

Drei Minuten später hüpfte Don Camillo fröhlich im obersten Stockwerk des Kirchturmes herum und führte das infernalischste Glockenspiel auf, das man je im Lande gehört hatte.

Der Redner konnte nicht fortfahren und wandte sich hilfesuchend an die Großkopfeten des Ortes, die hinter ihm auf dem Podium standen.

»Man muß ihn herunterkriegen«, schrie empört der Redner.

Peppone nickte düster.

»Richtig«, sagte er. »Es gibt zwei Arten, wie man ihn herunterkriegen kann: entweder eine Mine unter dem Kirchturm explodieren lassen oder mit Kanonen schießen.«

Der Gast befahl ihm, keine Dummheiten zu reden. Was, zum Teufel, das sei überhaupt kein Problem, man brauchte nur die Tür zum Turm aus den Angeln zu heben und hinaufzusteigen!

»Wie man's nimmt«, erklärte phlegmatisch Peppone. »Man steigt auf Leitern von einem Stockwerk zum anderen hinauf. Siehst du, was dort aus dem Fenster des obersten Stockwerks herausragt? Es sind die Leitern. Er hat sie alle mitgenommen. Die Falltüre ist oben zu, der Glöckner ist von der ganzen Welt abgeschnitten.«

»Man könnte versuchen, auf die Turmfenster zu schießen«, schlug Smilzo vor.

»Schön«, stimmte Peppone zu. »Man müßte aber die Gewißheit haben, daß man ihn mit dem ersten Schuß außer Gefecht setzt, denn sonst fängt er zu schießen an, und dann werden wir was erleben.«

Die Glocken verstummten, und der Redner fuhr mit seiner Ansprache fort, und alles ging gut, bis ihm wieder etwas entschlüpfte, was Don Camillo nicht paßte. Da begann Don Camillo sofort seine Gegenrede, um wieder auszusetzen und wieder zu läuten, wenn der Redner ausfällig wurde. Und so bis zu den letzten Sätzen, die auf einfache, pathetische und patriotische Intonierung berechnet waren und infolgedessen von der Glockenzensur verschont blieben.

Abends begegnete Peppone Don Camillo.

»Nehmen Sie sich zusammen, Don Camillo, denn – wenn Sie weiter so herausfordern, werden Sie schlecht enden!«

»Da gibt's keine Herausforderung«, erwiderte ruhig Don Camillo. »Ihr blast in eure Trompeten, und wir lassen unsere Glocken läuten. Das ist Demokratie. Wenn es dagegen nur einem gestattet wäre, Lärm zu machen, wäre das Diktatur.«

Peppone steckte dies ein; an einem Morgen aber fand Don Camillo auf dem Platz vor der Kirche, einen halben Meter von der Linie entfernt, die den Kirchplatz vom Stadtplatz trennt, ein Ringelspiel, ein Schaukelgestell, drei Schießstände, ein elektrisches Autodrom, eine »Todeswand« und eine unbestimmte Anzahl anderer Vergnügungsstände vor.

Die Leute zeigten ihm eine vom Bürgermeister unterzeichnete Genehmigung, und Don Camillo beschränkte sich darauf, sich in das Pfarrhaus zurückzuziehen.

Am Abend ging die Hölle los: mechanische Orgeln, Lautsprecher, Schüsse, Schreie, Gesänge, Glocken, Pfiffe, Gekläffe, Brüllen.

Don Camillo ging zu Christus protestieren.

»Das ist ein Mangel an Achtung vor dem Hause Gottes«, rief er aus.

»Ist etwas Unmoralisches, Skandalöses daran?« erkundigte sich Christus.

»Nein, Ringelspiel, Schaukeln, kleine Autos, im großen und ganzen Kinderspielzeug.«

»Dann ist es ganz einfach demokratisch.«

»Und dieser höllische Lärm?« fragte Don Camillo.

»Auch der Lärm ist demokratisch, solange er im Rahmen der Gesetzlichkeit bleibt. Außerhalb des Kirchplatzes befiehlt der Bürgermeister, mein Sohn!«

Das Pfarrhaus stand dreißig Meter vor der Kirche, mit der ganzen Breitseite zum Markt. Und gerade unter dem Fenster war eine Maschine aufgestellt, die Don Camillos Neugierde weckte. Eine ungefähr einen Meter hohe Stahlstange mit einem Pölsterchen aus Leder oben. Dahinter eine viel höhere und dünnere Stange mit einer von eins bis tausend geteilten Ziffernskala. Ein Kraftmesser. Man schlug mit der Faust auf das Lederpolster, und ein Zeiger gab auf der Skala die Kraft an. Don Camillo spähte durch die Jalousienschlitze, und die Sache begann ihm Spaß zu machen. Um elf Uhr abends war die höchste Quote siebenhundertfünfzig, die Tat eines Hirten aus Gretti, Badile, der Fäuste wie Kartoffelsäcke hatte. Dann kam plötzlich, umgeben von seinem Generalstab, Bürgermeister Peppone. Die Menge lief sofort zusammen, und alle schrien: »Gib ihm, gib ihm!« Und Peppone zog darauf die Jacke aus, krempelte die Hemdsärmel auf und pflanzte sich vor dem Gerät auf, mit der Faust die Entfernung messend. Alles wurde still, und auch Don Camillo begann das Herz schneller zu klopfen.

Die Faust schoß durch die Luft und schlug auf das Pölster.

»Neunhundertfünfzig!« heulte der Inhaber der Apparatur. »Nur in Genua, im Jahre 1939, habe ich bei einem Dockarbeiter erlebt, daß er dasselbe erreicht hat!« Die Menge heulte vor Begeisterung.

Peppone zog die Jacke wieder an, hob den Kopf und

schaute zum Fenster hinauf, hinter dem Don Camillo versteckt war.

»Wenn es jemand wissen will«, sagte er mit erhobener Stimme, »bei neunhundertfünfzig ist die Luft dick!«

Alle schauten zu Don Camillos Fenster und kicherten. Don Camillo ging ins Bett, und die Beine zitterten ihm. Am nächsten Abend war er wieder da, versteckt hinter dem Fenster, und wartete aufgeregt bis elf. Da kam wieder Peppone mit seinem Generalstab, zog die Jacke aus, krempelte die Hemdsärmel auf und schlug auf das Lederpolster.

»Neunhunderteinundfünfzig!« heulte die Menge. Und alle schauten kichernd zu Don Camillos Fenster. Auch Peppone.

»Wenn's jemand wissen will«, sagte er laut, »bei neunhunderteinundfünfzig ist die Luft dick.«

Don Camillo ging mit Fieber ins Bett. Am nächsten Tag kniete er vor Christus nieder.

»Jesus«, seufzte er, »das wird mich ins Verderben stürzen!«

»Sei stark und widerstehe, Don Camillo.«

Am Abend ging Don Camillo zur Fensterspalte wie zum Schafott. Im ganzen Lande war die Sache schon bekanntgeworden, und von allen Seiten kamen Leute her, das Schauspiel zu sehen. Und als Peppone erschien, hörte man, wie sich ein Gemurmel in der Menge verbreitete: »Da ist er!«

Peppone schaute hinauf, höhnisch, nahm die Jacke ab, erhob die Faust, und die Leute wurden mäuschenstill.

»Neunhundertzweiundfünfzig!«

Don Camillo sah eine Milliarde Augen an seinem Fenster hängen, verlor das Licht des Verstandes und stürzte aus dem Zimmer. »Wenn's jemand ...«

Peppone konnte sein Sätzchen von der dicken Luft bei neunhundertzweiundfünfzig nicht beenden: Don Camillo stand vor ihm.

Die Menge schrie zuerst auf und wurde dann wieder mäuschenstill.

Don Camillo wölbte den Brustkasten, verankerte sich fest mit beiden Füßen vor der Maschine, warf den Hut weg und bekreuzigte sich. Dann erhob er die gewaltige Faust und ließ sie auf das Polster donnern.

»Tausend!« heulte die Menge.

»Wenn's jemand wissen will, bei tausend gibt es dicke Luft!« sagte Don Camillo.

Peppone war blaß geworden, und die Leute seines Stabes blinzelten ihn an, halb beleidigt, halb enttäuscht. Die anderen kicherten zufrieden. Peppone schaute Don Camillo in die Augen, zog wieder die Jacke aus, stellte sich vor die Maschine und hob die Faust.

»Jesus«, murmelte noch schnell Don Camillo.

Peppones Faust ließ die Luft erzittern.

»Tausend!« heulte die Menge. Und Peppones Generalstab sprang vor Freude in die Luft.

»Bei tausend dicke Luft für alle«, schloß der Besitzer. »Es wird am besten sein, wir bleiben dabei.«

Peppone entfernte sich triumphierend in einer, Don Camillo ebenfalls triumphierend in der anderen Richtung.

»Jesus«, sagte Don Camillo, als er wieder vor Christus stand. »Ich danke Dir. Ich hatte wahnsinnige Angst.«

»Daß du keine tausend erreichen wirst?«

»Nein, ich fürchtete, er werde es vielleicht nicht erreichen. Ich hätte ihn auf dem Gewissen gehabt.«

»Ich wußte es und half ihm ein wenig«, antwortete lächelnd Christus. »Übrigens, kaum hatte er dich erblickt, ergriff auch Peppone eine wahnsinnige Angst, daß es dir vielleicht nicht gelingen werde, neunhundertzweiundfünfzig zu erreichen.«

»Vielleicht«, murmelte Don Camillo, der sich von Zeit zu Zeit darin gefiel, den Skeptiker zu spielen.

Die Bombe

In diesen Tagen lag man sich im Parlament und in den Zeitungen wegen des berühmten Artikels vier, der später zum Artikel sieben wurde, in den Haaren. Da Don Camillo die Kirche und die Religion in Frage gestellt sah, zögerte er nicht, bis zum Hals in diese Angelegenheit einzusteigen.

Wenn Don Camillo einmal sicher war, für eine gute Sache zu arbeiten, dann ging er wie ein Panzerwagen vor. Die anderen machten jedoch daraus eine Parteisache und sahen in der Annahme des Artikels nur einen Sieg ihres mächtigen politischen Gegners. So wurden die Beziehungen zwischen Don Camillo und den Roten äußerst gespannt, und Prügel lagen in der Luft.

»Wir wünschen, daß der Tag, an dem der Artikel verworfen wird, ein Tag der Freude für alle wird«, hatte Peppone zu den Seinen in seiner Versammlung gesagt. »Infolgedessen wird den Feierlichkeiten auch unser hochwürdigster Erzpriester beiwohnen ...«

Er hatte auch Anweisungen für die Anfertigung eines

herrlichen Don Camillo aus Stroh und aus Lumpen erteilt, der mit großem Pomp und von Musik begleitet zum Friedhof hätte getragen werden sollen, mit einer großen Aufschrift auf der Brust: »Artikel vier«.

Selbstverständlich hatte das Don Camillo sofort erfahren und in aller Eile jemanden zu Peppone geschickt, um ihn zu fragen, ob er, der Bürgermeister Peppone, bereit wäre - nachdem Don Camillo beschlossen habe, eine Kongregation katholischer Frauen im kommunistischen Parteilokal unterzubringen -, ihm die Räumlichkeit gleich zur Verfügung zu stellen, ohne den Tag der Annahme des Artikels abzuwarten.

Am nächsten Morgen erschienen vor der Kirche Brusco und noch fünf andere von seiner Truppe und begannen laut miteinander zu reden, indem sie mit großen Gesten auf diesen oder jenen Teil des Pfarrhofes zeigten.

»Schau, ich würde vorschlagen, wir benutzen das ganze Erdgeschoß für den Ballsaal und richten im ersten Stock das Büfett ein.«

»Man könnte auch eine Tür in die Trennungsmauer machen und das Erdgeschoß mit der Kapelle des heiligen Antonius verbinden, dort eine Wand errichten, um sie von der übrigen Kirche abzuschließen, und das Büfett in der Kapelle einrichten.«

»Zu kompliziert. Wo sollen wir übrigens den Erzpriester unterbringen? Im Keller?«

»Der Arme, es wäre zu feucht. Besser auf dem Dachboden ...«

»Man könnte ihn auch an einem Lüster aufhängen ...«

»Aber nein! Es sind hierzulande noch drei oder vier Katholiken übriggeblieben, und wir müssen auch diese zufriedenstellen. Lassen wir ihnen den Priester, was kann er uns schon stören, der Arme?«

Don Camillo lauschte hinter den Jalousien eines Fensters im ersten Stock, und sein Herz schlug wie eine alte Fiat-Maschine beim Bergsteigen. Schließlich konnte er es nicht mehr aushalten, riß das Fenster auf und zeigte sich mit einem Jagdgewehr in der linken und mit einer Schachtel Munition in der rechten Hand.

»Du, Brusco, der du was davon verstehst«, sagte Don Camillo. »Wenn man auf Grünschnäbel schießen will, welche Bleigröße soll man verwenden?«

»Das hängt davon ab«, sagte Brusco und ergriff mit seiner Gesellschaft die Flucht.

So standen die Dinge, als plötzlich die Zeitung mit der Nachricht kam, daß der Artikel sieben angenommen wurde und daß die Linke auch für den Artikel gestimmt hatte. Don Camillo kam außer Atem, mit der Zeitung in der Hand, vor den Altar, Christus ließ ihn jedoch nicht zu Worte kommen.

»Ich weiß schon, Don Camillo«, sagte Christus. »Nimm jetzt schön deinen Mantel und mach einen Spaziergang in die Felder. Komm erst am Abend zurück, und hüte dich davor, durch den Ort oder besonders an dem Parteilokal der anderen vorbeizugehen.«

»Glaubst Du etwa, daß ich Angst habe?« sträubte sich Don Camillo.

»Nicht im geringsten, Don Camillo. Ich lege lediglich keinen Wert darauf, daß du dich jetzt zu Peppone begibst und ihn fragst, wann denn das Begräbnis des Artikels sieben stattfinden solle und ob er beschlossen habe, das Büfett im Erdgeschoß oder im ersten Stock des Pfarrhofes einzurichten.«

Don Camillo breitete die Arme aus.

»Jesus«, sagte er vornehm beleidigt, »Du richtest die Absichten! Ich habe nicht im geringsten daran gedacht ... Andererseits mußt Du in Betracht ziehen, daß Herr Peppone ...«

»Ich habe schon alles in Betracht gezogen, Don Camillo, und gerade darum habe ich beschlossen, daß das einzige, was du zu tun hast, ein Ausflug in die Felder ist.«

»Dein Wille geschehe«, sagte Don Camillo.

Don Camillo kam gegen Abend zurück.

»Bravo, Don Camillo«, sagte Christus, als er ihn erscheinen sah. »War der Ausflug schön?«

»Wunderbar«, antwortete Don Camillo. »Ich danke Dir sehr für Deinen Rat. Ich habe einen herrlichen Tag verbracht, leichten Herzens und leichter Seele, wie ein Schmetterling. Wenn man so allein mit der Natur ist, fühlt man sich gleich als ein besserer Mensch. Wie einem dann unser Haß, unser Groll, unsere kleinen Eifersüchteleien verwerflich vorkommen!«

»Genau so, Don Camillo«, stimmte Christus ernst zu. »Genau so.«

»Wenn es Dir recht ist«, sagte Don Camillo, »könnte ich einen Sprung zum Tabakladen machen wegen einer Zigarre? Verzeih meine Schwäche, ich fühle aber, sie verdient zu haben.«

»Natürlich verdienst du sie, Don Camillo. Geh nur. Immerhin wäre ich dir dankbar, wenn du mir vorher diese Kerze dort links anzündetest. Es stimmt mich traurig, sie verlöscht zu sehen.«

»Wenn es nichts anderes ist!« rief Don Camillo aus und durchstöberte seine Taschen nach Zündhölzern.

»Spare mit Zündhölzern!« ermahnte ihn Christus. »Nimm lieber ein Stück Papier und zünde es an der Flamme dieser Kerze hinter deinem Rücken an.«

»Es wird ein bißchen schwer sein, jetzt ein Stück Papier zu finden ...«

»Aber, Don Camillo«, rief Christus lächelnd aus, »dein Gedächtnis wird schwach. Erinnerst du dich denn nicht, daß du in der Tasche einen Brief hast, den du eigentlich zerreißen wolltest? Verbrenne ihn lieber! Auf einen Schlag zwei Fliegen ...«

»Es ist schon wahr«, gab Don Camillo zwischen den Zähnen zu. Und er nahm aus der Tasche einen Brief und brachte ihn an die Kerzenflamme heran. Der Brief flammte sofort auf. Und dieser Brief war an Peppone gerichtet, und es stand darin geschrieben, ob Peppone nunmehr, da selbst die äußerste Linke einstimmig den Artikel sieben angenommen habe, nicht wünsche, einen

Verwaltungsrat für die Kirche zu ernennen, mit der besonderen Aufgabe, die Sünden der Pfarre zu verwalten und im Einvernehmen mit dem Titular Don Camillo die Buße festzulegen, mit der gegebenenfalls die Sünder zu belegen wären. Daß er, Don Camillo, bereit sei, jedes an ihn gerichtete Ersuchen zu prüfen, und daß er sehr froh wäre, sollten Peppone oder Brusco seinem Vorschlag zustimmen, anläßlich des heiligen Osterfestes einige Predigten an die Gläubigen zu halten. Er, Don Camillo, würde, um ihre Höflichkeit zu erwidern, den Genossen den geheimen und tiefen religiösen und christlichen Sinn der marxistischen Theorien erklären.

»Jetzt kannst du gehen, Don Camillo«, sagte Christus, als von dem Brief nur noch die Asche übrig war. »So bist du nicht mehr in Gefahr, daß dich in dem Tabakladen ein Augenblick der Unaufrichtigkeit überrascht und daß du dann zufällig eine Marke auf den Brief klebst und ihn in den Postkasten wirfst.«

Don Camillo ging jedoch zu Bett und murmelte, daß die Zeiten nunmehr schlechter seien als früher, als es noch ein Ministerium für Volkskultur gab.

Es war knapp vor Ostern. Im Parteilokal waren alle führenden Köpfe des Hauptortes und der anderen Dörfer versammelt. Peppone schwitzte wie ein Verdammter, um seinen Leuten zu erklären, daß die Abgeordneten sehr gut daran getan hätten, ihre Stimmen für den Artikel sieben zu geben. »Erstens und vor allem wollen wir nicht den religiösen Frieden des Volkes stören, wie der große Chef sagte, der sehr gut weiß, was er sagt, und es nicht nötig hat, sich von uns belehren zu lassen. Zweitens wollen wir vermeiden, daß die Reaktion die ganze Sache ausnützt und über das traurige Schicksal unseres alten, armen Papstes weint, den wir Schlimmen bettelnd in die weite, breite Welt schicken wollen, wie der Generalsekretär der Partei sagte, der einen Kopf auf den Schultern hat und in diesem Kopf ein großes Gehirn. Drittens heiligt der Zweck die Mittel, und das sage ich euch persönlich, der ich kein Dummkopf bin, und ich behaupte, daß alles dienlich sein kann, um an die Macht zu kommen. Und wenn wir an die Macht kommen, dann wird die klerikale Reaktion des Artikels sieben zu spüren bekommen, was der Artikel acht ist.«

So sprach Peppone und nahm vom Tisch einen Eisenring, der ihm als Aktenbeschwerer diente, und drehte ihn in seinen Pfoten zu einer Acht, und alle verstanden, was Peppone sagen wollte, und jubelten vor Begeisterung.

Peppone wischte sich den Schweiß ab; der Gedanke, den Eisenring auf den Tisch zu stellen und ihn zum Zwecke der Propaganda für den ihm völlig unbekannten Artikel acht zu verwenden, war ausgezeichnet.

Er war zufrieden und schloß mit folgenden Worten:

»Vorläufig vollkommene Ruhe. Es sei aber eindeutig erklärt, daß – mit oder ohne Artikel sieben – wir auf unserem Wege fortfahren werden, ohne ihn nur um ein Tausendstel eines Millimeters zu verlassen, und daß wir keine, aber schon gar keine, nicht einmal die geringste fremde Einmischung in unsere Angelegenheiten erlauben werden! Gar keine!«

In diesem selben Moment ging die Tür auf, und Don Camillo betrat den Saal mit dem Wedel in der Hand, gefolgt von zwei Ministranten, die das Weihwassergefäß und den Sammelkorb für Ostereier trugen.

Eisiges Schweigen trat ein. Ohne ein Wort zu sagen, machte Don Camillo einige Schritte nach vorn und besprengte mit geweihtem Wasser alle Anwesenden. Dann übergab er den Wedel einem Ministranten und ging nun in dem Saal herum, indem er jedem Anwesenden ein Heiligenbild in die Hand drückte.

»Nein, dir eine heilige Luzia«, sagte Don Camillo, als er zu Peppone kam, »sie wird dir den Blick heilen.«

Dann bespritzte er ausgiebig mit geweihtem Wasser das Porträt des großen Chefs, vor dem er sich höflich ein wenig verbeugte, und verließ den Saal. Und es war, als ob ein Zauberwind den Saal durchweht und die Menschen versteinert hätte.

Mit offenem Mund und völlig verwirrt schaute Peppone auf das Heiligenbild in seinen Händen, dann schaute er zur Tür, und schließlich schaffte er sich mit einem fast unmenschlichen Schrei ein wenig Luft.

»Haltet mich, oder ich erschlage ihn!«

Man hielt ihn, und so konnte Don Camillo ohne weiteres nach Hause gehen. Seine Brust war aufgebläht wie ein Balkon, und er tänzelte vor Freude.

»Don Camillo!« sagte eine strenge Stimme.

»Jesus«, antwortete ruhig Don Camillo, »wenn ich Hühner und Kälber segne, warum sollte ich nicht Peppone und seine Leute segnen? Oder habe ich mich vielleicht geirrt?«

»Nein, Don Camillo, du hast recht. Aber ein Erzhalunke bist du trotzdem!«

Am Ostersonntag ging Don Camillo zu früher Stunde vor das Haus hinaus und fand vor dem Pfarrhof ein enormes Schokoladenei mit einer schöne Masche aus roter Seide. Oder richtiger: es war ein enormes Ei, das einem Schokoladenei sehr ähnlich war, aber in Wirklichkeit ganz einfach eine Bombe von hundert Kilo war, die man braun angestrichen hatte, nachdem die Steuervorrichtung entfernt worden war.

Der Krieg hatte auch die Heimat Don Camillos heimgesucht, und die Flugzeuge hatten öfter das Land überflogen und Bomben abgeworfen. Einige von diesen verfluchten Werkzeugen waren nicht explodiert und blieben liegen, kaum von der Erde verschüttet oder geradezu freiliegend, weil die Flugzeuge aus sehr geringer Höhe die Bomben abgeworfen hatten. Als alles vorbei war, kamen von irgendwoher zwei Pioniere, die die weit von den Häusern entfernt liegenden Bomben in die Luft sprengten und die anderen, die man nicht sprengen konnte, weil sie den Häusern zu nahe lagen, entschärften. Sie hatten sie auf einen Haufen gelegt und gesagt, sie würden wiederkommen, sie zu holen. Eine dieser Bomben war auf die alte Mühle gefallen, hatte das Dach durchschlagen und war zwischen der Wand und einem Balken liegengeblieben. Man ließ sie dort, weil das Haus unbewohnt war und weil nach der Entfernung des Zünders keine Gefahr mehr bestand. Das war die Bombe, die man nach der Entfernung der Steuervorrichtung zum Osterei gemacht hatte. Die unbekannten Spender waren gar nicht so unbekannt, da auf der Bombe, außer »Fröhliche Osstern«, mit zwei »s«, noch geschrieben stand: »Als höflicher Dank für den lieben Besuch«. Und dann war auch die rote Masche da.

Die Sache mußte sorgfältig vorbereitet gewesen sein, weil Don Camillo – als er die Augen von dem merkwürdigen Ei erhob – den Platz voll Menschen erblickte. Diese Verdammten hatten sich alle dort ein Stelldichein gegeben, um sich an dem Gesicht Don Camillos zu ergötzen. Don Camillo ärgerte sich und versetzte dem Zeug einen Fußtritt, der es natürlich nicht im geringsten bewegte.

»Ein schweres Ding!« schrie jemand.

»Man müßte ein Speditionsunternehmen herbeirufen!« gellte ein anderer.

Man hörte Gelächter.

»Versuch, sie zu segnen, vielleicht geht sie dann von selbst weg!« schrie ein dritter.

Don Camillo drehte sich um und begegnete Peppones Augen. Peppone war in der ersten Reihe, mit seinem ganzen Stab, und beobachtete ihn mit verschränkten Armen und grinste.

Da wurde Don Camillo blaß, und die Beine begannen unter ihm zu zittern.

Langsam beugte sich Don Camillo und faßte mit seinen Riesenhänden die Bombe an den beiden Enden.

Es entstand ein eisiges Schweigen. Die Leute schauten Don Camillo zu, hielten den Atem an, rissen die Augen weit auf, wie vor Angst.

»Jesus!« flüsterte Don Camillo in seiner Bedrängnis.

»Nur fest, Don Camillo!« antwortete ihm leise eine Stimme, die vom Hochaltar kam.

Es knirschten die Knochen dieser großen Muskelmaschine. Langsam und unerbittlich hob Don Camillo den enormen Eisenblock. Einen Augenblick hielt er inne und schaute zur Menge hin. Dann setzte er sich in Bewegung. Jeder Schritt kam ihm so schwer vor, als ob eine Tonne auf ihm lastete: er trat aus dem Pfarrhof hinaus, und, Schritt für Schritt, langsam und unaufhaltsam, wie das Schicksal, ging Don Camillo über den ganzen Platz. Und die Menge folgte ihm, stumm, entsetzt.

So kam er zur entgegengesetzten Seite des Platzes, wo das Parteilokal war, und blieb dort stehen. Auch die Menge hielt inne.

»Jesus!« flüsterte Don Camillo in seiner Bedrängnis.

»Nur fest, Don Camillo!« antwortete ihm eine besorgte Stimme, die vom Hochaltar der Kirche, weit hinten, kam. »Nur fest, Don Camillo!«

Don Camillo spannte seine Muskeln an und hob mit einem Ruck die Bombe bis zur Brust. Ein anderer Ruck, und die Bombe fing langsam weiterzusteigen an, und die Leute waren außer sich.

Schon strecken sich die Arme aus; die Bombe ist hoch über Don Camillos Kopf.

Die Bombe stürzt und bohrt sich in die Erde, gerade vor dem Tor des Parteilokals.

Don Camillo wendet sich zur Menge.

»An den Absender zurück«, sagt er mit fester Stimme. »Ostern schreibt man mit einem ›s‹. Ausbessern und zurückschicken.«

Die Menge teilte sich, und Don Camillo ging triumphierend ins Pfarrhaus zurück.

Peppone schickte die Bombe nicht zurück. Zu dritt luden sie sie auf einen Karren und warfen sie in eine alte Grube außerhalb des Ortes.

Die Bombe rollte den Abhang hinunter und kam nicht einmal bis zum Grund, weil sie von einem Baum aufgehalten und an ihm aufgerichtet hängenblieb. Und von oben konnte man lesen: »Fröhliche Osstern«.

Es geschah drei Tage später, daß eine Ziege zur Grube kam und das Gras um den Baum herum abzuzupfen begann. Dabei berührte sie die Bombe, die wieder zu rollen begann, nach einigen Metern gegen einen Stein schlug und mit fürchterlichem Krach losging. Und im Ort, der immerhin ziemlich weit war, gingen dadurch die Fensterscheiben von dreißig Häusern in Scherben.

Ein wenig später kam Peppone außer Atem ins Pfarrhaus und fand Don Camillo auf der Treppe vor.

»Und ich«, gurgelte Peppone, »und ich habe einen ganzen Abend gehämmert, um die Steuervorrichtung zu entfernen ...«

»Und ich, ich habe ...«, antwortete Don Camillo, um Atem ringend, und konnte nichts weiter sagen, weil er sich an die Szene auf dem Hauptplatz erinnerte.

»Ich gehe zu Bett ...«, stöhnte Peppone.

»Ich war gerade im Begriff, dasselbe zu tun«, stöhnte Don Camillo.

Er ließ sich dann in die Schlafkammer das Kruzifix vom Hochaltar bringen.

»Verzeih, daß ich Dich störe«, flüsterte Don Camillo, den ein Roßfieber schüttelte. »Ich wollte Dir im Namen des ganzen Ortes danken.«

»Nichts zu danken, Don Camillo«, antwortete lächelnd Christus. »Nichts zu danken.«

Das Ei und die Henne

Unter Peppones Leuten war einer, den sie Fulmine, das heißt »Blitz«, nannten. Es war ein riesiger, langsamer und einfältiger Kerl, ein Elefant mit einem ganz kleinen Gehirn. An einem Nachmittag war Peppone im Parteigebäude mit allen Sektionshäuptlingen versammelt, als plötzlich Fulmine das Zimmer betrat. Wenn er einmal in Bewegung gesetzt war, konnte ihn nur eine Panzerfaust aufhalten, und darum ließen ihn alle durchgehen, bis er von selbst vor Peppones Schreibtisch stehenblieb.

»Was willst du?« fragte Peppone unwillig.

»Gestern habe ich meine Frau durchgeprügelt«, erklärte Fulmine und senkte den Kopf. »Es war aber ihre Schuld.«

»Was geht mich das an?« brüllte Peppone. »Geh und erzähle es dem Pfarrer!«

»Ich war schon bei ihm«, antwortete Fulmine. »Don Camillo hat mir aber gesagt, daß jetzt auf Grund des Artikels sieben der Verfassung die Sache anders geworden ist und daß er mir die Absolution nicht erteilen kann, sondern daß mich der Sektionsführer lossprechen muß.«

Mit einem Faustschlag auf den Tisch brachte Peppone die anderen, die zu grinsen angefangen hatten, zum Schweigen.

»Kehre zu Don Camillo zurück und sage ihm, er soll sich zum Teufel scheren«, brüllte er.

»Jawohl, Chef, ich gehe«, sagte Fulmine. »Aber zuerst mußt du mir die Absolution erteilen.«

Peppone fing an zu zetern, Fulmine schüttelte aber nur den Kopf.

»Ich rühre mich nicht vom Fleck, bevor du mich nicht losspricht«, meckerte er. »Wenn du mich binnen zwei Stunden nicht losgesprochen hast, hau ich alles hier krumm und klein, weil das heißen würde, daß du gegen mich bist.«

Es gab nur zwei Möglichkeiten: entweder Fulmine niederzuschlagen oder nachzugeben.

»Ich spreche dich frei!« schrie Peppone.

»Nein«, murmelte Fulmine, »du mußt mich lateinisch lossprechen, so wie der Priester, weil es sonst nicht gilt.«

»Ego ti absolvio!« sagte Peppone, rot vor Wut.

»Gibt es auch eine Buße?« erkundigte sich Fulmine.

»Nein, keine.«

»Gut so«, freute sich Fulmine und setzte sich in Bewegung. »Jetzt renne ich zu Don Camillo und sage ihm, er soll sich zur Hölle scheren. Wenn er Geschichten macht, schmeiß ich ihn hinunter.«

»Wenn er Geschichten macht, sei still, weil sonst er zuschlägt«, brüllte Peppone.

»Schon gut«, stimmte Fulmine zu. »Wenn du mir aber befiehlst, es auszuführen, mache ich es doch, wenn ich auch den kürzeren ziehe.«

Don Camillo erwartete, daß er am Abend Peppone außer sich vor Ärger kommen sehen werde. Peppone ließ sich jedoch nicht blicken. Er erschien erst am nächsten Abend, zusammen mit seinem Stab, und alle fingen an zu plaudern, auf der Bank vor dem Pfarrhaus sitzend und eine Zeitung erörternd. Don Camillo war in gewisser Hinsicht nicht weniger einfältig als Fulmine und schluckte den Köder sofort hinunter. Er erschien im Tor des Pfarrhauses, mit den Händen hinter dem Rücken und mit einer Zigarre im Mund.

»Guten Abend, Hochwürden!« grüßten ihn alle sehr herzlich und berührten mit den Händen die Ränder ihrer Hüte.

»Haben Sie schon gesehen, Hochwürden?« sagte Brusco, indem er auf die Zeitung zeigte. »Außerordentliche Dinge!«

Es war die Geschichte von der berühmten Henne von Ancona, die von einem Pfarrer gesegnet worden war und dann ein sehr merkwürdiges Ei gelegt hatte, auf dem die Umrisse eines heiligen Emblems im Relief zu sehen waren.

»Da ist gerade Gottes Hand im Spiel!« rief Peppone ernst aus. »Das ist wirklich ein Wunder!«

»Langsam, langsam mit Wundern, meine Jünglinge. Bevor man feststellt, daß ein Wunder geschehen ist, muß man prüfen und sehen, ob es sich nicht um eine einfache, natürliche Erscheinung handelt.«

Peppone stimmte ernst zu und nickte mit dem Kopf.

»Natürlich, natürlich. Und doch, meiner Meinung nach, wäre es bestimmt besser, ein solches Ei mehr um die Zeit der Wahlen herum zu machen. Jetzt sind die Wahlen noch weit.«

Brusco fing zu lachen an.

»Du bist mir ja naiv! Alles Frage der Organisation. Wenn man eine gut organisierte Presse hat, kann man Wundereier nur so ausschütten!«

»Guten Abend«, schnitt Don Camillo kurz das Gespräch ab.

Als Don Camillo am nächsten Tag am Parteisitz vorbeiging, sah er auf der Wandzeitung den Ausschnitt mit dem Bericht aus Ancona und mit einer Aufnahme des Eies. Darunter war zu lesen: »Auf Befehl der Pressestelle der Partito Democrazia Cristiana arbeiten die katholischen Hennen für die Wahlpropaganda. Welch ein wunderbares Beispiel der Disziplin!«

Am Abend war er am Fenster, als wieder vor dem Pfarrhof Peppone und sein Stab erschienen.

»Es ist wirklich eine wunderbare Sache!« rief Peppone und breitete die Zeitung aus. »Jetzt hat wieder in Mailand eine andere Henne genauso ein Ei wie jene von Ancona gelegt. Schauen Sie nur her, Hochwürden!«

Don Camillo stieg hinunter und schaute die Aufnahme der Henne und des Eies an und las den Bericht.

»Und wir haben uns eine solche Idee nehmen lassen!« seufzte Peppone. »Denken Sie nur, wir hätten als erste diese Idee gehabt: eine Henne läßt sich in die Partei einschreiben, und am nächsten Tag legt sie ein Ei mit Hammer und Sichel im Relief!«

Alle seufzten. Peppone aber dachte nach und schüttelte den Kopf.

»Nein«, sagte er, »wir hätten es nicht machen können. Die anderen haben immer die Religion bei der Hand und können damit alles machen. Wir können aber keine Wunder wirken!«

»Es gibt solche, die von Geburt an Glückspilze sind, und solche, die es eben nie werden!« rief Brusco. »Man kann eben nichts machen.«

Don Camillo ließ sich nicht in die Diskussion ein. Er grüßte und ging, während Peppone und Gefolgschaft rannten, um den Zeitungsausschnitt mit der Geschichte von der Mailänder Henne auf die Wandzeitung zu kleben. Dem Ausschnitt fügten sie einen Kommentar bei unter dem Titel: »Noch eine Propagandahenne!«

Später, als er darüber nicht schlüssig werden konnte, ging Don Camillo, sich mit Christus vom Hochaltar zu beraten.

»Jesus«, sagte er, »was ist denn da eigentlich los?«

»Du weißt es, Don Camillo, du hast die Zeitung gelesen.«

»Ja, ich habe sie gelesen, die Zeitung, aber ich weiß gar

nichts«, erwiderte Don Camillo. »Jeder kann in der Zeitung schreiben, was er will. Mir kommt ein solches Wunder unmöglich vor.«

»Don Camillo, glaubst du nicht, daß der Ewige Vater etwas Ähnliches vollbringen könnte?«

»Nein«, antwortete entschieden Don Camillo. »Stell Dir vor, wie das nur wäre, wenn sich der Ewige Vater damit beschäftigte, kleine Zeichnungen auf Hühnereier zu malen!«

Christus seufzte: »Du bist ein Mensch, der nicht glaubt ...«

»Nein«, widersetzte sich Don Camillo. »Das nicht!«

»Laß mich den Satz beenden, Don Camillo. Ich sagte, du bist ein Mensch, der nicht glaubt, daß die Hennen zu allerlei Dingen fähig sind.«

Don Camillo war verwirrt. Dann breitete er die Arme aus und bekreuzigte sich.

Den nächsten Morgen nach der Messe betrat er den Hühnerstall, weil er zum Frühstück auf ein frisches Ei Appetit hatte und von der »Schwarzen« gerade eines gelegt worden war. Er nahm es noch ganz warm vom Nest und brachte es in die Küche.

Und dann sah er alle Sterne.

Es war genauso ein Ei, wie kopiert aus der Zeitung: mit einem klar gezeichneten Relief einer Hostie im Strahlenkranz.

Da verstand der arme Don Camillo nichts mehr, sondern stellte das Ei in ein Glas, setzte sich hin, betrachtete es und blieb so eine ganze Stunde in Betrachtung sitzen. Dann stand er plötzlich auf, versteckte das Ei in einem Kasten und brüllte nach dem Glöcknersohn.

»Lauf zu Peppone und sage ihm, er soll sofort mit allen seinen Häuptlingen kommen, weil ich ihn in einer ernsten und dringenden Sache sprechen will. Es handelt sich um Leben und Tod!«

Nach einer halben Stunde kam Peppone, gefolgt von seinen Leuten, und blieb mißtrauisch an der Schwelle stehen.

»Nur weiter«, sagte Don Camillo. »Verriegelt die Tür und setzt euch nieder!«

Sie saßen nun schweigend und starrten ihn an.

Don Camillo nahm ein kleines Kruzifix von der Wand und stellte es auf das Tischtuch aus rotem Plüsch.

»Meine Herren«, sagte er, »wenn ich auf dieses Kruzifix schwöre, daß ich die Wahrheit spreche, werdet ihr mir glauben?«

Sie saßen im Halbkreis, Peppone in der Mitte. Alle schauten auf Peppone.

»Ja«, sagte Peppone.

»Ja«, antworteten die anderen.

Don Camillo nahm das Ei und streckte die rechte Hand auf das Kruzifix: »Ich schwöre, daß ich dieses Ei vor einer Stunde vom Nest meiner Henne, die ›Schwarze‹ genannt, genommen habe und daß es niemand dorthin bringen konnte, weil es gerade gelegt und noch warm war und weil außerdem ich selbst das Schloß des Hühnerstalles mit dem Schlüssel, der mit den anderen in meiner Tasche war, geöffnet habe.«

Er reichte Peppone das Ei.

»Laß es herumgehen«, sagte er.

Sie standen auf und ließen das Ei von Hand zu Hand gehen, hielten es gegen das Licht und kratzten mit den Nägeln am Relief. Peppone, der blaß geworden war, legte schließlich mit äußerster Vorsicht das Ei auf das Tischtuch aus rotem Plüsch.

»Was werdet ihr in eurer idiotischen Wandzeitung schreiben, nachdem ich euch allen dieses Ei gezeigt habe und es euch mit eigenen Händen berühren ließ?« fragte Don Camillo. »Nachdem die hierher eingeladenen berühmtesten Professoren aus der Stadt es analysieren und mit Zeugnissen und vielen Stempeln erklären werden, daß es kein Trick ist? Werdet ihr immer noch schreiben, daß es eine Erfindung der Journalisten ist, so daß sich dann alle Weiber der Gemeinde auf euch Gotteslästerer stürzen werden, um euch die Augen auszukratzen?«

Don Camillo hielt die Hand ausgestreckt, und das Ei leuchtete in einem Sonnenstrahl auf seiner großen Hand, als wäre es aus Silber. Peppone breitete die Arme aus.

»Vor einem solchen Wunder«, murmelte er, »was sollen wir denn sagen?«

Don Camillo versteifte seinen Arm und sprach mit feierlicher Stimme:

»Gott, der den Himmel und die Erde und die Welt und alles, was es in der Welt gibt, miteinbegriffen euch vier Luder, schuf, hat es nicht nötig, sich mit einem Huhn zu verbünden, um seine Allmacht zu beweisen«, sagte Don Camillo langsam.

Und er ballte die Faust und zerdrückte das Ei.

»Und um den Leuten die Größe Gottes vor Augen zu führen, brauche ich auch nicht die Hilfe eines dummen Huhnes«, fuhr Don Camillo fort.

Er flog wie ein Pfeil davon und kam nach einer Weile mit der Henne zurück, die er am Halse hielt.

»So«, sagte er, indem er ihr den Hals umdrehte. »So, du Gott lästernde Henne, die du dir erlaubst, dich in die heiligen Dinge des Glaubens einzumischen!« Don Camillo warf die Henne in eine Ecke und näherte sich, noch ganz aufgeregt, mit geballten Fäusten Peppone.

»Augenblick, Don Camillo«, stotterte Peppone, indem er sich vor Don Camillo zurückzog und seinen Hals mit beiden Händen schützte. »Das Ei habe ich nicht gemacht ...«

Der Trupp verließ das Pfarrhaus und ging über den in voller Sonne liegenden Platz.

»Ach was«, sagte nach einer Weile Brusco und blieb stehen. »Ich kann mich nicht so richtig ausdrücken, weil ich nicht studiert habe, aber eines sage ich euch, unser Pfarrer ist ein solcher Kerl, daß ich ihm auch dann nicht böse sein könnte, wenn er mich durchprügeln würde.«

»Hm«, murmelte Peppone, der seinerzeit tatsächlich durchgeprügelt worden und darob Don Camillo nicht böse war.

Indessen ging Don Camillo, Christus vom Hochaltar Bericht zu erstatten.

»Also«, schloß er, »habe ich gut oder schlecht getan?«

»Gut hast du getan«, antwortete Christus, »gut hast du getan, lediglich hast du etwas übertrieben, indem du dich an der armen und unschuldigen Henne ausließest.«

»Jesus«, seufzte Don Camillo, »seit zwei Monaten schon hatte ich tolle Lust, sie im Topf zu sehen!«

Christus lächelte.

»Dann hast du auch in diesem Punkt recht gehabt, mein armer Don Camillo.«

Schuld und Sühne

Als Don Camillo eines Morgens aus der Pfarrei kam, stellte er fest, daß jemand während der Nacht mit roter Farbe und mit halbmetergroßen Lettern auf die schneeweiße Wand der Sakristei »Don Camel« geschrieben hatte.

Mit einem Kübel Kalk und mit einem Pinsel ausgerüstet, machte sich Don Camillo daran, die Schrift zu dekken. Es handelte sich aber um Anilinfarbe, und wenn man Anilin mit Kalk zu decken versucht, so ist es, als ob man es zur Hochzeit einladen würde. Es tritt frisch und fröhlich hervor, wenn auch der Kalkanstrich drei Finger dick ist. Da griff Don Camillo einen Spachtel und schuftete einen halben Tag, bis er das Ganze heruntergekratzt hatte.

Er zeigte sich vor Christus am Hochaltar, weiß wie ein Müller, aber schwarzer Laune.

»Wenn ich nur erfahre«, sagte er, »wer es war, werde ich ihm so viele Prügel verabreichen, daß aus dem Stock Bast wird.«

»Nur nicht tragisch nehmen, Don Camillo«, riet ihm Christus. »Es ist ein Kinderstreich. Schließlich und endlich ist es nicht so ernst.«

»Es ist nicht schön, einen Priester Kamel zu nennen«, sträubte sich Don Camillo. »Und dann, es ist ein unangenehmer Spitzname, und wenn ihn die Leute entdecken, hängen sie ihn mir fürs ganze Leben an.«

»Du hast zwei starke Schultern, Don Camillo«, tröstete ihn lächelnd Christus. »Ich hatte nicht deine Schultern und mußte das Kreuz tragen und habe niemanden geprügelt.«

Don Camillo sagte, daß Christus recht habe. Er war aber davon gar nicht so überzeugt, und anstatt abends ins Bett zu gehen, versteckte er sich in einer Ecke und wartete ungeduldig. Gegen zwei Uhr nach Mitternacht erschien auf dem Platz ein Schatten, stellte einen Eimer auf dem Boden ab und machte sich vorsichtig daran, mit einem Pinsel die Wand der Sakristei zu bearbeiten. Don Camillo ließ ihn nicht einmal das »D« fertigmachen, sondern setzte ihm den Eimer auf den Kopf und schickte ihn mit einem blitzartigen Fußtritt fort.

Anilinfarbe ist eine verfluchte Sache, und Gigotto (einer aus dem Stoßtrupp Peppones), der so eine Anilindusche auf den Kopf bekommen hatte, mußte drei Tage zu Hause eingesperrt bleiben und sich das Gesicht mit allen nur erdenklichen Putzmitteln reiben, bis er schließlich doch genötigt war, das Haus zu verlassen, um zur Arbeit zu gehen. Die Geschichte hatte inzwischen bereits die Runde durchs Land gemacht, und man hängte ihm den Spitznamen »Rothaut« an. Don Camillo blies natürlich ins Feuer, und so wurde der arme Gigotto aus Wut trotz seiner roten Farbe grün. Bis eines Abends Don Camillo, als er von einem Besuch beim Arzt nach Hause kam, bemerkte, daß jemand die Türklinke mit einem bestimmten Schmutz angestrichen hatte. Don Camillo hatte es natürlich zu spät bemerkt. Daraufhin, ohne ein einziges Wort darüber zu verlieren, ging er ins Wirtshaus, um Gigotto dort aufzufischen, und wischte sich mit einer Ohrfeige, die einem Elefanten das Augenlicht genommen hätte, den Schmutz der Türklinke an dem Gesicht Gigottos ab. Solche Dinge arten natürlich sofort in Politik aus, und da Gigotto in Gesellschaft von fünf oder sechs Gleichgesinnten war, wurde Don Camillo gezwungen, eine Bank durch die Luft zu schwingen.

Infolgedessen bereitete ihm ein Unbekannter noch in derselben Nacht eine Serenade, indem er vor dem Pfarrhof eine Handgranate zur Explosion brachte.

Jene sechs, die von der Bank, welche Don Camillo in seiner Pratze geschwungen hatte, fast erschlagen worden wären, platzten vor Wut und heulten wie verdammte Seelen, und eine nichtige Kleinigkeit hätte genügt, einen Großbrand zu entfachen. Die Dorfbewohner waren in Sorge.

So mußte Don Camillo eines schönen Morgens dringend in die Stadt fahren, da ihn der Bischof zu sprechen wünschte.

Der Bischof war alt und gebeugt, und er mußte sein Haupt erheben, um Don Camillo ins Gesicht zu schauen.

»Don Camillo«, sagte der Bischof, »du bist krank. Du brauchst ein oder zwei ruhige Monate in einer schönen Gebirgsgegend. Ja, ja, der Pfarrer von Puntarossa ist gerade verschieden, und so machst du mit einer Reise zwei Dienste: du wirst mir schön die dortige Pfarre und deine Gesundheit in Ordnung bringen. Dann wirst du zurückkommen, frisch wie eine Rose. Vertreten wird dich Don Pietro, ein junger Mann, der nichts anstellen wird. Bist du zufrieden, Don Camillo?«

»Nein, Monsignore, aber ich werde mich dorthin begeben, weil Sie es so befehlen.«

Im Dorf erfuhr man sofort die Neuigkeit. Peppone selbst teilte die Nachricht in einer außerordentlichen Sitzung des Parteivorstandes mit.

»Don Camillo geht«, gab Peppone kund. »Strafversetzt in eine Gebirgsgegend, wo der Teufel gute Nacht sagt. Morgen um drei fährt er.«

»Bravo!« brüllte die Versammlung. »Dort soll er verkommen.«

»Es ist im Grunde genommen besser, daß es so endet«, schrie Peppone, »er hat schon gedacht, daß er Papst und König in einer Person sei, und wenn er hiergeblieben wäre, hätten wir ihm notgedrungen eine empfindliche Lektion erteilen müssen. Das bleibt uns erspart.«

»Er soll weggehen wie ein Hund!« brüllte Brusco. »Gebt allen eindeutig zu verstehen, daß es jedem schlecht ergehen wird, der sich morgen um drei auf der Straße zeigt.«

Die Stunde schlug, Don Camillo schloß seinen Koffer zu und ging, um sich von Christus am Hochaltar zu verabschieden.

»Es tut mir leid, daß ich Dich nicht mitnehmen kann«, seufzte Don Camillo.

»Ich bin immer mit dir«, antwortete Christus. »Geh in Frieden!«

Die Straßen waren wie ausgestorben. Don Camillo bestieg den Zug, und als er hinter den Bäumen den Kirchturm verschwinden sah, wurde sein Herz schwer.

»Nicht einmal ein Hund, der sich meiner erinnert hätte«, seufzte Don Camillo. »Man sieht, daß ich ein schlechter Mensch bin.«

Der »Eilzug« blieb natürlich an allen Haltestellen stehen. Er hielt also auch in Boschetto an, einem aus vier Häusern bestehenden und sechs Kilometer vom Dorf entfernten Weiler. Dort erlebte Don Camillo plötzlich eine Invasion in sein Abteil und wurde zum Fenster geschoben und befand sich dort vor einem Meer von Menschen, die mit Händen klatschten und Blumen warfen.

»Peppones Leute haben gesagt, wenn sich jemand zur Zeit Ihrer Abreise zeigt, wird er geprügelt, bis ihm schwarz vor den Augen wird«, erklärte der Briefträger von Stradalunga. »Um jedes Unglück zu vermeiden, sind wir alle hergekommen, um von Ihnen Abschied zu nehmen.«

Don Camillo verstand nichts mehr und hörte einen Höllenlärm in den Ohren, und als sich der Zug wieder in

Bewegung setzte, fand er sein Abteil voll Blumen, Flaschen, Paketen, Päckchen und Säckchen. An den Beinen gebundene Hühner gackerten im Gepäcknetz.

Aber ein Dorn blieb ihm im Herzen stecken.

»Haben es denn die anderen wirklich auf Leben und Tod mit mir, wenn sie imstande sind, so etwas zu tun? Genügt es ihnen nicht, daß ich weg muß?«

Nach einer Viertelstunde hielt der Zug in Boscoplanche an, der letzten Station auf Gemeindegebiet. Don Camillo hörte, wie ihn jemand rief; er ging zum Fenster und erblickte vor sich den Bürgermeister Peppone und den vollzähligen Gemeinderat. Der Bürgermeister Peppone hielt dann folgende Rede:

»Bevor Sie, sehr geehrter Herr Pfarrer, das unserer Verwaltung unterstellte Gemeindegebiet verlassen, möchten wir Ihnen die Grüße der Bevölkerung überbringen und daran unseren Wunsch knüpfen, daß Ihre Genesung schnell vor sich gehe, was ... wodurch ... um daß Sie schnell zur Erfüllung Ihrer geistlichen Aufgaben in unsere Gemeinde zurückkommen mögen.«

Und dann, während sich der Zug in Bewegung setzte, nahm Peppone mit breiter Geste den Hut ab, und auch Don Camillo nahm den seinen ab und blieb so mit dem hocherhobenen Hut am Fenster stehen, wie ein Standbild der nationalen Wiedergeburt.

Die Kirche von Puntarossa stand auf einem Berg und schaute wie auf einer Ansichtskarte aus. Als Don Camillo ankam, atmete er die Luft, von der er wußte, daß sie nach Nadelbäumen duftete, und rief zufrieden: »Ein wenig Ruhe hier oben wird mir guttun, um daß ich schnell zur Erfüllung meiner geistlichen Aufgaben in unsere Gemeinde zurückkommen möge.«

Und dies sagte er in vollem Ernst, und dieses »um daß« schien ihm an Wert die gesamten Reden Ciceros zu übertreffen.

Heimkehr ins Nest

Für die Zeit der politischen Erholung Don Camillos wurde ein anderer Pfarrer zu seinem Stellvertreter ernannt. Es war ein junges und zartes Priesterlein, das seiner Sache vollkommen sicher war und tadellos sprach, in schönen, sauberen und gut abgerundeten Ausdrücken, die ganz frisch aus dem Weingarten des Wörterbuches geerntet zu sein schienen. Obwohl er wußte, daß es sich nur um eine vorläufige Verwaltung handelte, führte natürlich das Priesterlein in der Kirche einige Neuerungen durch, die einem Menschen notwendig erscheinen, wenn er sich in fremdem Hause wohlfühlen soll.

Der Vergleich ist vielleicht unglücklich, aber es ist ungefähr so, als steige man in einem Hotel für eine Nacht ab – und trotzdem muß man unbedingt das Tischlein, das links war, rechts stellen und den Stuhl, der rechts war, links, weil jeder Mensch einen absolut eigenen Begriff von der Ästhetik und vom Gleichgewicht der Massen und der Farben hat und daher jedesmal leidet, wenn er sich – obwohl er es tun könnte – nicht damit zu schaffen macht, dieses Gleichgewicht, das ihm gestört zu sein scheint, wiederherzustellen.

Tatsache ist, daß die Leute am ersten Sonntag, an dem das Priesterlein die Messe las, zwei wichtige Neuerungen bemerkten: die dicke, mit Blumen geschmückte Kerze, die links vom Altar auf der zweiten Stufe der Balustrade ihren Platz hatte, war rechts vor einem kleinen Bild, das eine Heilige darstellte, postiert. Und das Bild hatte es früher auch nicht gegeben.

Aus Neugierde, den neuen Pfarrer zu sehen, war die ganze Gegend da, in der ersten Reihe saßen Peppone und die anderen roten Häuptlinge.

»Hast du gesehen?« sagte grinsend Brusco zu Peppone und zeigte auf den verstellten Leuchter. »Neuerungen!«

»Hmmm!« brummte Peppone, der entsetzlich nervös war. Und er blieb entsetzlich nervös, bis sich das Priesterlein der Balustrade näherte, um die obligate kleine Predigt abzuhalten. Da konnte es Peppone nicht mehr aushalten, und bevor noch das Priesterlein das Wort ergreifen konnte, verließ er die Reihe, schritt entschieden nach rechts, ergriff den großen Leuchter, trug ihn nach links und stellte ihn auf der zweiten Stufe vor der Balustrade auf.

Dann kehrte er in die Mitte der ersten Reihe zurück, richtete sich auf gespreizten Beinen in seiner ganzen Größe auf, verschränkte die Arme und schaute stolz dem Priesterlein in die Augen.

»Gut!« murmelte die gesamte Menge der Gläubigen, die Reaktionäre mit einbegriffen.

Das Priesterlein, das mit offenem Munde Peppone beobachtete, erblaßte, stotterte seine Rede, so gut es konnte, herunter und kehrte zum Altar zurück, um die Messe weiterzulesen.

Als er die Kirche verließ, fand er Peppone und seinen ganzen Stab vor, wie sie auf ihn warteten. Der Kirchplatz war voll schweigender und erboster Leute.

»Sagen Sie einmal, Don ... Don ... was weiß ich wie«, fragte Peppone sehr von oben, »was ist das für ein neues

Gesicht, das Sie auf dem Pfeiler rechts vom Altar aufgehängt haben?«

»Heilige Rita von Cascia ...«, stotterte das Priesterlein.

»In dieser Gegend haben die heilige Rita von Cascia und ähnliches Zeug nichts zu suchen«, verkündete Peppone. »Hier bleibt alles, wie es früher war, weil es gut war.«

Das Priesterlein breitete die Arme aus.

»Ich glaube, daß ich in meinem Recht bin«, wollte das Priesterlein einwenden, Peppone ließ ihn aber nicht fortsetzen.

»Ach, Sie packen die Sache so an? Reden wir also klar: Hier kann niemand etwas ausrichten, nicht einmal ein Priester wie Sie.«

Das Priesterlein spürte, wie ihm der Atem ausging.

»Ich weiß nicht, was ich Ihnen angetan habe ...«

»Ich kann es Ihnen sagen!« rief Peppone. »Sie haben gegen das Gesetz verstoßen. Sie haben versucht, die Ordnung umzustoßen, die vom wirklichen Titular der Pfarre im Einverständnis mit dem Willen des Volkes errichtet worden ist!«

»Gut!« stimmte die Menge zu, die Reaktionäre mit einbegriffen.

Das Priesterlein versuchte zu lächeln.

»Wenn es nur das ist, stellen wir alles so, wie es früher war, und alles ist in Ordnung. Glauben Sie nicht?«

»Nein!« antwortete Peppone, indem er den Hut nach hinten schob und die enormen Fäuste in die Hüften stemmte.

»Und warum, wenn ich fragen darf?«

Peppones Vorräte an Diplomatie waren erschöpft.

»Also«, sagte er, »wenn Sie es gerade wissen wollen, die Sache geht nicht: Wenn ich Ihnen eine runterhaue, fliegen Sie fünfzehn Meter davon, während dann, wenn ich dem wirklichen Titular eine runterhaue, dieser sich nicht einmal um einen Zentimeter rührt!«

Peppone erachtete es als nicht notwendig zu sagen, daß, im Falle er Don Camillo eine Ohrfeige gegeben hätte, dieser mit acht erwidert hätte. Er übersprang dieses Detail, der Sinn war jedoch allen klar. Nicht aber dem Priesterlein, das ihn erschrocken anstarrte.

»Entschuldigen Sie«, flüsterte er, »aber warum wollen Sie mich ohrfeigen?«

Peppone verlor gänzlich die Geduld.

»Wer will Sie denn ohrfeigen? Fangen Sie auch schon an, die Linksparteien zu verleumden? Ich habe nur einen Vergleich gebraucht, um ... wie sagt man das nur ... ja, das Konzept zu klären! Glauben Sie vielleicht, ich werde mich mit einem solchen Vorschuß von einem Priester abgeben!«

Als es sich einen »Vorschuß von einem Priester« nennen hörte, richtete sich das Priesterlein im ganzen Stolz seiner hundertsechzig Zentimeter auf, und die Halsadern schwollen ihm an.

»Vorschuß oder nicht Vorschuß«, schrie er mit schriller Stimme, »die Kirchenbehörde hat mich hergeschickt, und hier werde ich bleiben, solange es die Kirchenbehörde befiehlt. Hier haben Sie nichts zu befehlen! Und die heilige Rita bleibt, wo sie ist, und der Leuchter, schauen Sie nur her, was ich mit dem Leuchter mache!«

Er betrat die Kirche, machte sich entschieden und tapfer an den Leuchter heran, der schwerer war als er selbst, und es gelang ihm nach einem erbitterten Ringen, diesen wieder rechts vor dem neuen Heiligenbild aufzustellen.

»So«, sagte er stolz.

»Geht in Ordnung!« antwortete Peppone, der vom Kirchentor aus das Schauspiel beobachtete.

Peppone wandte sich der Menge zu, die, dicht um das Kirchentor gedrängt, stumm und erbost wartete, und brüllte:

»Das Volk wird sein Wort sprechen! Alle zur Gemeinde, zu einer Protestkundgebung!«

»Gut«, brüllte das Volk.

Peppone schritt durch die Menge, die sich vor ihm teilte, stellte sich in die erste Reihe, die Masse folgte ihm, brüllte und schwang die Stöcke.

Als der Zug vor das Gemeindehaus kam, wurde das Brüllen noch stärker. Auch Peppone brüllte und erhob drohend die Faust zum Balkon des Ratssaales.

»Peppone«, schrie ihm Brusco ins Ohr, »Gottes Blitz treffe dich! Hör auf zu schreien! Hast du denn vergessen, daß du es bist, du, der Bürgermeister, zu dem wir gehen?«

»Sakr ...«, schrie Peppone. »Diese Verfluchten haben mich verwirrt, ich habe den Kopf verloren und verstehe nichts mehr!«

Er lief hinauf und zeigte sich am Balkongitter, und die Menge klatschte Beifall, die Reaktionäre mit einbegriffen.

»Landsleute, Staatsbürger!« schrie Peppone. »Wir werden diesen Zugereisten nicht dulden, der unsere Würde freier Menschen verletzt! Wir werden im Rahmen der Ordnung und des Gesetzes bleiben, solange es möglich ist, wir sind aber auch fest entschlossen, unsere Ziele um jeden Preis zu erreichen, wenn notwendig, dann auch mit Kanonen! Indessen schlage ich vor, daß eine Abordnung unter meiner Führung mit mir die Kirchenbehörde aufsucht und ihr demokratisch den Petition des Volkes unterbreitet!«

»Gut!« brüllte die Menge und scherte sich nicht weiter darum, welchen Geschlechtes die Petition sein könnte. »Es lebe der Bürgermeister Peppone!«

Als Peppone, gefolgt von der Abordnung, vor dem Bischof stand, fiel es ihm nicht leicht, seine Rede zu beginnen. Er gab sich aber einen Ruck.

»Exzellenz«, sagte er. »Der, den Sie uns geschickt haben, ist ein Priester, der der Tradition des Gemeindehauptortes nicht würdig ist.«

Der alte Bischof hob mühsam den Kopf, um Peppones Gesicht zu sehen.

»Sagen Sie nur, was hat er denn gemacht?«

Peppone breitete die Arme aus.

»Um Gottes willen! Gemacht, was wird er schon gemacht haben, nichts Besonderes ... Eigentlich hat er gar nichts gemacht ... das Pech ist, daß ... eigentlich ... Eminenz: eine halbe Portion ... ich will sagen: ein Priesterlein fürs Kloster in der Stadt ... nicht für uns ... wenn er die Meßgewänder anhat, schaut er wie ein Kleiderständer mit drei Mänteln und einem Punkt darauf aus.«

Der alte Bischof schüttelte ernsthaft den Kopf.

»Ihr«, sagte er sehr gelassen, »ihr scheint mir die Priester mit Metermaß und Waage zu werten, wie?«

»Nein, Exzellenz«, antwortete Peppone. »Wir sind ja keine Wilden! Tatsache ist, bitte schön, daß auch das Auge sein Teil verlangt, und in diesen Dingen mit der Religion verhält es sich so wie mit dem Arzt ... man muß sehr mit der persönlichen Sympathie rechnen, von wegen der physischen Suggestion und der moralischen Festigkeit ... des Vertrauens will ich sagen.«

Der alte Bischof seufzte.

»Ich verstehe, ich verstehe schon, ich sehe vollständig ein. Und doch, meine lieben Söhne, ihr habt einen Erzpriester gehabt, der wie ein Turm war, und ihr seid es gewesen, die mich gebeten haben, euch von ihm zu befreien!«

Peppone runzelte die Stirn.

»Monsignore«, stellte er feierlich fest, »es handelte sich um einen Casus bello, um einen Casus suo generi, wie man so sagt. Weil jener Mensch eine ständige Suggestion zum Verbrechen war, weil er einen direkt an den Haaren in den Abgrund zog durch seine Diktatur und sein Provozieren.«

»Ich weiß, ich weiß«, sagte der Bischof. »Das habt ihr mir schon einmal gesagt, liebe Söhne, und ihr seht, ich habe ihn auf Urlaub geschickt. Gerade weil ich verstanden habe, daß es sich um einen unanständigen Menschen handelt ...«

»Augenblick, mit Verlaub!« unterbrach Brusco. »Wir haben niemals gesagt, daß er ein unanständiger Mensch ist!«

»Wenn auch nicht gerade unanständig«, fuhr der alte

Bischof fort, »so scheint dieser Don Camillo ein unwürdiger Priester zu sein, indem er ...«

»Entschuldigen, bitte«, unterbrach Peppone. »Wir haben niemals gesagt, daß er ein Priester sei, der seine Pflicht nicht tut. Wir haben von seinen überaus schweren Mängeln, von überaus schweren Fehlern als Mensch gesprochen.«

»Jawohl, jawohl«, schloß der alte Bischof. »Da leider der Mensch vom Priester nicht zu trennen ist und da Don Camillo als Mensch eine Gefahr für den Nächsten darstellt, sind wir gerade im Begriff, seine jetzige Versetzung zu einer endgültigen Maßnahme zu erheben. Wir werden ihn dort mitten unter den Ziegen von Puntarossa belassen. Wenn wir ihn überhaupt belassen, weil wir uns noch nicht im klaren sind, ob wir ihm überhaupt die weitere Ausübung des priesterlichen Berufes erlauben, oder ihn a divinis suspendieren sollen. Wir werden sehen.«

In der Abordnung entstand ein Geflüster. Peppone und seine Leute steckten die Köpfe zusammen, und dann sprach Peppone: »Monsignore«, sagte er leise und war blaß und schwitzte, weil er gezwungen war, leise zu reden. »Wenn die Kirchenbehörde ihre besonderen Gründe hat, so zu tun, niemand kann dagegen an. Es ist aber meine Pflicht, darauf hinzuweisen, daß, solange der wirkliche Titular in seine Pfarre nicht zurückkehrt, niemand mehr in die Kirche gehen wird.«

Der alte Bischof breitete die Arme aus.

»Meine lieben Söhne«, rief er entsetzt, »seid ihr euch im klaren darüber, was ihr da sagt? Es ist geradezu Erpressung.«

»Nein, Monsignore«, erklärte Peppone, »wir üben keinen Druck aus, weil jeder freiwillig zu Hause bleiben wird und kein Gesetz ihn dazu zwingen kann, in die Kirche zu gehen. Es ist ganz einfach eines jeden demokratische Freiheit. Weil die einzigen, die es wissen können, ob ein Priester in Ordnung ist oder nicht, wir sind, die ihn seit zwanzig Jahren auf dem Buckel haben.«

»Vox populi, vox Dei«, seufzte der alte Bischof. »Gottes Wille geschehe. Nehmt euch nur dieses Individuum zurück. Kommt aber nicht wieder, um über seine Präpotenz Klage zu führen!«

Peppone lachte. »Eminenz! Die Streiche von seiten solcher Stiere wie Don Camillo machen auf uns keinen besonderen Eindruck. Damals haben wir uns aus Vorbeugung sozialen und politischen Charakters beklagt, weil wir vermeiden wollten, daß ihm diese Rothaut da eine Bombe an den Kopf wirft.«

»Selber Rothaut!« rief beleidigt Gigotto, der Mann, dem Don Camillo damals das Gesicht mit Anilinfarbe bemalt und im Gasthaus mit der Bank Wind gefächelt hatte. »Ich wollte gar keine Bombe auf ihn werfen. Ich habe nur eine Handgranate vor seinem Haus zur Explosion gebracht, um ihm zu verstehen zu geben, daß ich mir nicht mit der Bank auf den Kopf schlagen lasse, wenn er auch der hochwürdige Erzpriester ist.«

»Ach, du warst es also, mein Sohn, der die Handgranate geworfen hat?« fragte gleichgültig der alte Bischof.

»Na ja, Exzellenz«, stotterte Gigotto, »Sie wissen, wie das ist. Wenn man so eine Bank auf den Kopf kriegt, entschlüpft einem leicht so eine Schweinerei.«

»Verstehe vollkommen«, antwortete der Bischof, der alt war und es verstand, die Menschen von der richtigen Seite anzufassen.

Zehn Tage später kehrte Don Camillo heim.

»Wie geht es?« fragte Peppone, als er ihm auf der Straße begegnete, während Don Camillo vom Bahnhof kam. »Haben Sie Ihre Ferien gut verbracht?«

»Na ja, es ist nicht gerade fröhlich dort oben. Glücklicherweise hatte ich meine Karten mit und beschäftigte mich mit Patience«, antwortete Don Camillo.

Er zog aus der Tasche ein Kartenspiel.

»So«, sagte er, »jetzt brauche ich sie nicht mehr.«

Und zärtlich, lächelnd, als ob er ein Brötchen brechen würde, riß er das ganze Spiel auf einmal entzwei.

»Man wird alt, Herr Bürgermeister«, seufzte Don Camillo.

»Der Teufel soll Sie holen und den, der Sie zurückholte!« murmelte Peppone und entfernte sich mit düsterem Gesicht.

Don Camillo hatte eine Menge Dinge Christus vom Hochaltar zu erzählen. Zum Schluß der Unterhaltung war es an ihm, eine Frage an Christus zu stellen.

»Was für ein Typ war denn mein Stellvertreter?« fragte er mit vorgetäuschter Gleichgültigkeit.

»Ein braver Knabe, gut erzogen, edlen Gemütes, ein Mensch, der einem, welcher ihm einen Gefallen erweist, niemals so danken würde, daß er vor ihm prahlt und ein Kartenspiel zerreißt.«

»Jesus«, sagte Don Camillo und breitete die Arme aus. »Hier hat ihm bestimmt niemand einen Gefallen erwiesen. Und dann, bei gewissen Leuten muß man sich auf solche Weise bedanken. Wetten, daß Peppone jetzt bei seiner Bande sitzt und sagt: ›Verstehst du? Ein Kartenspiel hat er zerrissen, so, zack, zack, dieser Sohn einer Hündin!‹ Und er sagt das mit einer inneren Freude! Wollen wir wetten?«

»Nein«, antwortete Christus seufzend. »Nein, weil Peppone gerade im Begriff ist, so zu sprechen.«

Die Niederlage

Der Kampf bis aufs Messer, der nunmehr fast ein Jahr dauerte, wurde von Don Camillo gewonnen. Ihm gelang es, sein »Erholungsheim des Volkes« fertigzubauen, als an Peppones »Haus des Volkes« noch alle Beschläge fehlten. Das »Erholungsheim des Volkes« war eine sehr gelungene Sache: ein Veranstaltungssaal, eine Bibliothek mit einem Lese- und Schreibraum, eine Halle für Sportveranstaltungen und Spiele im Winter. Außerdem ein schöner Sportplatz im Freien mit einer Laufbahn, einem Schwimmbecken, einem Kindergarten mit Schaukeln, Turngeräten und so weiter. Das Ganze war zum größten Teil natürlich noch im Anfangsstadium; in allen solchen Dingen aber ist der Anfang das Wichtigste.

Für die Eröffnungsfeier stellte Don Camillo ein erstklassiges Programm zusammen: Gesangschöre, athletischer Wettbewerb und ein Fußballspiel. Don Camillo hatte nämlich eine wirklich phantastische Mannschaft zusammengestellt und sich dieser Arbeit mit einer solchen Leidenschaft gewidmet, daß man nach den acht

Monaten des Trainierens berechnen konnte, daß die Fußtritte, die Don Camillo allein den elf Spielern versetzt hatte, weitaus zahlreicher waren, als alle elf Spieler in denselben acht Monaten einem einzigen Ball versetzen konnten.

Peppone wußte alles und kaute bitter daran. Er konnte es nicht erlauben, daß die Exekutive, die wirklich das Wohl des Volkes vertrat, in dem von Don Camillo veranstalteten Wettkampf um das Wohl des Volkes ins Hintertreffen geriet. Und als ihn Don Camillo wissen ließ, er sei bereit, »seine Sympathie für die rückständigsten sozialen Schichten des Ortes« unter Beweis zu stellen und der kleinen Fußballmannschaft »Dynamos« großzügig zu erlauben, sich mit seiner »Gagliarda« zu messen, da wurde Peppone blaß, ließ die elf Jünglinge seiner Sportmannschaft rufen, stellte sie in Habachtstellung auf und hielt folgende Rede: »Ihr werdet gegen die Mannschaft des Pfarrers spielen. Ihr müßt unbedingt siegen, oder ich zerhaue euch allen die Fresse! Befehl von oben – um der Ehre des unterdrückten Volkes willen!«

»Wir werden siegen!« erwiderten die elf, die vor Schreck schwitzten.

Als er das erfuhr, versammelte Don Camillo die Männer der »Gagliarda« und erstattete Bericht darüber.

»Wir sind hier nicht unter groben und wilden Leuten, wie es bei den anderen der Fall ist«, schloß er lächelnd. »Infolgedessen können wir als anständige Ehrenmänner darüber reden. Mit Gottes Hilfe werden wir sie sechs zu null abfertigen. Ich will nicht drohen, ich betone nur, daß die Ehre der Pfarre in euren Händen liegt. Besser gesagt, in euren Beinen. Jeder tue seine Pflicht als guter Staatsbürger. Sollte sich natürlich herausstellen, daß es unter euch irgendeinen Gauner gibt, der sich nicht bis zum äußersten für die gute Sache einsetzt, dann wißt ihr, ich laß mich nicht zu den Roheiten Peppones verleiten, der die Fressen zerhaut. Ich pulverisiere euch den Hintern mit Fußtritten.«

Zur Eröffnungsfeier erschien der ganze Ort. Allen

voran Peppone mit gesamtem Anhang, feuerrote Tücher um den Hals. Als »Bürgermeister im allgemeinen« beglückwünschte er Don Camillo zu dieser Initiative, und als »Vertreter des Volkes im besonderen« drückte er gelassen seine Hoffnung aus, daß diese Initiative keinen unwürdigen Zwecken der politischen Propaganda dienen werde, wie es so manches böswillige Gerücht behaupte.

Während des Chorgesanges fand Peppone eine Gelegenheit, Brusco gegenüber die Bemerkung zu machen, daß der Gesang im Grunde genommen auch ein Sport sei, der die Lungen entwickelt. Und Brusco antwortete mit einer wahrhaft herrschaftlichen Ruhe, daß die Sache seiner Meinung nach der physischen Stärkung der katholischen Jugend noch mehr dienen würde, wenn die Jugendlichen ihren Gesang mit angemessenen Bewegungen begleiteten, durch die nicht nur die Muskeln der Lunge, sondern auch jene der Arme gestärkt würden.

Während einer Partie Volleyball sagte Peppone mit aufrichtiger Überzeugung, daß das Reifenspiel außer seiner unzweifelhaften athletischen Bedeutung auch eine äußerst feine Anmut besitze, und wunderte sich, daß im Programm kein Wettbewerb im Reifenspiel enthalten sei.

Da diese Bemerkungen mit einer solchen Diskretion ausgedrückt wurden, daß man sie leicht auf sechshundert Meter Entfernung hören konnte, schwollen bei Don Camillo die Halsadern so, daß sie wie zwei Akazienstämme ausschauten. Mit unbeschreiblicher Ungeduld wartete er auf den Augenblick des großen Fußballspiels. Dann würde er das Wort haben.

Und der Augenblick des Spieles kam. Weißes Leibchen mit einem großen schwarzen »G« auf der Brust: die Elf der »Gagliarda«. Rotes Leibchen mit Hammer und Sichel und einem fünfzackigen Stern, mit einem eleganten »D« verflochten, bei der Elf von den »Dynamos«.

Das Volk pfiff aber auf Symbole und begrüßte die

Mannschaft auf seine Art: »Viva Peppone!« oder »Viva Don Camillo!«

Peppone oder Don Camillo wechselten einen raschen Blick und begrüßten einander dann mit großer Würde, indem sie ihre Köpfe leicht neigten.

Der Schiedsrichter war neutral: der Uhrmacher Binella, unpolitisch seit seiner Geburt. Nach den ersten zehn Minuten des Spiels näherte sich der Feldwebel der Karabinieri Peppone, blaß wie eine Leiche, gefolgt von zwei anderen, die auch so bleich waren.

»Herr Bürgermeister«, stotterte er, »glauben Sie nicht, daß ich telefonisch aus der Stadt Verstärkung verlangen soll?«

»Sie können, wenn Sie wollen, eine ganze Division verlangen, wenn aber diese Fleischhauer hier mit dem harten Spiel nicht aufhören, wird niemand verhindern können, daß ein Leichenhaufen bis zur Höhe eines dritten Stockwerkes entsteht! Nicht einmal Seine Majestät der König könnte es verhindern, das sage ich Ihnen! Verstanden?« brüllte Peppone und vergaß dabei, so aufgebracht war er, daß man schon längst in der Republik lebte.

Der Feldwebel wandte sich Don Camillo zu, der einen Meter entfernt war.

»Glauben Sie, daß ...«, stotterte er. Don Camillo ließ ihn aber nicht beenden.

»Ich«, brüllte er, »ich glaube ganz einfach, daß nicht einmal die Intervention der Amerikaner persönlich verhindern könnte, daß man hier in Blut schwimmt, wenn diese verfluchten Bolschewiken nicht aufhören, mir meine Leute zugrunde zu richten, indem sie ihnen Tritte auf die Schienbeine versetzen.«

»Geht in Ordnung«, sagte der Feldwebel und ging mit seinen zwei Leuten, sich in der Wachstube zu verbarrikadieren, weil er sehr gut wußte, daß bei solchen Anlässen die Menge zum Schluß die Feierlichkeiten dadurch zu beenden pflegt, daß sie die Wachstube der Karabinieri in Brand zu setzen versucht.

Das erste Tor erzielte die »Gagliarda«, worauf ein Gebrüll entstand, das den Kirchturm bis in die Grundmauern erzittern ließ. Mit aufgelöstem Gesicht wandte sich Peppone Don Camillo zu, ballte die Fäuste und wollte sich auf ihn stürzen. Don Camillo erwiderte, indem er sich zur Abwehr stellte. Es fehlte noch ein Millimeter zum Zusammenstoß. Don Camillo bemerkte aber aus den Augenwinkeln, daß die Menge auf einmal wie versteinert war und daß aller Augen auf ihm und auf Peppone hafteten.

»Wenn wir jetzt raufen, geschieht hier die Schlacht von Maclodio«, sagte Don Camillo zwischen den Zähnen.

»Gut, ich mache es für das Volk«, erwiderte Peppone und nahm sich wieder in Gewalt.

»Und ich für die Christenheit«, sagte Don Camillo.

Es geschah nichts. Als aber nach einigen Minuten die erste Spielhälfte beendet war, versammelte Peppone die »Dynamos«.

»Renegaten!« sagte er mit einer Stimme, die voll Verachtung war.

Dann packte er Smilzo, den Mittelstürmer, am Halse.

»Du Schwein, du Verräter, hast du denn vergessen, daß wir zusammen im Gebirge waren und daß ich dir dreimal die Haut gerettet habe. Wenn du binnen der ersten fünf Minuten kein Tor erzielst, ziehe ich sie dir diesmal ab, die Haut nämlich!«

Als die zweite Spielhälfte begann und Smilzo zum Ball kam, legte er los. Er arbeitete mit dem Kopf, mit den Beinen, mit den Knien, mit dem Gesäß; einmal biß er sogar in den Ball, spuckte die halbe Lunge heraus, zerriß sich die Milz, in der vierten Minute jagte er aber den Ball ins Tor.

Dann warf er sich auf den Boden und rührte sich nicht mehr.

Don Camillo ging auf die entgegengesetzte Seite des Spielfeldes, um nicht in Versuchung zu kommen. Der Tormann der »Gagliarda« bekam vor Angst Fieber.

Die Roten schlossen sich zur Verteidigung zusammen,

und es gab kein Mittel, den Kreis zu durchbrechen. Dreißig Sekunden vor Schluß pfiff der Schiedsrichter ein Foul. Strafstoß gegen »Gagliarda«.

Der Ball flog. Nicht einmal Zamora hätte eine solche Ecke halten können.

Nunmehr war das Spiel beendet: die einzige Aufgabe der Leute Peppones war es, die Spieler zu sammeln und sie in Sicherheit zu bringen. Der Schiedsrichter war unpolitisch: er helfe sich selbst, wie er kann.

Don Camillo verstand nichts mehr. Er lief in die Kirche und kniete vor dem Altar nieder.

»Herr«, sagte er, »warum hast Du mir nicht geholfen? Ich habe verloren.«

»Und warum hätte ich dir und nicht den anderen helfen sollen? Zweiundzwanzig Beine auf deiner Seite, zweiundzwanzig Beine auf der anderen. Don Camillo, alle Beine sind gleich. Ich kann mich nicht auch mit den Beinen beschäftigen. Ich beschäftige mich mit den Seelen. Da mihi animas, cetera tolle! Den Körper überlasse ich der Erde. Don Camillo, es gelingt dir also nicht, deinen Verstand wiederzufinden?«

»Es geht mühsam, aber ich finde ihn schon«, antwortete Don Camillo. »Ich wollte nicht, daß Du persönlich die Beine meiner Leute führst. Zumal sie besser sind als die Beine der anderen. Ich sage nur, daß Du nicht verhindert hast, daß die Unanständigkeit eines Menschen meine Leute mit einem nicht begangenen Foul belastet.«

»Irrt nicht manchmal der Priester bei der Messe, Don Camillo? Warum gibst du nicht zu, daß auch ein anderer irren kann, ohne im schlechten Glauben zu handeln?«

»Man kann zugeben, daß der Mensch in allem irren kann. Nicht aber als Schiedsrichter beim Sport! Wenn der Ball im Spiel ist ...«

»Don Camillo scheint zu denken, nicht schlechter als Peppone, aber geradezu schlechter als Fulmine, der überhaupt nicht denkt«, fuhr Christus fort.

»Auch das ist wahr«, gab Don Camillo zu. »Aber Binella ist doch ein Gauner.«

Er konnte nicht fortsetzen, weil man hörte, wie sich ein enormes Gebrüll näherte, und in diesem Augenblick kam ein Mensch dahergerannt, aufgelöst, um Atem ringend, mit schreckverzerrtem Gesicht.

»Sie wollen mich erschlagen«, schluchzte er. »Retten Sie mich!«

Die Menge war vor dem Portal und wollte herein. Don Camillo faßte einen Leuchter von einem halben Zentner und hob ihn drohend.

»Im Namen Gottes«, schrie er, »zurück – oder ich schlag euch die Köpfe ein! Wißt, daß jeder, der die Kirche betritt, heilig und unberührbar ist!«

Die Leute schwankten.

»Schämt euch, entfesselte Horde! Zurück in eure Ställe, und betet zu Gott, daß er euch euer tierisches Betragen verzeihe.«

Die Leute senkten die Köpfe, verwirrt und still, und machten Anstalten, wegzugehen.

»Bekreuzigt euch!« befahl Don Camillo. Mit dem erhobenen Leuchter in seiner Zyklopenhand, groß wie ein Berg, stand er wie ein Samson da.

Alle bekreuzigten sich.

»Zwischen euch und dem Gegenstand eures tierischen Hasses steht das Kreuz, das jeder von euch mit seiner Hand zeichnete. Wer dieses Hindernis verletzt, ist ein Schänder. Und jetzt zurück!«

Er kam wieder herein und verriegelte das Tor. Es war aber nicht mehr notwendig. Der Mann war auf eine Bank gesunken und rang noch immer nach Atem.

»Danke, Don Camillo«, flüsterte er.

Don Camillo antwortete nicht. Er ging eine Weile hin und her und blieb dann vor dem Mann stehen.

»Binella!« sagte Don Camillo, zitternd vor Aufregung. »Binella, hier vor mir und vor Gott kannst du nicht lügen! Es war kein Foul! Wieviel hat dir dieser Gauner Peppone für ein Foul gegeben, wenn das Spiel unentschieden zu bleiben schien?«

»Zweitausendfünfhundert Lire.«

»Hmmm!« muhte Don Camillo und hielt ihm seine Fäuste vor die Nase.

»Aber ...«, jammerte Binella.

»Weg!« brüllte Don Camillo, indem er ihm die Tür zeigte.

Als er allein war, wandte sich Don Camillo zu Christus.

»Hab ich Dir nicht gesagt, daß dies eine verfluchte, verkaufte Seele ist? Habe ich mich nicht mit Recht aufgeregt?«

»Nein, Don Camillo«, antwortete Christus. »Die Schuld ist dein, weil du Binella für denselben Dienst zweitausend Lire angeboten hattest. Als ihm dann Peppone fünfhundert mehr anbot, nahm er den Vorschlag Peppones an.«

Don Camillo breitete die Arme aus.

»Jesus«, sagte er, »aber ... Wenn wir jetzt so anfangen, dann bin ich zum Schluß der Schuldige!«

»Genauso, Don Camillo. Als du, ein Priester, ihm das erste Geschäft vorgeschlagen hattest, hatte er mit Recht denken können, daß es ein erlaubtes Geschäft ist. Und erlaubtes Geschäft hier, erlaubtes Geschäft dort, man nimmt, was mehr trägt.«

Don Camillo senkte den Kopf.

»Willst du damit sagen, daß es also meine Schuld ist, daß dieser Unglückliche von meinen Leuten geschlagen wurde?«

»In einem gewissen Sinn ja, weil du diesen Menschen in Versuchung gebracht hast. Deine Schuld wäre aber noch größer, wenn Binella dein Angebot angenommen und das Foul zugunsten deiner Leute erlaubt hätte.«

Don Camillo dachte eine Weile nach.

»Letzten Endes«, sagte er, »es ist besser, daß die anderen gesiegt haben.«

»Genauso, Don Camillo.«

»Jesus, dann danke ich Dir, daß Du mich verlieren ließest. Und wenn ich Dir sage, daß ich die Niederlage unbeschwerten Herzens hinnehme, als eine Strafe für meine Unanständigkeit, dann mußt Du mir glauben, daß ich wirklich bereue. Wie soll man denn nicht vor Wut platzen, wenn man sieht, daß eine solche Mannschaft verliert, eine Mannschaft, die – ohne mich loben zu wollen – in der B-Liga spielen könnte, eine Mannschaft, die zweitausend solche ›Dynamos‹ ohne Öl und Essig schlucken könnte ... Glaube mir, es ist herzzerreißend, und es schreit um Rache zu Gott!«

»Don Camillo!« ermahnte Christus lächelnd.

»Nein, Du kannst mich nicht verstehen«, seufzte Don Camillo. »Sport ist eine Sache für sich. Wer darin steckt, der steckt eben darin, und wer nicht darin steckt, der steckt halt nicht darin. Drücke ich mich klar aus?«

»Nur allzu klar, mein armer Don Camillo. Ich verstehe dich so gut, daß ich ... Na gut, wann ist das Revanchespiel?«

Don Camillo sprang auf, und das Herz quoll ihm vor Freude über.

»Sechs zu null!« schrie er. »Sechs Bälle, die sie nicht einmal an den Torstangen vorbeifliegen sehen werden! So wie ich jetzt diesen Beichtstuhl dort treffe!«

Er warf seinen Hut in die Luft, und, ihn mit dem Fuß im Fluge erreichend, jagte er ihn durch das Fenster des Beichtstuhles.

»Tor!« sagte Christus lächelnd.

Der Rächer

Smilzo erschien auf einem Rennfahrrad und bremste auf amerikanisch: das ist ein besonderer Trick, der darin besteht, daß man vom Sitz rückwärts abspringt und sich rittlings auf das Hinterrad setzt.

Don Camillo las gerade die Zeitung, auf der Bank vor dem Pfarrhaus sitzend, und hob den Kopf.

»Bekommst du deine Hosen von Stalin geschenkt?« erkundigte er sich ruhig.

Smilzo reichte ihm einen Brief, berührte den Rand seiner Mütze mit einem Finger, bestieg wieder sein Fahrrad, und als er schon bei der nächsten Ecke war, drehte er sich noch einmal um.

»Vom Papst bekomme ich sie geschenkt!« schrie er, indem er sich auf den Pedalen aufrichtete, und verschwand blitzartig.

Don Camillo hatte diesen Brief erwartet: es handelte sich um die Einladung zur Eröffnungsfeier des »Hauses des Volkes« mit dem anschließenden Festprogramm. Ansprache, Berichte, Blechmusikkapelle, ein Imbiß und nachmittags ein großes »Boxmatch« zwischen dem Champion im Schwergewicht der lokalen Parteisektion, Bagotti Mirko, und dem Champion im Schwergewicht des Parteibundes der Provinz, Gorlini Antei.

Don Camillo ging, Christus vom Hochaltar Bericht zu erstatten.

»Jesus«, rief er aus, nachdem er das Programm vorgelesen hatte, »das heißt Unanständigkeit! Wenn Peppone nicht der Letzte unter den Gaunern wäre, hätte er nicht eine Schlägerei, sondern eine Revanchepartie zwischen ›Dynamos‹ und ›Gagliarda‹ in das Programm aufgenommen! So bin ich jetzt ...«

»So bist du jetzt nicht einmal im Traum dazu gezwungen, ihn zu besuchen und ihm einiges zu sagen, was du wünschest, weil du im Unrecht bist«, unterbrach ihn Christus. »Es war logisch, daß Peppone etwas anderes und neues suchen mußte. Wenn auch sein Champion, nehmen wir an, verlieren sollte – was ist schon dabei? Genosse der eine, Genosse der andere, die Sache bleibt in der Familie. Eine Niederlage durch deine Mannschaft würde seinem Prestige schaden. Don Camillo, du mußt also zugeben, daß Peppone eine Begegnung mit deiner Mannschaft nicht in das Programm nehmen konnte.«

»Und doch«, rief Don Camillo, »ich hatte die Begegnung mit seiner Mannschaft in mein Programm aufgenommen. Und ich habe sogar verloren!«

»Don Camillo«, erwiderte Christus sanft, »du vertrittst aber keine Partei. Deine Jungen haben nicht die Farben der Kirche verteidigt. Sie verteidigten lediglich das Ansehen einer Sportmannschaft, die – glücklicherweise – im Schatten der Pfarrkirche entstanden ist. Oder glaubst du vielleicht, daß dies am vergangenen Sonntag eine Niederlage des christlichen Glaubens war?«

Don Camillo fing an zu lachen.

»Jesus«, wandte er ein, »Du tust mir Unrecht, wenn Du glaubst, daß ich so denke. Ich wollte nur sagen, daß Peppone vom sportlichen Standpunkt aus ein Gauner ist. Und darum wirst Du mir verzeihen, daß ich zu lachen anfange, wenn sein famoser Champion so geschlagen wird, daß er in der dritten Runde nicht mehr weiß, wie er heißt.«

»Ja, ich werde dir verzeihen, Don Camillo, ich werde dir aber nicht verzeihen, solltest auch du das Schauspiel lustig finden, in dem zwei Menschen versuchen, sich mit Fäusten zu vernichten.«

Don Camillo breitete die Arme aus.

»Ich habe niemals daran gedacht, und ich werde niemals mit meiner Anwesenheit solche Kundgebungen der Roheit auszeichnen, die nur der Stärkung jenes Kultes der Gewalttätigkeit dienen, der bereits in den Seelen der Massen so tief eingewurzelt ist. Ich bin völlig mit Dir einig und verurteile jeden Sport, bei dem die Geschicklichkeit der brutalen Kraft weichen muß.«

»Bravo, Don Camillo«, sagte Christus. »Wenn ein Mensch das Bedürfnis verspürt, seine Muskeln zu dehnen, muß er doch nicht gerade seinen Nächsten mit Fäusten behandeln. Es genügt, daß er seine Hände mit gut gepolsterten Handschuhen schützt und sich auf einem Sack Sägespäne oder auf einem irgendwo aufgespannten Ball austobt.«

»Richtig«, sagte Don Camillo, indem er sich rasch bekreuzigte und eilig hinausgehen wollte.

»Befriedige meine Neugier, Don Camillo«, rief Christus. »Wie heißt dieser Lederball, den du mit einer dehnbaren Schnur an der Decke und am Boden in der Dachkammer befestigt hast?«

»Ich glaube ›Punchingball‹«, murmelte Don Camillo, indem er stehenblieb.

»Und was heißt das?«

»Ich verstehe nicht Englisch«, antwortete Don Camillo und verschwand.

Don Camillo wohnte der Eröffnung des »Hauses des Volkes« bei, und Peppone persönlich begleitete ihn bei der Besichtigung der Räume. Es war eine wirklich gelungene Angelegenheit.

»Na, was sagen Sie dazu?« fragte Peppone, der vor Freude ganz außer sich war.

»Entzückend!« antwortete lächelnd Don Camillo. »Um die Wahrheit zu sagen: man würde niemals glauben, daß dies alles unser armer Baumeister Brusco entworfen hat.«

»Schon ...«, murmelte Peppone, der dem besten Architekten aus der Stadt ein enormes Geld für den Entwurf gezahlt hatte.

»Auch nicht schlecht der Gedanke, die Fenster quer anzuordnen«, bemerkte Don Camillo. »So kann man die Räume niedriger bauen, ohne daß die Harmonie gestört wäre. Gut, gut. Ist das der Lagerraum?«

»Das ist der Versammlungsraum«, erklärte Peppone.

»Ach so! Und die Waffenkammer und die Zelle für die gefährlichen Gegner habt ihr im Keller untergebracht?«

»Nein«, antwortete Peppone, »wir haben keine gefährlichen Gegner, solches Zeug kann ruhig auch weiterhin im Umlauf bleiben. Was die Waffenkammer betrifft, haben wir die Absicht, uns gegebenenfalls der Ihrigen zu bedienen.«

»Ausgezeichnete Idee«, antwortete Don Camillo. »Ihr habt übrigens gesehen, mit welcher Sorgfalt ich die Maschinenpistole aufbewahre, die Ihr mir anvertraut habt, Herr Peppone.«

Sie waren inzwischen vor einem großen Bild angekommen, das einen Mann mit einem enormen Schnurrbart und ganz kleinen Augen und einer Pfeife darstellte.

»Ist das einer eurer Toten?« fragte mitleidig Don Camillo.

»Das ist einer unserer Lebenden, und wenn er einmal herkommt, werden Sie oben auf dem Kirchturm auf dem Blitzableiter sitzen«, erklärte Peppone, der es nicht mehr aushalten konnte.

»Ein zu hoher Posten für einen demütigen Priester. Der höchste Posten des Ortes gehört immer dem Bürgermeister, und ich stelle ihn sofort zu eurer Verfügung.«

»Werden wir die Ehre haben, Hochwürden, Sie bei unserer Boxveranstaltung begrüßen zu dürfen?«

»Besten Dank! Ihr könnt meinen Sitz Fulmine geben, der mehr als ich imstande sein wird, die innerliche Schönheit und die tiefe erzieherische und geistige Bedeutung des Schauspiels zu schätzen. Ich bin für jeden Fall im Pfarrhaus zu erreichen: sollte etwa euer Champion die Letzte Ölung brauchen, schickt nur Smilzo zu mir, und ich bin in zwei Minuten da.«

Am Nachmittag plauderte Don Camillo fast ein Stündchen mit Christus und bat dann um Erlaubnis:

»Bin schläfrig, gehe ein bißchen ins Bett. Und ich danke Dir, daß Du den Regenguß geschickt hast. Meiner Meinung nach ist das sehr gut für das Getreide.«

»Und vor allem wird es, deiner Meinung nach, verhindern, daß die vielen Leute, die weit draußen wohnen, zu Peppones Veranstaltung kommen«, fügte Christus hinzu. »Ist es nicht so?«

Don Camillo schüttelte den Kopf.

Der Regen, obwohl es wirklich heftig gegossen hatte, störte nicht im geringsten Peppones Fest. Aus allen Teilen der Gemeinde kamen die Leute, und der große Saal des »Hauses des Volkes« war zum Bersten voll. Der Champion des Provinzbundes der Sportsektionen hatte einen guten Namen; Bagotti genoß zweifelsohne eine große Popularität in der Gegend. Es war außerdem irgendwie eine Begegnung zwischen Stadt und Land, und das interessierte immer.

Peppone war in der ersten Reihe unter dem Ring und jubelte wegen des guten Besuches. Außerdem war er sicher, daß Bagotti schlimmstenfalls nach Punkten verlieren würde; das käme einem Sieg gleich.

Um Punkt vier Uhr, nach einem höllischen Händeklatschen und nach einem Gebrüll, das die Decke fast zum Einsturz brachte, erklang der erste Gongschlag, und den Leuten platzte fast die Leber vor Aufregung.

Man merkte gleich, daß der Provinzchampion im Stil

überlegen war, Bagotti jedoch sich wendiger zeigte, so daß die erste Runde wirklich atemraubend war.

Peppone war in Schweiß gebadet und gebärdete sich, als ob er Dynamit gefressen hätte.

Die zweite Runde begann für Bagotti günstig. Er war im Angriff. Plötzlich fiel Bagotti wie ein Felsklotz. Der Schiedsrichter begann die Sekunden zu zählen.

»Nein!« brüllte Peppone und sprang auf den Sessel. »Tiefschlag!«

Der Provinzchampion wandte sich zu Peppone und lachte höhnisch. Er verneinte mit dem Kopf und machte Zeichen mit der Hand, daß es ein Kinntreffer war.

»Nein«, brüllte Peppone verzweifelt, während die Menge in Aufruhr war, »alle haben es gesehen! Zuerst hast du ihm einen Tiefschlag versetzt, und während er sich vor Schmerzen gekrümmt hat, hast du ihn am Kinn getroffen! Es gilt nicht!«

Der Provinzchampion zuckte grinsend die Achseln. Inzwischen hatte der Schiedsrichter bis zehn gezählt und war gerade im Begriff, die Hand des Siegers zu erheben, als die Tragödie begann.

Peppone warf den Hut ab und war mit einem Sprung im Ring. Mit geballten Fäusten ging er auf den Provinzchampion los. »Ich werde dir schon zeigen!« brüllte Peppone.

»Schlag ihn nieder, Peppone!« schrie die Menge wie verrückt. Der Boxer nahm Kampfstellung ein, und Peppone stürzte sich auf ihn wie ein Panzer und legte los. Peppone war aber zu wütend, um Vorsicht zu üben, so daß der andere seinem Schlag leicht auswich und ihm einen Geraden auf das Kinn versetzte. Es war ihm nicht schwer, genau und mächtig zu treffen, weil Peppone unbeweglich und völlig ungedeckt dastand, und es war, als ob man auf einen Sack Sägespäne schlagen würde.

Peppone fiel wie ein Felsblock, und die Menge überlief eine Welle der Verzweiflung, die allen das Wort nahm. Und da, während der Provinzchampion mitleidig und lächelnd den auf dem Boden ausgestreckten Riesen anschaut, stößt die Menge ein entsetzliches Gebrüll aus: ein Mann steigt in den Ring. Er nimmt nicht einmal seinen nassen Regenmantel und die Mütze ab. Er faßt zwei Boxhandschuhe, die in einer Ringecke liegen, er steckt die Hände hinein, ohne überhaupt die Handschuhe zuzubinden, nimmt Kampfstellung vor dem Champion ein und versetzt ihm eine regelrechte Ohrfeige.

Der Bundeschampion weicht natürlich aus, kann aber nicht erwidern, weil der andere gedeckt ist. Es handelt sich darum, einige Sekunden zu gewinnen. Er tänzelt um den Mann, der sich darauf beschränkt, sich langsam und vorsichtig zu drehen, und läßt im gegebenen Moment einen fürchterlichen Geraden vom Stapel. Der andere hat sich nicht einmal gerührt; mit der Linken wehrt er ab, und mit der Rechten landet er auf dem Unterkiefer einen so verfluchten Faustschlag, daß ihn der Champion »à la Schlafwagen« empfängt; das heißt, daß er unterwegs einschlummert und bereits schlafend den Boden erreicht.

Die Leute werden verrückt.

Der Glöckner brachte die Nachricht ins Pfarrhaus, und Don Camillo mußte aus dem Bett, um ihm aufzumachen, weil der Sakristan verrückt zu sein schien und bestimmt geplatzt wäre, wenn er ihm nicht alles von A bis Z erzählt hätte.

Don Camillo stieg hinunter, um Christus Bericht zu erstatten.

»Also?« fragte Christus. »Wie war's?«

»Ein Heidenskandal, ein schandhaftes Schauspiel der Unordnung und einer unvorstellbaren Unmoralität!«

»So wie damals der Lynchversuch an deinem Schiedsrichter?« erkundigte sich Christus gleichgültig.

Don Camillo lachte.

»Ach was, Schiedsrichter! In der zweiten Runde fiel Peppones Champion wie ein Kartoffelsack zu Boden. Dann stieg Peppone persönlich in den Ring und begann sich mit dem Sieger zu schlagen. Natürlich ist er stark wie ein Stier, aber ein solcher Hohlkopf, daß er in geschlossener Linie angreift, und der andere versetzt ihm einen Geraden auf das Kinn und bringt ihn zur Strecke.«

»So hat seine Sektion zwei Niederlagen erlitten.«

»Jawohl, zwei seine Sektion und eine der Provinzbund.« Don Camillo grinste. »Es ist noch nicht aus! Kaum war Peppone auf dem Boden, da springt schon ein anderer in den Ring. Anscheinend einer von jenen, die aus den benachbarten Gemeinden gekommen sind: ein Mordskerl mit Backenbart und Schnurrbart, und der nimmt Kampfstellung ein und haut dem Bundeschampion eine runter.«

»Und dieser weicht aus und erwidert; und schließlich wird auch der Mann mit dem Bart auf den Boden gestreckt, um dieses rohe Schauspiel zu vervollständigen«, unterbrach Christus.

»Nein! Der Mann ist gedeckt wie eine Stahlkasse. Da beginnt der Bundeschampion herumzutänzeln, um den anderen irrezuführen. Und auf einmal, zack! versetzt er ihm einen Geraden mit der Rechten. Und ich wehre mit der Linken ab und treffe ihn blitzartig mit der Rechten. Da liegt er schon im Ring!«

»Was hast du damit zu tun?«

»Ich verstehe nicht.«

»Du hast gesagt: ›Ich wehre mit der Linken ab und treffe ihn blitzartig mit der Rechten.‹«

»Ich weiß nicht, wieso ich so etwas sagen konnte.«

Christus schüttelte den Kopf.

»Vielleicht warst du der Mann, der den Champion erledigte?«

»Mir kommt es nicht so vor«, antwortete ernst Don Camillo. »Ich habe weder einen Backenbart noch einen Schnurrbart.«

»Man könnte auch falsche tragen, so daß die Leute nicht darauf kommen, daß ihr Priester am Schauspiel zweier Männer, die sich öffentlich mit Fäusten schlagen, Gefallen findet!«

Don Camillo breitete die Arme aus.
»Jesus, alles ist möglich: man muß damit rechnen, daß auch Priester aus Fleisch sind.«
Christus seufzte.
»Wir rechnen damit. Wir rechnen aber auch damit, daß die Priester, wenn auch aus Fleisch und Blut, es niemals vergessen dürfen, daß sie auch einen Verstand haben. Und wenn sich so ein Priester aus Fleisch verkleidet, um einem Boxmatch beizuwohnen, müßte ihn der Priester mit Verstand davon abhalten, selbst ein Schauspiel der Gewalttätigkeit zu bieten.«
Don Camillo schüttelte den Kopf.
»Richtig. Man müßte aber damit rechnen, daß Priester außer aus Fleisch und Verstand noch aus etwas bestehen. Und wenn dieses gewisse Etwas sieht, daß der Bürgermeister niedergeschlagen am Boden liegt, vor allen seinen Bürgern, von einem Straßenkehrer aus der Stadt zur Strecke gebracht, der Tiefschläge versetzt (eine Sache, die nach der Rache Gottes schreit), dann übermannt dieses gewisse Etwas den Priester aus Fleisch und den Priester mit Verstand und zwingt ihn, in den Ring zu steigen.«
Christus schüttelte den Kopf.
»Du willst damit sagen, daß ich damit rechnen müßte, daß die Priester auch ein Herz haben.«
»Um Himmels willen«, rief Don Camillo, »ich würde es mir niemals erlauben, Dir Ratschläge zu erteilen. Ich kann Dir jedenfalls sagen, daß niemand weiß, wer der Mann mit dem Bart war.«
»Gut, nicht einmal ich weiß es«, antwortete Christus seufzend. »Sag mir aber doch, was ›Punchingball‹ heißt!«
»Meine Kenntnisse der englischen Sprache sind nicht größer geworden, Herr«, antwortete Don Camillo.
»Verzichten wir also darauf, das jemals zu erfahren«, sagte Christus lächelnd. »Im Grunde genommen ist die Bildung manchmal eher schlechter als gut. Auf Wiedersehen, du Bundeschampion!«

Nächtliches Glockenspiel

Seit einiger Zeit spürte Don Camillo, daß ihn zwei Augen verfolgten. Wenn er auf der Straße ging oder durch die Felder wanderte und sich plötzlich umschaute, sah er niemanden, war aber sicher, daß er – hätte er gesucht, hinter der Hecke oder im Buschwerk – die Augen und den Rest gefunden hätte.

Als er abends einige Male ein Geräusch an seiner Haustür hörte, ging er hinaus und erblickte im Zwielicht einen Schatten.

»Laß ihn nur«, antwortete Christus vom Hochaltar, als ihn Don Camillo um Rat fragte. »Ein Augenpaar hat noch niemandem etwas Böses angetan.«

»Man müßte aber wissen, ob die Augen allein herumgehen oder in Gesellschaft eines dritten Auges, das zum Beispiel vom Kaliber neun wäre«, seufzte Don Camillo. »Es ist eine Kleinigkeit, aber von Bedeutung.«

»Nichts kann ein ruhiges Gewissen erschüttern, Don Camillo.«

»Ich weiß, Jesus«, seufzte wieder Don Camillo. »Die

Schwierigkeit liegt lediglich darin, daß Leute, die sich so benehmen, nicht auf das Gewissen, sondern zwischen die Schultern schießen.«

Trotzdem tat Don Camillo nichts, und so verging wieder eine Zeit, bis er eines Abends spät allein im Hause war und las, als er plötzlich die Augen wieder auf sich gerichtet fühlte.

Es waren tatsächlich drei. Als er langsam das Haupt erhob, erblickte Don Camillo zuerst das schwarze Auge einer Pistole und dann die Augen Biondos.

»Soll ich die Arme heben?« fragte Don Camillo ruhig.

»Ich tu Ihnen nichts«, antwortete Biondo und steckte die Pistole in die Rocktasche. »Ich habe nur Angst gehabt, daß Sie sich fürchten, wenn Sie mich plötzlich da sehen, und daß Sie zu schreien anfangen.«

»Ich verstehe«, erwiderte Don Camillo. »Daran hast du nicht gedacht, daß du dir das alles hättest ersparen können, wenn du schön ruhig an der Tür geklopft hättest?«

Biondo antwortete nicht und lehnte sich an den Fensterrahmen. Dann drehte er sich plötzlich um und setzte sich vor Don Camillo an den Tisch. Sein Haar war in Unordnung, die Augen lagen tief in den Höhlen, auf der Stirn stand ihm der Schweiß.

»Don Camillo«, sagte Biondo zwischen den Zähnen hervor, »jenen in der Uferhütte habe ich ins Jenseits geschickt.«

Don Camillo zündete sich eine Zigarre an.

»Jenen von der Uferhütte?« sagte er ruhig. »Nanu, alte Geschichte, eine Geschichte mit politischen Hintergründen, fällt unter die Nachkriegsamnestie. Was quälst du dich heute noch damit? Du bist mit dem Gesetz im reinen.«

Biondo zuckte mit den Achseln.

»Ich pfeife auf die Amnestie«, sagte er wütend. »Jede Nacht, kaum ist es finster, spüre ich ihn neben meinem Bett. Ich verstehe nicht, was mit mir los ist!«

Don Camillo blies ruhig den blauen Rauch seiner Zigarre.

»Das macht ja nichts, Biondo«, antwortete er lächelnd. »Die Sache ist einfach: schlafe bei Licht.«

Biondo sprang auf: »Sie können jenen Idioten Peppone zum besten halten, nicht mich«, rief er zornig aus.

Don Camillo schüttelte den Kopf.

»Erstens ist Peppone kein Idiot, zweitens kann ich für dich nichts mehr tun.«

»Wenn ich Kerzen kaufen soll oder etwas für die Kirche geben, zahle ich«, schrie Biondo. »Sie müssen mich lossprechen. Übrigens bin ich mit dem Gesetz in Ordnung!«

»Darüber sind wir uns einig, mein Sohn«, sagte Don Camillo. »Es ist nur ein Pech, daß die Amnestie für das Gewissen nicht gilt. Bei uns ist noch immer das alte System in Kraft. Vor der Absolution ist zuerst die Reue notwendig, dann muß man zeigen, daß man tatsächlich bereut hat und muß sich später so verhalten, daß man die Verzeihung verdient. Es dauert eine Weile.«

Biondo schlug mit der Faust auf den Tisch und lachte dabei hellauf.

»Bereuen? Bereuen, daß ich jenen beseitigt habe? Es tut mir leid, daß es nur einer war!«

»Von diesen Dingen weiß ich ja fast nichts. Außerdem, wenn dir dein Gewissen sagt, daß du gut getan hast, dann ist die Sache in Ordnung«, sagte Don Camillo, schlug ein Buch auf und stellte es vor Biondo. »Schau, wir haben sehr genaue Vorschriften, die für die politischen Beweggründe keine Ausnahme kennen. Fünftens: Du sollst nicht töten. Siebentens: Du sollst nicht stehlen.«

»Was soll denn das?« fragte Biondo mit verhaltener Stimme.

»Nichts, gar nichts«, beruhigte ihn Don Camillo. »Mir war nur, als hättest du gesagt, du habest ihn erschlagen, um sein Geld an dich zu nehmen, und die Politik sei nur ein Vorwand gewesen.«

»Ich habe es nicht gesagt!« schrie Biondo und zog die Pistole wieder heraus. Sie war auf Don Camillos Gesicht gerichtet. »Ich habe es nicht gesagt, es ist aber wahr! Es ist wahr, und wenn Sie es wagen, irgend jemandem etwas davon zu sagen, erschieße ich Sie!«

»Wir pflegen solche Dinge nicht einmal Gottvater zu erzählen«, beruhigte ihn Don Camillo. »Er weiß es ohnedies.«

Biondo schien beruhigt zu sein. Er machte die Faust auf und schaute die Pistole an.

»Dummkopf«, rief er lachend aus, »ich habe nicht einmal bemerkt, daß sie gesichert war.«

Er entsicherte und repetierte.

»Don Camillo«, sagte Biondo mit merkwürdiger Stimme. »Ich bin es satt, jenen ständig zu sehen, neben meinem Bett. Da gibt es nur zwei Möglichkeiten: entweder die Absolution, oder ich erschieße dich!«

Die Pistole zitterte in seiner Hand, und Don Camillo erbleichte und schaute Biondo in die Augen.

»Jesus«, sagte Don Camillo zu sich, »dieser Hund ist tollwütig geworden und wird schießen. Eine Vergebung der Sünden unter solchen Umständen ist ungültig. Was soll ich tun?«

»Wenn du Angst hast, sprich ihn los«, antwortete die Stimme Christi.

Don Camillo kreuzte die Arme auf der Brust.

»Nein, Biondo«, sagte Don Camillo.

Biondo preßte die Zähne zusammen.

»Don Camillo, sprechen Sie mich los oder ich schieße!«

»Nein!«

Biondo zog den Hahn ab, und der Hahn knackte. Der Schuß ging aber nicht los.

Dann ließ aber Don Camillo einen Schuß los, und seine Faust traf ins Ziel, weil Don Camillos Pfoten nie steckenblieben.

Hierauf rannte er in den Turm hinauf und läutete um elf Uhr nachts zwanzig Minuten lang. Alle Leute dachten, Don Camillo sei verrückt geworden, alle, außer Christus vom Hochaltar, der lächelte, und Biondo, der wie ein Wahnsinniger über die Felder bis zum Flußufer lief und im Begriff war, sich in das schwarze Wasser zu stürzen – das Glockengeläute erreichte ihn und hielt ihn zurück.

Biondo ging langsam heim, weil er etwas wie eine für ihn völlig neue Stimme hörte. Und das war das wahre Wunder, weil eine Pistole, die plötzlich versagte, eine Sache von dieser Welt ist, während ein Priester, der um elf Uhr nachts seine Glocken läutet, eine Sache der anderen Welt ist.

Menschen und Tiere

La Grande war ein Besitz ohne Ende, sein Stall enthielt hundert Kühe, es war eine Dampfkäserei da, ein Obstgarten und so weiter. Alles gehörte dem alten Pasotti, der allein in der Badia lebte und über ein ganzes Heer von Knechten herrschte.

Eines Tages begann es unter den Knechten zu gären, und sie begaben sich alle unter Peppones Führung zur Badia, und der alte Pasotti gewährte ihnen vom Fenster aus eine Audienz.

»Gottes Blitz treffe euch alle!« schrie Pasotti, indem er den Kopf durch das Fenster steckte. »Ist es in diesem schmutzigen Land nicht mehr Sitte, Ehrenmänner in Ruhe zu lassen?«

»Die Ehrenmänner schon«, antwortete Peppone, »die Ausbeuter aber, die den Arbeitern nicht gönnen, was ihnen von Rechts wegen gebührt, solche Leute – nein!«

»Recht ist für mich, was vom Gesetz vorgeschrieben ist«, erwiderte Pasotti. »Und mit dem Gesetz bin ich in Ordnung.«

Daraufhin sagte Peppone, entweder werde Pasotti einer Lohnerhöhung zustimmen oder es werden sich die Arbeiter auf der Grande der Arbeit enthalten. »Und Ihre hundert Kühe werden Sie selbst füttern!« schloß Peppone.

»Gut«, antwortete Pasotti. Und nachdem er das Fenster zugemacht hatte, ging er, den unterbrochenen Schlaf fortzusetzen.

So begann der Streik auf der Grande, eine von Peppone persönlich organisierte Angelegenheit, mit Streikposten, Wachen, Kurieren, Absperrungen. Die Türen und die Fenster des Stalls wurden vernagelt und versiegelt.

Am ersten Tag muhten die Kühe, weil man sie nicht gemolken hatte. Am zweiten Tag muhten sie, weil man sie nicht gemolken hatte und weil sie Hunger hatten, und am dritten Tag kam noch der Durst hinzu, und man hörte das Muhen bis zur Grenze der Gemeinde. Da kam Pasottis alte Magd aus dem Dienstboteneingang der Badia und erklärte den Streikwachen, daß sie in den Ort gehe, um in der Apotheke Desinfektionsmittel zu kaufen.

»Mein Herr hat gesagt, er will nicht an Cholera erkranken vom Gestank, den die Kühe machen werden, wenn sie einmal vor Hunger krepieren.«

Das veranlaßte die ältesten Knechte, die seit fünfzig Jahren bei Pasotti arbeiteten, zum Kopfschütteln, weil sie wußten, daß Pasotti ein Hartkopf war, härter als Fels. Da griff Peppone persönlich mit seinem Stab und mit seinen Leuten ein und sagte: »Sollte jemand den Mut haben, sich dem Stall zu nähern, wird er als ein Verräter des Vaterlandes behandelt.«

Gegend Abend des vierten Tages kam Giacomo, ein alter Kuhhirte von der Grande, in die Pfarrei.

»Eine Kuh muß kalben und brüllt so, daß einem das Herz bricht, und sicher wird sie verrecken, wenn ihr niemand hilft. Wenn sich aber jemand an den Stall heranmacht, brechen ihm die anderen die Knochen.«

Don Camillo kniete an der Balustrade vor dem Hochaltar nieder.

»Jesus«, sagte er zum gekreuzigten Christus, »halte mich auf, oder ich beginne den heiligen Krieg!«

»Beruhige dich, Don Camillo«, ermahnte ihn sanft Christus. »Mit Gewalt kann man nichts erreichen. Man muß die Leute durch Vernunftgründe beruhigen, nicht mit Gewaltakten zur Verzweiflung bringen.«

»Richtig«, seufzte Don Camillo. »Man muß die Leute zur Vernunft bringen. Es ist nur schade, daß – während man sich bemüht, diese zur Vernunft zu bringen – die Kühe krepieren.«

Christus lächelte.

»Wenn wir mit Gewalt, die wieder eine andere Gewalt hervorruft, hundert Tiere retten, einen Menschen aber verlieren, und wenn wir durch Überzeugen hundert Tiere verlieren, den Verlust eines einzigen Menschen aber vermeiden, was ist deiner Meinung nach dann besser, die Gewalt oder die Überzeugung?«

Don Camillo, der anscheinend auf den Gedanken des heiligen Krieges nicht verzichten wollte (so empört war er), schüttelte den Kopf.

»Du, Jesus, verdrehst die Frage: es handelt sich hier nicht um hundert Tiere! Es handelt sich um das öffentliche Gut. Der Tod von hundert Tieren stellt nicht nur einen einfachen Schaden für diesen Starrkopf Pasotti dar, er stellt einen Schaden für alle dar, für die Guten und für die Bösen. Und es kann solche Auswirkungen zeitigen, daß die gegenwärtigen Zwistigkeiten noch erbitterter werden und ein Zusammenstoß entsteht, der dann statt einen zwanzig Tote ergibt.«

Christus war nicht der Meinung.

»Wenn du durch Überlegen heute einen Toten vermeidest, warum könntest du nicht morgen durch Überlegen zwanzig Tote vermeiden? Don Camillo, hast du denn den Glauben verloren?«

Don Camillo ging ein wenig aus, er wollte durch die Felder spazieren, weil er aufgeregt war, und so plötzlich, wie durch Zufall, hörte er ganz nahe das Muhen der hundert Kühe auf der Grande. Dann hörte er die Männer von den

Wachposten plaudern, und nach zehn Minuten kroch er in einer großen Zementröhre des Bewässerungskanals, der an dieser Stelle unter dem Drahtzaun verlief und glücklicherweise trocken war.

Jetzt, dachte Don Camillo, müßte nur jemand am anderen Ende der Röhre auf mich warten, um mir mit dem Stiefel auf den Schädel zu treten, und ich wäre erledigt!

Es war aber niemand dort, und so konnte Don Camillo vorsichtig durch den Kanal bis zum Hof kommen.

»Halt«, sagte kurz darauf eine Stimme, und Don Camillo sprang aus dem hier bereits endenden Kanal und warf sich hinter einen großen Baumstamm. »Halt, oder ich schieße!« sagte wieder die Stimme, die jetzt von einem Stamm auf der anderen Seite des Kanals kam.

Das war ein Abend der Zufälle, und so fand sich zufällig ein großes Stahlstück in den Händen Don Camillos. Dann schob er ein gewisses Ding, das sich bewegte, und antwortete:

»Vorsicht, Peppone, oder auch ich schieße.«

»Ah«, murmelte der andere. »Es hätte mich gewundert, wenn Sie nicht auch in dieser Angelegenheit meinen Weg gekreuzt hätten!«

»Gottesfriede!« sagte Don Camillo. »Wer diesen bricht, ist des Teufels. Jetzt zähle ich, und wenn ich ›drei‹ sage, springen wir beide in den Graben.«

»Sie wären kein Priester, wenn Sie nicht so mißtrauisch wären«, antwortete Peppone. Und bei drei sprang er, und sie fanden sich sitzend im Graben.

Vom Stall kam das teuflische Muhen der Kühe, und es war so, daß einen der kalte Schauer überlief.

»Daß dich diese Musik freut!« murmelte Don Camillo. »Schade, wenn die Kühe tot sind, wird die Musik aufhören. Ihr macht es gut, daß ihr so unnachgiebig seid. Du müßtest eigentlich den Knechten beibringen, daß sie die Getreidekammern, den Heuschober und die Hütten, in denen sie wohnen, in Brand stecken sollen. Stell dir vor, wie sich der arme Pasotti ärgern würde, gezwungen, in ein Schweizer Hotel zu flüchten und die wenigen Millionen zu verbrauchen, die er sich dort angelegt hat.«

»Wir werden sehen, ob er dorthin kommt, in die Schweiz!« antwortete drohend Peppone.

»Richtig!« rief Don Camillo. »Du hast recht. Es ist an der Zeit, diese alte Gesetzestafel vom fünften Gebot, die besagt, daß du nicht töten sollst, mit den Füßen zu zertreten. Und wenn dann so einer vor Gottvater steht, wird klar gesprochen: ›Nur keine Geschichten, lieber Herr Gottvater, oder Peppone läßt einen Generalstreik erklären, und alle müssen die Hände in den Schoß legen.‹ Wenn wir schon dabei sind, wie machst du das, Peppone, daß auch die Cherubinen die Hände in den Schoß legen? Hast du schon daran gedacht?«

Peppone brüllte schlimmer als die Kuh, die ein Kalb bekommen sollte und die herzzerreißend muhte.

»Sie sind kein Priester!« sagte er mit zusammengepreßten Zähnen. »Sie schleichen nachts herum, in fremdem Haus, mit einer Maschinenpistole in den Pfoten, wie ein Räuber!«

»Und du?« warf Don Camillo ruhig ein.

»Ich bin im Dienste des Volkes!«

»Und ich bin im Dienste Gottes!«

Peppone versetzte einem Stein einen Fußtritt.

»Man kann mit Priestern nicht reden! Ein, zwei Worte, und schon drehen sie die Sache ins Politische.«

»Peppone«, begann sanft Don Camillo. Der andere ließ ihn aber nicht fortfahren.

»Jetzt fangen Sie nur nicht an, vom allgemeinen Gut und ähnlichen schönen Geschichten zu reden, sonst – so ein Gott im Himmel ist – schieße ich!« rief er.

Don Camillo schüttelte den Kopf.

»Mit den Roten kann man nicht reden. Ein, zwei Worte, und schon drehen sie die Sache ins Politische!«

Die Kuh, die ein Kalb bekommen sollte, ließ verzweifelt ihr Klagen hören.

»Wer da?« sagte in diesem Augenblick jemand neben dem Graben. Es waren Brusco, Magro und Bigio.

»Macht die Runde entlang des Weges zur Mühle«, befahl Peppone.

»In Ordnung«, antwortete Brusco. »Mit wem sprichst du denn da?«

»Mit deiner schwarzen Seele!« schrie Peppone wütend.

»Die Kuh, die kalben soll, schreit«, murmelte Brusco.

»Geh und erzähle es dem Pfarrer!« brüllte Peppone. »Laß sie nur werfen! Ich kümmere mich um die Interessen des Volkes, nicht um die der Kühe!«

»Reg dich nicht auf, Chef«, stotterte Brusco und machte sich mit seiner Streikwache aus dem Staub.

»Gut, Peppone, sehr gut«, flüsterte Don Camillo. »Und jetzt auf, für die Interessen des Volkes!«

»Was wollen Sie denn tun?«

Don Camillo schritt ruhig am Kanal entlang dem Hof zu, und Peppone sagte ihm, daß er stehenbleiben solle, oder er werde ihm eine Garbe zwischen die Schultern feuern.

»Peppone ist störrisch wie ein Maultier«, sagte Don Camillo ruhig, »er schießt aber nicht den armen Priestern in den Rücken, wenn diese das tun, was ihnen Gott befiehlt.«

Peppone fing an zu fluchen, und da drehte sich Don Camillo blitzartig um.

»Du, entweder hörst du auf, dich wie ein Roß zu benehmen, oder ich versetze dir einen Geraden auf die Nase, wie damals deinem berühmten Provinzchampion ...«

»Sie brauchen es mir gar nicht zu sagen, ich wußte, das konnten nur Sie gewesen sein. Das ist aber ein anderes Kapitel.«

Don Camillo schritt ruhig weiter, der andere hinter ihm, murmelnd und furchtbare Drohungen ausstoßend. Als sie in die Nähe des Stalles kamen, schrie eine Stimme: »Hände hoch!«

»Scher dich zum Teufel!« antwortete Peppone. »Jetzt bin ich hier. Ihr könnt zur Käserei gehen.«

Don Camillo würdigte das versiegelte Stalltor keines einzigen Blickes. Mit Hilfe einer Leiter stieg er auf den Heuboden über dem Stall und rief mit gedämpfter Stimme: »Giacomo!«

Der alte Kuhhirte, der vorher zum Pfarrer gekommen war, um ihm die Geschichte von der Kuh zu erzählen, kroch aus dem Heu. Don Camillo knipste eine Taschenlampe an, schob vom Boden einen Heuballen beiseite, und eine Klapptür erschien.

»Steig hinunter«, sagte Don Camillo zum Alten.

Der Alte verschwand durch die Klapptür und blieb lange unten.

»Sie hat gekalbt«, flüsterte er, als er wieder erschien. »Ich habe schon tausendmal in solchen Fällen Hilfe geleistet und verstehe mich darin besser als ein Tierarzt.«

»Und jetzt geh heim«, befahl Don Camillo dem Alten, und der Alte verschwand. Dann machte Don Camillo wieder die Klapptür auf, rollte einen Heuballen bis zum Rand und schob ihn hinunter.

»Was wollen Sie denn tun?« sagte Peppone, der sich bis dahin in einer dunklen Ecke versteckt gehalten hatte.

»Hilf mir die Ballen hinunterwerfen, und dann sage ich es dir schon.«

Brummend begann Peppone Ballen auf Ballen hinunterzuwerfen, und als dann Don Camillo sich hinabließ, folgte er ihm.

Don Camillo trug einen Ballen in die Nähe des Futtertroges auf der rechten Seite, löste die beiden Drähte, mit denen er gebunden war, schüttelte das Heu auseinander und warf es den Kühen vor.

»Du nimmst den linken Futtertrog«, sagte er zu Peppone.

»Lieber laß ich mich schlachten!« schrie Peppone, nahm einen Ballen und trug ihn zum linken Trog.

So arbeiteten die beiden wie ein Heer von Stallknechten. Dann kam das Tränken, und da es ein sehr moderner Stall war, mit Futtertrögen am Mittelgang und mit Wassertrögen an den Wänden, mußten sie hundert Kühe dazu bringen, die Stellung zu wechseln und sich umzudrehen, und mußten sie dann wieder bis zur Bewußtlosigkeit schlagen, um sie vom Wasser wegzubringen, weil sie sonst alle krepiert wären.

Als sie fertig waren, war es im Stall noch immer dunkel, was ganz einfach daher kam, daß alle Fenster von draußen mit Brettern vernagelt waren.

»Drei Uhr nachmittags«, sagte Don Camillo, nachdem er auf die Uhr geschaut hatte. »Wir müssen bis zum Abend warten, um hinauszukönnen.«

Peppone biß sich vor Wut in die Fäuste. Es blieb ihm aber nichts anderes übrig, als sich mit der Lage abzufinden.

Am Abend spielten Peppone und Don Camillo in einer Ecke noch immer Karten, beim Licht einer alten Petroleumlampe.

»Ich habe einen solchen Hunger, daß ich einen Bischof quer verschlingen könnte!« rief Peppone wütend.

»Schwer zu verdauen«, antwortete Don Camillo ruhig, obwohl es ihm vor Hunger schwarz vor den Augen war und er am liebsten einen Kardinal verschlungen hätte. »Bevor du sagst, daß du hungrig bist, faste so viele Tage, wie diese Tiere fasten mußten.«

Bevor sie hinausgingen, füllten sie noch einmal alle Futtertröge auf; Peppone wollte es um keinen Preis tun, weil er sagte, es sei ein Verrat am Volke, Don Camillo aber blieb unnachgiebig.

So herrschte während der Nacht Grabesstille im Stall, und der alte Pasotti erschrak, da er die Kühe nicht mehr brüllen hörte, und dachte, daß sie am Sterben sein müßten, wenn sie nicht einmal mehr zu muhen Kraft hatten. Und in der Früh kam er heraus und ließ sich mit Peppone in Verhandlungen ein, beide gaben ein wenig nach, und die Dinge kamen in Fluß.

Am Nachmittag kam Peppone in den Pfarrhof.

»Nun«, sagte Don Camillo mit seiner sanftesten Stimme, »ihr Revolutionäre könntet öfter auf den Rat des alten Pfarrers hören. Ja, ja, meine lieben Söhne ...«

Peppone hörte mit verschränkten Armen diese unglaubliche Unverschämtheit an.

»Hochwürden!« sagte Peppone. »Meine Maschinenpistole!«

»Deine Maschinenpistole?« antwortete lächelnd Don Camillo. »Ich verstehe nicht ... Hast du denn eine Maschinenpistole gehabt?«

»Ja, das habe ich. Als wir aus dem Stall kamen, nutzten Sie meine Verwirrung schamlos aus, um sie mir zu stehlen.«

»Aha, jetzt wo du mir das erzählst, kann ich mich dunkel an so etwas erinnern«, antwortete mit rührender Unschuldsmiene Don Camillo. »Verzeih, Peppone! Schlimm ist nur, weißt du, daß ich alt werde, und so kann ich mich jetzt beim besten Willen nicht mehr erinnern, wohin ich sie gesteckt habe.«

»Hochwürden«, rief düster Peppone, »es ist schon die zweite, die Sie mir stehlen!«

»Schau, mein lieber Sohn, reg dich nicht auf! Du wirst dir eben eine andere nehmen. Gott weiß, wieviel du daheim herumliegen hast!«

»Sie sind einer von jenen Priestern, die keine Ruhe geben und einen Christen und Ehrenmann geradezu zwingen, Mohammedaner zu werden!«

»Vielleicht«, antwortete Don Camillo. »Du läufst aber gar keine Gefahr. Du bist nämlich kein Ehrenmann.«

Peppone warf den Hut zu Boden.

»Wenn du ein Ehrenmann wärst, müßtest du mir danken für das, was ich für dich und das Volk getan habe.«

Peppone hob den Hut auf, stülpte ihn auf den Kopf und ging. Bei der Tür drehte er sich um:

»Sie können mir nicht nur zwei, sondern zweihunderttausend Maschinenpistolen klauen. Wenn aber der Tag der großen Rache kommt, werde ich immer noch einen Fünfundsiebziger-Kaliber finden, um das Feuer auf dieses Haus des Teufels zu eröffnen!«

»Und ich werde immer noch einen Einundachtziger-Minenwerfer finden, um das Feuer zu erwidern«, antwortete Don Camillo ruhig.

Als er an der Kirche vorbeiging, deren Tor offen war, so

daß man den Altar sah, nahm Peppone wütend den Hut ab und setzte ihn schnell wieder auf, weil er Angst hatte, daß ihn jemand sehen könnte.

Christus hatte ihn aber doch gesehen, und als Don Camillo in die Kirche kam, sagte er es ihm.

»Peppone ist vorbeigegangen und hat mich gegrüßt«, sagte Christus fröhlich.

»Vorsicht, Jesus«, antwortete Don Camillo. »Ein anderer hat Dich sogar geküßt und dann um dreißig Silberlinge verkauft. Dieser, der Dich jetzt gegrüßt hat, hat mir vor drei Minuten gesagt, daß er am Tag der großen Rache immer noch eine Fünfundsiebziger-Kanone finden werde, um auf das Gotteshaus zu schießen!«

»Und was hast du ihm gesagt?«

»Daß ich immer noch einen Einundachtziger-Minenwerfer finden werde, um sein Feuer zu erwidern und das ›Haus des Volkes‹ zu beschießen.«

»Ich verstehe schon, Don Camillo. Das Schlimmste ist aber, daß du diesen Einundachtziger-Minenwerfer tatsächlich hast.«

Don Camillo breitete die Arme aus.

»Jesus«, sagte er, »es gibt solch alten Kram, und man bringt es nicht übers Herz, ihn wegzuschmeißen, weil es lauter Andenken sind. Wir Menschen sind alle ein bißchen sentimental. Und dann, ist es nicht besser, daß solches Zeug bei mir und nicht bei den anderen untergebracht ist?«

»Don Camillo hat immer recht«, antwortete lächelnd Christus. »Außer wenn er Dummheiten macht.«

»Kein Grund zu Befürchtungen; ich habe den besten Berater auf der Welt«, antwortete Don Camillo.

Und so wußte Christus nicht, was er ihm daraufhin noch sagen könnte.

Am Flußufer

An den Nachmittagen im August ist zwischen eins und drei die Hitze in diesen Dörfern, die hineingebettet sind zwischen Feldern von Buchweizen und Hanf, etwas, was man sieht und berühren kann. Als ob man eine Nasenlänge vor dem Gesicht einen großen Wellenschleier aus siedendem Glas hätte.

Passiert man eine Brücke und schaut zum Kanal hinunter, sieht man, daß er trocken ist und daß der Boden ein Netz von Sprüngen aufweist – hier und da einen toten Fisch. Schaut man vom Straßendamm zum Friedhof hinunter, kommt es einem vor, als ob man unter der sengenden Sonne die Knochen der Toten knistern höre.

Auf der Landstraße zieht langsam ein Karren auf zwei hohen Rädern dahin, beladen mit Sand, der Kutscher döst hoch oben auf der Last sitzend, mit dem Bauch im Schatten und mit glühendem Rücken. Oder er sitzt auf der Deichsel und fischt mit einem kleinen Reibmesser in einer halben Wassermelone herum, die er wie eine Schüssel im Schoß hält.

Und dann, wenn man auf den großen Damm kommt, liegt der Fluß da, breit, verlassen, unbeweglich und still, und mehr als ein Fluß scheint er ein Friedhof der toten Gewässer zu sein.

Don Camillo machte sich auf den Weg zum Uferdamm, mit einem großen weißen Taschentuch zwischen dem Schädel und dem Hut, und es war halb zwei an einem Nachmittag im August. Und wenn man ihn so sah, allein mitten auf der weißen Straße, unter der Sonne, konnte man sich nichts vorstellen, was mehr schwarz und mehr Priester sein könnte.

»Wenn es jetzt in einem Umkreis von zwanzig Kilometern einen einzigen Menschen gibt, der nicht schläft, lasse ich mir die Haut abziehen!« sagte Don Camillo für sich selbst.

Er ließ sich den Damm hinuntergleiten und setzte sich im Schatten der Macchia nieder. Durch das grüne Laub sah man das Wasser glänzen. Er zog sich langsam aus, wickelte die Kleider sorgfältig ein, machte daraus ein Bündel, das er im Buschwerk versteckte, und in der Unterhose sprang er ins Wasser.

Er war beruhigt: niemand würde ihn sehen, weil es eine tote Stunde war und weil er eine Stelle ausgesucht hatte, die weit von den Menschen entfernt war. Er machte auf jeden Fall keinen Lärm, und nach einer halben Stunde stieg er aus dem Wasser, verschwand in der Macchia, kam zum Busch, aber die Kleider waren nicht mehr dort.

Da spürte Don Camillo, wie ihm der Atem ausging.

Es konnte kein Diebstahl sein. Niemand kann in einer alten, verschossenen Priestersoutane herumlaufen. Das konnte nur ein teuflischer Streich sein. Und tatsächlich, bald darauf hörte man vom Damm Stimmen, die immer näher kamen. Als Don Camillo endlich etwas erblicken konnte und sah, daß es sich um einen großen Haufen Burschen und Mädchen handelte, und als er im Anführer den Smilzo erkannte, durchschaute er das Spiel, und die Lust überkam ihn, einen ganzen Baum aus der Erde herauszureißen und sich mit ihm auf den Haufen zu stürzen. Aber wahrscheinlich war es gerade das, was diese Teufelsbrut erreichen wollte: Don Camillo in Unterhosen herauszufordern und sich des Anblicks zu erfreuen.

Da warf sich Don Camillo wieder ins Wasser, tauchte unter und schwamm so bis zu einer kleinen Insel mitten im Fluß, wo er an Land ging und im Schilf verschwand.

Obwohl sie ihn nicht gesehen haben konnten, weil Don Camillo von der anderen Seite die Insel bestiegen hatte, hatten sie doch bemerkt, daß er einen strategischen Rückzug vollzogen hatte, und standen jetzt weit ausgebreitet entlang dem Ufer und hielten singend und lachend Wache. Don Camillo war belagert.

Wie schwach ein starker Mensch nur ist, wenn er spürt, daß er lächerlich wird!

Don Camillo streckte sich im Schilf aus und wartete. Er konnte ungesehen beobachten, und so sah er, wie Peppone, begleitet von Brusco, Bigio und von seinem ganzen Stab, am Ufer erschien. Smilzo erklärte ihm mit großen Gesten die Lage, und alle lachten. Dann kamen noch andere Leute, und Don Camillo spürte, daß die verfluchten Heidenseelen im Begriff waren, mit ihm alle alten und neuen Rechnungen zu begleichen, und daß sie diesmal die beste Art gefunden hatten, weil einer, der einmal lächerlich gemacht ist, niemandem mehr imponieren kann, wenn er auch Fäuste wie Bomben hat und Gott auf Erden vertritt. Und das Ganze war ein großes Mißverständnis, weil Don Camillo niemandem imponieren wollte, nur dem Teufel.

»Jesus«, sagte er, »ich schäme mich, daß ich mich in Unterhosen an Dich wenden muß, die Sache ist aber ernst, und wenn es keine Todsünde ist, daß ein armer Pfarrer, der vor Hitze stirbt, im Wasser eine Abkühlung sucht, dann hilf mir, weil ich allein keinen Ausweg finde.«

Die anderen ließen sich Weinflaschen, Spielkarten und eine Harmonika bringen. Das Ufer verwandelte sich in einen Strand, und man sah, daß sie nicht einmal im

Traum daran dachten, die Blockade aufzugeben. Vielmehr verstärkten sie die Wachen, indem sie auch jenseits der berühmten Furt einen halben Kilometer Ufer besetzten. Die Furt bestand aus zweihundert Meter mit Buschwerk und Unkraut bedecktem Ufer, das seit 1945 kein Menschenfuß betreten hatte.

Die Deutschen hatten auf dem Rückzug die Brücken gesprengt und die Furt auf den beiden Ufern vermint, so daß dieser Uferstrich mit Minen besät war, die so verflucht geschickt angebracht waren, daß es die Minensucher nach einigen katastrophalen Versuchen aufgegeben und beschlossen hatten, das Gebiet abzustecken und mit Stacheldraht abzusperren.

Dort hatte die Bande keine Wachen aufgestellt. Es war auch nicht notwendig, weil nur ein Narr daran hätte denken können, sich in diese Minensaat zu wagen. Es war also nichts zu machen, weil Don Camillo, hätte er versucht, die Belagerung flußaufwärts zu umgehen, mitten im Ort gelandet wäre, und hätte er versucht, sie flußabwärts zu umgehen, sich im Wald verloren hätte. Ein Pfarrer in der Unterhose kann sich einen solchen Luxus nicht leisten.

Don Camillo rührte sich nicht. Er lag auf der feuchten Erde ausgestreckt, kaute an einem Schilfrohr und dachte nach. »Hm«, schloß er, »ein ehrenwerter Mensch kann auch in Unterhosen ehrenwert bleiben. Es kommt nur darauf an, daß er etwas Ehrenwertes vollbringt, und dann ist die Kleidung nicht mehr wichtig.«

Inzwischen war der Abend gekommen, und am Ufer wurden Fackeln und Laternen angezündet. Es schaute wirklich wie ein mondäner Strandabend aus. Als das Grün der Gräser schwarz wurde, ließ sich Don Camillo ins Wasser und schwamm stromaufwärts, bis er unter den Füßen den Furtboden verspürte. Dann wandte er sich entschieden dem Ufer zu. Sie konnten ihn nicht sehen, weil er mehr unter dem Wasser war, als auf der Oberfläche schwamm. Nur von Zeit zu Zeit tauchte er auf, um zu atmen.

Jetzt ist er am Ufer. Es war schwer, aus dem Wasser herauszukommen, ohne entdeckt zu werden. Weiter an Land wäre es schon leichter. Wenn man einmal im Buschwerk ist, kann man den Damm erreichen, ihn laufend überqueren, in den Weingärten und Maisfeldern verschwinden und ohne weiteres den Pfarrgarten von hinten erreichen.

Er faßte einen Strauch und zog sich langsam hinauf. Als er fast schon am Ufer war, ließ das Gesträuch nach, und Don Camillo fiel wieder ins Wasser. Man hörte das Wasser plätschern, und die Leute erblickten ihn. Mit einem Sprung erreichte aber Don Camillo das Ufer und verschwand im Buschwerk.

Die Leute fingen zu schreien an und versammelten sich auf den beiden Seiten der minierten Zone. Der Mond stieg auf und beleuchtete den Schauplatz.

»Don Camillo!« schrie Peppone und trat hervor. »Don Camillo!«

Niemand antwortete, und die Stille fiel auf all die Leute und versteinerte sie.

»Don Camillo!« schrie wieder Peppone. »Um Gottes willen, bleiben Sie stehen! Die Stelle ist vermint!«

»Ich weiß«, antwortete ruhig Don Camillos Stimme aus einem Gesträuch mitten in der verfluchten Macchia.

Smilzo trat hervor mit einem Bündel in der Hand.

»Don Camillo!« brüllte er. »Bleiben Sie ruhig, es genügt, daß Sie mit der Zehenspitze eine Mine berühren, und Sie fliegen in die Luft!«

»Ich weiß«, antwortete ruhig Don Camillos Stimme.

Smilzos Gesicht war in Schweiß gebadet.

»Don Camillo!« brüllte er. »Es war ein dummer Witz. Bleiben Sie dort stehen! Da, da sind Ihre Kleider.«

»Meine Kleider? Danke, Smilzo. Wenn du sie mir bringen willst, ich bin hier.«

Ein belaubter Zweig bewegte sich aus dem Gesträuch in der Mitte der Macchia. Smilzo machte den Mund auf, drehte sich um und schaute zu den anderen.

In der Stille hörte man Don Camillo ironisch lachen.

Peppone entriß das Bündel Smilzos Händen.

»Ich bringe es Ihnen, Don Camillo«, sagte Peppone und ging langsam zum Stacheldrahtzaun. Er war schon im Begriff, den Zaun zu überschreiten, als ihn Smilzo mit einem Sprung einholte und zurückzog.

»Nein, Chef«, sagte Smilzo, indem er das Bündel faßte und den Zaun überkletterte. »Ich habe die Karten verteilt, ich zahle.«

Die Leute traten zurück, und allen brach der Schweiß aus; alle hielten nervös die Hand vor den Mund.

Smilzo näherte sich langsam der Mitte der Macchia, schritt auf den Zehen, und die Stille lag bleischwer über der Landschaft.

»Da bin ich«, sagte Smilzo ganz leise, als er gekommen war.

»Gut«, murmelte Don Camillo, »du kannst ruhig hinter das Gesträuch kommen. Du hast ein Recht darauf, Don Camillo in Unterhosen zu sehen.«

Smilzo umging das Gesträuch.

»Na und? Wie kommt dir ein Priester in Unterhosen vor?«

»Ich weiß nicht«, stotterte Smilzo. »Man sieht alles schwarz. Rote Punkte bewegen sich, auch der Mond.« Er rang nach Atem. »Ich«, stotterte Smilzo weiter, »ich habe dann und wann eine Kleinigkeit gestohlen, manchmal habe ich gerauft, wirklich Böses habe ich aber niemandem angetan.«

»Ego te absolvo«, antwortete Don Camillo und bezeichnete mit einem Kreuz seine Stirn.

Dann gingen beide langsam zum Damm, und die Leute warteten auf die Explosion und hielten den Atem an.

So überquerten sie den Stacheldraht. Dann gingen sie weiter auf der Straße. Don Camillo noch immer voran und Smilzo noch immer hinter ihm. Er ging noch immer auf den Zehenspitzen, als ob er im Minengebiet wäre, weil ihn der Verstand verlassen hatte. Und auf einmal wurde er ohnmächtig und fiel zu Boden. Peppone, der in einer Entfernung von zwanzig Metern mit den anderen folgte, bückte sich einen kurzen Augenblick, ohne den Rücken Don Camillos aus den Augen zu verlieren, faßte Smilzo am Kragen und schleppte ihn hinter sich her wie einen Sack. Beim Kirchentor drehte sich Don Camillo einen Augenblick um, grüßte die Menge mit einer würdevollen Geste und trat hinein.

Die anderen gingen schweigend auseinander, und vor der Kirche blieb nur Peppone auf weit gespreizten Beinen, betrachtete starr das verschlossene Tor und hielt noch immer den bewußtlosen Smilzo am Kragen. Dann schüttelte er den Kopf und ging auch, seinen Sack hinter sich her schleppend.

»Jesus«, flüsterte Don Camillo zum gekreuzigten Christus, »man dient auch dann der Kirche, wenn man die Würde eines Priesters in Unterhosen schützt.«

Christus antwortete nicht.

»Jesus«, flüsterte Don Camillo weiter, »habe ich vielleicht eine Todsünde begangen, indem ich baden gegangen bin?«

»Nein«, antwortete Christus, »es war eine Todsünde, Smilzo herauszufordern, dir die Kleider zu bringen.«

»Ich habe nicht geglaubt, daß er sie tatsächlich bringen werde. Es war unbedacht, nicht aber bös gemeint.«

Von weitem hörte man aus der Richtung des Flusses eine Explosion.

»Hier und da gerät ein Hase in die Minenzone und bringt eine Mine zur Explosion«, erklärte Don Camillo mehr im Geiste als mit der Stimme. »Man muß also schließen, daß Du ...«

»Besser nichts schließen, Don Camillo«, unterbrach ihn lächelnd Christus. »Wenn man fiebert, kann man keine gültigen Schlüsse ziehen.«

Peppone war inzwischen vor Smilzos Haus gekommen. Er klopfte an, und ein alter Mann erschien, der, ohne ein Wort zu sagen, den Sack in Empfang nahm, den ihm Peppone hinhielt. In diesem Augenblick hörte auch dieser die Explosion, schüttelte den Kopf und dachte an eine Menge Dinge. Da ließ er sich noch einen Augenblick Smilzo überreichen und verabreichte ihm eine Ohrfeige, daß sich dem armen bewußtlosen Kerl alle Haare sträubten.

»Herein!« sagte Smilzo wie aus der Ferne, während ihn der Alte wieder in Empfang nahm.

Die Glocke

Nachdem Don Camillo eine ganze Woche hindurch wenigstens dreimal am Tage Bigio überall, wo er ihm nur begegnen konnte, brüllend vorgeworfen hatte, daß sowohl er als auch die anderen Meister Banditen seien, die sich auf Kosten des Volkes bereichern wollten, gelang es ihm, eine Einigung über den Preis für das Anstreichen der Fassade des Pfarrhauses zu erzielen. Und jetzt saß er von Zeit zu Zeit auf der Bank mitten im Pfarrhof, rauchte seine halbe Zigarre und genoß das leuchtende Weiß der Wand mit den grünen, ebenfalls frisch angestrichenen Jalousien und mit dem Jasmingesträuch, das feierlich das Tor schmückte. Es war wirklich herrlich.

Jedesmal mußte aber Don Camillo auch den Kirchturm anschauen und seufzen, wenn er an die Gertrude dachte.

Die Gertrude hatten ihm die Deutschen weggenommen, und darüber ärgerte sich Don Camillo bereits seit drei Jahren. Die Gertrude war nämlich die große Glocke, und um eine neue zu kaufen, hätte man so viel Geld gebraucht, daß nur Gottes Hand da hätte helfen können.

»Ärgere dich nicht, Don Camillo«, sagte ihm eines Tages Christus vom Hochaltar. »Eine Pfarre kann auch dann vorbildlich sein, wenn im Turm ihrer Kirche eine Glocke fehlt. Es kommt nicht auf den Krach an. Gott hat ein feines Ohr und hört sehr gut, auch wenn man mit einem Glöcklein ruft, das nicht größer ist als eine Nuß.«

»Einverstanden«, antwortete seufzend Don Camillo. »Die Menschen sind aber schwerhörig, und die Glocken sind vor allem dazu da, um Menschen zu rufen. Mit den Menschen muß man laut sprechen, die Menge hört auf jene, die am meisten Krach machen.«

»Harre aus, Don Camillo, und es wird dir gelingen.«

»Jesus, ich habe schon alles versucht. Wer gern etwas geben würde, hat kein Geld, und die Reichen würden sich lieber die Haut abziehen lassen, als eine Lira zu geben. Mit den Totoscheinen habe ich es zweimal fast, fast erreicht ... Schade! Es hätte genügt, wenn mir jemand ganz einfach ein einziges Wort, einen einzigen Namen gesagt hätte, und ich hätte zehn Glocken kaufen können.«

Christus lächelte.

»Verzeih mir, Don Camillo, meine Fahrlässigkeit. Ich will das nächste Jahr aufmerksamer die Fußballspiele verfolgen. Interessiert dich auch Lotto?«

Don Camillo errötete.

»Du hast mich falsch verstanden«, wandte er ein. »Als ich ›jemand‹ sagte, meinte ich damit nicht im entferntesten Dich. Ich sprach nur so, allgemein.«

»Das freut mich, Don Camillo«, stimmte Christus ernst zu. »Es ist sehr vernünftig in solchen Fällen, immer nur allgemein zu reden.«

Einige Tage später wurde Don Camillo in die Villa der Frau Cristina, der reichsten Besitzerin in Boscaccio, gerufen, und als er zurückkehrte, platzte er vor Freude.

»Jesus!« rief er, außer Atem vor dem Altar stehenbleibend. »Morgen wirst Du eine zehn Kilo schwere Wachskerze vor Dir brennen sehen. Ich werde sie selbst in der

Stadt kaufen, und wenn sie keine solche haben, lasse ich eine machen.«

»Und wer wird dir das Geld geben, Don Camillo?«

»Mach Dir keine Gedanken darüber, wenn ich auch die Bettmatratze verkaufen müßte, Du wirst die Kerze haben! So viel hast Du für mich getan!«

Allmählich beruhigte sich Don Camillo.

»Frau Cristina schenkt der Kirche das für den Ankauf einer neuen Gertrude notwendige Geld!«

»Und wie kam sie auf diesen Gedanken?«

»Sie sagt, sie hätte ein Gelübde getan«, erklärte Don Camillo. »Wenn mir Jesus hilft, ein gewisses Geschäft glücklich abzuschließen, schenke ich der Kirche eine Glocke. Das Geschäft verlief gut, und dank Deiner Hilfe wird die Gertrude spätestens in einem Monat wieder ihre Stimme zum Himmel erheben! Ich gehe, die Kerze zu bestellen!«

Christus rief Don Camillo, der gerade abdampfen wollte, zurück.

»Die Kerze kommt nicht in Frage«, sagte Christus streng. »Keine Kerze!«

»Und warum?« wunderte sich Don Camillo.

»Es ist nicht mein Verdienst«, antwortete Christus. »Ich habe Frau Cristina nicht geholfen, ein günstiges Geschäft abzuschließen. Ich beschäftige mich weder mit der Prämierung bei Wettbewerben noch mit dem Handel. Gäbe ich mich mit dem Handel ab, würde mich jener, der gewinnt, segnen, und jener, der bei dem Geschäft verliert, verfluchen können. Wenn du auf der Straße einen Geldbeutel findest, so war ich es nicht, der deinen Nächsten das Geld verlieren ließ. Die Kerze kannst du vor jenem Makler anzünden, der Frau Cristina geholfen hat, neue Millionen zu verdienen! Ich bin kein Makler.«

Die Stimme Christi war ungewöhnlich hart, und Don Camillo schämte sich sehr.

»Vergib«, stotterte er. »Ich bin nur ein armer Dorfpriester, dick und dumm, und mein Kopf ist voll Nebel.«

Christus lächelte.

»Verleumde nicht den Don Camillo«, rief Christus. »Don Camillo versteht immer meinen Willen, was nicht möglich wäre, wenn sein Kopf voller Nebel wäre. Oft ist es gerade die Bildung, die den Kopf vernebelt. Du hast nicht gesündigt. Deine Dankbarkeit rührt mich geradezu, weil du in jeder kleinsten Sache, die dich freut, die Güte Gottes zu sehen bereit bist. Und deine Freude ist immer anständig, und anständig ist auch jetzt deine Freude, die Glocke wieder zu erlangen. Unanständig ist Frau Cristina, die glaubt, daß sie mit Geld Gott zum Komplizen ihrer schmutzigen Geschäfte machen kann.«

Don Camillo hatte schweigend und gesenkten Hauptes zugehört. Dann erhob er die Stirn.

»Ich danke Dir, Jesus! Ich eile, dieser Wucherin zu sagen, daß sie ihr Geld behalten könne!« rief er. »Meine Glocken müssen anständige Glocken sein! Lieber sterbe ich, ohne die Stimme meiner Gertrude wieder gehört zu haben!«

Er ging stolz und entschlossen, und Christus beobachtete ihn lächelnd; als aber Don Camillo bei der Tür angelangt war, rief er ihn zurück.

»Don Camillo«, sagte Christus, »ich weiß sehr gut, was deine Glocke für dich bedeutet, weil ich jeden Augenblick in deinen Gedanken lese. Und dieser dein Verzicht ist so groß und edel, daß er allein genügen würde, sogar die Bronze einer Statue des Antichrist zu reinigen. Vade retro, Satanas! Geh schnell weg, oder du wirst mich zwingen, dir außer deiner Glocke noch wer weiß welche teuflischen Dinge zu bewilligen.«

Don Camillo hielt inne. »Ich kann sie also haben?«

»Behalte sie nur, du hast sie verdient.«

Bei solchen Gelegenheiten vergaß Don Camillo stets die Hausnummer. Er stand vor dem Altar: er verbeugte sich, machte kehrt, fing zu laufen an, und erst mitten in der Kirche bremste er und ging würdigen Schrittes bis zum Ausgang.

Und Christus beobachtete ihn zufrieden, weil auch dies eine Art war, das Lob des Herrn zu singen.

Einige Tage später geschah etwas Schlimmes. Don Camillo überraschte einen Knaben, der mit einem Stück Kohle den schneeweißen Anstrich des Pfarrhauses beschmierte, und ging wie ein Stier los. Der Knabe entwich wie eine Eidechse, Don Camillo war aber nicht in der Gnade Gottes und lief ihm nach.

»Ich werde dich erwischen, wenn ich auch die Lunge ausspucken muß!« schrie er.

Es gab eine wütende Verfolgung durch die Felder, und bei jedem Schritt wuchs Don Camillos Wut. Auf einmal stand der Knabe vor einem Zaun, dicht wie ein Sieb, und konnte nicht weiter, sondern blieb erschrocken stehen, schützte das Gesicht mit beiden Händen, und der Atem reichte ihm nicht aus, um ein einziges Wort zu sagen.

Don Camillo kam wie ein Panzerwagen und faßte mit der linken Hand den Arm des Knaben und erhob die rechte, um ein Gewitter von Ohrfeigen niedergehen zu lassen. Er spürte aber unter den Fingern einen so mageren und so leichten Arm, daß er erschauerte, seine Faust öffnete und den erhobenen Arm fallen ließ.

Dann schaute er den Knaben an und erblickte das bleiche Gesicht und die weit geöffneten Augen des Sohnes Straziamis. Straziami war der unglückseligste im Trupp von Peppones Getreuen. Nicht aber, weil er ein Nichtstuer gewesen wär, er war vielmehr immer auf der Suche nach Arbeit. Das Pech war lediglich, daß er, nachdem er eine Stelle gefunden hatte, einen Tag ruhig arbeitete, am zweiten Tag aber mit seinem Herrn in Streit geriet und so praktisch nur fünf Tage im Monat Arbeit hatte.

»Don Camillo«, flehte das Knäblein. »Ich tue es nie mehr.«

»Schau, daß du weiterkommst!« sagte ihm barsch Don Camillo.

Dann ließ Don Camillo Straziami suchen, und Straziami betrat die Pfarrkanzlei mit herausfordernder Miene, mit den Händen in den Taschen, den Hut verwegen auf dem Kopf.

»Was will der Klerus vom Volke?« fragte er arrogant.

»Vor allem nimm den Hut ab, weil ich ihn dir sonst mit einer Ohrfeige fliegen lasse, und zweitens hör auf, den Stier zu spielen, weil du damit auf mich keinen Eindruck machst.« Straziami war mager und ausgemergelt wie sein Sohn, und eine Ohrfeige Don Camillos hätte ihn erschlagen. Er warf den Hut auf einen Stuhl und machte ein verdrießliches Gesicht.

»Wollen Sie mir sagen, daß mein Sohn Ihnen den bischöflichen Palast beschmutzt hat? Ich weiß es, man hat es mir schon gesagt. Eure graue Eminenz wird bedient, heute abend werden wir den Buben durchprügeln.«

»Wenn du ihn nur anrührst, breche ich dir den Nakken«, brüllte Don Camillo. »Gib ihm lieber zu essen! Siehst du denn nicht, daß der Arme nur noch ein Skelett ist?«

»Jeder hat nicht das Glück, daß ihm Gottvater ...«, begann höhnisch Straziami, Don Camillo aber ließ ihn nicht fortfahren.

»Wenn du eine Stelle findest, halte sie lieber, anstatt sie nach Tagen zu verlieren, indem du den Revolutionär spielst!«

»Kümmern Sie sich lieber um Ihre eigene schmutzige Wäsche!« erwiderte Straziami heftig. Dann drehte er den Rücken, um wegzugehen, doch Don Camillo umklammerte fest seinen Arm. Er spürte aber unter den Fingern einen so mageren Arm wie jenen des Knaben und ließ ihn wieder los.

Dann ging er zu Christus klagen.

»Jesus«, rief er, »wie ist das möglich, daß ich mit meinen Händen immer nur Knochen finde?«

»Alles ist möglich in einem Lande, das von so vielen Kriegen und von soviel Haß heimgesucht ist«, antwortete seufzend Christus. »Versuche lieber, deine Hände zu bändigen.«

Don Camillo ging in Peppones Werkstatt und fand ihn am Schraubstock arbeitend.

»Als Bürgermeister mußt du etwas für den Knaben dieses unglückseligen Straziami tun«, sagte Don Camillo.

»Bei dem Geld, das in der Gemeindekasse ist, kann ich ihm nur mit einem Kalenderblatt fächeln«, antwortete Peppone.

»Dann mach etwas als Chef deiner Partei. Straziami ist einer deiner stolzesten Krawallmacher, wenn ich nicht irre.«

»Item, ich kann ihm nur mit einer Schreibtischmappe fächeln.«

»Was du nicht sagst! Und wohin geht das Geld, das euch Rußland schickt?«

Peppone fuhr fort zu feilen.

»Der Kurier des roten Zaren hat sich verspätet«, sagte er. »Warum leihen Sie mir nicht von dem Geld, das Ihnen Amerika schickt?«

Don Camillo zuckte mit den Achseln.

»Wenn du als Bürgermeister und als Rädelsführer nicht verstehst, müßtest du wenigstens als Vater eines (wer weiß wessen) Sohnes verstehen, daß man diesem Unglückseligen, der mir mit Kohle die Wände beschmutzt, helfen muß. Sag übrigens Bigio, wenn er mir nicht – natürlich gratis – die Wand neu anstreicht, greife ich in der christlich-demokratischen Wandzeitung eure Partei an.«

Peppone feilte ruhig weiter und sagte nach einer geraumen Weile: »Straziamis Sohn ist nicht der einzige in der Gemeinde, der ans Meer oder ins Gebirge müßte. Wenn ich irgendwelches Geld gefunden hätte, hätte ich ein Erholungslager organisiert.«

»Dann lauf ein bißchen herum!« rief Don Camillo. »Solange du den Bürgermeister so spielst, daß du hier Zahnräder feilst, wirst du kein Geld finden. Die Bauern haben Beutel voll Geld.«

»Die Bauern trennen sich nicht von einer Lira, Hochwürden. Sie würden nur dann Geld geben, wenn es sich um eine Kolonie handelte, in die sie ihre Kälber zur Stärkung schicken könnten. Warum gehen Sie nicht zum Papst oder zu Truman?«

So stritten sie zwei Stunden und waren wenigstens

dreißigmal in Gefahr, mit Ohrfeigen anzufangen. Don Camillo kehrte sehr spät heim.

»Was gibt es Neues?« fragte Christus. »Du kommst mir aufgeregt vor.«

»Natürlich«, antwortete Don Camillo, »wenn ein armer Priester zwei Stunden mit einem mittellosen Bürgermeister streiten muß, um ihm beizubringen, daß man ein Erholungsheim für die schwachen und kranken Kinder gründen muß, und wenn er dann weitere zwei Stunden mit einer eitlen Kapitalistin streiten muß, um ihr das Geld für die Errichtung der Kolonie herauszupressen, ist kein Grund vorhanden, fröhlich zu sein.«

»Ich verstehe dich«, antwortete Christus.

Don Camillo zögerte.

»Jesus«, sagte er endlich, »verzeihe mir, daß ich auch Dich in diese Geldsache verwickelt habe.«

»Auch mich?«

»Ja, um diese Wucherin zu überzeugen, das Geld herauszugeben, mußte ich ihr sagen, daß Du mir im Traum erschienen wärst und mir gesagt hättest, es wäre Dir lieber, wenn sie das Geld für Wohltätigkeitszwecke und nicht für die Anschaffung einer neuen Glocke gäbe.«

»Don Camillo, und du wagst noch, mich überhaupt anzuschauen?«

»Ja«, antwortete ruhig Don Camillo. »Der Zweck heiligt die Mittel.«

»Es scheint mir nicht, daß Machiavelli zu den heiligen Autoren zu zählen sei, auf die du dich allein berufen solltest«, rief Christus.

»Jesus«, antwortete Don Camillo, »es ist vielleicht Blasphemie, aber manchmal ist es sehr bequem.«

»Auch das ist wahr«, gab Christus zu.

Als dann zehn Tage später die Kinder, die auf dem Weg zum Bahnhof waren, um ans Meer zu reisen, an der Kirche vorbeigingen, lief Don Camillo, sie zu begrüßen und an sie Heiligenbilder zu verteilen. Und als er den Sohn Straziamis, der der letzte in der Reihe war, erblickte, machte er ein düsteres Gesicht.

»Später, wenn du dich erholt hast, werden wir zwei miteinander abrechnen!« drohte er.

Und als er dann noch Straziami sah, der von weitem der Kindergruppe folgte, machte er ein noch schwärzeres Gesicht, drehte sich um und ging in die Kirche zurück.

In der Nacht träumte er, daß ihm Jesus erschienen war und ihm sagte, es wäre ihm lieber, wenn das Geld Frau Cristinas für Wohltätigkeitszwecke und nicht für eine neue Glocke verwendet würde.

»Schon gemacht«, flüsterte im Schlaf Don Camillo.

Der alte Starrkopf

Als im Jahre zweiundzwanzig in der Provinz am Fluß Fiat-Lastwagen mit faschistischen »Squadres« herumfuhren und sozialistische Konsumvereinsläden in Brand steckten, war Maguggia bereits der »alte Maguggia«, groß, dünn wie eine Nadel und mit einem langen Bart.

Und als damals plötzlich so ein Lastwagen mit einer »Squadre« ins Dorf kam, sperrten sich alle in den Häusern ein oder flüchteten entlang den Dämmen. Der alte Maguggia aber verblieb auf seinem Posten, und als die Schädlinge in das Genossenschaftshaus kamen, fanden sie ihn hinter dem Ladentisch stehend vor.

»Das hat mit der Politik nichts mehr zu tun«, sagte der alte Maguggia zu einem, der der Anführer der Bande zu sein schien: »Es handelt sich um eine reine Verwaltungsfrage. Diese Genossenschaft habe ich gegründet, ich habe sie immer verwaltet, die Rechnungen waren immer in Ordnung, und ich will, daß sie auch bis zum Schluß in Ordnung bleiben. Hier ist die Liste der Waren, die im

Laden sind. Bestätigen Sie den Empfang, und stecken Sie in Brand, was Sie wollen!«

Die anderen müssen gefühllose Hohlköpfe gewesen sein, weil nur gefühllose Hohlköpfe Politik machen können, indem sie Weizen, Speck, Salami und Mehl verbrennen und mit Äxten die großen Kupferkessel der Käserei durchlöchern und mit Gewehren Schweine abschießen, wie sie es gerade in den sozialistischen Genossenschaftshäusern in der Provinz am Fluß taten. Immerhin, nachdem sie zuerst erwidert hatten, sie würden ihm mit Prügel den Empfang bestätigen, kratzten sie sich hinter den Ohren, blieben ratlos und überprüften das Inventar und schrieben unter die Liste: »In Ordnung.«

»Wegen der Entschädigung wenden Sie sich an den Staat«, sagten sie ihm lachend.

»Es drängt nicht, ich kann schon warten. Tun Sie sich keinen Zwang an, bitte«, antwortete der alte Maguggia und ging.

Er blieb dann am Ende des Platzes stehen und schaute zu, wie die Genossenschaft brannte. Als vom ganzen Gebäude nur einige verkohlte Balken übrigblieben, setzte er den Hut auf und ging nach Hause.

Niemand hat ihn später belästigt, und so lebte Maguggia abgeschlossen auf seinem Stück Boden, und niemand sah ihn mehr im Dorf. Eines Abends im Jahre vierundvierzig erblickte ihn Don Camillo vor dem Pfarrhaus.

»Man hat mir vorgeschlagen, Bürgermeister zu werden«, erklärte er. »Ich habe es abgelehnt, und jetzt wollen sie sich rächen, indem sie meinen Sohn nach Deutschland schicken. Können Sie mir helfen?«

Don Camillo sagte ja.

»Einen Augenblick, Don Camillo«, unterbrach ihn der alte Maguggia. »Ich möchte eines klären: Ich bitte Sie persönlich um Hilfe, den Menschen, den ich schätze, nicht aber den Priester Don Camillo, den ich schon deswegen verachten muß, weil er Priester ist.«

Der alte Maguggia war ein »historischer Sozialist«, einer von jenen, die mit Ungeduld auf ihre Todesstunde warten, um sich dann an den Priestern zu rächen, indem sie den Trost der Religion ablehnen und bestimmen, daß ihre Bestattung von den Tönen der Internationale begleitet werden solle.

Don Camillo verschränkte die Hände auf dem Rücken und betete im Geiste zu Gott, er möge ihnen beistehen.

»Ist schon gut«, antwortete Don Camillo, »als Mensch würde ich Sie gern mit einigen Fußtritten hinausbefördern, als Priester muß ich Ihnen jedoch helfen. Es sei aber klargestellt, daß ich Sie als anständigen Menschen und nicht als Antiklerikalen unterstütze.«

Sechs Monate hielt er den Sohn Maguggias bei sich im Kirchturm versteckt und fand dann eine Möglichkeit, ihn, in einer Heuladung verborgen, in eine sichere Gegend zu schicken.

Diese Geschichte war zu Ende, und die Zeit verging. Eines Tages sprach sich herum, daß der alte Maguggia sehr krank sei, so krank, daß man ihm nur wenige Stunden gäbe. Und am Nachmittag kam jemand zu Don Camillo, um ihm auszurichten, daß ihn der alte Maguggia sprechen wolle.

Don Camillo schwang sich auf das Fahrrad, und, wie Bartali über die Lenkstange gebeugt, fuhr er wie ein Blitz. Vor dem Tor aber fand er Maguggias Sohn vor.

»Es tut mir leid, Don Camillo«, erklärte der Mann, »hierher, bitte!«

Und dann führte er ihn die Hausmauer entlang bis zu einem offenen Fenster. Und im Zimmer, gerade unter dem Fenster, war das Bett des alten Maguggia.

»Ich habe geschworen, daß niemals ein Priester über die Schwelle meines Hauses treten werde«, erklärte der alte Maguggia, »und darum dürfen Sie nicht beleidigt sein.«

Don Camillo hatte eine wahnsinnige Lust wegzugehen, er blieb aber.

»Kann ich mit Ihnen als einem Menschen und nicht als einem Priester reden?« sagte der alte Maguggia.

»Reden Sie!«

»Ich will ohne Schuld auf dem Gewissen sterben«, sagte der alte Maguggia. »Ich habe Sie rufen lassen, um Ihnen zu danken, daß Sie meinem Sohn die Haut gerettet haben, damals.«

»Ich habe damit nichts zu tun«, erwiderte Don Camillo. »Wenn Ihr Sohn bei dieser Geschichte so gut davongekommen ist, ist das nicht mein Verdienst, sondern Gottes Hilfe gewesen.«

»Don Camillo, lassen wir die Politik«, sagte Maguggia, »lassen Sie mich in Ruhe sterben!«

»Sie können nicht in Ruhe sterben, wenn Sie nicht in Gottes Gnade sterben!« rief beängstigt Don Camillo aus. »Sie haben immer Ihre Nächsten so geliebt, warum hassen Sie sich selbst?«

Der alte Maguggia schüttelte den Kopf.

»Aber, Don Camillo, warum geben Sie sich denn soviel Mühe?« fragte er. Dann nach einer Weile: »Ich verstehe schon, Sie machen sich Sorgen wegen des zivilen Begräbnisses, weil daraus dem Pfarrer sowohl ein materieller als auch ein moralischer Schaden erwachsen würde. In Ordnung, ich will ruhig sterben, ohne daß jemand schlecht über mich denkt. Ich lehne den Trost der Religion ab, um aber Ihnen persönlich einen Gefallen zu tun, werde ich in meinem Testament bestimmen, daß ich eine kirchliche Bestattung wünsche.«

»Aus persönlichem Gefallen würde ich Sie am liebsten in die Hölle schicken! Ich bin ja kein Krämer!« schrie Don Camillo.

Der Alte seufzte, und Don Camillo beruhigte sich sofort.

»Maguggia«, bat er, »überlegen Sie nur einen Augenblick, ich werde indessen zu Gott beten, er möge Sie erleuchten.«

»Völlig zwecklos«, antwortete der Alte. »Gott hat mich immer erleuchtet, sonst hätte ich nicht immer nach seinen Geboten leben können. Ich will aber nicht beichten, weil die Leute dann dächten: Der alte Maguggia war ein

Pfaffenfresser, solange es ihm gut ging, und als es ihm schlechter zu gehen begann, hat er Angst bekommen und klein beigegeben. Lieber in die Hölle!«

Don Camillo blieb der Atem aus.

»Wenn Sie aber an Gott und an die Hölle glauben, warum wollen Sie nicht als guter Christ sterben?«

»Um keinem Priester eine Genugtuung zu geben«, antwortete stur der alte Maguggia.

Don Camillo kam in höchster Unruhe nach Hause zurück und ging, alles Christus am Hochaltar zu erzählen.

»Ist denn das überhaupt möglich, daß ein anständiger Mensch«, schloß er, »so wie ein Hund krepieren muß, nur aus dummem Hochmut?«

»Don Camillo«, antwortete Christus seufzend, »alles ist möglich, wenn es um Politik geht. Sogar im Krieg kann ein Mensch dem Feind verzeihen, der vor einem Augenblick noch versuchte, ihn zu töten, und kann mit ihm sein Brot teilen, aber im politischen Kampf haßt der Mensch seinen Gegner, und der Sohn kann den Vater töten und der Vater wegen eines Wortes den Sohn erschlagen.«

Don Camillo ging hin und her und blieb dann stehen.

»Jesus«, sagte er, die Arme ausbreitend, »wenn es geschrieben ist, daß Maguggia als ein Hund zu sterben hat, dann – der Wille Gottes geschehe.«

»Don Camillo, ziehe die Sache nicht ins Politische«, ermahnte Christus streng.

Zwei Tage später verbreitete sich im Dorf die Kunde, daß der alte Maguggia operiert wurde und daß alles glänzend verlaufen sei. Und nach einem Monat erblickte ihn Don Camillo frisch und munter in der Pfarrkanzlei.

»Jetzt ist es anders als damals«, sagte Maguggia. »Und da ich auf ordentlichem Wege Gottvater danken will, so möchte ich kommunizieren. Vorausgesetzt natürlich, daß dies eine Angelegenheit zwischen mir und Gottvater und nicht zwischen meiner und Ihrer Partei ist. Es wäre mir nicht recht, wenn Sie zu dieser Zeremonie alle Klerikalen unserer Provinz mit Fahnen und Musikkapelle einladen würden.«

»Ist schon gut«, antwortete Don Camillo. »Morgen um fünf. Anwesend wird nur der Chef meiner Partei sein.«

Als Maguggia ging, fragte Christus Don Camillo, wer denn der Chef seiner Partei sei.

»Du bist es«, antwortete Don Camillo.

»Don Camillo, laß die Politik aus dem Spiel«, ermahnte Christus lächelnd. »Und bevor du sagst, daß es der Wille Gottes sei, einen Menschen als einen Hund sterben zu lassen, überlege es dir.«

»Beachte das nicht!« antwortete Don Camillo. »Man redet viel!«

Die Städtischen

Die einzigen, die Don Camillo wirklich nicht verdauen konnte, waren die Roten aus der Stadt; sie mögen angehen, solange sie in der Stadt bleiben, kaum sind sie aber über den Zaun, glauben sie Städtische spielen zu müssen und werden lästig wie der Rauch in den Augen.

Selbstverständlich geschieht das besonders, wenn sie in Gruppen reisen, vor allem mit Lastwagen. Dann fangen sie sofort an, allen Unglücklichen, denen sie unterwegs begegnen, »Saubauer« zuzurufen, und wenn einer zufällig dick ist, nennen sie ihn einen »Speckbauch«. Und wenn sie auf ein Mädchen stoßen – reden wir lieber nicht davon.

Wenn sie am Ziel sind und vom Lastwagen heruntersteigen, beginnt erst das wahre Schauspiel, weil sie sich gleich wie Stiere aufzuführen beginnen, mit einer Zigarette im Mundwinkel herumstolzieren und sich beim Gehen schaukeln, als ob sie auf eigenen Hosen reiten würden, bis dann schließlich das allgemeine Bild an einen Pariser Apachenmörder oder an einen neuseeländischen Matrosen in Freiheit erinnert. Dann stauen sie sich um den Tisch im Wirtshaus, krempeln die Ärmel auf, zeigen ihre mit Flohbissen tätowierten weißen Arme, benehmen sich wie Radaubrüder, schlagen mit den Fäusten auf den Tisch und brüllen mit einer Stimme, als ob sie sie aus dem Bauch herausholen würden. Dann kommt das Heimkehrfinale; wenn sie auf der Straße auf ein Huhn stoßen, lassen sie es bestimmt nicht mehr aus.

An einem Sonntagnachmittag kam so ein Lastwagen, zum Bersten voll, aus der Stadt, unter dem Vorwand der Begleitung für einen großen Redner, der vor den Kleinbauern sprechen sollte. Bevor sich Peppone nach der Kundgebung in den Parteisitz zurückzog, um dem Häuptling einen Lagebericht zu erstatten, sagte er zu jenen aus der Stadt, daß sie Gäste der lokalen Sektion seien und daß sie ruhig in das Wirtshaus von Molinetto gehen sollten, weil dort eine große Korbflasche auf sie warte.

Sie waren ungefähr dreißig und dazu noch fünf oder sechs Mädchen, ganz in Rot – Typen, die immer wieder schrien: »Hallo, Gigiotto, einen Zug!« Daraufhin pflegte jener, der Gigiotto hieß, sich die Zigarette aus dem Mund zu nehmen und sie dem Mädchen zuzuwerfen, und dieses fing sie im Fluge und rauchte in langen Zügen und ließ dann den Rauch durch alle Löcher, die Ohren mit einbegriffen, aus.

Sie begannen vor dem Wirtshaus zu trinken und zu singen. Sie sangen nicht schlecht, besonders die Opernstücke. Dann ermüdeten sie und fingen an, den Passanten auf der Straße verschiedene Bemerkungen zuzurufen. So kam Don Camillo auf dem Fahrrad vorbei, und als sie einen so großen Kerl erblickten, gebärdeten sie sich wie verrückt und schrien:

»Schau dir das an, ein Rennpriester!«

Don Camillo steckte dies ruhig ein und fuhr durch das Gelächter wie ein Panzer durch einen Strohhaufen. Als er dann das Straßenende erreichte, kehrte er zurück, anstatt nach Hause einzubiegen.

Sein zweiter Durchgang hatte einen noch größeren Erfolg als der erste, und die rote Menge aus der Stadt schrie ihm einstimmig nach: »Nur feste, Dickdarm!«

Don Camillo steckte auch dies ein, ohne mit der Wimper zu zucken. Als er jetzt das andere Ende der Straße erreichte, mußte er stehenbleiben und zurückfahren, und sein dritter Durchgang war insofern denkwürdig, als die Menge leicht von »Dickdarm« auf die Redefigur »Sack« überging, sich aber mit dem allgemeinen Begriff nicht begnügte, sondern auch näher den Inhalt des Sackes bezeichnete.

Jedermann hätte sich an Stelle Don Camillos empört. Don Camillo hatte aber Nerven wie aus Stahl und beherrschte sich phantastisch.

Wenn sie glauben, mich herausfordern zu können, dann irren sie sich, dachte Don Camillo. Ein Priester rauft nicht mit angesäuselten Idioten im Wirtshaus. Ein Priester setzt sich nicht auf das Niveau eines besoffenen Gepäckträgers herab!

Daraufhin bremste er, warf das Fahrrad beiseite, trat an die Gruppe heran, ergriff den Tisch, zog ihn unter den Leuten heraus, erhob ihn und schmiß ihn mitten in den Schwarm. Da sich daraufhin auf einmal eine Bank in seiner Hand fand, begann er sie zu schwingen.

In diesem Augenblick kam Peppone mit einer Menge Leute, Don Camillo beruhigte sich und wurde von einem diensthabenden Trupp bis zum Pfarrhof begleitet, weil die Leute aus der Stadt, nachdem sie mühsam unter dem Tisch hervorgekrochen waren und nachdem das durch die Bank hervorgerufene Gewitter aufgehört hatte, zu brüllen begannen, daß sie ihn aufhängen wollten. Die Frauen waren am fürchterlichsten.

»Schöne Sache, Herr Priester!« mahnte ihn Peppone, als sie vor den Pfarrhof gelangt waren. »Vor lauter Politik vergessen Sie geradezu Ihr Dominustecum!«

»Sie sind kein Priester, Sie sind ein faschistischer Aktivist!« schrie der Häuptling aus der Stadt, der dazugekommen war. Dann sah er die riesige Gestalt Don Camillos und seine Hände, die wie Schaufeln waren, und verbesserte sich: »Sie sind ein kompletter faschistischer Stoßtrupp!«

Don Camillo warf sich aufs Bett. Vorher hatte er das Fenster zugemacht, die Tür verriegelt und dann den Kopf unter das Polster gesteckt, aber trotzdem war nichts zu machen. Jemand rief ihn von unten, und man hörte fortwährend die Stimme.

Dann stieg er hinunter und ging langsam zum Hochaltar.

»Don Camillo, hast du mir nichts zu sagen?«

Don Camillo breitete die Arme aus.

»Es war unabhängig von meinem Willen«, sagte er. »Um jede Möglichkeit eines Zwischenfalls zu vermeiden, hatte ich mich während der Kundgebung aus dem Ort entfernt. Ich konnte nicht wissen, daß diese Leute später vor Molinettos Wirtshaus sitzen würden. Hätte ich es gewußt, wäre ich bis in die Nacht draußen geblieben.«

»Und doch, als du zum erstenmal umkehrtest, wußtest du schon, daß sie dort trinken«, erwiderte Christus. »Warum bist du zurückgefahren?«

»Ich hatte mein Brevier im Hause vergessen, in dem ich während der Kundgebung war.«

»Rede keinen Unsinn, Don Camillo«, rief Christus streng. »Das Brevier war in deiner Tasche. Das kannst du nicht abstreiten.«

»Ich werde mich hüten«, wandte Don Camillo ein. »Es war in der Tasche, ich dachte aber, daß ich es liegengelassen habe. Als ich die Hand in die Tasche steckte, um mein Taschentuch zu nehmen, fand ich das Brevier, da war ich aber schon wieder am Wirtshaus vorbei. Infolgedessen mußte ich wieder umkehren. Du weißt, es gibt keine andere Straße.«

»Du hättest dich wieder in das Haus begeben können, in welchem du während der Kundgebung warst. Du wußtest nunmehr, daß diese Leute vor dem Wirtshaus waren, und hattest bereits gehört, was sie dir nachschrien. Warum hast du es nicht vermieden, ihnen eine Gelegenheit zu geben, ihre Schlechtigkeit zu zeigen, obwohl du es hättest tun können?«

Don Camillo schüttelte den Kopf.

»Jesus«, sagte er ernst, »wenn es Gottes Gebot ist, daß der Mensch den Namen Gottes nicht unnötig nennen soll, warum hat dann Gott den Menschen die Sprache gegeben?«

Christus lächelte.

»Sie hätten schon eine Möglichkeit gefunden, den Namen Gottes zu verfluchen, wenn nicht anders, dann schriftlich oder durch die Stummensprache«, antwortete er. »Der wahre Grund aber ist, daß die Tugend gerade darin besteht, nicht zu sündigen, obwohl man die Mittel und den Trieb besitzt, zu sündigen.«

»Wenn ich also als Buße drei Tage fasten will, darf ich nicht eine Medizin nehmen, die mich jeglichen Appetit verlieren läßt, sondern ich muß meinen Hunger bestehen lassen und ihn beherrschen.«

»Don Camillo«, sagte Christus besorgt, »wohin willst du mich bringen?«

»Ergo, wenn ich, nachdem ich bis zum Straßenende gekommen bin, Gott zeigen will, daß ich seinem Gebot gemäß meine Triebe beherrschen kann und jenem, der mich beleidigt, zu verzeihen weiß, darf ich die Versuchung nicht vermeiden, sondern ich muß sie gelassen an mich herankommen lassen und noch einmal an jenen Lausbuben vorbeifahren.«

Christus schüttelte den Kopf.

»Ein großer Trugschluß ist darin, Don Camillo. Du sollst deinen Nächsten nicht in Versuchung führen, du sollst ihn nicht zur Sünde einladen, du sollst ihn nicht herausfordern.«

Don Camillo breitete traurig die Arme aus.

»Vergib«, seufzte er, »jetzt verstehe ich meinen Fehler. Nachdem also der Umstand, daß ich diese Kleidung, auf die ich noch vor kurzem so stolz war, in der Öffentlichkeit zeige, eine Versuchung für so viele Leute und eine

Herausforderung zur Sünde bedeutet, werde ich entweder nicht mehr das Haus verlassen oder nur noch als Straßenbahnschaffner verkleidet herumlaufen.«

Christus wurde ein wenig besorgt.

»Das sind sophistische Subtilitäten. Ich will aber mit einem, der Spitzfindigkeiten vorbringt, um böse Taten zu rechtfertigen, nicht diskutieren. Ich will noch zugeben, daß du vielleicht in gutem Glauben warst, als du zum drittenmal vorbeifahren wolltest. Wie erklärst du aber die Tatsache, daß du vom Fahrrad abgestiegen bist und begonnen hast, Tische und Bänke zu schwingen, anstatt Gott zu zeigen, daß du deine Triebe beherrschen und die Beleidigung vergeben kannst?«

»Ich habe einen Berechnungsfehler und eine Hoffartssünde begangen. Ich habe nämlich die Zeit schlecht berechnet, und als ich vom Fahrrad abstieg, war ich überzeugt, daß wenigstens zehn Minuten seit der letzten Beleidigung, die ich gehört hatte, vergangen waren. Da bemerkte ich aber, daß ich gerade vor dem Wirtshaus war, weil in Wirklichkeit nur einige Sekunden vergangen waren.«

»Sagen wir lieber: einige Bruchteile einer Sekunde, Don Camillo.«

»Jawohl, Herr. Und die Hoffartssünde bestand darin, daß ich gedacht habe, Gott werde mich erleuchten und mich in die Lage versetzen, meine Instinkte vollkommen zu beherrschen. So ist es, Jesus: ich habe zu sehr auf Dich vertraut. Wenn Du meinst, daß zuviel Glaube bei einem Priester zu verurteilen sei, dann verurteile mich.«

»Don Camillo, der Fall ist sehr ernst. Ohne daß du es bemerkt hast, hat sich der Dämon in deine Seele geschlichen und vermischt sich jetzt mit deinen Gedanken und flucht durch deinen Mund. Versuche, drei Tage von Wasser und Brot zu leben und nicht zu rauchen. Du wirst sehen, der Teufel wird sich nicht mehr wohlfühlen und wird sich davonmachen.«

»In Ordnung«, sagte Don Camillo, »und danke für den Rat.«

»Warte lieber den dritten Tag ab, bevor du dich bedankst«, sagte lächelnd Christus.

Das war ein großer Tratsch für die ganze Gegend. Kaum hatte Don Camillo seine Antidämon-Kur hinter sich (eine sehr gute Kur, die ihn vollständig von den Sophismen heilte), kam ein Polizeibeamter aus der Stadt in das Pfarrhaus, gefolgt von Peppone und seinem Stab.

»Die Justiz hat das Verbrechen untersucht«, sagte würdevoll Peppone, »und hat festgestellt, daß Ihre schriftliche Aussage an die Lokalbehörde nicht übereinstimmt mit jener, die von den angegriffenen Personen gemacht wurde.«

»Ich habe die ganze Wahrheit gesagt und nichts hinzugefügt«, erklärte Don Camillo.

Der Beamte schüttelte den Kopf.

»Hier wird dagegen behauptet, daß Ihre Haltung herausfordernd, geradezu ›schamlos herausfordernd‹ war.«

»Es ist die Haltung, die ich immer auf dem Fahrrad habe«, antwortete Don Camillo. »Hier hat sie niemand als herausfordernd empfunden.«

»Hm, je nachdem«, sagte Peppone. »Es gibt hier viele, die, wenn sie Euer Hochwürden radfahren sehen, den Wunsch verspüren, die Gabel möchte Ihnen in Stücke gehen und Ihre Nase die Erde pflügen.«

»In jedem Dorf gibt es Halunken«, erklärte Don Camillo. »Das bedeutet gar nichts.«

»Zweitens«, fuhr der Beamte fort, »während in Ihrer Schilderung behauptet wird, daß Sie allein waren, besagt die Schilderung der anderen Seite, daß Ihnen Leute zu Hilfe kamen, die im Hinterhalt warteten, und das kommt mir angesichts der Ergebnisse des Zwischenfalls plausibel vor.«

Don Camillo protestierte stolz.

»Ich war allein. Und abgesehen von den Schwingungen der Bank, mußte der Tisch allein, den ich auf dieses Gesindel warf, genügen, um fünf oder sechs städtische Kürbisköpfe ein wenig anzuschlagen.«

»Fünfzehn Kürbisköpfe«, stellte der Beamte fest.

Dann fragte er, ob es derselbe Tisch gewesen sei, den sie kurz vorher im Wirtshaus gesehen hatten. Und Peppone bestätigte.

»Sie verstehen, Hochwürden«, sagte er dann ironisch, »es fällt einem schwer zu glauben, daß ein Mensch allein mit einem solchen, fast zweihundert Kilo schweren Tisch aus Eichenholz spielen könnte?«

Don Camillo setzte den Hut auf.

»Ich weiß nicht, wieviel er wiegt«, sagte er barsch, »wir können ihn aber leicht abwiegen.«

Er ging, und die anderen folgten. Als sie vor dem Wirtshaus von Molinetto waren, zeigte der Beamte auf den Eichentisch.

»Ist es dieser da, Hochwürden?«

»Dieser«, antwortete Don Camillo. Und er faßte ihn an und hob ihn, Gott selbst weiß wie, über den Kopf, mit ausgestreckten Armen, und warf ihn schließlich ins Gras.

»Bravo!« schrien alle.

Peppone trat mit finsterer Miene hervor, zog die Jacke aus, faßte den Tisch an, preßte die Zähne zusammen, hob den Tisch und warf ihn ins Gras.

Viele Menschen waren bereits versammelt und brachen in Begeisterung aus.

»Es lebe der Bürgermeister!«

Dem Beamten blieb der Mund offen. Er rührte den Tisch an, er versuchte, ihn zu schieben, aber umsonst. Dann schaute er zu Peppone.

»So macht man es hier auf dem Lande«, rief Peppone stolz.

Dann sagte der Beamte: »Schon gut, schon gut«, sprang in sein Auto und fuhr wie ein Blitz davon.

Peppone und Don Camillo schauten einander wild ins Gesicht, kehrten einander den Rücken und gingen, ohne ein Wort zu sagen.

»Verstehe, wer kann«, murmelte der Wirt von Molinetto. »Priester, Kommunisten, alle haben es mit diesem Tisch. Zum Teufel die Politik und wer sie erfunden hat!«

Die Sache endete, wie sie enden mußte. Es kam ein Anruf des Bischofs, und Don Camillo ging mit schlotternden Beinen in die Stadt.

Der Bischof, alt, klein und ganz weiß, war allein in einem Salon im Erdgeschoß, verloren in einem großen lederüberzogenen Lehnstuhl.

»So sind wir wieder da, Don Camillo«, sagte der Bischof. »Es genügt uns nicht mehr, mit Bänken zu fächeln, jetzt setzen wir auch die Tische in den Verkehr.«

»Ein Augenblick der Schwäche, Monsignore«, stotterte Don Camillo. »Ich …«

»Ich weiß alles, Don Camillo«, unterbrach ihn der Bischof. »Ich werde gezwungen sein, dich auf einen Berggipfel zu schicken, zu den Ziegen!«

»Monsignore, diese Leute …«

Der Bischof erhob sich und, gebeugt über den Stock, pflanzte er sich vor Don Camillo auf und schaute hinauf zu dem Riesen.

»Diese Leute sind nicht wichtig«, rief er, mit dem Stock drohend. »Ein Priester Gottes, ein Mann, dessen Aufgabe es ist, die Liebe und die Güte zu predigen, darf nicht den Bösen spielen, indem er seinen Nächsten Tische an den Kopf wirft! Es ist eine Schande!«

Der Bischof machte einige Schritte zum Fenster hin und kehrte dann zurück:

»Und mir wirst du nicht erzählen, daß du allein warst! Du hast den Anschlag organisiert, eine Falle gestellt! Ein Mensch allein schlägt nicht fünfzehn Schädel ein!«

»Nein, Monsignore«, antwortete Don Camillo. »Ich war allein. Ich schwöre. Dieser unglückliche Tisch fiel auf den Schwarm und verursachte die Bescherung. Sie verstehen, es war ein großer, kantiger und schwerer Tisch, wie dieser da.«

Don Camillo berührte den großen, eingelegten Tisch, der mitten im Salon stand, und der Bischof schaute Don Camillo streng an.

»Hic Rhodus, hic salta«, sagte er. »Wenn du nicht ein

jämmerlicher Prahler bist, beweise es! Hebe ihn auf, wenn du dazu imstande bist.«

Don Camillo machte sich mit dem Tisch zu schaffen. Er war viel schwerer als jener im Wirtshaus; wenn sich Don Camillo aber einmal in Marsch setzte, war er schlimmer als Amerika.

Die Knochen knirschten ihm, und die Halsadern sprangen wie Weidenruten hervor. Er lupfte aber den Tisch vom Boden und hob ihn langsam über den Kopf und hielt ihn so mit ausgestreckten Armen.

Der Bischof schaute zu und hielt den Atem an. Als er den Tisch über dem Kopf Don Camillos sah, schlug er mit dem Stock auf den Boden:

»Schmeiß ihn hin!«

»Aber, Monsignore«, stöhnte Don Camillo.

»Schmeiß ihn, ich befehle es dir!« schrie der Bischof.

Der Tisch ging in einer Ecke in Stücke, und das Haus erzitterte. Glücklicherweise war der Saal nicht unterkellert, sonst wäre das Jüngste Gericht gekommen.

Der Bischof schaute den Tisch an, berührte mit dem Stock die Splitter und schaute dann zu Don Camillo, den Kopf schüttelnd.

»Armer Don Camillo«, seufzte er. »Schade ... du wirst nie Bischof werden.«

Er seufzte noch einmal tief, dann breitete er langsam die Arme aus.

»Wenn ich imstande gewesen wäre, so mit einem solchen Tisch umzugehen, wäre ich wahrscheinlich heute noch Pfarrer in meinem Dörflein.«

Mit vorspringenden Augen kam die Dienerschaft angerannt, vom Krach herbeigerufen, und stand bei der Tür.

»Monsignore?«

»Was wollt ihr denn da?«

Sie schauten zum Tisch, der in Stücken lag.

»Ach«, sagte der Bischof. »Das ist nichts. Ich war es. Don Camillo hat mich geärgert, und da habe ich die Geduld verloren. Man darf es eigentlich nicht tun, meine

Söhne, sich in der Wut so gehenzulassen. Gott vergebe mir. Deo gratias.«

Sie gingen, und der Bischof berührte den Kopf Don Camillos, der sich vor ihm auf die Knie geworfen hatte.

»Gehe in Frieden, du Musketier des himmlischen Königs«, sagte er lächelnd. »Und ich danke dir, daß du so geschuftet hast, um einen armen alten Bischof ein wenig zu unterhalten.«

Don Camillo kehrte heim und erzählte alles Christus vom Hochaltar, und Christus schüttelte den Kopf und sagte mit einem Seufzer:

»Verrückte Bande!«

Julia und Romeo

Wenn man sagte, »es ist einer von der Bruciata«, so war damit alles gesagt. Und wenn einer von der Bruciata im Spiele war, bedeutete dies, daß solche Ohrfeigen flogen, daß sich die Haare lockten. Die Bruciata war ein großer Bodenstreifen, der zwischen Boscaccio und dem großen Damm verlief, und man nannte dieses Feld so, weil es nackte Erde war, als ob Attila über sie gezogen wäre; und man hätte nur dann aus ihr etwas herausgeschlagen, wenn man Dynamit gesät hätte, weil darunter lauter Steine waren und es sich wahrscheinlich um ein Stück des früheren Flußbettes handelte. Ciro hatte sie gekauft, als er aus Argentinien zurückgekehrt war, temporibus illis, und rackerte sich darauf fast zu Tode, hörte aber nicht auf, immer wieder Getreide zu säen. Inzwischen kamen immer wieder Kinder zur Welt, und als er dann schließlich den Hunger eines ganzen Heeres zu stillen hatte, steckte er die letzten Gelder aus Argentinien in den Ankauf einer Dampfmaschine, einer Dreschmaschine und einer Heupresse und, da dies die ersten Maschinen in der Gegend waren, hatte er sich schon im Jahre 1908 nicht nur erholt, sondern besaß auch so viele Maschinen, daß er gleichzeitig auf den größten Höfen von drei oder vier Gemeinden dreschen konnte. Damals nannte man ihn schon »der Alte von der Bruciata«, obwohl er nicht älter war als vierzig, denn er hatte schon sechs Söhne, unter denen der Älteste achtzehn Jahre vollendet hatte und bereits ein Mann war wie ein Bär.

Außerhalb Boscaccios grenzte an die Bruciata das Gut von Torretta, und der Besitzer hieß Filotti, der im Jahre 1908 dreißig Stück Vieh und fünf Kinder hatte und sich prächtig entwickelte, weil seine Erde so gut war, daß man nur draufzuspucken brauchte, und schon sprossen der Mais und der Weizen für internationale Ausstellungen.

Um nur ungefähr zu schildern, wie es war: Filotti klebte am Geld wie das Fell an der Trommel, um ihm aber eine Lira herauszupressen, hätte sich Gottvater persönlich bemühen müssen. Und trotzdem, nur um sich nicht der Maschinen jener von der Bruciata bedienen zu müssen, gab er lieber dreimal soviel aus und ließ jedes Jahr eine Dampfmaschine vom anderen Ende der Welt kommen. Dummheiten: einmal ein mit Steinwürfen erschlagenes Huhn, ein anderes Mal ein geschlagener Hund. In der Bassa aber, wo die Sonne im Sommer die Schädel spaltet und die Häuser zerdrückt und wo man im Winter nicht mehr weiß, was Friedhof und was Anwesen ist, genügt ein solcher Blödsinn, um zwischen zwei Familien einen ewigen Krieg zu verursachen.

Filotti war ein Kirchenmensch und hätte lieber seine Familie umkommen lassen, als eine Messe zu versäumen, und der Alte von der Bruciata ruhte am Samstag und arbeitete aus Trotz am Sonntag und ließ immer einen Knaben vor dem Hause Wache halten, der ihm zu melden hatte, wenn Filotti zufällig in die Nähe des Grenzzaunes kam. Dann pflegte er hinauszutreten und Flüche zu brüllen, die einer Eiche die Borke lösen konnten. Filotti steckte alles ein, schluckte die Galle hinunter, merkte sich's und wartete seine Zeit ab. So kam der Streik von

1908, und die Leute schienen verrückt geworden zu sein, so entschlossen waren sie, die Sache ernst zu nehmen. Natürlich befehdeten sie auch den Priester, der es mit den Besitzern hielt, und schrieben auf die Wände, daß es jeder bereuen werde, der den Mut hätte, in die Messe zu gehen.

Der Sonntag kam, Filotti ließ den Stall durch Söhne und Verwandte bewachen, hängte seine Doppelflinte um und ging ruhig in die Messe. In der Sakristei fand er den alten Priester vor.

»Man hat mich allein gelassen«, sagte der Priester. »Alle sind mir davongelaufen, sogar die Köchin und der Mesner. Sie sterben vor Angst.«

»Macht nichts«, antwortete Filotti. »Wir feiern trotzdem.«

»Und wer ministriert mir?«

»Ich sorge schon dafür«, antwortete Filotti.

Und so begann der alte Priester die Messe zu lesen, und als Ministrant hatte er Filotti, der auf der Altartreppe kniete, unter dem Arm aber das Gewehr hielt.

Keine Seele war in der Kirche zu sehen, und draußen schien alles ausgestorben zu sein.

Während der Wandlung, als der Priester die heilige Hostie erhob, ging das Kirchentor mit Krach auf. Der Priester schaute sich instinktiv um und sah eine stumme Menge im Kirchhof. In der Tür erschien Ciro von der Bruciata. Er hatte den Hut auf dem Kopf und die Zigarre im Mund.

Der Priester blieb mit der erhobenen Hostie wie versteinert stehen. Ciro blies eine Rauchfahne, zog den Hut in die Stirn, steckte die Hände in die Taschen und betrat die Kirche. Filotti läutete zuerst mit dem Glöckchen, dann zielte er und traf den Mann mit einem Schrotschuß.

Dann lud er wieder das Gewehr, läutete wieder mit dem Glöcklein, der Priester kam zu sich und fuhr mit der Messe fort. Im Kirchhof blieb nicht einmal eine Fliege.

Ciro war weder tot noch schwer verwundet. Er lag auf dem Boden ausgestreckt, weil er eine wahnsinnige Angst hatte, noch eine Schrotladung in den Körper zu bekommen. Als die Messe aus war, stand er auf und ging zum Doktor, um sich die Schrotkörner herausnehmen zu lassen, die aus der Hüfte ein richtiges Sieb gemacht hatten, und sagte nicht einmal muh. Nach einem Monat hatte er sich völlig erholt und rief eines Abends die vier ältesten Söhne zusammen. Jedem drückte er ein Gewehr in die Hand und ging hinaus.

Die große Maschine war unter Dampf, die vier Söhne machten ihre Eskorte. Ciro bestieg sie, öffnete das Ventil, ergriff das Lenkrad, und alles setzte sich in Bewegung.

Es gibt heute keine solche Dampfmaschine mehr, weil die Benzintraktoren sie entthront haben: sie waren herrlich, den Straßendampfwalzen ähnlich, nur ohne Walze vorne; sie waren langsam, mächtig und leise. Sie dienten zum Dreschen und zum Roden von jungfräulichem Boden.

Der Marsch begann: über die Felder, auf das Haus der Filottis zu. Ein Hund sprang heraus, hatte aber nicht einmal Zeit zu bellen, schon hatte ihn ein Stockhieb erledigt. Der Wind war stark, und die Maschine konnte sich bis auf vierzig Meter dem Haus der Filottis nähern, ohne daß es jemand bemerkt hätte. Ciro wendete, und der älteste Sohn nahm ein Ende des Stahlseiles, das um eine Winde gewickelt war, und während der Alte die Winde nachließ, ging jener langsam und unerbittlich auf den finsteren und stillen Hof zu. Die anderen folgten ihm mit dem Gewehr unter dem Arm. Er schritt bis zur stärksten Säule des Arkadenganges, legte das Seil um diese und kehrte im Laufschritt zurück.

»Fertig!«

Ciro band das Seil wieder fest, schaltete den Gang ein – und das Erdbeben geschah. Er wickelte das Seil wieder um die Winde, ließ den Dampf pfeifen und kehrte heim.

Von den Filottis starb niemand. Drei Kühe kamen um, und der halbe Bau stürzte ein, Filotti gab keinen Laut von sich.

Eine Rechnung unter ihnen: die Justiz hatte damit nichts zu schaffen.

Es kam zu keinen anderen derartigen Gewalttaten. Wenn es einen kleinen Zwischenfall unter den Kindern gab, verließen die beiden Häuptlinge das Haus und begaben sich langsam zum Grenzzaun, zur Stelle, wo der wilde Birnbaum stand. Die Familien folgten ihnen vollzählig und schweigend. Zwanzig Meter vor der Grenze blieben die Angehörigen und das Gesinde schweigend stehen, und die beiden Häuptlinge gingen weiter bis zum Birnbaum. Dort trafen sie sich, zogen die Jacken aus, krempelten die Ärmel hoch und begannen wortlos zu ringen. Schläge von jeweils einer Tonne Wucht hieben langsam und unerbittlich wie Hämmer auf den Amboß. Als sie sich gegenseitig die Knochen gebührend zugerichtet hatten, hörten sie auf und kehrten in ihre Stützpunkte zurück, begleitet von der Gefolgschaft.

Die Kinder wurden mit der Zeit größer, es gab keine Zwischenfälle mehr, und die beiden Alten hörten auf zu raufen. Dann kam der Krieg und raubte sowohl dem einen als dem anderen ein paar Söhne. Dann die Kalamitäten der Nachkriegszeit und so weiter; so vergingen ungefähr zwanzig Jahre, und niemand schien mehr an die alten Geschichten zu denken. Im Jahre 1929 kam Mariolino, der erste Enkel des alten Ciro, darauf, daß in seinem zweiten Lebensjahr ein Mann die moralische Pflicht habe, sich in der Welt ein bißchen umzuschauen, um sich einen Begriff vom Leben zu machen, und begab sich torkelnd auf den Weg. Als er zum Zaun unter dem historischen Birnbaum gelangte, setzte er sich nieder. Kurz darauf kam eine kleine Schmutzige von ungefähr gleicher Tonnage angerannt, und es war eine gewisse Gina, auch ungefähr zwei Jahre alt, die erste Enkelin des alten Filotti.

Dort geschah es, daß beide das Alleinrecht über eine halb verfaulte Birne, die vom Baum gefallen war, für sich beanspruchten, und so begannen sie sich die Haare zu ziepen und die Gesichter zu zerkratzen. Als sie nicht mehr konnten, spuckten sie einander an und kehrten in die Stützpunkte zurück.

Jede Erklärung erübrigte sich: das ganze Heer saß bei Tisch, und als Mariolino mit dem zerfetzten Gesicht den Raum betrat, wollte sein Vater aufstehen, der alte Ciro aber nagelte ihn mit einem Wink auf den Sessel. Dann stand er auf und, mit Abstand von der ganzen Sippe begleitet, begab er sich zum Birnbaum.

Dort wartete bereits der alte Filotti auf ihn. Beide waren schon über fünfundfünfzig, verprügelten sich aber gegenseitig wie Jünglinge. Da sie aber bemerkten, daß man jetzt mehr als einen Monat dazu brauchte, sich die Knochen wieder in Ordnung zu bringen, geschah es, daß der alte Ciro, als er eines Morgens zur Grenze kam, diese zur Hälfte mit einem Drahtgitter abgesperrt fand. Er versah dann die andere Hälfte mit einem Drahtnetz, und man sprach nicht mehr davon.

In den großen Städten bemühen sich die Leute vor allem, originell zu leben, und so entstehen daraus Dinge, wie zum Beispiel der Existentialismus, die aber schon gar nichts bedeuten, sondern nur die Illusion geben, in einer Art zu leben, die sich angeblich von den alten Systemen unterscheidet. Dort aber, in der Bassa, kommt man zur Welt, lebt man, liebt man, haßt man und stirbt man genau nach dem üblichen, konventionellen Schema. Und die Leute pfeifen darauf, wenn sie sich zufällig in eine Angelegenheit verwickelt sehen, die eine genaue Nachahmung von »Promessi sposi« oder von der »Cavalleria rusticana« oder von »Romeo und Julia« und anderen ähnlichen literarischen Produkten darstellt. Es ist also eine ewige Wiederholung banaler Geschichten, alt wie die Weltkugel; wenn man aber den Schlußstrich zieht, enden die Leute von der Bassa genauso unter der Erde, genauso wie die Literaten aus der Stadt, mit dem einzigen Unterschied, daß die Literaten aus der Stadt viel wütender sterben als die Leute auf dem Lande, weil es den Städtischen nicht nur mißfällt, daß sie sterben müssen, sondern daß sie auf banale Art sterben müssen, während den Leuten auf dem Lande ganz einfach mißfällt, daß sie nicht mehr atmen können. Die Zivilisationskultur ist die größte Schweinerei auf der Welt, weil sie nicht nur das Leben, sondern auch den Tod bitter macht.

Es vergingen Jahre und Jahre. Der zweite Krieg und die zweite Nachkriegszeit. Rot wie Feuer die auf der Bruciata und schwarz wie Kohle jene von der Torretta. So standen die Dinge, als einmal am Abend ein Knecht der Filottis Don Camillo rufen kam.

»Dringende Angelegenheit«, erklärte der Knecht. »Kommen Sie sofort!«

Don Camillo ging und fand sich vor der vollständigen Versammlung der Familie und der Gefolgschaft. Sie saßen alle um einen einzigen Tisch, und der alte Filotti führte den Vorsitz.

»Nehmen Sie bitte Platz«, sagte er sehr ernst, indem er auf einen leeren Stuhl zu seiner Rechten zeigte, »wir brauchen Ihre geistliche Hilfe.«

Einen Augenblick herrschte Schweigen, dann winkte der alte Filotti, und Gina, Filottis erste Enkelin, betrat das Zimmer. Sie war wirklich ein schönes Mädchen.

Sie blieb vor dem Großvater stehen, und der Alte richtete drohend den Finger auf sie.

»Es ist also wahr?« fragte er.

Das Mädchen senkte den Kopf.

»Wie lange schon?«

»Ich kann mich nicht erinnern«, antwortete das Mädchen. »Als er das Loch im Drahtnetz machte, waren wir beide noch ganz klein. Vier oder fünf Jahre.«

Der Alte hob die Arme zum Himmel.

»Dieser Lümmel hat also ein Loch im Zaun gemacht?« brüllte er.

»Ruhe!« rief Don Camillo. »Wer ist es, den Sie einen Lümmel nennen?«

»Der Mariolino von der Bruciata.«

»Der?« brüllte Don Camillo und sprang auf.

»Jawohl, der, Don Camillo.«

Don Camillo kam auf das Mädchen zu.

»Dieser Sohn des Antichrist, Peppones verdammte Seele, dieser rote Verbrecher, dieser Räuber, der auf dem Platz Reden hält und das Volk aufwiegelt? Antworte, du Schamlose! Wie hast du als anständiges und gottesfürchtiges Mädchen dein Auge auf diese Höllenbrut werfen können?«

»Wir waren Kinder«, erklärte das Mädchen.

»Ja, das Loch im Zaun«, stöhnte der alte Filotti.

Er stand langsam auf, kam auf das Mädchen zu und ohrfeigte es. Das Mädchen versteckte das Gesicht in den Händen, hob dann aber den Kopf.

»Wir werden heiraten«, sagte Gina mit harter Stimme.

Es vergingen etwa zwei Wochen; Don Camillo saß spät abends in seinem Lehnstuhl und las in seinem Brevier, als er es am Haustor klopfen hörte. Er ging, um aufzumachen, und fand eine Frau mit einem schwarzen Tuch über dem Kopf. In der Dunkelheit erkannte er sie nicht, als sie aber sein kleines Arbeitszimmer betrat, sah er, daß es Gina von den Filottis war.

»Was machst du denn zu dieser Stunde hier?« wunderte er sich.

»Ich komme heiraten«, antwortete das Mädchen.

Don Camillo dachte an Lucia Mondella und begann zu lachen.

»Na, und was ist denn mit Don Rodrigo?« rief er. »Wenn man heiraten will, muß man wenigstens zu zweit sein.«

»Da bin ich«, sagte eine Stimme. Und Mariolino von der Bruciata trat ein.

Don Camillo ballte die Fäuste.

»Was hast du im Hause eines Gottesdieners zu suchen, du, Abgesandter des Kominferno?«

Mariolino nahm Ginas Arm.

»Gehen wir«, murmelte er, »habe ich dir denn nicht immer gesagt, daß diese Klerikalen vor lauter Politik einen Giftzahn bekommen haben?«

Der junge Mann war zerzaust, das Haar fiel ihm in die Augen, und instinktiv warf er es nach hinten. Da sah man, daß er auf der Stirn eine lange Narbe hatte.

»Was hast du denn getan?« fragte Don Camillo.

Gina mischte sich ein, wutentbrannt.

»Alle die Seinen zu Hause haben sich auf ihn gestürzt. Mit Fäusten haben sie ihn auf den Kopf geschlagen, mit Stühlen haben sie ihm den Rücken behandelt, weil uns eine Schlange nachspioniert hat und sah, wie wir uns das Zeichen gegeben haben. Sie sind alle verfluchte Bolschewiken, man müßte sie exkommunizieren.«

Mariolino faßte das Mädchen an der Schulter und zog es unter die Lampe.

»So«, grinste er wild, »die Meinen sind verfluchte Bolschewiken, und die Ihren sind heilige Leute, voll Gottesfurcht. Schauen Sie her!«

Das Kopftuch war dem Mädchen auf die Schulter gefallen und beschattete nicht mehr das Gesicht, so daß man sehr gut die Spuren von Schlägen in ihrem Antlitz sah.

Sie sah aus, als hätte sie sich nicht mit einem Kamm gekämmt, sondern mit einem wasserscheuen Kater gerauft.

»Seit fünfzehn Tagen halten sie sie in ihrem Zimmer eingesperrt wie auf der Galeere. Und kaum haben sie bemerkt, daß sie mir ein Zeichen vom Fenster gab, haben sie sie geprügelt wie ein Hanfbündel. Ihr Filottis, ihr seid alle ein Schwarm von heuchlerischen Bigotten, falsch wie Judas!« schrie der Jüngling.

»Und ihr von der Bruciata seid alle gotteslästerliche Verbrecher, Räuber ohne Gott und Gewissen!« erwiderte temperamentvoll das Mädchen.

»Die Justiz wird kommen, und sie wird euch alle auf die Galeeren schicken.«

»Ich kann kaum erwarten, daß wir verheiratet sind, um dir die Augen auszukratzen!«

»Und ich kann kaum erwarten, daß du mein Weib bist, um dir dein freches Gesicht mit diesen Fäusten herzurichten!«

Don Camillo erhob sich.

»Wenn ihr jetzt nicht aufhört, dann befördere ich euch beide mit Fußtritten hinaus!« sagte er energisch.

Das Mädchen ließ sich auf einen Stuhl fallen, bedeckte das Gesicht mit den Händen und begann zu weinen.

»Was soll ich tun«, seufzte sie, »ich Arme! Die Meinen zu Hause wollen mich schlagen, er will mich schlagen, der Pfarrer will mich schlagen. Alle wollen mich schlagen. Was habe ich denn getan, daß alle so zu mir sind?«

Der junge Mann legte die Hand auf ihre Schulter.

»Sei nicht traurig«, sagte er mit sanfter Stimme, »bin ich denn nicht in derselben Lage? Habe ich vielleicht etwas Schlechtes getan?«

»Du nicht«, stöhnte das Mädchen, »du bist nur das Opfer dieser Gauner bei dir zu Hause ...«

»Halt!« sagte Don Camillo. »Keine Gänsepossen! Wenn ihr zum Streiten hergekommen seid, dann könnt ihr gehen.«

»Wir sind zum Heiraten gekommen«, antwortete das Mädchen.

»Ja, heiraten«, fügte der Jüngling hinzu. »Haben Sie etwas dagegen? Sind wir beide Christen oder nicht? Sind wir volljährig oder nicht? Steht es uns frei zu heiraten, oder braucht man dazu die Erlaubnis der Partito Democrazia Cristiana?«

Don Camillo breitete die Arme aus.

»Erhitze dich nicht«, antwortete er ruhig. »Ich habe gar nicht gesagt, daß ich euch nicht trauen will. Ich traue euch, so wie ich alle anderen getraut habe, die in Ordnung waren und zur Trauung gekommen sind. Alles wird nach dem Gesetz geschehen.«

»Wir haben es aber eilig«, rief das Mädchen.

»Ich bin da, um euch zu dienen: wenn die vorgeschriebene Mindestzeit für das Aufgebot verstrichen ist, werdet ihr getraut.«

Der junge Mann zuckte mit den Achseln.

»Aufgebot! Wenn die Unseren erfahren, daß wir heiraten wollen, erschlagen sie uns diesmal! Nein, Hochwürden, das ist ein Notfall, Sie müssen uns gleich trauen.«

Don Camillo sprach sanft.

»Meine Kinder, die Heirat ist kein Spaß. Es ist in zehn Minuten erledigt, gilt aber für ein ganzes Leben. Es ist ein ernster, feierlicher Akt, auch wenn man ihn auf einfachste und bescheidenste Art vollzieht. Es gibt Vorschriften, die ich nicht umgehen kann. Habt Geduld, die Ehe ist nicht eine Pfanne, in die man zwei Eier schlägt, und in zehn Minuten ist alles fertig.«

Der junge Mann unterbrach ihn.

»Und wenn ein Unglücklicher im Begriff ist zu krepieren und eine Frau heiraten will, muß man dann auch das Aufgebot beachten und die vorgeschriebene Zeit abwarten? Gibt ihm vielleicht der Bischof den Atem, den er zum Warten braucht?«

»Ihr seid ein anderer Fall«, erwiderte Don Camillo.

»Das ist derselbe Fall«, erklärte der Jüngling. »Hier steht auch die Haut auf dem Spiel. Und Sie wissen das sehr gut, und darum können Sie uns leicht in articolum mortorum trauen, als ob wir im Sterben lägen.«

Don Camillo breitete die Arme aus.

»Und was noch? Zusammen kaum vierzig Jahre, eine Gesundheit, die jedem hundertfünfzig Jahre garantiert und – articolum mortorum, wie du sagst! Nur langsam, laßt mich nachdenken. Laßt mich zu Monsignore gehen, wir wollen den Fall prüfen und schauen, wie man euch vor euren Familien schützen könnte.«

»Wir müssen gleich heiraten!« behauptete das Mädchen mit fester Stimme.

»Und warum? Ist es vielleicht nicht dasselbe, wenn wir es um einige Tage verschieben? Es stirbt ja niemand inzwischen.«

»Das kann man nicht wissen«, sagte der junge Mann.

»Wir sind von zu Hause durchgebrannt«, sagte das Mädchen. »Wir gehen nicht mehr zurück. Wir können das Dorf nicht verlassen, ohne verheiratet zu sein.«

»Wenn wir nicht verheiratet sind, können wir es nicht«, sagte der junge Mann.

Don Camillo spürte, wie ihn ein Schauer überlief: diese ruhige, gelassene, sichere Behauptung, vorgebracht im Ton eines Menschen, der die Bemerkung macht, daß es unmöglich sei, auf dem Wasser zu gehen oder mit den Ohren zu sehen, verschlug ihm den Atem. Und er schaute bewundernd diese jungen Menschen an.

»Habt Geduld«, sagte er beängstigt, »laßt mich bis morgen nachdenken. Ich versichere euch, ich bringe alles in Ordnung.«

»Schon gut«, antwortete der Jüngling. »Wir kommen morgen wieder.«

Die beiden gingen, und als Don Camillo wieder allein war, ballte er die Fäuste und blähte die Brust.

»Ich traue sie, wenn ich auch die Weltrevolution auslösen muß!« rief er.

Peppone war allein in seiner Werkstatt und arbeitete an einem Traktor, als er die Tür quietschen hörte und, nachdem er den Kopf gehoben hatte, Mariolino und Gina vor sich sah.

Für Peppone war es ein und diesselbe Sache, jemanden von den Filottis oder eine Brillenschlange zu sehen. Auf Gina Filotti hatte er es ganz besonders scharf, auf diese Lästerzunge, die ihm die ganze Frauensektion durch ihre Reden in Mißkredit brachte.

»Bringst du sie her, um ihr den Kopf zurechtzurükken?« erkundigte sich Peppone. Er wußte sehr wohl, daß sich die beiden gut verstanden, und kannte auch die Fehde zwischen beiden Familien, sprach aber nie mit Mariolino darüber. »Kommst du, um ihr den Kopf zu waschen?« beschränkte er sich zu fragen.

»Ist nicht notwendig, Herr Dorfvorsteher«, antwortete das Mädchen.

Diese Posse, ihn immer Dorfvorsteher statt Bürgermeister zu nennen, war so eine Bosheit von Gina, und Peppone hatte sich seit jeher furchtbar darüber geärgert.

Er ging drohend auf sie zu und hielt ihr einen riesigen, schwarzverschmierten Finger unter die Nase.

»Du«, schrie er, »paß auf, wie du sprichst, oder ich drehe dir den Hals um wie einer Henne.«

»Jawohl, wie diesen Hennen, die Sie und Ihr Trupp bei uns gestohlen haben, um den Ersten Mai zu feiern«, erwiderte unerschrocken das Mädchen. »Regen Sie sich aber nicht auf, wir haben sehr gut begriffen, daß Sie es nur um der Demokratie willen getan haben, weil es faschistische Hennen waren.«

Der Gedanke der Säuberung im Hühnerstall der Filottis war einer persönlichen Initiative Smilzos entsprungen und ging auf das Jahr 1945 zurück, so daß inzwischen neben allem anderen auch die Requirierung der Hennen bei den Filottis unter die Amnestie gefallen war. Aber immer wieder, in den politisch heikelsten Augenblicken, zog die lokale Reaktion diese unglückselige Geschichte von den Hennen der Filottis heran, und der arme Smilzo war es, der jedesmal darunter litt, weil ihn Peppone immer wieder mit einem ganzen Sack Fußtritte beschenkte.

Peppone ging noch näher auf Gina zu. Mariolino stellte sich vor sie, um sie zu verteidigen, und dann erblickte Peppone Mariolinos verletzte Stirn und das geschlagene Gesicht des Mädchens.

»Was ist denn geschehen?« fragte er.

Mariolino erstattete Bericht, und Peppone kratzte sich hinter dem Ohr.

»Verfluchter Jammer«, bemerkte Peppone schließlich, »das verstehe ich nicht. Habt ihr denn Prügel so gern? Es gibt so viele Frauen und so viele Männer ...«

»Es gibt auch so viele Parteien«, unterbrach ihn hart das Mädchen. »Warum haben Sie sich gerade diese eine in den Kopf gesetzt, wegen der Sie neunzig Prozent der Bevölkerung haßt?«

»Ach was, neunzig Prozent! Keine Rede, meine Schöne! Hier sind sechzig Prozent für uns«, konterte Peppone.

»Bei der nächsten Wahl werden wir sehen!« erwiderte das Mädchen.

Peppone schnitt kurz ab.

»Es ist jedenfalls eure Sache, und es geht mich nichts an, und ich will auch nichts damit zu tun haben. Ich bin der Sektionssekretär und nicht euer Liebessekretär!«

»Sie sind der Bürgermeister!« sagte das Mädchen.

»Klar, und darauf bin ich stolz. Und wenn schon?«

»Dann müssen Sie uns sofort trauen«, rief das Mädchen.

»Ihr braucht eine Zwangsjacke! Ich bin ja Mechaniker«, grinste Peppone nach einem Augenblick hellster Verwunderung, indem er den Kopf wieder unter die Motorhaube des Traktors steckte und zu hämmern begann.

Das Mädchen schaute höhnisch zu Mariolino.

»So«, rief sie mit lauter Stimme, »das soll der berühmte Peppone sein, der sich angeblich vor niemandem fürchtet?«

Peppone zog den Kopf unter der Motorhaube hervor.

»Hier geht es nicht um Angst! Es handelt sich um das Gesetz, und ich kann euch in einer Werkstatt nicht trauen, das müßt ihr schon einsehen. Und ich kann auch alle diese Vorschriften nicht im Kopf haben. Kommt morgen früh ins Gemeindeamt. Wir werden schon alles erledigen. Zum Teufel, das verstehe ich nicht, warum muß man gerade um halb elf Uhr nachts heiraten? Ich habe noch nie eine so dringende Liebe gesehen!«

»Es geht nicht um die Liebe«, erklärte Mariolino, »es geht um die Notwendigkeit. Wir sind von zu Hause durchgebrannt, und wir gehen nicht mehr zurück. Wir können aber das Dorf nicht verlassen, wenn wir nicht verheiratet sind. Wenn wir mit dem Gesetz und mit dem Gewissen in Ordnung sind, dann besteigen wir den Zug – und Addio! Wohin wir kommen, kommen wir eben, es ist uns egal, und es ist immer gut, wenn man mit nichts anfangen muß.«

Peppone kratzte sich hinter dem Ohr.

»Jetzt verstehe ich alles«, murmelte er. »Es ist schon richtig, wir müssen aber doch bis morgen warten. Wir werden schauen, ob wir nicht diese ganze Sache zusammenflicken können. Heute nacht schläfst du hier in der Werkstatt auf dem Lastwagen, und das Mädchen führe ich zu meiner Mutter.«

»Ich schlafe nicht außerhalb meines Hauses, wenn ich nicht verheiratet bin!« rief das Mädchen.

»Niemand zwingt dich, zu schlafen«, erwiderte Peppone. »Du kannst wach bleiben, den Rosenkranz beten und Gott um Hilfe für Amerika bitten. Jawohl, weil jetzt, es tut mir leid, auch wir die Atombombe haben.«

Er zog aus der Tasche eine Zeitung und breitete sie aus.

Mariolino nahm das Mädchen am Arm.

»Danke, Chef, wir kommen morgen wieder«, erklärte er.

Sie gingen, und Peppone blieb mit der Zeitung in der Hand stehen.

»Zum Teufel, auch hier tickt die Bombe!« rief er, indem er die Zeitung zerknüllte und sie weit weg warf.

Vor hundert Jahren war einmal der Fluß sehr hoch und durchbrach den großen Damm, das Wasser kam bis nach Pioppi und blieb dort stehen und eroberte so wieder ein großes Stück Erde, das ihm die Menschen durch drei Jahrhunderte in mühsamer Arbeit abgerungen hatten. Zwischen dem Damm und Pioppi, in einer Niederung, stand die alte Kapelle, ein Kirchlein mit einem kleinen stumpfen Turm, und das Wasser nahm von ihr Besitz, so wie sie war, mit dem alten Mesner darin, und bedeckte alles. Nach einigen Monaten dachte jemand, daß man die Glocke, die im überschwemmten Turm geblieben war, heben könnte, und warf sich ins Wasser, hinter sich einen langen Strick mit einem Haken ziehend. Als er dann lange nicht an der Oberfläche erschien, begannen die anderen vom Ufer am Strick zu ziehen und zogen und zogen daran, als ob er kein Ende hätte und als ob sich jener mitten in den Ozean geworfen hätte.

Zum Schluß kam der Haken herauf, an ihm hing aber nichts. Und gerade in diesem Augenblick hörte man aus der Tiefe des Flusses so etwas wie einen gedämpften Glockenschlag.

Die versunkene Glocke hörte man ein Jahr später wieder läuten, in einer Nacht, in der ein gewisser Tolli im Fluß ertrank. Dann hörte man sie läuten, als sich die Tochter des Wirts von Ponte in den Fluß warf. Wahrscheinlich hat niemals irgend jemand wirklich etwas gehört, weil es unmöglich ist, das Läuten einer im Wasser versunkenen Glocke zu hören, die Legende blieb aber.

Auf die Felder der Bassa kommen die Legenden aus dem Wasser. Immer wieder schleppt der Strom ein Gespenst mit und wirft es an das Ufer.

Vor hundertfünfzig Jahren, auch während eines Hochwassers, versank eine von jenen schwimmenden Mühlen, die man heute noch hier und da mitten im Fluß sieht (schwarz und weiß angestrichen wie ein Schachbrett, mit der Aufschrift »Gott helfe uns« auf der Vorderseite der Holzhütte, die rittlings auf den zwei nebeneinander liegenden Booten steht), und darauf war ein hinkender Müller, ein böser Alter, den zum Teufel zu schicken Gott gut getan hat. Es blieb aber sein Gespenst und schweifte über dem Wasser herum. Und an gewissen grauen, winterlichen Spätnachmittagen erschien die Mühle und ging bei dem einen oder anderen Dorf vor Anker, der hinkende Müller stieg ans Ufer und ging durch die Felder, um alle gesäten Weizenkörner, eines nach dem anderen, aus der Erde herauszukratzen und damit noch und noch Säcke zu füllen. Dann mahlte er den Weizen und warf das Mehl in den Wind, und es entstand daraus ein Nebel, den man mit dem Messer schneiden konnte; und in einem solchen Jahr wuchs kein Weizen mehr.

Dummheiten, an die niemand glaubte. An die aber alle dachten, wenn man in den langen Winternächten den Wind klagen oder in der Ferne einen Hund heulen hörte.

Diese Nacht der Verlobten war gerade eine solche, in der man an den hinkenden Müller und an die versunkene Glocke dachte.

Gegen elf Uhr klopfte es an die Tür, und Don Camillo sprang aus dem Bett. Es war einer von den Filottis.

»Die Gina ist verschwunden!« sagte er aufgeregt. »Der Alte möchte Sie sofort sprechen!«

Das Rad flog durch die finsteren Straßen, und Don Camillo fand alle Filottis in der großen Küche, auch die Kinder, in Hemdchen und mit Augen, so groß wie die Dukaten des verstorbenen Umberto.

»Man hat das Fenster in Ginas Zimmer im Wind schlagen hören, die Antonia ist nachschauen gegangen und hat alles leer gefunden«, erklärte der alte Filotti. »Sie ist durchs Fenster geflohen. Auf der Kommode war dieser Zettel.«

Don Camillo las das Blatt, das wenige Worte enthielt.

»Wir gehen. Entweder werden wir wie alle Christen in der Kirche getraut, oder wir werden in der alten Kapelle heiraten, und dann werdet ihr die Glocken läuten hören.«

»Es kann nicht mehr als eine Stunde vergangen sein«, erklärte der Alte. »Um neun Uhr vierzig, als ihr Giacomos Frau eine Kerze brachte, war sie noch im Zimmer.«

»In einer Stunde kann man manches tun«, murmelte Don Camillo.

»Don Camillo, Sie wissen nichts?«

»Und was soll ich schon wissen?«

»So ist's besser, ich habe gefürchtet, daß diese Unglücklichen zu Ihnen gekommen wären und daß Sie sich hätten rühren lassen. Sie sollen sich zum Teufel scheren, die Verdammten!« brüllte der Alte. »Alle ins Bett!«

Don Camillo schlug auf den Tisch mit einem Fausthieb von der Wucht einer halben Tonne.

»Was Bett!« schrie er. »Filotti, Sie sollen sich zum Teufel scheren, alte Rotznase! Man muß sie finden.«

Don Camillo ging auf die Tür zu, und alle, auch das Frauenheer und die Kinder, folgten ihm, und nur der Alte blieb allein in der riesigen leeren Küche.

Auf dem großen Damm blies ein starker Wind, auf dem engen Streifen aber zwischen dem Damm und dem Wasser war die Luft fast unbewegt, als ob sie sich im nackten Geäst der Akazien verfangen hätte: der junge Mann und das Mädchen gingen schweigend und hielten erst an, als sie am Wasser standen.

»Da unten ist die Kapelle«, zeigte Mariolino.

»Sie werden die Glocke läuten hören«, murmelte das Mädchen.

»Sie sollen alle verflucht sein!« flüsterte der junge Mann.

»Niemand soll verflucht sein«, seufzte das Mädchen. »Wenn man stirbt, darf man niemanden verfluchen. Verflucht sind wir, die wir uns das Leben nehmen. Es ist ein furchtbares Verbrechen.«

»Das Leben gehört mir, und ich mache damit, was ich will!« erwiderte erbittert der junge Mann.

»Vielleicht werden wir den alten Mesner und den hinkenden Müller als Trauzeugen haben«, seufzte das Mädchen.

Eine kurze Welle überschwemmte den Strand, und das Wasser benetzte ihre Füße.

»Es ist kalt wie der Tod«, seufzte das Mädchen und erschauerte.

»Es handelt sich nur um einen Augenblick«, antwortete der junge Mann. »Wir schwimmen bis dorthin, zur Tiefe, dann umarmen wir uns eng, ganz eng, und lassen uns sinken.«

»Sie werden die Glocke läuten hören«, flüsterte das Mädchen, »so stark, wie sie noch nie geläutet hat, weil es jetzt zwei auf einmal sind, die den alten Glöckner aufsuchen werden. Wir werden uns fest umarmen, und niemand wird etwas sagen können.«

»Der Tod bindet mehr als der Priester und mehr als der Bürgermeister«, sagte der junge Mann.

Das Mädchen antwortete nicht. Nachts zieht der Strom wie ein Abgrund an, und tausend Mädchen haben sich in allen Jahrhunderten am Stromufer gefunden und begonnen, auf einmal langsam zum Wasser zu gehen, und langsam sind sie weitergegangen, bis sie das Wasser bedeckt hat.

»Wir werden gehen und uns die Hand geben«, flüsterte das Mädchen. »Und wenn wir den Boden unter den Füßen verlieren, dann wird das die Tiefe über der alten Kapelle sein, und wir werden uns umarmen.«

Sie nahmen einander an den Händen, und der unerbittliche und entsetzliche Gang begann.

Don Camillo, begleitet von der ganzen Sippe der Filottis, ließ das Gut hinter sich und gelangte zur Straße, die zum Fluß führte.

»Dort beim Transformatorenhäuschen teilen wir uns: eine Hälfte dorthin, die andere dahin. Die eine Hälfte wird also auf dem Damm flußabwärts, die andere aufwärts gehen. Wenn sie noch nicht den Strom erreicht haben, werden wir sie daran hindern.«

Elektrische Taschenlampen, Kerzen, Öllampen, Laternen, auch Karbidscheinwerfer von alten Fahrrädern, alle möglichen Lichter trugen sie und gingen schweigend. Und da, plötzlich nach ungefähr hundert Metern, gelangten sie auf die Kreuzung, wo eine Seitenstraße in die Hauptstraße mündet, und fielen fast über eine andere Sippe: die Leute von der Bruciata. Alle, natürlich, außer dem Alten. Und der Häuptling war Peppone. Es war nichts Wunderbares dabei, einfach deswegen, weil Don Camillo, bevor er das Pfarrhaus verlassen hatte, um sich zu den Filottis zu begeben, seiner alten Magd aufgetragen hatte, sie solle zum Bürgermeister laufen und ihm erzählen, was geschehen war, so daß er seine Getreuen auf der Bruciata verständigen könne.

Die beiden Häuptlinge hielten voreinander inne und schauten einander stolz an. Peppone nahm den Hut ab und grüßte. Don Camillo erwiderte, indem auch er den Hut abnahm, und die beiden Sippen gingen Seite an Seite weiter. Es schaute wie eine Theaterszene aus mit all diesen Lichtern in der Nacht.

»Wir steigen hinauf und teilen uns dann«, sagte vor dem Damm der Oberbefehlshaber Don Camillo.

»Jawohl, Duce«, antwortete Peppone. Und Don Camillo schaute ihn schief an.

Ein, zwei, drei Schritte: das Wasser reichte bereits bis zu den Knien des Mädchens und des jungen Mannes und war nicht mehr kalt. Und der entsetzliche Gang setzte sich unerbittlich fort, als sich plötzlich vom Damm Stimmen erhoben und die beiden sich mit einem Ruck umsahen: auf dem Damm wimmelte es von Lichtern.

»Man sucht uns!« sagte das Mädchen.

»Wenn sie uns erwischen, erschlagen sie uns!« rief der junge Mann.

Noch zehn Schritte – und sie wären am Rande der Tiefe gewesen. Nunmehr hatten aber der Strom und der Tod ihren Zauber verloren. Das Licht und die Leute banden sie wieder heftig ans Leben.

Mit einem Sprung waren sie am Ufer und dann auf dem Damm. Jenseits waren abgeerntete Felder und Wald. Sie wurden aber sofort bemerkt, und die Jagd begann. Die beiden liefen auf dem Damm, und die zwei losgelassenen Sippen rannten weiter unten, links und rechts vom Damm, hinterdrein.

Sie wurden überholt, und auf ein Gebrüll Peppones, der wie ein Regiment von Stieren vor der Kolonne schnaufte, die am Ufer lief, stiegen die beiden Abteilungen auf den Damm und vereinigten sich.

Als Don Camillo kam, der mit Volldampf loslegte, die Soutane bis zum Bauch geschürzt, war das Zangenmanöver vollzogen.

»Unglückselige!« brüllte ein Weib von den Filottis und ging auf Gina Filotti zu.

»Taugenichts!« schrie ein Weib von der Bruciata und ging drohend auf Mariolino von der Bruciata zu.

Die Filottis packten ihr Mädchen, die anderen ihren Jüngling, und es erhob sich ein wütendes Weibergekeife. Da erschienen aber Peppone und Don Camillo, von denen jeder eine besorgniserregende Eichenstange in der Hand hielt.

»Im Namen Gottes«, sagte Don Camillo.

»Im Namen des Gesetzes«, brüllte Peppone.

Alle schwiegen, und ein langer Zug formierte sich und machte sich auf den Heimweg.

Allen voran Julia und Romeo, die Verlobten. Hinter ihnen Don Camillo und Peppone mit den zugehörigen Eichenknüppeln. Wieder hinter ihnen, Seite an Seite, die beiden schweigenden Stämme.

Kaum daß er den Damm verlassen hatte, mußte der Zug stehenbleiben, weil der alte Filotti den Weg sperrte und die Fäuste zum Himmel hob, als er die Enkelin sah. Natürlich kam in diesem Augenblick eilig hinkend der Alte von der Bruciata, der sich auf den Enkel stürzen wollte. Wie durch ein Wunder gerieten sie Seite an Seite. Sie schauten einander wild an: zusammen hundertsechsundsechzig Jahre, aber wutentbrannt wie Jünglinge.

Die beiden Sippen breiteten sich schweigend auf den Straßenrändern aus, und alle erhoben die Laternen.

Die beiden Alten stellten sich voreinander, ballten die Fäuste und begannen, einander damit auf den Kopf zu schlagen: es war aber mehr guter Wille als Kraft vorhanden, und nach einem ersten Ansturm fingen sie wieder an, aufeinander zu lauern; mit geballten Fäusten beobachteten sie einander, und der alte Filotti hatte sogar noch den Mut, sich auf die Fingerknöchel zu hauchen, so wie sie es beide einst als Buben gemacht hatten, um der Faust mehr Kraft zu verleihen.

Da wandte sich Don Camillo an Peppone.

»Walte deines Amtes«, sagte er zu ihm.

»Ich kann nicht, ich bin Bürgermeister. Die Sache würde einen politischen Charakter bekommen.«

Don Camillo trat dann hervor; er setzte rücksichtsvoll die Rechte Filotti auf den Nacken und die Linke dem anderen auf den Nacken, und dann ließ ein rascher und genauer Ruck den einen Kürbiskopf an den anderen Kürbiskopf prallen.

Man sah keine Funken, weil es alte Knochen waren, das Geräusch hörte man aber weithin.

»Amen«, sagte Peppone und ging weiter.

Und so endete auch diese Geschichte, wie alle Geschichten enden.

Jahre vergingen, und noch immer ist im Drahtnetz, das das Gut von der Torretta vom Gut der Bruciata trennt, dasselbe berühmte Loch, und ein kleines, ganz kleines Kindlein spielt, indem es durch das Loch von einer Seite auf die andere kriecht. Und der alte Filotti und der Alte von der Bruciata sind endlich einander nahe, ohne zu streiten, und der Totengräber behauptet sogar, daß er niemals zwei Tote gesehen hätte, die sich besser vertragen würden.

Die alte Lehrerin

Das Nationaldenkmal der Gegend war die alte Lehrerin, eine kleine und magere Frau, die alle seit eh und je zu sehen gewöhnt waren, weil sie den Vätern, den Söhnen und den Söhnen der Söhne das Abc beigebracht hatte. Jetzt lebte sie allein in einem Häuschen am Rande des Dorfes, und es war ihr möglich, von ihrer Pension zu leben, weil man sie, wenn sie in ein Geschäft um fünf Deka Butter oder Fleisch oder andere Eßsachen schickte, fünf Deka zahlen ließ, aber zwanzig oder dreißig Deka einwickelte.

Mit den Eiern war es viel schwerer. Wenn eine Lehrerin auch zwei- oder dreitausend Jahre alt ist und jegliche Begriffe vom Gewicht verloren hat, so merkt sie doch, daß sie um ein Ei geschickt hat und daß sie sechs bekommt. Da mußte der Arzt helfen, der ihr eines Tages begegnete und ihr dann sagte, daß sie sehr schlecht aussehe und es für sie besser sei, überhaupt keine Eier zu essen.

Alle hatten großen Respekt vor der alten Lehrerin,

sogar Don Camillo kreiste nur von weitem um sie herum, weil er eines Tages das Unglück gehabt hatte, daß sein Hund in den Garten der Frau Cristina geraten war und dort einen Geranientopf zerbrochen hatte, so daß die Alte jedesmal, wenn sie Don Camillo begegnete, ihm mit dem Stock drohte und schrie, daß es auch für bolschewistische Priester einen Gott gebe.

Sie konnte auch Peppone nicht verdauen; als er noch ein kleiner Bub gewesen war, kam er immer in die Schule mit Taschen voller Frösche, toter Vögel und anderer Schweinereien, und eines Morgens erschien er sogar rittlings auf einer Kuh, zusammen mit jenem anderen Kürbiskopf, Brusco, der den Knappen spielte. Sie ging sehr selten aus und sprach niemals mit den Leuten, weil sie seit jeher den Tratsch haßte. Als man ihr aber sagte, daß Peppone Bürgermeister geworden sei und Manifeste herausgebe, da ging sie aus. Und als sie auf den Platz gelangte, blieb sie vor einem an der Wand befestigten Manifest stehen, setzte die Brille auf und las alles von oben bis unten durch, mit gerunzelter Stirn. Dann machte sie ihre Handtasche auf, nahm den roten Bleistift heraus, zeichnete die Fehler ein und schrieb am Schluß des Manifestes: »4! Esel«. Und hinter ihrem Rücken standen die stärksten und mächtigsten roten Häuptlinge des Dorfes und schauten ihr zu, mit finsteren Gesichtern, mit verschränkten Armen und mit zusammengebissenen Zähnen. Keiner wagte es aber, etwas zu sagen.

Der Holzverschlag der Signora Cristina war im Garten hinter dem Haus, und sie war immer gut versorgt, weil oft in der Nacht jemand über den Zaun sprang, um ihr ein Bündel Holz hineinzuwerfen; der Winter war aber sehr kalt, und die alte Lehrerin hatte schon zu viele Jahre auf ihren schwachen gebeugten Schultern, um ausgehen zu können, ohne sich die Rippen zu brechen, und so sah man sie nicht mehr spazierengehen. Und jetzt konnte man ihr auch Eier schicken, weil sie nicht mehr merkte, daß sie acht bekam, wenn sie zwei bestellt hatte. Und als eines Abends Peppone im Gemeinderat den Vorsitz führte, kam jemand, um ihm auszurichten, daß ihn Signora Cristina rufen lasse und daß er sich beeilen solle, weil sie keine Zeit habe, mit dem Sterben auf seine Gnade zu warten.

Don Camillo wurde noch früher gerufen und rannte sofort, weil er gut wußte, daß es sich nunmehr nur um Stunden handle. Er fand ein großes weißes Bett vor, und darin lag eine Alte, so klein und mager, daß sie ihm wie ein Kind vorkam. Sie war bei Bewußtsein, die gute alte Lehrerin, und sobald sie die große schwarze Masse Don Camillos erblickte, lächelte sie schwach.

»Es würde Sie freuen, nicht wahr, wenn ich Ihnen jetzt beichtete, daß ich eine Menge schmutziger Dinge auf dem Gewissen habe! Da kann man aber nichts machen, Herr Pfarrer, es gibt nichts. Gut, ich habe Sie gerufen, weil ich mit reiner Seele und ohne Erbitterung sterben will. Darum verzeihe ich Ihnen, daß Sie mir meinen Geranientopf zerbrochen haben.«

»Und ich verzeihe Ihnen, daß Sie mich einen bolschewistischen Priester nannten«, flüsterte Don Camillo.

»Danke, es war aber nicht notwendig«, erwiderte die Alte. »Weil es bei diesen Dingen auf den Geist ankommt, mit dem man sie tut, und ich nannte Sie einen bolschewistischen Priester nur so ... so wie ich auch den Bürgermeister Peppone einen Esel nannte ... ohne beleidigende Absicht.«

Don Camillo begann sanft eine lange, lange Rede, um Signora Cristina zu verstehen zu geben, daß jetzt der Augenblick gekommen sei, in dem man auf jede menschliche Angeberei, auch die kleinste, verzichten müsse, weil man, um eine Hoffnung zu haben, ins Paradies zu kommen ...

»Hoffnung?« unterbrach ihn Signora Cristina. »Ich habe aber die Gewißheit, daß ich dorthin komme!«

»Das ist Hoffartssünde«, sagte sanft und liebevoll Don Camillo. »Kein Sterblicher kann mit Sicherheit behaupten, immer nach dem göttlichen Gesetz gelebt zu haben.«

Signora Cristina lächelte.

»Kein Sterblicher, außer Signora Cristina«, antwortete sie. »Weil heute Signora Cristina unser Herr Jesus Christus erschien und ihr sagte, sie werde ins Paradies kommen. Darum ist Signora Cristina so sicher. Außer, Sie wollen gescheiter sein als Jesus Christus!«

Vor einem so ungeheuren, so genauen und so unmißverständlichen Glauben blieb Don Camillo atemlos und versteckte sich in einer Ecke, um seine Gebete zu verrichten.

Dann kam Peppone.

»Ich verzeihe dir somit deine Frösche und die anderen schmutzigen Dinge«, sagte die alte Lehrerin. »Ich kenne dich, und ich weiß, daß du im Grunde genommen ein guter Kerl bist. Ich werde zu Gott beten, daß er dir deine größeren Sünden verzeihen möge.«

Peppone breitete die Arme aus.

»Signora«, murmelte er, »ich habe keine großen Sünden begangen.«

»Lüge nicht!« erwiderte streng Signora Cristina. »Du und die anderen Bolschewiken, ihr habt den König ins Exil geschickt, ihr habt ihn auf einer fernen, kleinen Insel eingesperrt, und ihr laßt ihn dort zusammen mit seinen kleinen Kindern vor Hunger sterben.«

Die Lehrerin begann zu weinen, und als Peppone diese kleine Alte weinen hörte, hätte er am liebsten gebrüllt.

»Es ist nicht wahr«, rief er.

»Es ist wahr«, antwortete die Lehrerin. »Signor Biletti hat es mir gesagt, und er hört das Radio und liest die Zeitungen.«

»Morgen schlage ich diesem schmutzigen Reaktionär den Schädel ein!« heulte Peppone. »Don Camillo, sagen Sie ihr bitte, daß das nicht wahr ist.«

Don Camillo bemühte sich.

»Man hat Sie schlecht informiert«, sagte er sanft. »Es sind Lügen. Keine Rede von wüsten Inseln und vom Hungertod. Es ist alles Lüge, ich versichere es Ihnen.«

»Um so besser«, seufzte die kleine Alte erleichtert.

»Und außerdem«, rief Peppone, »nicht nur wir haben ihn weggeschickt! Es war eine Abstimmung, und es gab mehr solche, die ihn nicht mehr haben wollten, als jene, die ihn behalten wollten, und dann ist er weggegangen, und niemand hat ihm etwas angetan. Das ist die Demokratie.«

»Ach was, Demokratie!« antwortete streng Signora Cristina. »Könige schickt man nicht weg!«

»Entschuldigen Sie«, antwortete verlegen Peppone.

Und was hätte er schon anderes antworten sollen?

Signora Cristina ruhte sich ein wenig aus und sprach dann.

»Du bist Bürgermeister«, sagte sie, »und das ist mein Testament. Das Haus gehört nicht mir, und meine wenigen Fetzen und Sachen wirst du jemandem geben, der es nötig braucht. Du selbst wirst meine Bücher bekommen, weil du sie am nötigsten brauchst. Du mußt dich mit der Kunst des Aufsatzes noch viel plagen und die Zeitwörter studieren.«

»Jawohl, Signora«, antwortete Peppone.

»Ich wünsche ein Begräbnis ohne Musik, weil es eine ernste Sache ist. Und ich will auch ein Begräbnis ohne Wagen, wie in früheren bürgerlichen Zeiten. Der Sarg wird auf den Schultern getragen, und auf dem Sarge will ich eine Fahne haben.«

»Jawohl, Signora«, antwortete Peppone.

»Meine Fahne, verstehst du«, sagte Signora Cristina. »Sie ist auf dem Kleiderkasten. Meine Fahne mit dem Wappen.«

Und das war alles, weil Signora Cristina nur noch flüstern konnte: »Gott segne dich, wenn du auch ein Bolschewik bist, mein liebes Kind!« Und dann machte sie die Augen zu und öffnete sie nicht mehr.

Am nächsten Morgen ließ Peppone eine Sitzung der Vertreter aller Parteien in das Gemeindehaus einberufen. Und als sie vor ihm standen, sagte er, daß Signora Cristina tot sei und daß ihr die Gemeinde die letzte Ehre und ihre Dankbarkeit erweisen werde, indem sie eine Art Staatsbegräbnis für sie veranstalten würde.

»Das sage ich euch als Bürgermeister, und als Bürgermeister und als Dolmetscher des Willens der gesamten Einwohnerschaft habe ich euch hergerufen, weil ich nicht will, daß man mir morgen vorwirft, ich mache alles nach meinem Kopf. Die Tatsache ist, Signora Cristina hat als ihren Letzten Willen geäußert, daß sie auf den Schultern getragen werden will und daß sie eine Fahne mit dem Wappen des Königs haben will. Hier sagt jeder, was er meint. Die Vertreter der reaktionären Parteien tun besser daran zu schweigen, weil wir alle sehr gut wissen, daß sie sehr glücklich wären, wenn es auch Musik gäbe, die den Königsmarsch spielt.«

Zuerst sprach der Vertreter der Aktionspartei, und er sprach sehr gut, weil er Akademiker war.

»Aus Verehrung für einen einzigen Verstorbenen können wir nicht Hunderttausende von Toten beleidigen, die durch ihr Opfer dem Volke die Republik schenkten!« Und so weiter, alles mit viel Temperament. Der Schluß lautete, daß Signora Cristina zwar für die Monarchie, vor allem aber für das Vaterland gearbeitet hatte und daß es infolgedessen nur gerecht wäre, wenn über ihrem Sarge die Fahne ausgebreitet würde, die *heute* das Vaterland symbolisiert.

»Bravo!« stimmte Bagollini zu, ein Sozialist, der marxistischer als Marx war. »Aus ist es mit der Ära der Sentimentalitäten und der Gefühle! Wenn sie die Fahne mit dem Wappen haben wollte, hätte sie früher sterben sollen!«

»Das ist Blödsinn!« rief der Apotheker, der Chef der historischen Republikaner. »Man muß eher sagen, daß die öffentliche Schaustellung dieses Wappens anläßlich einen Begräbnisses Gefühle aufkommen lassen könnte, die diese Feierlichkeit in eine politische Kundgebung ausarten lassen und ihre edle Bedeutung beeinträchtigen, wenn nicht geradezu zerstören würden.«

Der Vertreter der Christlichen Demokraten war an der

Reihe. »Der Wille der Toten ist heilig«, sagte er mit feierlicher Stimme. »Und der Wille der verstorbenen Signora ist ganz besonders heilig, weil wir sie alle lieben und verehren und ihre außerordentliche Tätigkeit bei uns als ein Apostolat ansehen. Und gerade aufgrund dieser Verehrung ihres Angedenkens sind wir der Meinung, daß man jeden kleinsten respektlosen Akt vermeiden müßte, der sich zwar gegen einen anderen Gegenstand richten, nichtsdestoweniger aber als eine Beleidigung des heiligen Angedenkens der Erloschenen erscheinen würde. Infolgedessen schließen wir uns den anderen Herren an und raten von der Verwendung der alten Fahne ab.«

Peppone stimmte mit einer Kopfbewegung sehr ernst zu.

Dann schaute er zu Don Camillo, der auch eingeladen war.

Und Don Camillo war blaß.

»Was meint der Herr Pfarrer?«

»Der Herr Pfarrer wartet auf die Meinung des Herrn Bürgermeisters.«

Peppone räusperte sich und ergriff das Wort.

»Als Bürgermeister«, sagte er, »danke ich Ihnen für Ihre Mitarbeit, und als Bürgermeister teile ich auch eure Meinung, daß man die von der Verstorbenen gewünschte Fahne vermeiden müsse. Da aber in diesem Dorf nicht der Bürgermeister, sondern die Kommunisten kommandieren, so sage ich euch als Chef der Kommunisten, daß ich auf eure Meinung pfeife und daß sich Signora Cristina morgen mit der Fahne, die ihr gefällt, zum Friedhof begeben wird, weil ich sie tot mehr schätze als euch lebendig; und wenn jemand etwas einzuwenden hat, fliegt er gleich durchs Fenster! Hat der Herr Pfarrer noch etwas hinzuzufügen?«

»Ich weiche der Gewalt«, sagte Don Camillo zufrieden und breitete die Arme aus, weil er wieder in der Gnade Gottes war.

Und so »begab sich« am nächsten Tag Signora Cristina auf den Friedhof, und Peppone, Brusco, Bigio und Fulmine trugen die Bahre auf ihren Schultern. Und alle vier hatten um den Hals feuerrote Tücher gebunden, auf dem Sarg aber war die Fahne der Frau Lehrerin ausgebreitet.

Es sind Dinge, die dort, in dieser wunderlichen Gegend, geschehen, wo die Sonne den Leuten auf die Köpfe hämmert und wo die Leute mehr mit dem Knüppel als mit dem Gehirn denken, wo man aber wenigstens die Toten achtet.

Fünf und fünf

Die Dinge hatten sich durch die unglückselige Politik verschlechtert, und obwohl nichts Besonderes geschehen war, machte Peppone, wenn er zufällig Don Camillo begegnete, ein verächtliches Gesicht und schaute weg.

Dann machte Peppone während einer Ansprache auf dem Hauptplatz beleidigende Andeutungen an die Adresse Don Camillos und nannte ihn »des Kanzlers Raben« (wobei er unter Kanzler de Gasperi meinte, weil dieser einst Abgeordneter im Wiener Reichsrat war).

Als Don Camillo daraufhin im Pfarrblättchen in Reimen antwortete, entluden sie eines Nachts vor der Pforte des Pfarrhofes einen Mistkarren, so daß man am nächsten Morgen mit Hilfe einer Leiter durchs Fenster auf die Straße steigen mußte. Und auf dem Haufen war eine Schrift angebracht: »Don Camillo, dünge deinen Kürbiskopf!«

Seitdem entspann sich eine so heftige und brennende mündliche und journalistische Polemik, daß man deutlich die Prügel in der Luft roch. Und nach der letzten Antwort Don Camillos durch die katholische Wandzeitung sagten die Leute: »Wenn jetzt keine Antwort von Peppone kommt, dann haben wir es.« Und Peppone antwortete nicht, und seine Leute hüllten sich in ein Schweigen, welches das kommende Gewitter ahnen ließ.

Eines Abends weilte Don Camillo, in sein Gebet versunken, in der Kirche, als er das Turmtor knarren hörte, und bevor er noch aufstehen konnte, erblickte er Peppone vor sich.

Peppones Gesicht war schrecklich. Eine Hand hielt er hinter dem Rücken versteckt. Er schaute betrunken aus, die schwarzen Locken klebten ihm an der Stirn.

Aus dem Augenwinkel ermaß Don Camillo genau die Entfernung zwischen sich selbst und einem großen Leuchter, der ihm zur Seite stand, erhob sich mit einem Sprung nach rückwärts und ergriff mit fester Hand das schwere Bronzestück.

Peppone zuckte mit den Kinnbacken und schaute Don Camillo in die Augen, Don Camillo spannte alle seine Nerven an und war sicher, daß – kaum würde Peppone zeigen, was er hinter dem Rücken versteckt hielt – der Leuchter wie ein Blitz träfe.

Langsam zog Peppone die Hand hinter dem Rücken hervor und reichte Don Camillo ein schmales und langes Bündel.

Mißtrauisch machte Don Camillo keinerlei Anstalten, die Hand auszustrecken, und dann legte Peppone das Bündel auf der Kommunionsbank vor dem Hochaltar ab, riß das blaue Packpapier herunter, worauf fünf lange Kerzen, dick wie ein Weinstock, erschienen.

»Er stirbt«, erklärte Peppone mit heiserer Stimme.

Da erinnerte sich Don Camillo, daß ihm jemand gesagt hatte, daß Peppones kleiner Sohn seit vier oder fünf Tagen krank sei. Don Camillo hatte sich nicht viel daraus gemacht, weil er glaubte, es handle sich um eine Kleinigkeit. Jetzt verstand er Peppones Schweigen und das Ausbleiben der Antwort.

»Er stirbt«, sagte Peppone. »Zünden Sie sie sofort an!«

Don Camillo ging in die Sakristei, um einen Leuchter zu holen, steckte die fünf großen Wachskerzen darauf und schickte sich an, sie vor dem Kruzifix aufzustellen.

»Nein«, sagte Peppone erbittert, »dieser da gehört eurer Partei an. Zünden Sie sie vor dieser dort an, die keine Politik macht.«

Als Don Camillo die Mutter Gottes »diese dort« nennen hörte, preßte er die Zähne zusammen und verspürte eine tolle Lust, Peppone den Schädel einzuschlagen. Er schwieg aber und ging, die angezündeten Kerzen vor der Statue der Jungfrau in der kleinen Kapelle links aufzustellen.

Er wandte sich zu Peppone.

»Sagen Sie es ihr!« befahl Peppone mit harter Stimme.

Da kniete Don Camillo nieder und sagte flüsternd zur Madonna, daß es Peppone sei, der ihr diese großen Kerzen bringe, damit sie seinem Jungen helfe, der krank sei.

Als er wieder aufstand, war Peppone verschwunden.

Don Camillo ging am Hochaltar vorbei, machte schnell das Zeichen des Kreuzes und versuchte zu entschlüpfen; die Stimme Christi nagelte ihn aber an der Stelle fest.

»Don Camillo, was hast du denn?«

Don Camillo breitete demütig die Arme aus.

»Es tut mir so leid«, sagte er, »daß dieser Unglückliche so geflucht hat. Ich habe nicht die Kraft gehabt, ihm irgend etwas zu sagen. Wie soll man mit einem Mann streiten, der den Kopf verliert, weil ihm das Kind stirbt?«

»Du hast sehr gut gehandelt«, antwortete Christus.

»Die Politik ist eine verfluchte Sache«, erklärte Don Camillo. »Du darfst ihm das nicht übelnehmen; ich bitte Dich, nicht streng zu ihm zu sein.«

»Und warum sollte ich?« flüsterte Christus. »Indem er meine Mutter ehrt, erfüllt er mein Herz mit Sanftheit. Es mißfällt mir nur ein wenig, daß er sie ›diese dort‹ genannt hat.«

Don Camillo schüttelte den Kopf.

»Du hast schlecht gehört«, wandte er ein. »Er hat gesagt: ›Zünden Sie sie alle vor der Heiligen Unbefleckten Jungfrau in dieser Kapelle dort an.‹ Stell Dir vor! Hätte er den Mut gehabt, etwas Ähnliches zu sagen, das Kind hin, das Kind her, ich hätte ihn mit Fußtritten aus der Kirche gejagt!«

»Es freut mich geradezu, daß dem so ist«, antwortete lächelnd Christus. »Es freut mich wirklich. Als er aber von mir sprach, sagte er ›dieser da‹.«

»Man kann es nicht bestreiten«, gab Don Camillo zu. »Ich bin jedenfalls überzeugt, daß er dadurch mich und nicht Dich verletzen wollte. Ich würde schwören, so überzeugt bin ich davon.«

Don Camillo ging, und nach drei Viertelstunden kam er, außer sich vor Freude, zurück.

»Habe ich es Dir nicht gesagt?« schrie er und warf ein Bündel auf die Kommunionsbank. »Er hat mir noch fünf Kerzen gegeben, um sie auch vor Dir anzuzünden! Was sagst Du jetzt dazu?«

»Das alles ist wunderschön«, antwortete lächelnd Christus.

»Sie sind etwas kleiner als die anderen«, erklärte Don Camillo, »aber worauf es bei diesen Dingen ankommt, ist die Absicht. Und dann mußt Du auch in Betracht ziehen, daß Peppone nicht reich ist und daß ihn alle diese Ausgaben für Medizinen und für Ärzte zugrunde richten.«

»Das alles ist wunderschön«, wiederholte Christus.

Bald waren die fünf Kerzen angezündet und leuchteten so, als ob ihrer fünfzig brannten.

»Man könnte fast sagen, daß sie heller leuchten als die anderen«, bemerkte Don Camillo.

Und tatsächlich leuchteten sie heller als die anderen, weil es fünf Kerzen waren, die zu kaufen Don Camillo ins Dorf gelaufen war; er hatte auch den Kaufmann aus dem Bett gejagt und nur eine Anzahlung gemacht, weil Don Camillo arm war wie eine Kirchenmaus. Und das alles wußte Christus sehr gut und sagte kein Wort, eine Träne aber rollte aus seinen Augen, und ein silberner Faden zeichnete das schwarze Holz des Kreuzes. Und das bedeutete, daß Peppones Kind gerettet war.

Und so geschah es.

Der Hund

Wegen dieser Geschichte mit dem Hund verloren fast alle den Kopf.

Eines Nachts hörte man aus der Ferne vom Flußdamm eine lange, dumpfe Klage, und die Leute erschauerten und sagten: »Das ist er!«

Wenn man flußaufwärts geht, passiert man nach dem Dorf Don Camillos drei kleinere Dörfer: La Rocca, Casabruciata und Stoppie; und als man noch vor Monaten und Monaten erzählen hörte, daß bei Stoppie jede Nacht ein Hund wie ein Wolf heule und daß es niemandem gelungen sei, ihn zu sehen, dachte man, daß diese Erzählungen von Betrunkenen stammten. Das Gerücht reiste aber talwärts, und man sagte, daß der Hund jetzt nachts auf dem Damm von Casabruciata heule, und die Sache wurde langsam lästig. Dann erfuhr man, daß der Hund die Leute von Rocca schrecke, und jetzt glaubten alle. Als man vom Damm das Heulen des Hundes hörte, richteten sich die Leute im Bett auf, und vielen brach der kalte Schweiß aus.

Nächste Nacht war es wieder dasselbe, und viele bekreuzigten sich. Es war nämlich einer menschlichen Klage viel ähnlicher als der eines Tieres.

Mit Herzklopfen gingen die Leute ins Bett und konnten nicht einschlafen, weil sie auf das Heulen warteten, und da sich die Sache fortsetzte, beschloß man, eine Streife zu bilden. Und eines Morgens nahmen ungefähr zwanzig Menschen ihre Gewehre, durchkämmten den Damm und die Umgebung und verschossen viel Pulver auf alle Sträucher, die sich im Winde bewegten, fanden aber gar nichts.

Und nachts begann das Gejaule wieder.

Die zweite Streife war auch umsonst. Die dritte führten sie überhaupt nicht durch, weil bei soviel Geheimnis die Leute sogar bei Tag Angst bekamen.

Die Weiber rannten zu Don Camillo und flehten ihn an, er solle gehen, den Damm zu segnen, Don Camillo antwortete mit Nein. Wenn es sich um Hunde handle, gehe man zum Schinder, nicht zum Priester.

»Die Angst steht auch im Vatikan auf neunzig«, sagte ein prächtiges Mädchen, das Carola hieß und Smilzos Braut war.

Da riß Don Camillo ein Latte aus dem Zaun und machte sich auf den Weg, auf gewisse Entfernung von den Frauen begleitet, die dann stehenblieben und warteten, während er weiterging zum Damm. Er suchte rechts, und er suchte links, schlug mit seiner Latte auf alle Sträucher und kam schließlich wieder zum Vorschein.

»Nichts«, sagte er.

»Wenn Sie schon dort waren, hätten Sie ihm einen Segen nachschießen können«, rief Carola. »Es hätte Sie ja nicht so viel gekostet.«

»Wenn du nicht deine Zunge im Zaum hältst, schmeiße ich dir und der ganzen kommunistischen Frauenclique einen Segen nach, daß ihr euch ewig daran erinnern werdet«, warnte Don Camillo. »Wenn euch der Hund lästig ist, stopft euch Baumwolle in die Ohren, und ihr werdet genauso gut schlafen wie ich. Das Pech ist nur, daß man, um nachts ruhig schlafen zu können, ein ruhiges Gewissen haben muß, und viele von euch haben das nicht. Zeigt euch lieber öfter in der Kirche!«

Carola stimmte die »Rote Fahne« an, die mit einem raschen Finale endete, weil ihr Don Camillo die Zaunlatte nachwarf.

Und dann, nachts, hörte man wieder das Gejaule des Hundes, und auch Don Camillo, der immerhin sein Gewissen in Ordnung wähnte, konnte nicht einschlafen.

Am nächsten Tag begegnete er Peppone.

»Man hat mir gesagt, daß Sie gestern wegen dieses Hundes nachschauen gegangen sind«, erklärte Peppone. »Ich bin auch gegangen und habe nichts gesehen.«

»Wenn der Hund nachts auf dem Damm heult, heißt das, daß er bestimmt nachts dort zu finden ist«, murmelte Don Camillo.

»Na und?«

»Also, wer ihn finden will, muß nachts auf den Damm, wenn der Hund dort ist, nicht tagsüber, wenn er nicht dort ist.«

Peppone hob die Schultern.

»Und wer geht nachts dorthin?« fragte Peppone. »Hier haben alle Angst, als ob es der Teufel wäre.«

»Auch du?« erkundigte sich Don Camillo.

Peppone zögerte ein wenig. »Und Sie?« fragte er.

»Wenn ich jemanden finde, der mitkommt, dann gehe ich«, sagte Don Camillo.

»Ich auch«, erwiderte Peppone, »ich gehe auch, wenn jemand mitkommt. Es ist aber schwer, jemanden zu finden.«

»Hm«, gab Don Camillo zu, als ob er nicht bemerkt hätte, daß die Sache bereits automatisch geregelt war, wenn beide einen Begleiter suchten.

Es folgte ein Augenblick der Verlegenheit, dann breitete Peppone ergeben die Arme aus:

»Wir treffen uns also heute abend um neun.«

Sie trafen sich um neun und gingen vorsichtig durch die Weingärten; und mit Hilfe eines Lautverstärkers hätte man den Eindruck gewonnen, daß ihre Herzschläge einer heftigen Schießerei mit Maschinengewehren ähnelten. Zu einem Gebüsch unter dem Damm gelangt, bezogen sie Stellung und warteten schweigend, mit dem Doppelgewehr in der Hand.

Stunden vergingen. Eine Friedhofsruhe herrschte, und der Mond steckte seine Nase hinter einer Wolke hervor und beleuchtete diesen Jammer.

Und da, plötzlich, das langgezogene und lähmende Heulen, das Don Camillos und Peppones Herzen erstarren ließ. Es kam vom Strom her. Die beiden traten vorsichtig aus den Büschen heraus und lehnten sich an den Rand des Dammes wie im Schützengraben.

Wieder ertönte die Klage – und, es gab keinen Zweifel, sie kam von einem Röhricht, das sich etwa zwanzig Meter ins Wasser hinein ausdehnte. Don Camillo und Peppone hefteten ihre Augen auf dieses Röhricht, das im Gegenlicht lag, weil der Mond das Wasser beschien; und auf einmal erblickten sie ganz deutlich einen schwarzen Schatten, der sich bewegte, und nahmen ihn aufs Korn.

Kaum daß sich wieder das Geheul erhoben hatte, gingen zwei Schüsse los, und das Heulen verwandelte sich in ein schmerzliches Jaulen.

Da verschwand die Furcht, und beide sprangen auf. Don Camillo schürzte die Soutane hoch und trat ins Wasser, begleitet von Peppone.

Als sie in das Röhricht gelangten, fanden sie einen schwarzen, verwundeten Hund, und Peppone beleuchtete ihn mit der Taschenlampe.

Es war kein schlimmes Tier, denn es leckte ihm die Hand, und Peppone verging sofort die Lust, ihm eine Kugel in den Kopf zu jagen.

»Sie haben ihn in ein Bein getroffen«, sagte Peppone zu Don Camillo.

»Wenn schon, dann haben wir ihn beide getroffen«, stellte Don Camillo richtig.

Peppone packte den Hund am Halsband und zog ihn

hinauf: unter dem Hund war ein schwimmender Sack, im Schilfrohr verhangen. Den Sack zog Don Camillo heraus – es war ein großer Militärschlafsack aus wasserdichtem Stoff, den das Wasser mit der Zeit hart gemacht hatte wie ein Blech.

Peppone bückte sich und sägte mit einem kleinen Rebenmesser den Draht durch, mit dem der Sack zugebunden war, richtete sich aber plötzlich wieder auf und schaute blaß zu Don Camillo.

»Alte Geschichte«, antwortete Don Camillo. »Jemand, Gott weiß, vor wie langer Zeit, wird einen Menschen beseitigt haben, wird ihn dann in einen Sack gesteckt und den Sack in den Strom geworfen haben. Der Mann hatte aber einen Hund, und der Hund sprang ins Wasser und folgte dem Sack, den der Strom talwärts trieb. Und der Sack verfing sich eine Weile in einem Röhricht bei Stoppie, dann bei Casabruciata. Tagsüber versteckte sich der Hund oder ging auf Nahrungssuche, und nachts kehrte er zu seinem Herrn zurück. Wer weiß, wie lange er schon jede Nacht heult, man hörte ihn nur, wenn der Sack in der Nähe eines Dorfes steckenblieb.«

Peppone schüttelte den Kopf. »Warum heulte er aber?« fragte er. »Und warum heulte er nur nachts?«

»Vielleicht, weil das Gewissen, um sich hören zu lassen, auch die Stimme eines Hundes annehmen kann – und weil die Stimme des Gewissens nachts stärker zu hören ist.«

Der Hund hatte den Kopf gehoben.

»Gewissen!« sagte Don Camillo laut.

Der Hund antwortete mit einem kurzen Gebell.

Man konnte niemals erfahren, wer der Unglückliche im Sack war, weil die Zeit und das Wasser jedes Erkennungszeichen vernichtet hatten. Nach einer so langen Reise auf dem Strom fand er seine Ruhe in der gesegneten Erde.

Auch der Hund starb, und Don Camillo und Peppone begruben ihn, nachdem sie ein Loch gegraben hatten, tief wie die Hölle, so daß er in Frieden ruhen könne.

In den Dörfern und in den Höfen dem Strome entlang gibt es aber heute noch Leute, die mitten in der Nacht aufwachen und sich im Bett aufrichten und denen ein kalter Schweiß auf die Stirn tritt, weil sie den Hund heulen hören und ihn ihr ganzes Leben heulen hören werden.

Herbst

Am Nachmittag des dritten Tages erschien im Pfarrhaus Barchini, Papierhändler und Drucker.

»Noch immer niemand«, sagte Barchini. »Es ist klar, daß sie keine Absicht haben, etwas zu machen.«

»Es ist noch Zeit«, wandte Don Camillo ein. »Es ist erst vier Uhr.«

Barchini schüttelte den Kopf.

»Wenn auch der Text ganz kurz ist, brauche ich trotzdem immer mindestens drei Stunden zum Setzen. Dann kommen noch die Korrektur und der Druck dazu. Und mit der Handpresse, Blatt um Blatt – es ist eine wahre Plage. Sie können sicher sein, Don Camillo, ich werde Sie schon benachrichtigen.«

Aus Vorsicht wartete Don Camillo noch eine Stunde. Da inzwischen keine Nachricht von Barchini kam, warf er seine Pelerine um und ging ins Gemeindeamt. Der Bürgermeister war natürlich nicht dort, und Don Camillo machte sich entschlossen auf den Weg zu Peppones Werkstatt und fand dort den Bürgermeister, wie er sich an irgendwelchen Schrauben zu schaffen machte.

»Guten Abend, Herr Bürgermeister!«

»Hier gibt es keinen Bürgermeister«, antwortete der andere mit Unwillen, ohne jedoch die Augen von der Arbeit zu erheben. »Der Bürgermeister ist im Gemeindehaus. Hier ist nur der Bürger Giuseppe Bottazzi, der vor Arbeit stöhnt, um sein Brot zu verdienen, während die anderen herumspazieren.«

Don Camillo ließ sich nicht erschüttern.

»Richtig«, erwiderte er. »Darf man also den Bürger Giuseppe Bottazzi um einen Gefallen bitten? Oder ist vielleicht von der Kominform der Befehl gekommen, daß sich Genosse Peppone auch außer Dienst wie ein Rabauke benehmen soll?«

Peppone unterbrach die Arbeit.

»Ich höre zu«, brummte er mißtrauisch.

»Also«, erklärte sehr höflich Don Camillo, »der Bürger Giuseppe Bottazzi möchte so liebenswürdig sein, dem Genossen Peppone zu sagen, daß er, wenn er dem Herrn Bürgermeister begegnet, ihn bittet, dem Pfarrer Don Camillo ein Exemplar des Manifestes schicken zu wollen, das die Gemeinde anläßlich des 4. November hat drucken lassen, weil es Don Camillo auf der Kundmachungstafel seines Erholungsheimes anschlagen möchte.«

Peppone begann wieder zu arbeiten.

»Sagen Sie dem Herrn Pfarrer, er soll auf der Tafel seines Heimes die Fotografie des Papstes anschlagen.«

»Sie ist schon dort«, erklärte Don Camillo. »Jetzt würde ich ein Exemplar des Manifestes für den 4. November brauchen, dann könnte ich es morgen meinen Jungen vorlesen und ihnen die Bedeutung dieses Tages erklären.«

Peppone grinste.

»Da schau mal an! Der hochwürdige Herr kann Latein und hat einen halben Zentner Geschichtsbücher gelesen, und jetzt braucht er gerade den armen Mechaniker Peppone, der nur bis zur dritten Volksschulklasse gekommen ist, um sich die Idee geben zu lassen, wie er den 4. November erklären soll. Es tut mir leid, diesmal gelingt es Ihnen aber nicht. Wenn Sie glauben, daß Sie sich mit Ihrer ganzen klerikalen Bande zusammen unterhalten können, indem Sie ihr die logische Analyse meiner grammatikalischen Fehler auseinandersetzen, dann irren Sie.«

»Du irrst«, wandte Don Camillo ruhig ein. »Niemand hat die Absicht, sich zu unterhalten, indem er grammatikalische Fehler im Aufsatz des Mechanikers Peppone sucht. Ich will ganz einfach meinen Jungen auseinandersetzen, was die höchste Behörde des Dorfes über den 4. November denkt. Ich, der Pfarrer, will mit dir, dem Bürgermeister, konform gehen, wenn ich vom 4. November rede. Es gibt nämlich Dinge, in denen wir uns alle einig sein sollten. Es handelt sich also nicht um Politik.«

Peppone kannte Don Camillo vollkommen und pflanzte sich vor ihm auf, mit den Fäusten in den Hüften.

»Don Camillo, Schluß mit der Dichtung, kommen wir zur Sache! Lassen Sie die Geschichten vom Manifest für Ihre Anschlagtafel, und sagen Sie mir, was Sie von mir wollen.«

»Nichts will ich. Ich will wissen, ob du das Manifest für den 4. November verfaßt hast oder nicht. Wenn nicht, ich bin da, um dir zu helfen.«

»Ich danke für die Liebenswürdigkeit! Das Manifest habe ich aber nicht gemacht, und ich werde es auch nicht machen!«

»Befehl der Propagandasektion?«

»Niemandes Befehl!« schrie Peppone. »Befehl meines Gewissens – und Schluß! Das Volk hat alle diese Kriege und Siege satt. Das Volk weiß sehr gut, was ein Krieg ist, und braucht keine Reden und Aufrufe, die ihn verherrlichen.«

Don Camillo schüttelte den Kopf.

»Du bist auf dem falschen Weg, Peppone. Niemand will den Krieg verherrlichen. Es handelt sich nur darum, allen jenen, die in diesem Krieg gelitten und dabei ihre Haut gelassen haben, die Ehrerbietung und den Dank zu erweisen.«

»Schmarren! Mit der Ausrede, daß man sich der Gefallenen und der Leiden der Soldaten erinnern will, macht man schmutzige militaristische, kriegshetzerische und monarchistische Propaganda! Das Heldentum, die Aufopferung, der Soldat, der sterbend noch dem fliehenden Feind sein Bajonett nachwirft, die Glocken von San Giusto, Trient und Triest, der Grappa, die Sagra di Santa Gorizia, die murmelnde Piave, der Siegesbericht, das unerbittliche Schicksal ... alles schöne Sachen zu Ehren der Monarchie und der königlichen Armee, um den jungen Menschen den Kopf zu verdrehen und nationalistische Propaganda zu machen und den Haß gegen das Proletariat zu schüren. Da kommt man sofort auch mit Istrien, mit Dalmatien, mit den Greueln der Tito-Partisanen, mit Stalin, mit Komintern, mit Amerika, dem Vatikan, Christus, den Feinden der Religion und so weiter, um zum Schluß zu gelangen, daß das Proletariat ein Feind des Vaterlandes ist und daß man das Imperium des Duce wieder ins Leben rufen muß!«

Während dieser Rede färbten sich Peppones Wangen, er erhitzte sich mehr und mehr wie auf einer Kundgebung. Als er fertig war, sagte Don Camillo ruhig:

»Bravo, Peppone! Du kommst mir wie ein ganzer Artikel ›Unità‹ vor. Antworte mir jedenfalls auf meine Frage: Du machst also nichts für den Tag des Sieges?«

»Für den Sieg habe ich schon eine Menge getan – und Schluß! Man hat mich von meiner Mutter weggenommen, als ich noch ganz jung war, man hat mich in einen Graben gesteckt, mich mit Läusen, Hunger und Schmutz gestopft. Dann haben sie mich nachts marschieren lassen, im Regen, mit einer Tonne Last auf dem Buckel, sie haben mich stürmen lassen, während es Kugeln hagelte, und man hat mir gesagt, ich solle schauen, wie ich mir helfen könne, als ich verwundet worden war. Ich mußte den Gepäckträger, den Totengräber, den

Koch, den Kanonier, den Wärter, das Muli, den Hund und den Wolf und die Hyäne spielen. Dann hat man mir ein Taschentuch gegeben, und unsere schöne Italia war daraufgestickt, einen Baumwollanzug, ein Blatt Papier, auf dem geschrieben stand, daß der Bürger Giuseppe Bottazzi seine Pflicht erfüllt hat, und ich bin nach Hause zurückgekehrt, mußte um Arbeit betteln und mich von Schwelle zu Schwelle schleppen, Leute anflehen, die auf meinen Schultern und auf den Schultern aller dieser anderen Unglückseligen ihre Millionen verdient haben!«

Peppone unterbrach sich und erhob feierlich den Zeigefinger.

»Das ist mein Manifest«, schloß er. »Und wenn Sie es mit einem historischen Spruch beenden wollen, dann schreiben Sie rot darauf, daß sich der Genosse Peppone schämt, für die Bereicherung dieser Schweine gekämpft zu haben, und daß er heute stolz wäre, sagen zu können: Ich war ein Deserteur!«

Don Camillo schüttelte den Kopf.

»Bitte tausendmal um Entschuldigung«, sagte er. »Warum bist du dann dreiundvierzig ins Gebirge gegangen?«

»Was hat das damit zu tun?« schrie Peppone. »Das ist eine ganz andere Sache. Da hat mir nicht Seine Majestät befohlen, ich soll hingehen. Ich bin aus meinem eigenen Entschluß gegangen. Und dann, es gibt einen Unterschied zwischen Krieg und Krieg!«

»Ich verstehe«, murmelte Don Camillo. »Gegen einen italienischen politischen Gegner zu kämpfen, ist für einen Italiener immer eine sympathische Sache.«

»Reden Sie keinen Blödsinn, Don Camillo!« brüllte Peppone. »Als ich ins Gebirge ging, machte ich keine Politik. Ich verteidigte das Vaterland.«

»Wie?« rief Don Camillo. »Mir scheint, ich habe ›Vaterland‹ gehört?«

»Es gibt Vaterland und Vaterland«, erklärte Peppone. »Das von fünfzehn bis achtzehn war ein Vaterland, das von dreiundvierzig bis fünfundvierzig war ein anderes.«

Zur Messe für die im Kriege Gefallenen war die Kirche zum Bersten voll. Es gab keine Ansprache. Don Camillo sagte einfach: »Nach der Messe werden sich die Kinder ins Erholungsheim begeben und einen Kranz am Denkmal niederlegen.«

Und nach der Messe reihten sich alle hinter den Kindern, und ein schweigender Zug bewegte sich durch das Dorf, bis zum Platz. Der Platz war leer; am Fuß des kleinen Denkmals für die Gefallenen hatte aber jemand zwei große Blumenkränze niedergelegt. Der eine war mit einem Trikolorenband versehen und trug die Aufschrift: »Die Gemeinde«; der andere war aus roten Nelken, und auf dem Band stand geschrieben: »Das Volk«.

»Peppones Trupp hat es hergebracht, während Sie die Messe lasen«, erklärte der Cafetier am Platze. »Es waren alle da außer Peppone.«

Man legte den Kranz der Kinder nieder, und die Versammlung löste sich ohne Ansprache auf.

Auf dem Heimweg begegnete Don Camillo Peppone. Fast hätte er ihn nicht erkannt, weil es leise regnete und Peppone die Kapuze seiner Pelerine über den Kopf gezogen hatte.

»Ich habe die Kränze gesehen«, sagte Don Camillo.

»Was für Kränze?« fragte Peppone gleichgültig.

»Die am Denkmal. Schön sind sie.«

Peppone zuckte die Schultern. »Ach, das müssen die Kinder gewesen sein. Ist es Ihnen nicht recht?«

»Aber woher!«

Vor dem Pfarrhaus tat Peppone, als ob er weggehen würde, Don Camillo hielt ihn jedoch auf.

»Komm, auf ein Gläschen! Es ist nicht vergiftet, du kannst beruhigt sein.«

»Ein anderes Mal«, murmelte Peppone. »Ich muß nach Hause. Mir geht es schlecht, konnte heut überhaupt nicht arbeiten. Mir ist kalt, ich zittere am ganzen Körper.«

»Schüttelfrost? Das ist die übliche Grippe in dieser Jahreszeit. Ein Glas Wein ist die beste Medizin. Ich habe sogar herrliche Aspirintabletten. Komm nur herein!«

Peppone kam.

»Nimm bitte Platz, ich gehe inzwischen die Flasche suchen«, sagte Don Camillo.

Als er zurückkam, nach einigen Minuten, mit dem Wein und mit den Gläsern, saß Peppone noch immer da, die Pelerine hatte er aber nicht abgelegt.

»Mir ist hundekalt«, erklärte Peppone, »ich bleibe lieber angezogen.«

»Mach es dir bequem.«

Er reichte Peppone ein volles Glas und zwei Pillen.

»Hinunter damit!«

Peppone schluckte das Aspirin und trank darauf den Wein. Don Camillo ging einen Augenblick hinaus und kam mit einem Armvoll Holz zurück, das er in den Ofen steckte.

»Ein bißchen Feuer wird auch mir guttun«, erklärte Don Camillo, indem er das Holz anzündete. »Ich habe gestern viel über deine Worte nachgedacht«, sagte er, als das Feuer bereits knisterte. »Von deinem Standpunkt aus hast du recht. Für mich war diese Sache mit dem Krieg ganz anders. Ich war ein Priesterlein, das kaum über den Zaun seines Seminars hinausgeguckt hatte, als man mich hineinsteckte. Läuse, Hunger, Kommiß, Kugeln, Leiden, genau wie bei dir. Ich ging nicht stürmen, versteht sich, ging aber die Verwundeten bergen. Für mich war es aber anders: es war mein Beruf, und ich habe mir meinen Beruf selbst gewählt. Für dich war es wieder eine andere Sache: Soldat zu sein, war nicht dein Beruf. Glücklicherweise, denn diejenigen, die von Beruf Soldat sind – na, die taugen alle nichts.«

»Hm, das ist nicht immer wahr«, murmelte Peppone. »Auch unter den Berufsoffizieren gibt es anständige Leute. Und dann, man muß es schon zugeben, gibt es Schweinehunde, die laufen umher wie ein ganzer Parfümerieladen, wenn es aber darauf ankommt, die Haut zu riskieren, machen sie keine Geschichten.«

»Jedenfalls«, fuhr Don Camillo fort, »während es für mich mein Priesterberuf war, unter dem Kugelregen zu bleiben und die Verwundeten zu pflegen und den Sterbenden die heilige Ölung zu verabreichen, war das Ganze für dich ein Plage. Es ist der Beruf des Priesters, Seelen zu fangen, um sie ins Paradies zu schicken, via Vatikan. Für einen Priester also ist es nur ein Glück, mitten in eine Choleraepidemie oder in ein Erdbeben oder in einen Krieg zu geraten. Für jemanden, der bei der Seelenrettung das ewige Leben verdient, ist es ein Schlaraffenland. Aber einer wie du, was kann er schon in einem Krieg gewinnen? Höchstens die Haut verlieren.«

Peppone wollte den Platz wechseln, weil die Flammen im Kamin höllisch brannten und man so, mit zwei Aspirin im Magen und angezogen mit einer Pelerine, vor Hitze hätte platzen können.

»Nein, Peppone«, sagte Don Camillo. »Wenn du dich rührst, nützt es nichts, das Aspirin nimmt man zum Schwitzen. Je mehr du schwitzt, um so früher bist du gesund. Nimm lieber noch ein Glas Wein! Er ist kühl und wird dir den Durst löschen.«

Peppone leerte zwei Gläser Wein und wischte sich den Schweiß ab.

»So ist's recht«, fuhr Don Camillo fort. »Ich kann sehr gut verstehen, daß einer, der gezwungen wird, seine Haut zu Markte zu tragen, nur so, ohne jeden Zweck, nur den einen Wunsch hat, zu entschlüpfen. Unter diesen Umständen ist ein Deserteur kein Feigling, sondern einfach ein menschliches Geschöpf, das seinem Selbsterhaltungstrieb folgt. Trink, Peppone!«

Peppone trank. Er war in Schweiß gebadet, als ob er jeden Augenblick platzen wollte.

»Jetzt kannst du die Pelerine ausziehen«, riet Don Camillo. »Wenn du dann wieder draußen bist, kannst du sie umwerfen und wirst nicht den Übergang vom warmen Zimmer in die Kälte spüren.«

»Nein, mir ist nicht heiß.«

»Ich bin einer, der immer denkt«, fuhr Don Camillo fort. »Du hast sehr gut daran getan, kein Manifest herauszubringen. Du hättest deine Grundsätze fallenlassen müssen. Gestern habe ich einfach und egoistisch nur an meinen Fall gedacht. Für mich war das mein Interesse, mein Geschäft ... der Krieg. Stell dir nur vor, was man alles für Dummheiten macht, wenn man diese Manie hat, die Seelen zu retten und sich vor Gottvater in ein günstiges Licht zu stellen: Einmal hörte ich, wie mich einer rief, der, von einer Kugel getroffen, zwischen unserer und der österreichischen Schützenlinie liegengeblieben war – ich sprang aus dem Graben und ging zu ihm, um ihm die üblichen Geschichten zu erzählen, die man für die Sterbenden in Reserve hat, und er starb in meinen Armen. Ich erwischte dabei ein paar Kugeln, Kopfstreifschüsse, nichts Besonderes, nur so, um es zu sagen.«

»Ich kenne diese Geschichte«, sagte düster Peppone. »Ich habe davon in der Militärzeitung gelesen, die man uns immer in den Schützengraben gebracht hat, statt uns Essen zu bringen – diese Schweine! Man hat Ihnen auch eine Medaille gegeben, wenn ich nicht irre.«

Don Camillo drehte sich um und schaute zu einem kleinen Rahmen an der Wand.

»Ich habe sie dort aufgehängt«, sagte er. »Es gibt zu viele Medaillen im Umlauf.«

»Sie hätten das Recht, sie zu tragen«, wandte Peppone ein, nachdem er noch ein Glas hinuntergestürzt hatte. »Wer sie nicht stiehlt, darf seine Medaille tragen.«

»Reden wir lieber nicht von diesen Dingen. Du hast mit Recht einen ganz anderen Begriff vom Krieg. Zieh aber endlich diese Pelerine aus, Peppone!«

Peppone war bereits der Sintflut ähnlich, so heiß war ihm, aber er war starrköpfig wie ein Muli. Und er legte die Pelerine nicht ab.

»Im Grunde genommen«, schloß Don Camillo, »hast du mehr recht als die anderen, indem du alles verachtest, was nach hohlen patriotischen Phrasen klingt, und indem du dich an den Grundsatz hältst, daß die Welt dein Vaterland ist. Für dich stellt ein Datum wie der Tag des Sieges einen schlechten Tag dar, denn, wer einen Krieg gewinnt, ist immer mehr dazu geneigt, einen neuen Krieg zu entfachen, als der, der verliert. Ist es wahr, daß man in Rußland die Deserteure auszeichnet und jene bestraft, die im Krieg besondere Tapferkeit zeigen?«

»Uff!« schrie Peppone. »Ich wußte, Sie werden schon irgendwie die Sache ins Politische ziehen! Ich wußte es ja!«

Dann wurde er plötzlich wieder ruhig.

»Ich sterbe vor Hitze«, seufzte er.

»Geh, zieh diese Pelerine aus!«

Peppone nahm endlich die Pelerine ab, und da sah man, daß er auf dem Aufschlag seiner Jacke die Silbermedaille trug, die er sich im Ersten Weltkrieg verdient hatte.

»Ha!« sagte Don Camillo und nahm seine Silbermedaille aus dem Rahmen und befestigte sie auf der Soutane. »Es ist eine gute Idee.«

»Es ist an der Zeit«, mahnte die alte Magd, die ihren Kopf in der Türspalte zeigte.

»So, jetzt könnten wir etwas essen, nicht wahr?« sagte Don Camillo.

Sie aßen, tranken eine ansehnliche Anzahl von Flaschen aus, und zum Schluß hielten sie Tischreden zu Ehren von irgendwelchen alten Generälen aus dem vorigen Krieg.

Gegen Abend warf Peppone wieder den Mantel um und ging zur Tür.

»Ich hoffe, daß Sie diesen Moment der Schwäche nicht niederträchtig ausnützen werden.«

»Nein«, antwortete Don Camillo. »Aber an dem Tag, an dem ich dich werde aufhängen müssen, wird mich niemand hindern können, dich mit Hochachtung aufzuhängen.«

»Sie werden schon sehen, wenn die zweite Welle der Weltrevolution kommt!« murmelte düster Peppone und verschwand in der Nacht.

Schatten der Toten schwebten im Zwielicht eines aschgrauen Himmels von Sagra di Santa Gorizia, und es war wie ein allegorisches Bild von Plinio Nemellini.

Die Lampen und das große Licht

Don Camillo blickte zum Christus am Hochaltar auf und sagte:

»Jesus, es gibt auf der Welt zu viele Dinge, die nicht in Ordnung sind.«

»Ich meine dies nicht«, antwortete Christus. »Nur die Menschen sind nicht in Ordnung. Sonst ist alles in Ordnung.«

Don Camillo ging eine Weile auf und ab. Dann blieb er wieder vor dem Altar stehen.

»Jesus«, sagte er, »wenn ich jetzt zu zählen beginne ... eins, zwei, drei, vier, fünf, sechs, sieben ... und eine Million Jahre fortfahre zu zählen, werde ich dann jemals zum Ende kommen?«

»Nein«, antwortete Christus. »Wenn du so tust, bist du wie jener Mensch, der einen großen Kreis auf der Erde zog, ihn abzugehen begann und sprach: ›Ich will sehen, wann ich zu Ende komme.‹ Du würdest nie an ein solches kommen.«

Don Camillo ging schon im Geiste jenen großen Kreis

und verspürte den Schauer, der jeden erfaßt, welcher versucht, einen Augenblick aus dem Fenster zu blicken, das in die Unendlichkeit schaut.

»Und doch«, bestand Don Camillo, »ich behaupte, daß auch die Zahlen ihr Ende haben müssen. Nur Gott ist ewig und unendlich, und wenn die Zahlen kein Ende hätten, wären sie ewig und unendlich wie Gott.«

»Don Camillo, was hast du eigentlich mit den Zahlen?«

»Weil nach meiner Meinung die Menschen gerade wegen der Zahlen nicht in Ordnung sind. Sie haben die Zahl entdeckt und aus ihr den höchsten Maßstab der Schöpfung gemacht.«

Wenn Don Camillo einmal in voller Fahrt war, mußte die Panne kommen. Er ging eine Weile fort, schob den Riegel vor und schritt in der Kirche auf und ab. Dann blieb er wieder vor Christus stehen:

»Jesus, ist diese Flucht der Menschen in das Blendwerk der Zahl nicht ein verzweifelter Versuch, ihre Existenz als denkende Wesen zu rechtfertigen?«

Er schwieg eine Weile bekümmert.

»Jesus, gibt es also keine Ideen mehr? Haben die Menschen bereits alles Denkbare zu Ende gedacht?«

»Don Camillo, was verstehst du unter Idee?«

»Für mich, den armen Landpfarrer, ist die Idee eine Lampe, die in der tiefen Nacht der menschlichen Unwissenheit brennt und eine neue Seite der Größe des Schöpfers ins Licht rückt.«

Christus lächelte.

»Du bist mit deinen Lampen der Wahrheit nicht einmal so fern, mein armer Landpfarrer. Hundert Menschen waren in einem riesigen, finsteren Raum eingeschlossen, und jeder von ihnen hatte eine erloschene Lampe. Einer zündete seine Lampe an, und siehe da, die Menschen konnten einander ins Gesicht schauen und sich erkennen. Noch einer zündete seine Lampe an, und man entdeckte einen nahen Gegenstand; und je mehr Lampen entflammt aufleuchteten, um so mehr neue Dinge kamen ans Licht. Und als sie zum Schluß alle ihre Lampen angezündet hatten, erkannten sie alle Dinge, die in jenem riesigen Raum waren, und alles war schön, gut und herrlich. Verstehe mich gut, Don Camillo, es waren hundert Lampen, aber nicht hundert Ideen. Es gab nur eine einzige Idee – das Licht der hundert Lampen; denn nur dadurch, daß hundert Lampen angezündet wurden, konnte man alle Dinge in jenem großen Raum sehen und alle Einzelheiten erkennen. Und jede Flamme war nur der hundertste Teil einer einzigen Idee, der Idee von der ewigen Existenz und der Größe des Schöpfers. Als ob ein Mensch eine kleine Statue in hundert Stücke zerschlagen und jedem einzelnen der hundert Menschen ein Stück anvertraut hätte. Es waren nicht hundert Abbilder einer Figur, sondern hundert Bruchstücke einer einzigen Figur. Und die hundert Menschen suchten einander, versuchten die hundert Bruchstücke zusammenzufügen, und es entstanden tausend und aber tausend ungestalte Figuren, ehe es gelang, jedes Stück genau an das zugehörige andere zu fügen. Aber schließlich war die Statue wieder beisammen. Verstehe mich gut, Don Camillo, jeder Mensch zündete seine Lampe an, und das Licht der hundert Lampen war die Wahrheit, die Offenbarung. Damit hätten sie sich zufriedengeben sollen. Aber jeder glaubte, daß die schönen Dinge, die er sah, nicht ihrem Schöpfer zuzuschreiben wären, sondern seiner eigenen Lampe, die imstande war, aus der Finsternis des Nichts so schöne Dinge erstehen zu lassen. Und der eine fuhr fort, die Lampe anzubeten, andere gingen dahin und dorthin, und das große Licht zerfiel in hunderte winzige Flämmchen, von denen jedes nur ein Stückchen Wahrheit erhellen konnte. Verstehe mich gut, Don Camillo, es ist notwendig, daß sich hundert Lampen vereinigen, um das Licht der Wahrheit wiederzufinden. Die Menschen irren heute ohne Vertrauen umher, jeder im armseligen Licht seiner eigenen Lampe, und alles um sie kommt ihnen dunkel, traurig und trübsinnig vor; und da sie das Ganze nicht erkennen können, klammern sie sich krampfhaft an die geringste Einzelheit, die ihr mattes

Licht aus dem Schatten geholt hat. Es gibt keine Ideen, es gibt nur eine einzige Idee, eine einzige Wahrheit, die aus vielen Tausenden von Teilen besteht. Die Menschen können sie aber nicht mehr sehen. Es gibt keine Ideen mehr, weil es nur eine einzige und ewige Idee gibt; es ist aber nötig, daß sich jeder zurückwendet und zum anderen findet, mitten in diesem riesigen Raume.«

Don Camillo breitete die Arme aus.

»Jesus, man wendet sich nicht zurück ...«, seufzte er. »Diese Unglücklichen verwenden das Öl ihrer Lampen, um ihre Maschinenpistolen und schmutzigen Maschinen zu ölen.«

Christus lächelte: »Im himmlischen Reich fließt Öl in Strömen, Don Camillo.«

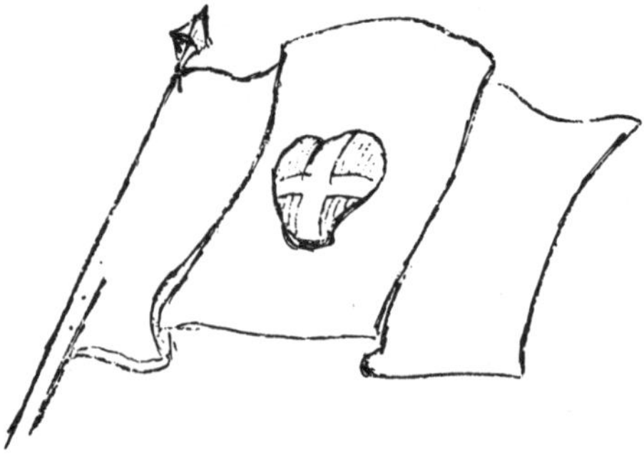

Der Unschuldige

Der Wahltermin rückte immer näher, und die Luft wurde mit jedem Tag dicker. Und siehe, eines Abends erschien bei Don Camillo ein alter Mann, klein wie ein Zwerg und ausgedörrt wie eine Zwetschge. Es war einer jener Bettler, die mit einem Käfig und einem Vöglein herumgehen; und wenn sie ein Almosen bekommen, dann geben sie dafür ein Glücksbrieflein, das der Vogel mit dem Schnabel aus der Schachtel holt, die am Käfig hängt.

Don Camillo steckte die Hand in die Tasche, um nach der Geldbörse zu greifen, der Alte aber schüttelte den Kopf und reichte ihm ein Päckchen: lauter Geldscheine zu einer Lira, zwei, fünf und zehn Lire.

»Es sind tausend Lire, Hochwürden, Sie können sie ruhig zählen«, sagte der Alte. »Reichen sie für eine Messe?«

»Sogar zuviel«, antwortete Don Camillo.

»Nun gut, ich komme morgen früh, um mir die Messe anzuhören. Es muß aber eine richtige Prunkmesse sein, mit Katafalk und Kerzen, mit geschmücktem Kirchentor und mit einer Tafel, auf der steht: ›Zum heiligen Andenken Seiner Majestät Vittorio Emanuele III.‹ Und auf dem Katafalk die Fahne.«

Don Camillo starrte verwirrt den alten Bettler an.

»Wieso? Geht es vielleicht nicht?« fragte der Alte.

»Nein, nein, es geht schon.«

»Gut«, sagte zufrieden der alte Bettler. »Wann soll ich kommen?«

»Um halb elf.«

»Gut, Hochwürden. Aber vergessen Sie bitte nicht den Namen, der auf die Tafel am Kirchentor kommen soll.«

»Ja, ja, ich weiß schon. Der Name ist mir nicht neu.«

Der alte Bettler entfernte sich, und Don Camillo ging, um sich Christus am Hochaltar anzuvertrauen.

»Wenn morgen jemand die Tafel bemerkt, dann bricht hier die Französische Revolution aus.«

»Was nun, Don Camillo? Bereust du etwa deine Zusage?«

»Keine Spur! Ich wollte es Dir einfach nur sagen und Dich bitten, das Tor im Auge zu behalten, wenn ich die Messe lese und nicht hinschauen kann. Und wenn Du vielleicht morgen früh einen kleinen Schneesturm organisieren könntest, wäre ich Dir besonders dankbar.«

»Und wenn morgen früh die Sonne scheint?«

»Die Sonne ist das schönste Geschenk, das Gott den Menschen geben kann«, flüsterte Don Camillo und verneigte sich tief.

Am Abend schrieb Don Camillo die Inschrift mit Kreide auf eine gewöhnliche schwarze Holztafel. Und als um zehn Uhr der Mesner das Kirchentor aufschloß, ging er selbst hin und hängte die Tafel an den Torpfeiler. Um zehn Uhr zwanzig war schon das ganze Dorf in Aufruhr, und kurz darauf erschien der Wachtmeister mit seinen Karabinieri, die vor der Kirche Stellung bezogen.

Dann kam, versteht sich, Peppone an der Spitze eines langen Zuges von Demonstranten.

»Als Bürgermeister protestiere ich entschieden gegen diese Herausforderung!« brüllte Peppone. »Ich fordere, daß der Gottesdienst aus Gründen der öffentlichen Sicherheit abgesagt wird.«

»Seelenmessen dieser Art wurden in allen Städten Italiens gelesen, und niemand darf es verhindern«, entgegnete der Kommandant. »Ich sehe nicht ein, warum das ausgerechnet hier nicht erlaubt sein sollte.«

»Ich übernehme keine Verantwortung für die berechtigten Reaktionen des Volkes, wie immer sie auch sein mögen!« erwiderte Peppone. »Das ist eine Beleidigung der Demokratie!«

Don Camillo erschien im Kirchentor.

»Ihr Herausforderungsfeldzug geht mit vollen Segeln weiter, Hochwürden!« brüllte Peppone. »Ich sehe, daß Sie sich nun öffentlich in den Dienst der Reaktion stellen! So steht es auf der Tafel!«

»Ich stehe im Dienste Gottes«, antwortete Don Camillo. »Für mich sind die Seelen aller Christen gleich, und es würde mir nicht im geringsten schwerfallen, eine Messe auch für deine Seele zu lesen.«

»Sie werden vor mir sterben!«

»Das wird der liebe Gott bestimmen. Jedenfalls bitte ich dich, deiner Herde zu sagen, sie soll Platz machen, damit in die Kirche gehen kann, wer will!«

Peppone grinste.

»Gut! Auch ich möchte sehen, wer es heute wagen wird, die Kirche zu betreten. Macht Platz, Leute! Stellt euch in zwei Reihen auf und schweigt! Du, Brusco, nimmst dein Notizbuch und schreibst die Namen aller auf, die in die Kirche hineingehen!«

Sie bildeten zwei lange Reihen und warteten.

Keine Menschenseele zeigte sich. Um zehn Uhr fünfundzwanzig kam der alte Bettler mit seinem Käfig und mit dem Vöglein und ging ruhig mitten durch die beiden Menschenmauern.

»He«, schrie ihn Smilzo an, »schau, daß du weiterkommst, das ist nichts für dich!«

Der Alte blieb stehen.

»Gilt das mir?«

»Ja. Schau, daß du weiterkommst, hier ist dicke Luft. Das ist eine Monarchistenmesse für Reaktionäre.«

»Das weiß ich«, antwortete ruhig der Alte und ging weiter. »Ich habe sie bestellt.«

Als sich Peppone von diesem Schlag erholt hatte, war es schon zu spät, der Alte war bereits in der Kirche.

»Wir reden noch darüber, wenn er herauskommt!« schrie eine Frau.

Der alte Bettler war allein in der leeren Kirche. Er stellte sich vor den Katafalk, der mit der Fahne bedeckt war. Etwas war offensichtlich nicht in Ordnung, weil der Alte den Kopf schüttelte, den Käfig auf eine Bank stellte und mit einem Finger ein Zeichen gab. Das Vöglein steckte sofort das Köpfchen durch die Stäbe und zog mit dem Schnabel ein rotes Blättchen heraus.

Der Alte breitete das viermal zusammengefaltete Blättchen auseinander und riß es entlang den Falten in vier Quadrate. Dann legte er die vier Quadrate aus rotem Papier in das weiße Mittelfeld der Fahne, zwei oben und zwei unten, drei Finger breit voneinander entfernt. Das ergab das Wappen von Savoyen, ein weißes Kreuz im roten Feld. Dann kehrte er auf seinen Platz zurück und blieb ruhig stehen.

Als die Messe zu Ende war und sich der Alte anschickte die Kirche zu verlassen, trat Don Camillo zu ihm und reichte ihm das Päckchen mit den tausend Lire. Aber der Alte schüttelte den Kopf.

»Nein, nein, Hochwürden. Sonst verliert die Sache jeden Wert und jeden Sinn.«

Als der alte Bettler im Tor erschien, ging ein Gemurmel durch die Menge. Hinkend betrat der Alte den Gang zwischen den beiden Menschenmauern. Die Karabinieri konnten nicht rechtzeitig eingreifen, eine Schar von Weibern stürzte sich schreiend auf den Alten.

Rasch entriß man den Alten den Klauen der kreischenden Weiber und machte Platz um ihn. Er betrachtete seinen zerbrochenen Käfig und die zerstreuten Wahrsageblättchen.

Tot sah er das Vöglein am Boden liegen. Er schüttelte ein wenig den Kopf, dann drehte er sich um und ging.

Auch die Menge ging schweigend auseinander, und das tote Vöglein blieb mitten auf dem Kirchplatz liegen. Don Camillo hob es auf, wickelte es in die Glücksbrieflein und begrub es im Garten, im Schatten eines Nußbaumes. In die kleine Grube steckte er auch das Päckchen mit den tausend Lire.

Ein Windstoß riß ein Kirchenfenster auf und verwehte die vier kleinen Quadrate aus rotem Papier, die auf dem Katafalk mitten im weißen Feld der Fahne gelegen hatten.

Besuch aus der Stadt

Gigino fühlte die Blicke der Mutter und seiner beiden Schwestern auf sich, hob aber das Gesicht nicht vom Teller.

Das Dienstmädchen ging wieder in die Küche, und die Gnädige wiederholte: »Na also?«

»Ich habe mit allen Lehrern und dem Klassenvorstand gesprochen«, erklärte der Vater, »alle sagen, daß es diesmal noch schlimmer ist als im Vorjahr.«

Gigino war vierzehn Jahre alt und besuchte die zweite Klasse Mittelschule; er wiederholte die Zweite, nachdem er bereits zwei Jahre in die Erste gegangen war.

»Taugenichts!« sagte die Gnädige zu Gigino. »Privatstunden in Latein, Mathematikstunden, nichts als Auslagen und Opfer!«

Gigino kamen die Tränen in die Augen.

Die Gnädige beugte sich über den Tisch, packte Gigino an den Haaren und zog ihm das Gesicht hoch.

»Taugenichts!« wiederholte sie.

Man hörte das Dienstmädchen hereinschlürfen, und

die Gnädige nahm wieder Haltung an. Als das Mädchen draußen war, wandte sich die Gnädige zu ihrem Gatten:

»Was stellt er sich eigentlich vor?«

»Nichts«, erklärte der Vater und breitete hilflos die Arme aus. »Sein Betragen ist gut, und niemand klagt über ihn. Fragt man ihn aber, antwortet er nicht, und macht er Schularbeiten, so schreibt er kein Wort, das nicht eine Dummheit wäre. Die Lehrer haben's mir nicht gesagt, aber mir zu verstehen gegeben, daß er in ihren Augen ein Idiot ist.«

»Er ist kein Idiot!« schrie die Gnädige. »Er ist ein Nichtsnutz. Jetzt ist es aber aus! Er muß endlich begreifen, wie man lernt. Ich bin entschlossen, alle erdenklichen Opfer auf mich zu nehmen, aber er muß in ein Konvikt.«

Die beiden Schwestern blickten geringschätzig auf Gigino.

»Die Leidtragenden sind wir!« rief die Ältere, die bereits auf der Universität war.

»Wir, die keine Schuld trifft, müssen leiden«, fügte die andere hinzu, die im Lyzeum eine der besten war.

»Leidtragende sind wir alle«, sagte der Vater. »Wenn es in einer Familie so ein Unglück gibt, lastet es auf allen. Sollte ich auch wie ein Hund leben müssen, ich gebe ihn unbedingt ins Konvikt.«

Gigino war ein schüchterner Junge von jener Art, die wenig redet. Diesmal aber übermannte ihn die Verzweiflung, und er sprach:

»Ich will nicht mehr lernen«, sagte er, »ich will Mechaniker werden!«

Die Gnädige sprang auf und versetzte Gigino eine Ohrfeige.

»Ich will Mechaniker werden«, wiederholte Gigino.

Der Vater legte sich ins Mittel: »Beruhige dich, Maria, nur keine Szenen! Laß ihn nur reden. Er kommt ins Konvikt, und dort wird man schon Mittel und Wege finden, ihn zum Lernen zu bringen.«

»Ich will nicht mehr lernen!« sagte Gigino hartnäckig. »Ich will Mechaniker werden!«

»Geh auf dein Zimmer!« sagte der Vater.

Gigino ging, und die Runde setzte die Beratung fort.

»Es ist mehr denn je notwendig, ihn in ein Konvikt zu geben«, behauptete die Gnädige. »Jetzt widersetzt er sich noch, aber einmal würde es doch zu fürchterlichen Auseinandersetzungen kommen.«

»Ich sorge schon dafür«, beteuerte der Vater. »Heute konnte ich mich noch beherrschen, in Zukunft dürfte es mir aber nicht mehr gelingen.«

»Dieser Junge bringt meine Galle in Aufruhr«, sagte die Gnädige. »Andererseits können wir aber nicht zulassen, daß er durch sein ewiges Sitzenbleiben zum Gelächter der ganzen Stadt wird. Wenn man einen guten Ruf hat, muß man ihn um jeden Preis wahren.«

»Gewiß«, stimmte der Vater bei. »Der Sohn unseres Hausmeisters hat die erste Mittelschulklasse zusammen mit Gigino besucht und ist ihm jetzt schon zwei Jahre voraus.«

Die Gnädige bekam einen Weinkrampf, und die beiden Mädchen blickten vorwurfsvoll auf den Vater.

Zum Teufel, es war wirklich nicht notwendig gewesen, so etwas zu sagen. Die Sache hatte aber dem Vater seit langem im Magen gelegen – und einmal mußte er es heraussagen.

Gigino kam um sechs Uhr nachmittags mit dem Postauto an. Er schlenderte ein wenig im Dorf umher, und es wurde bald Abend. Es fing leicht zu regnen an, und der Junge suchte Schutz unter den Laubengängen unten am Hauptplatz. Er betrachtete die Auslagen der wenigen Geschäfte. In der Tasche hatte er noch zweihundert Lire, und er wäre gern ins Kaffeehaus gegangen, ein Glas Milch zu trinken, brachte aber nicht den Mut dazu auf.

Er überquerte den Platz und suchte in der Kirche Zuflucht. Dort setzte er sich in die dunkelste Ecke. Als gegen zehn Uhr Don Camillo dem Christus am Hochaltar gute Nacht sagen kam, fand er Gigino auf einer Bank schlafend vor.

Der Junge wurde durch Don Camillos lauten Anruf jäh aus dem Schlaf gerissen. Als er diesen schwarzen Riesen vor sich erblickte, der im Halbdunkel der Kirche noch größer wirkte, riß er die Augen auf.

»Was machst du hier?« fragte Don Camillo.

»Entschuldigen Sie, mein Herr«, stotterte der Junge, »ich bin eingeschlafen, ohne es zu wollen.«

»Was heißt ›Herr‹!« murmelte Don Camillo. »Siehst du nicht, daß ich Priester bin?«

»Entschuldigen Sie, Hochwürden«, flüsterte der Junge, »ich verschwinde sofort.«

Don Camillo sah diese großen, tränenerfüllten Augen und faßte Gigino, der schon zur Tür wollte, an der Schulter.

»Wohin gehst du?« fragte er.

»Ich weiß nicht«, antwortete Gigino.

Don Camillo schob den Jungen aus dem Dunkel vor den Hochaltar, wo Licht war, und betrachtete ihn aufmerksam.

»Oh, ein junger Herr«, sagte er schließlich. »Kommst du aus der Stadt?«

»Ja.«

»Du kommst aus der Stadt und weißt nicht, wohin du sollst. Hast du Geld?«

»Ja«, antwortete der Junge und zeigte die beiden Hundertlirenoten vor.

Don Camillo ging zur Tür und zerrte Gigino hinter sich her. Als sie im Pfarrhof angelangt waren, nahm Don Camillo Mantel und Hut.

»Folge mir«, sagte er barsch. »Wir gehen zum Gendarmeriekommandanten und werden ihn fragen, wie er über die Sache denkt.«

Gigino schaute ihn entsetzt an.

»Ich habe nichts angestellt«, stotterte er.

»Warum bist du dann hier?« fragte Don Camillo mit seiner lauten Stimme.

Der Junge senkte das Haupt.

»Ich bin von zu Hause weggelaufen«, erklärte er.

»Davongelaufen? Und weshalb?«

»Sie wollen mich zwingen, in die Schule zu gehen, ich kapiere aber nichts. Ich will Mechaniker werden.«

»Mechaniker?«

»Ja, mein Herr. So viele sind Mechaniker und zufrieden. Warum kann nicht auch ich zufrieden sein?«

Don Camillo hängte den Mantel wieder auf.

Der Tisch war noch gedeckt. Don Camillo kramte aus dem Speiseschrank etwas Käse und ein Stückchen Fleisch heraus. Dann setzte er sich nieder und schaute wie bei einem Schauspiel Gigino zu, der nach allen Regeln der guten Erziehung aß.

»Und du willst Mechaniker werden?« fragte er nach einer Weile.

»Ja, mein Herr.«

Don Camillo brach in Lachen aus, und der Junge errötete.

Das Gastbett im ersten Stock war stets bereit, und so war es nicht schwer, den Jungen unterzubringen.

Bevor er ihn allein im Zimmer ließ, warf Don Camillo seinen Mantel aufs Bett.

»Hier gibt es keine Zentralheizung«, erklärte er, »hier ist es bitter kalt.«

Vor dem Einschlafen drehte sich Don Camillo mehrmals im Bett herum. »Mechaniker«, murmelte er, »er will Mechaniker werden!«

In der Frühe stand Don Camillo nach seiner Gewohnheit auf, als es noch dunkel war, um die erste Messe zu lesen. Diesmal aber bemühte er sich, keinen Lärm zu machen, um den jungen Herrn nicht zu wecken, der im Nebenzimmer schlief. Bevor er hinunterging, öffnete er noch vorsichtig die Tür, weil er nachsehen wollte, ob im Gästezimmer alles in Ordnung sei. Er sah das tadellos in Ordnung gebrachte Bett und Gigino auf einem Stuhl am Fußende sitzend.

Das versetzte ihn in Staunen.

»Du, warum schläfst du nicht?« sagte er schließlich schlecht gelaunt.

»Ich bin ausgeschlafen.«

Es regnete an diesem Morgen, und es war hundekalt. Gigino war daher der einzige, der Don Camillos Messe beiwohnte. Don Camillo raffte sich sogar zu einer wackeren kleinen Predigt auf und sprach von den Pflichten der Kinder und der Achtung, die die Kinder den Eltern entgegenzubringen haben. Es war eine jener Predigten, auf die er besondere Sorgfalt verwendete.

Und der arme Gigino, einsam und verlassen in der halbdunklen und leeren Kirche, in der die donnernde Stimme des gewaltigen Priesters hallte und sich ins Übermenschliche steigerte, hörte ihn »ihr Buben« sagen, und es kam ihm vor, als ob er vor Gott für die Sünden aller Buben in der Welt verantwortlich wäre.

»Name, Vorname, Name des Vaters, Ort und Tag der Geburt, Wohnort und Telefonnummer!« verlangte Don Camillo von Gigino, als sie gefrühstückt hatten.

Der Junge schaute ihn verschreckt an und sagte alles, was er zu sagen hatte. Don Camillo ging ins Dorf telefonieren.

Die Gnädige war am Apparat.

»Ihr Sohn ist mein Gast. Machen Sie sich keine Sorgen, bei mir ist er vor jeder Gefahr sicher«, erklärte Don Camillo, nachdem er sich vorgestellt hatte. Dann kam der Vater ans Telefon, und Don Camillo beruhigte auch ihn und gab ihm den Bescheid: Der Junge sei ein wenig durcheinander, sehe ein, etwas Unrechtes getan zu haben, und bereue aufrichtig; man solle ihn nur einige Tage in Ruhe lassen, und er, Don Camillo, werde ihn schon überreden, den guten Willen zum Lernen aufzubringen, wie es seine Eltern wünschten. Sie könnten, wenn sie ganz sicher gehen wollten, das bischöfliche Palais anrufen und sich bestätigen lassen, was er ihnen telefonisch mitgeteilt habe. Sie sollten telegrafieren, ob sie erlaubten, daß der Junge noch einige Tage bei Don Camillo als Gast bleibe.

Das Telegramm kam am frühen Nachmittag.

»Die Eltern erlauben dir, einige Zeit bei mir zu bleiben«, teilte Don Camillo Gigino mit.

Da lächelte Gigino zum erstenmal.

Don Camillo warf den Mantel um und ging mit Gigino aus. Am äußersten Dorfende angelangt, blieben sie vor Peppones Werkstatt stehen.

Peppone zerlegte gerade einen Automotor Stück für Stück, und als er Don Camillo sah, warf er den Universalschraubschlüssel auf den Boden und stemmte die Fäuste in die Hüften.

»Hier wird nicht über Politik geredet«, sagte Peppone finster, »hier wird gearbeitet.«

»Gut«, erwiderte Don Camillo und zündete sich eine Zigarre an. Dann schob er Gigino vor.

»Wer ist das?« fragte Peppone.

»Das ist ein Bourgeois, der seinen Eltern davongelaufen ist, weil sie ihn studieren lassen wollen, während er Mechaniker werden möchte. Was sagst du dazu?«

Peppone musterte den zarten und vornehmen Knaben und grinste.

»Du willst Mechaniker werden?«

»Ja, mein Herr«, antwortete Gigino.

»Hier gibt es keine Herren!« brüllte Peppone. Und Giginos Augen füllten sich mit Tränen.

»Ja, Chef«, flüsterte Gigino.

Peppone röchelte, wandte sich ab, hob den Universalschraubschlüssel auf und begann wieder am Motor herumzuarbeiten.

Gigino schaute zu Don Camillo auf, und Don Camillo nickte ihm zustimmend zu. Da nahm Gigino das Mäntelchen ab, und darunter hatte er einen richtigen blauen Arbeitsanzug an.

Peppone warf den Universalschraubschlüssel weg und begann mit genormten Schlüsseln zu arbeiten. Er schraubte vier 16-Millimeter-Muttern ab und schaute sich dann nach einem Vierzehnerschlüssel um. Ein solcher lag vor seiner Nase.

Der Vierzehnerschlüssel zitterte ein wenig, weil Gigino verfluchte Angst hatte. Es war tatsächlich ein Vierzehnerschlüssel, und Peppone nahm ihn mit finsterer Miene entgegen.

Nun ging Don Camillo. Als er bei der Tür war, wandte er sich an Gigino: »Junger Mann«, sagte er, »hier wird gearbeitet, hier gibt es keine Politik. Wenn du hier über Politik reden hörst, dann läßt du alles stehen und gehst heim.«

Peppone hob den Kopf und schaute Don Camillo finster an.

Nach vierzehn Tagen kam der Vater, und Don Camillo empfing ihn mit gebührender Achtung.

»Haben Sie ihm den Kopf zurechtgesetzt?« erkundigte sich der Vater.

»Er ist ein tüchtiger Junge«, antwortete Don Camillo.

»Wo ist er jetzt?«

»Er lernt«, antwortete Don Camillo, »suchen wir ihn auf.«

Als sie vor Peppones Werkstatt waren, blieb Don Camillo stehen und machte die Tür auf.

Gigino arbeitete mit einer Feile am Schraubstock.

Peppone kam hervor, und Giginos Vater schaute ihn mit offenem Munde an.

»Das ist der Vater des Jungen«, erklärte Don Camillo.

»Aha!« sagte Peppone ungnädig und maß den würdevollen Herrn mißtrauisch von Kopf bis Fuß.

»Wie macht er sich?« stotterte der Herr.

»Er ist zum Mechaniker geboren«, antwortete Peppone. »In einem Jahr werde ich ihm nichts mehr beibringen können. Man wird ihn dann in eine Spezialwerkstatt in die Stadt schicken müssen.«

Don Camillo und Giginos Vater kehrten schweigend in den Pfarrhof zurück.

»Was sage ich nur meiner Frau?« fragte bestürzt Giginos Vater.

Don Camillo schaute ihn an.

»Hand aufs Herz, sind Sie zufrieden, daß Sie einen akademischen Grad besitzen und jetzt Abteilungsleiter bei einer staatlichen Behörde sind?«

»Mein Traum war, Spezialist in Explosionsmotoren zu werden«, seufzte der Vater.

Don Camillo breitete die Arme aus.

»Sagen Sie *das* Ihrer Frau!«

Giginos Vater lächelte traurig.

»Beten Sie für mich, Hochwürden. Jede Woche werde ich Gigino besuchen kommen. Wenn er etwas braucht, schreiben Sie mir bitte! Aber nicht nach Hause – schreiben Sie lieber ins Büro.«

Dann ließ er sich erzählen, wie sich die Vorstellung Giginos bei Peppone zugetragen hatte, und als er von dem Vierzehnerschlüssel hörte, der ausgerechnet ein Vierzehner hätte sein sollen und tatsächlich ein Vierzehner gewesen war, leuchteten seine Augen.

»Mein Vater«, rief er, »war der beste Dreher der ganzen Stadt. Das Blut läßt sich eben nicht verleugnen!«

Elend

Don Camillo betrat die Werkstatt Peppones und fand diesen in einer Ecke sitzend und ruhig die Zeitung lesend.

»Die Arbeit adelt«, sagte Don Camillo. »Versuche, dich nicht zu sehr anzustrengen!«

Peppone hob einen Augenblick den Kopf, wandte ein wenig das Gesicht, um seitwärts zu spucken, und fuhr dann mit dem Lesen fort.

Don Camillo setzte sich auf eine Kiste, nahm den Hut ab, trocknete die Stirn und bemerkte ruhig:

»Was im Leben am meisten zählt, ist die Liebenswürdigkeit.«

In diesem Augenblick kam Smilzo herein, noch außer Atem vom schnellen Radfahren. Als er Don Camillo vor sich sah, tippte er mit einem Finger an den Mützenschirm:

»Guten Tag, Eminenz«, sagte er. »Der Einfluß des Klerus auf die einfachen, noch von den Nebeln des Mittelalters beschatteten Gemüter ist ein den Fortschritt hemmendes Element.«

Peppone rührte sich um keinen Millimeter. Don Camillo fuhr fort, mit seinem Taschentuch zu fächeln, und beschränkte seine Reaktion angesichts dieser Herausforderung darauf, Smilzo aus den Augenwinkeln anzuschauen. Smilzo setzte sich auf den Boden, lehnte sich an die Wand und sagte nichts mehr.

Es vergingen einige Minuten. Nun kam Straziami mit der Jacke auf einer Schulter und rückwärts geschobenem Hut. Als er die Lage wahrnahm, lehnte er sich an den Türstock und betrachtete interessiert die Gegend.

Nach einigen weiteren Minuten kam Lungo. Ohne ein Wort zu sagen, schob er mit seinen Pratzen das Werkzeug von der Bank und setzte sich.

So vergingen zehn Minuten, und der einzige von den fünf Männern, der noch ein Lebenszeichen von sich gab, war Don Camillo, der immer mit dem Taschentuch fächelte.

Mit einem Male zerknüllte Peppone die Zeitung und schmiß sie auf den Boden.

»Verfluchte Welt!« schrie er mit wütender Stimme. »Hat denn niemand etwas zum Rauchen?«

Keiner rührte sich, und Don Camillo fächelte weiter.

»Auch Sie nicht?« sagte Peppone boshaft zu Don Camillo. »Seit heute früh habe ich nichts mehr geraucht!«

»Seit zwei Tagen habe ich nicht einmal Tabak gerochen«, murmelte Don Camillo. »Ich hoffte, du hättest etwas.«

Peppone stieß eine leere Kiste mit einem Fußtritt fort.

»Habt ihr es nicht gewollt?« brüllte er. »Da haben Sie jetzt Ihren de Gasperi!«

»Wenn du, anstatt Zeitungen zu lesen, arbeiten würdest, dann hättest du auch Geld zum Rauchen!« erwiderte ruhig Don Camillo.

Da schmiß Peppone seinen Hut auf den Boden und fing zu brüllen an.

»Arbeiten! Arbeiten! Was soll ich denn zum Teufel tun, wenn kein Mensch seine Nase in die Werkstatt steckt?

Was soll ich tun, wenn diese Schweine sich lieber das Hirn von der Sonne braten lassen und mit der Sichel Gras schneiden, als ihre Mähmaschinen bei mir reparieren zu lassen? Was soll ich arbeiten, wenn mein Lastwagen seit zwei Wochen steht, weil niemand mehr einen Transport braucht? Können Sie mir sagen, wo ich mit dem Schädel gegenanrennen soll, um weiterzukommen?«

»Verstaatliche deinen Betrieb«, antwortete ruhig Don Camillo – und Peppone brüllte wie ein Stier.

Smilzo erhob einen Finger.

»Der Marshallplan«, sagte er bedeutungsvoll, »ist das Opium der Völker. Die Menschheit braucht soziale Reformen und keine leeren Versprechungen.«

Peppone stellte sich breitbeinig vor Don Camillo.

»Hören Sie doch endlich auf, mit diesem verfluchten Taschentuch zu fächeln!« brüllte er. »Sagen Sie mir lieber, was hat bis jetzt Ihre verdammte Regierung gemacht?«

»Ich weiß es nicht«, antwortete ruhig Don Camillo. »Für Zeitungen habe ich in meinem Budget nichts mehr übrig. Seit einem Monat lese ich nur mehr das Meßbuch.«

Peppone zuckte mit den Achseln.

»Ja, das paßt Ihnen, nicht zu wissen, was geschieht!« brüllte er. »Tatsache ist, daß ihr alle das Volk euren schmutzigen Interessen zuliebe verraten habt!«

Don Camillo unterbrach das Fächeln.

»Ich?« sagte er ergeben.

Peppone kratzte sich am Kopf, setzte sich in seine Ecke und barg das Gesicht in den Händen. Schwer lastete das Schweigen in der halbdunklen Werkstatt. So verging einige Zeit.

»Und wenn ich nur denke, daß es jenseits des Flusses Leute gibt, die arbeiten könnten und lieber streiken«, rief auf einmal Don Camillo. »In einem solchen Augenblick ist das ein Verbrechen!«

Peppone schaute auf.

»Der Streik ist die einzige Waffe, die der Arbeiter noch besitzt!« brüllte er. »Wollen Sie uns auch diese nehmen? Uns alles nehmen? Warum haben wir dann überhaupt gekämpft und unsere Haut riskiert?«

»Um den Krieg leichter zu verlieren«, antwortete Don Camillo.

Nun begann eine lange Diskussion über das Thema, wer den Krieg zu bezahlen habe. Und dann wurden sie sich einig, daß etwas geschehen müsse ... Nachdem sie etwa zwanzig Benzinkanister umgedreht hatten, gelang es ihnen, das Motorrad zu tanken, und Smilzo und Lungo konnten losfahren, während Don Camillo nach Hause zurückkehrte.

Um Mitternacht glitt ein Boot still über den Fluß. Darin waren fünf Männer in blauen Arbeitsanzügen und mit von Schmieröl schwarzen Gesichtern; sie schauten wie Mechaniker oder etwas Ähnliches aus, und drei unter ihnen waren von einer ganz und gar unchristlichen Größe, mit mordsbreiten Schultern. Auf dem jenseitigen Ufer gingen sie an Land und begaben sich weiter landein. Nach einigen Kilometern fanden sie einen kleinen Lastwagen, der auf den abgeernteten Feldern auf sie wartete, bestiegen ihn und fuhren zu einem großen Gut, wo sie von Leuten erwartet wurden.

Kurz darauf waren die fünf Männer damit beschäftigt, riesige Karren Dünger aus den Ställen zu schaffen. Dann begannen sie mit Feuereifer zu melken und arbeiteten, obwohl sie nur zu fünft waren, wie ein ganzes Bataillon. Als sie gegen Abend daran waren, die letzten Kühe zu melken, kam jemand außer Atem gelaufen: »Der Streikposten!« Die fünf konnten kaum aufstehen und den Stall verlassen, da war der Streikposten schon unter der Tür, wo die vollen Milchkannen in einer Reihe standen.

»Ich werde euch zeigen, wie man Butter macht!« grinste der Postenführer und versetzte der Kanne einen Fußtritt, daß sie umfiel und die Milch auf den Boden floß.

»Ihr erledigt inzwischen die anderen Kannen, und wir sorgen für diese Schweine von Streikbrechern!« brüllte der Anführer der Streikenden und machte sich drohend an die fünf heran.

Der Streikposten bestand aus zwölf Kerlen wie Stiere, aber die drei Eisenstangen, bedient von den drei Riesen, verrichteten Arbeit wenigstens für acht, und die zwei Mageren waren wendig wie Aale und machten sich ihre Behendigkeit zunutze. Nach einiger Zeit mußte der Streikposten das Schlachtfeld mit angeschlagenen Knochen räumen.

Drei Stunden später erschien auf dem Karrenweg, der zum Gut führt, eine halbe Armee. Die fünf griffen zu den Heugabeln und erwarteten den Angriff. Der Haufen blieb etwa zwanzig Meter vor dem Hofeingang stehen.

»Wir wollen euch nichts tun«, schrie der Anführer der Bande. »Es ist nicht eure Schuld, schuldig ist derjenige, der euch aus der Stadt geholt hat. Der hat die Rechnung zu bezahlen. Ihr schaut, daß ihr weiterkommt, und wir rechnen mit dem Alten ab.«

Die Frauen vom Gutshof fingen zu weinen an, und der alte Gutsbesitzer und seine zwei Söhne waren weiß vor Angst.

»Das geht nicht«, murmelte einer von den fünf.

Und sie blieben.

Die anderen kamen näher und fuchtelten mit den Stöcken.

»Achtung!« brüllte einer von den drei Großen, schwang eine Heugabel und schleuderte sie der kleinen Schar entgegen, die stehenblieb und dann einen Schritt zurückwich. Die Gabel blieb mitten auf der Straße in der Erde stecken, der Stiel zitterte noch von der Wucht des Wurfes. Der Mann, der die Gabel geworfen hatte, war mit einem Sprung im Stall, kam aber rechtzeitig zurück, um auf die Bande, die sich wieder in Bewegung gesetzt hatte, die drohende Mündung einer Maschinenpistole zu richten.

Eine Maschinenpistole ist eine ernste Sache, die Angst

verursacht. Was aber noch mehr Angst macht, wenn man sich vor einer Maschinenpistole befindet, ist manchmal das Gesicht dessen, der sie hält. Denn man begreift dann sogleich, daß es einer ist, der auch zu schießen entschlossen ist. Und das Gesicht des Riesen mit der Maschinenpistole machte den unbedingten Eindruck, daß der Tanz unverzüglich beginnen würde, wenn es die anderen nicht vorzögen, sich aus dem Staube zu machen.

In der Nacht kam es zu einem weiteren Versuch; es genügte aber eine Garbe von fünf Schüssen, die Bande zu überzeugen, daß es besser sei, aufzugeben.

Sie blieben zwölf Tage, bis zur Beendigung des Streiks, und als sie den Gutshof verließen, wurden sie mit Geld und Eßwaren beladen.

Niemand erfuhr jemals, wer die verfluchten fünf Streikbrecher waren.

Tatsache aber ist, daß Peppone, Smilzo, Straziami und Lungo längere Zeit nicht mehr von Krisen sprachen und zwischen Don Camillo und Christus am Hochaltar eine längere Unterredung stattfand, weil Christus behauptete, Don Camillo habe die Maschinenpistole getragen, während Don Camillo entgegnete, Peppone sei es gewesen. Schließlich breitete Don Camillo die Arme aus.

»Was willst Du, mein Jesus?« sagte er. »Wie soll ich Dir das sagen? Wir waren so gut getarnt mit den verschmierten Gesichtern und dem langgewachsenen Bart, daß man nicht mehr unterscheiden konnte, wer ich und wer Peppone war. In der Nacht sind alle Streikbrecher grau.«

Da aber Christus darauf bestand, daß sich die Sache am hellen Tag zugetragen habe, breitete Don Camillo noch einmal die Arme aus.

»Was willst Du nun! Unter gewissen Umständen verliert man auch den Zeitbegriff ...«

Die »Fliegende Brigade«

Es war an einem Abend im Februar. Es regnete, und die Straßen der Bassa waren voll von Dreck und Traurigkeit.

Don Camillo blätterte in einer Sammlung alter Zeitungen, als jemand mit der Nachricht kam, daß etwas Schlimmes im Gange sei.

Da ließ Don Camillo das gedruckte Zeug liegen, warf seinen großen schwarzen Mantel um und eilte in die Kirche.

»Jesus«, sagte er, »schon wieder ist etwas los mit dem Sohn dieses Unglückseligen!«

»Von welchem Unglückseligen sprichst du?«

»Es geht um Peppones Sohn. Sein Vater muß Gott wenig sympathisch sein ...«

»Don Camillo, wie wagst du zu sagen, daß es menschliche Wesen gibt, die Gott mehr oder weniger genehm sind? Gott ist für alle gleich.«

Don Camillo suchte etwas in einem Schränkchen und sprach, hinter dem Altar stehend, mit dem Gekreuzigten.

»Jesus«, antwortete er, »diesmal hat man Peppones Sohn aufgegeben und mich rufen lassen, um ihm die Letzte Ölung zu erteilen. Ein verrosteter Nagel, nicht der Rede wert ... und jetzt soll er sterben.«

Nun hatte er alles beisammen, was er brauchte. Schwer atmend ging er am Altar vorbei, kniete eilig nieder und machte sich davon. Er kam aber nicht weit. Mitten in der Kirche blieb er stehen und wandte sich um.

»Jesus«, sagte er, als er wieder vor dem Altar stand, »ich sollte Dir eine lange Rede halten, aber dazu ist nicht Zeit. Ich werde sie Dir unterwegs halten. Das Krankenöl stelle ich hier auf die Brüstung. Ich nehme es nicht mit.«

Er eilte durch den Regen, und erst als er vor Peppones Tür stand, merkte er, daß er seinen Hut in der Hand hielt. Mit einem Mantelzipfel wischte er sich den Kopf ab und klopfte an.

Eine kleine Frau machte ihm auf. Sie ging voran und flüsterte etwas durch die Zimmertür. Hierauf hörte man einen gewaltigen Schrei, die Tür öffnete sich weit, und Peppone erschien.

Er hob die Fäuste. Seine Augen waren blutunterlaufen.

»Hinaus!« brüllte er. »Weg von hier!«

Don Camillo rührte sich nicht.

Peppones Frau und seine Mutter klammerten sich verzweifelt an ihn.

Peppone aber schien verrückt geworden zu sein. Er warf sich auf Don Camillo, packte ihn an der Brust und rüttelte ihn.

»Hinaus!« brüllte er. »Was wollen Sie hier! Sind Sie gekommen, um mit ihm Schluß zu machen? Hinaus, oder ich erwürge Sie!«

Er fluchte – und es war ein gräßlicher Fluch, ein Fluch, daß der Himmel hätte erbleichen können. Don Camillo ließ sich aber nicht aus der Fassung bringen. Mit einem kräftigen Stoß schob er Peppone zur Seite und betrat das Zimmer, in dem das Kind lag.

»Nein!« brüllte Peppone. »Nein, keine Letzte Ölung! Wenn Sie ihm die Letzte Ölung geben, so bedeutet das, daß es zu Ende geht.«

»Wer spricht von der Letzten Ölung? Ich habe kein Krankenöl bei mir.«

»Schwören Sie!«

»Ich schwöre.«

Da beruhigte sich Peppone mit einem Schlag.

»Sie haben das Krankenöl nicht mitgebracht?«

»Nein, warum hätte ich es mitbringen sollen?«

Peppone schaute zuerst den Arzt und dann Don Camillo an. Dann blickte er auf das Kind.

»Wie steht es mit ihm?« fragte Don Camillo den Arzt.

Der Arzt schüttelte den Kopf.

»Hochwürden, nur Streptomycin könnte es noch retten.«

Don Camillo ballte die Fäuste.

»Nur Streptomycin kann es retten? Und Gott nicht?« brüllte er. »Gott ist also für nichts?«

»Ich bin Arzt, nicht Priester.«

»Sie sind ein Ekel«, schrie Don Camillo.

»Jawohl!« stimmte Peppone bei.

Don Camillo war nunmehr in Fahrt.

»Wo gibt es dieses Streptomycin?«

»In der Stadt«, erwiderte der Arzt.

»Dann holen wir es eben.«

»Wir würden zu spät kommen, Hochwürden. Es geht um Minuten. Es gibt jetzt keine Möglichkeit, in die Stadt zu kommen. Telefon und Telegraf sind durch das Unwetter unterbrochen. Nichts zu machen.«

Da nahm Don Camillo den Jungen auf den Arm, wikkelte ihn ins Laken und in die Steppdecke ein.

»Schau, daß du weiterkommst!« schrie er Peppone an. »Ruf die Leute von der ›Fliegenden Brigade‹ herbei!«

Die »Fliegende Brigade« wartete schon in der Werkstatt, Smilzo und die übrigen jungen Kerle.

»Es gibt im Dorf sechs Motorräder. Ich selbst gehe zu Breschi und werde die Rennmaschine, die ›Guzzi‹, nehmen, und ihr schaut, daß ihr die anderen bekommt. Wenn man sie euch nicht gibt, dann schießt!«

Wie die Teufel waren sie davon. Don Camillo lief zu Breschi.

»Wenn du mir dein Motorrad nicht gibst, stirbt dieses Kind. Und wenn es stirbt, dreh ich dir den Hals um!« sagte Don Camillo.

Man wagte nicht einmal den Mund aufzumachen, obwohl ihnen das Herz bei dem Gedanken blutete, daß die funkelnagelneue »Guzzi«-Rennmaschine mitten in Dreck und Nacht aufs Spiel gesetzt werden sollte.

Zehn Minuten später war die »Fliegende Brigade« beisammen und aufgesessen auf den donnernden Maschinen. Wohl gab es angeschlagene Köpfe in einigen Häusern. Aber Don Camillo sagte, das wäre nicht von Bedeutung.

»Wir sind unser sechs. Einer muß auf jeden Fall die Stadt erreichen«, erklärte Don Camillo.

Er saß auf der roten und blitzenden »Guzzi« und hielt den Jungen im Schoß. Er ließ ihn gut mit seinem Mantel und einem Strick sichern, dann startete er.

Zwei vorn und zwei hinten nebeneinander, in der Mitte Don Camillo, und allen voran Peppone auf der riesigen »DKW« Bollas, raste die »Fliegende Brigade« über die dunklen, einsamen und verwahrlosten Straßen der Bassa wie ein Pfeil durch den Regen.

Die Straße ist glitschig, die Kurven kommen unversehens und sind gemein. An Mauern und Gräben geht es dicht vorbei. Die Brigade aber stürmt weiter.

Weiter, weiter, immer weiter, durch Schlamm und groben Schotter. Schon ist die große Aphaltstraße erreicht.

Auf einmal hört Don Camillo einen schmerzvollen Seufzer sich dem Bündel entringen, das er im Schoß hält. Man muß schneller sein.

»Jesus«, fleht Don Camillo mit zusammengepreßten Zähnen, »Jesus, gib mir mehr Gas!«

Und die »Guzzi« macht so etwas wie einen Sprung vorwärts. Als ob sie in ihren Zylindern die ganze Fabrik von

Mandello samt ihrer kommunistischen Betriebszelle hätte.

Vorwärts, vorwärts!

Er überholt alle, und Peppone sieht, wie die Rennmaschine an seiner Seite vorwärtsschießt, und kann ihr nicht folgen, weil er nichts mehr zum Drehen hat ...

Die »Fliegende Brigade« schießt durch die Nacht, und es ist ein höllisches Rennen, Don Camillo aber fliegt.

Don Camillo wußte selbst nicht, wie er angekommen war. Man sagte ihm nachher, daß er mit einem Kind im Arm erschienen wäre, den Portier des Krankenhauses am Hals gepackt, dann eine Tür eingerannt und schließlich gedroht hätte, dem Arzt den Kopf zu zermalmen.

Tatsache ist, daß die »Fliegende Brigade« ohne den Jungen, der nun nur mehr etwas Ruhe in seinem schönen Krankenzimmer brauchte, nach Hause kam.

Die »Fliegende Brigade« kehrte noch in derselben Nacht heim und fuhr donnernd im Dorf ein, mit Dreck und Ruhm bedeckt.

Das Fahrrad

Man kann nicht verstehen, daß es auf dem Erdenfleck zwischen dem großen Fluß und der großen Straße eine Zeit gegeben haben sollte, in der das Fahrrad unbekannt war. Tatsächlich fahren in der Bassa alle Rad, von den Achtzigjährigen bis zu den Fünfjährigen. Die Buben haben eine besondere Fahrweise: sie plagen sich mit ihren Beinen mitten im Dreieck des Rahmens, und das Rad fährt ganz schief, aber es fährt. Die alten Bauern fahren meist auf Damenrädern, während die Gutsbesitzer mit ihren Dickbäuchen die alten »Triumph«-Räder mit hohem Rahmen benutzen und mit Hilfe eines kleinen Fußbrettes in den Sattel steigen, das an der Verlängerung der Hinterachse wie eine Schraubenmutter befestigt ist.

Man muß wirklich lachen, wenn man die Fahrräder der Städter sieht, diese funkelnden Dinger aus besonderen Metallen, mit elektrischer Beleuchtung, Gangschaltungen, patentierten Werkzeugtaschen, Kettenschutzdeckeln, Kilometerzählern und anderen derartigen Dummheiten. Das sind keine Fahrräder, sondern Spielzeuge zur Unterhaltung der Beine. Das wirkliche Fahrrad muß wenigstens dreißig Kilo wiegen. Der Lack muß bis auf kleine Spuren abgekratzt sein. Ein richtiges Fahrrad hat unbedingt nur ein einziges Pedal. Vom anderen Pedal darf nur die Achse übrig sein – von den Schuhsohlen so abgeschliffen, daß sie phantastisch glänzt: das einzige glänzende Ding am ganzen Apparat!

Die Lenkstange, natürlich ohne Handgriffe, darf nicht idiotisch rechtwinklig zur idealen Radfläche stehen, sondern muß um wenigstens zwölf Grad nach links oder rechts verstellt sein. Das wirkliche Fahrrad hat kein hinteres Schutzblech; es hat nur das vordere, an dessen unterem Ende ein gehöriges Stück von einem Autoreifen pendeln soll, womöglich aus rotem Gummi, um das Anspritzen zu verhindern. Es kann auch das hintere Schutzblech haben, wenn dem Radfahrer der Kotstreifen lästig fällt, der sich sonst bei Regen auf seinem Rücken bildet. In diesem Fall muß aber das Schutzblech seitwärts teilweise so verbogen sein, daß es dem Radfahrer die amerikanische Backenbremsung erlaubt, die darin besteht, daß man mit dem Hosenboden das Hinterrad blockiert.

Das richtige Fahrrad, das die Straßen der Bassa bevölkert, hat nämlich keine Bremsen, und seine Reifen müssen so abgenutzt sein, daß man ihre Löcher mit Manschetten aus alten Pneus schließen muß, wodurch jeder Reifen jene Verdickungen erhält, die dann dem Rad eine geistvoll aufrüttelnde Bewegung anzunehmen erlauben. Dann erst wird das Fahrrad ein wesentlicher Bestandteil der Landschaft und erweckt nicht den leisesten Gedanken, es könnte nur zur Schaustellung dienen, wie die Rennmodelle von Fahrrädern, die im Vergleich zu den richtigen Rädern ungefähr das sind, was die billigen kleinen Tänzerinnen im Vergleich zu den braven und handfesten Hausfrauen sind. Ein Städter wird das nie verstehen, denn er ist in Gefühlssachen wie ein Ochse vor dem Scheunentor. Diese Städter stecken bis zu den Ohren in moralischem Schmutz und nennen dann die ganz gewöhnlichen Kühe Milchkühe, weil sie wahrscheinlich der Meinung sind, es wäre nicht höflich genug, eine Kuh einfach Kuh zu nennen. Und sie nennen das Klo Toilette oder WC, halten es aber im Hause, während man in der Bassa das Klo Klo nennt, alle es aber weit vom Haus entfernt, am anderen Hofende, haben. Dieses »WC« im Raum neben deinem Schlafzimmer wäre der Fortschritt – na, während das Klo, weit von der Stätte, wo du lebst, Kultur ist. Das heißt: eine weniger bequeme und weniger elegante, dafür aber saubere Angelegenheit.

In der Bassa ist das Fahrrad notwendig wie ein Paar Schuhe, mehr sogar als die Schuhe, weil einer, der keine Schuhe, aber ein Fahrrad hat, ruhig radfahren kann, während einer, der Schuhe, aber kein Fahrrad hat, zu Fuß gehen muß. Vielleicht wird jemand dazu bemerken, daß dies auch in der Stadt geschehen kann; in der Stadt ist das jedoch infolge der Straßenbahnen und der anderen öffentlichen Verkehrsmittel eine andere Sache, während auf den Straßen der Bassa keine Schienen und keine elektrischen Oberleitungen, sondern lediglich – im Staub eingegraben – die geraden Spuren der Fahrräder, der zweirädrigen Karren und der Motorräder zu sehen sind, nur hier und da von schwachen, gewundenen Spuren unterbrochen, welche die Schlangen hinterlassen, wenn sie von einem Straßengraben zum anderen hinüberwechseln.

Don Camillo hatte niemals in seinem Leben Handel getrieben, es sei denn, daß man Handel nennen will, wenn man ein Kilo Fleisch oder zwei Zigarren mit der dazugehörigen Schachtel von »Blitzzündern« kauft, wie man sie in der Bassa nennt, die aber tatsächlich jene bösartigen Schwefelhölzer sind, die nur brennen, wenn man sie am Hosenboden oder an der Schuhsohle reibt.

Don Camillo hatte niemals Handel getrieben, der Handel gefiel ihm aber als Schauspiel; und so bestieg er am Samstag nach Sonnenaufgang sein Fahrrad und begab sich nach Villa, um sich den Markt anzuschauen.

Er interessierte sich sehr für das Vieh, landwirtschaftliche Maschinen, Kunstdünger und Schädlingsbekämpfungsmittel. Und wenn er hier und da ein Päckchen Schwefel oder Kupfersulfat für seine vier Weinreben kaufte, die er hinter dem Pfarrhof hatte, dann war er außerordentlich befriedigt und fühlte sich wenigstens ebensosehr als Landwirt wie Bidazzi, der Herr über sechshundert Morgen Land war. Außerdem gab es auf dem Markt so viele Stände und Unterhaltungen und jene Atmosphäre der Fröhlichkeit und der Fülle, die zur Hebung der Moral beiträgt.

Don Camillo nutzte also den schönen Tag aus, bestieg an diesem Samstag sein Fahrrad und trat fröhlich die zwölf Kilometer bis Villa herunter. Der Markt war toll, es gab soviel Leute wie noch nie, und Don Camillo unterhielt sich mehr, als wenn er auf der Mailänder Messe gewesen wäre.

Gegen halb zwölf löste er sein Fahrrad von der Aufbewahrung aus, zog es an der Lenkstange durch das Gemenge hinter sich und strebte der kleinen Straße zu, nach der das freie Gelände beginnt.

Da schob der Teufel seinen glatten Schwanz dazwischen. Als Don Camillo an einem Laden vorbeiging, erinnerte er sich, daß er irgendeine Kleinigkeit kaufen müßte, lehnte sein Fahrrad an die Wand, ging hinein, und als er herauskam, war das Fahrrad weg.

Don Camillo war eine übergroße Maschine aus Knochen und Muskeln; von der Fußsohle bis zum Scheitel war er groß wie ein Mann auf einem Hocker, während er vom Scheitel bis zum Fuß wenigstens noch eine Spanne größer war – das heißt, daß ihn die anderen in einer gewissen Art sahen, während er sich selbst anders sah, weil der Mut Don Camillos ausgerechnet eine Spanne größer war als seine Gestalt. Auch wenn ein Jagdgewehr vor seinen Augen losging, verlor er nicht eine Spur von seiner Fassung. Stolperte er aber über einen Stein oder spielte man ihm einen Streich, dann war er imstande, die Fassung zu verlieren, und es konnten ihm ob der Demütigung Tränen in die Augen kommen.

In solchen Augenblicken empfand er eine Art Mitleid mit sich selbst, und seine Seele wurde von Traurigkeit erfüllt.

Er machte keine Szene.

Er begnügte sich damit, einen Alten, der vor dem Laden stand, gleichgültig zu fragen, ob er jemanden auf einem Damenrad mit grünem Schutznetz gesehen hätte. Als dieser antwortete, er könne sich nicht erinnern, jemanden gesehen zu haben, tippte er an den Hutrand und ging fort.

Er ging am Gendarmerieposten vorbei, dachte aber nicht einmal daran, einzutreten. Die Tatsache, daß man einem armen Priester mit fünfundzwanzig Lire in der Tasche sein Fahrrad gestohlen hatte, war eine moralische Angelegenheit und daher eine Sache, die man mit den gewöhnlichen Dingen des Lebens nicht vermengen darf. Die Reichen sind es, die sogleich eine Anzeige erstatten, wenn man sie bestohlen hat; für sie ist das nämlich eine reine Geldangelegenheit, während es für die Armen eine Beleidigung ist, wenn ihnen ein Diebstahl widerfährt, genau so, als wenn ein Schurke einem Einbeinigen absichtlich den Fuß stellt oder ihm das Holzbein bricht.

Don Camillo zog den Hut ins Gesicht und wandte sich heimwärts. Sobald er einen Karren hinter sich hörte, verließ er die Straße und versteckte sich, aus Angst, man könnte ihn auffordern, das Fuhrwerk zu besteigen. Er wollte zu Fuß gehen; es paßte ihm nicht in den Kram, mit jemandem sprechen zu müssen. Vor allem wollte er nun die zwölf Kilometer mit den Füßen abklappern, sozusagen um die Schuld des Gauners zu vergrößern, der an ihm einen so gemeinen Diebstahl begangen hatte, aus Lust, sich noch mehr gekränkt fühlen zu können. So ging er eine Stunde, ohne stehenzubleiben, allein wie ein Hund auf der Straße in praller Sonne und Staub, das

Herz voll Mitleid mit diesem unglücklichen Don Camillo, mit dem er sich wie mit jemand anderem beschäftigte.

Er ging eine Stunde, ohne stehenzubleiben, auf der einsamen Straße. Als er zur Einmündung einer Nebenstraße kam, setzte er sich auf die Brüstung einer kleinen Ziegelbrücke.

Und siehe, dort lehnte sein Fahrrad.

Es war wirklich sein Fahrrad, er kannte jeden Zoll an ihm, ein Irrtum war ausgeschlossen.

Er schaute sich um, niemand war zu sehen.

Er berührte das Fahrrad. Mit dem Fingernagel klopfte er auf die Lenkstange; es war aus Eisen, es war keine Illusion.

Wieder schaute er sich um: kein lebendiges Wesen. Das nächste Haus war wenigstens einen Kilometer entfernt. Die Hecken waren noch nackt und blattlos.

Er beugte sich über die Brüstung. Da saß ein Mann im ausgetrockneten Graben.

Der Mann schaute hinauf und machte eine Kopfbewegung, als ob er sagen wollte: Na und?

»Das ist mein Fahrrad«, stotterte Don Camillo.

»Welches Fahrrad?«

»Dieses, das hier an der Brücke lehnt.«

»Schon gut«, bemerkte der Mann. »Wenn ein Fahrrad an der Brücke lehnt und das Fahrrad Ihnen gehört, was geht das mich an?«

Don Camillo war verwirrt.

»Ich fragte nur«, erklärte er. »Ich wollte nicht fehlgehen.«

»Sind Sie sicher, daß es Ihnen gehört?«

»Gewiß! Vor einer Stunde hat man es mir in Villa gestohlen, als ich in einem Laden war. Ich verstehe nicht, wie es hierher kommt.«

Der Mann lachte.

»Es wird des Wartens müde geworden sein und ist davongelaufen.«

Don Camillo breitete die Arme aus.

»Als Priester werden Sie wohl imstande sein, ein Geheimnis bei sich zu behalten?« erkundigte sich der Mann.

»Gewiß.«

»Gut, dann sage ich Ihnen, daß das Fahrrad hier ist, weil ich es hergebracht habe.«

Don Camillo machte große Augen.

»Haben Sie es irgendwo gefunden?«

»Ja, ich habe es vor dem Laden gefunden, in den Sie hineingegangen waren, und da habe ich es weggenommen.«

Don Camillo stutzte einen Augenblick.

»War das ein Scherz?«

»Reden wir keine Dummheiten!« protestierte der Mann beleidigt. »Was stellen Sie sich vor? Ich sollte in meinem Alter noch herumlaufen und solche Scherze machen? Ich hatte es in allem Ernst weggenommen. Dann habe ich es mir überlegt und bin Ihnen nachgefahren. Ich bin Ihnen bis zwei Kilometer vor dieser Stelle gefolgt, dann nahm ich die Abkürzung über die untere Straße, kam hierher und stellte es Ihnen vor die Nase.«

Don Camillo setzte sich auf den Brückenrand und blickte auf den Mann, der im Graben saß.

»Warum haben Sie das Fahrrad genommen, wenn es Ihnen nicht gehört?«

»Jeder hat sein Geschäft. Sie arbeiten in der Seelenbranche und ich in Fahrrädern.«

»Hast du schon immer diesen Beruf ausgeübt?«

»Nein, erst seit zwei oder drei Monaten. Ich besuche Kirchweihfeste und Märkte und arbeite mit ruhigem Gewissen, weil alle diese Bauern zu Hause große Korbflaschen vollgestopft mit Tausendern haben. Heute früh wollte mir nichts gelingen, und so habe ich schließlich Ihr Fahrrad genommen. Von weitem habe ich dann gesehen, wie Sie aus dem Laden kamen und sich ohne ein Wort auf den Weg machten. Dann haben mich Gewissensbisse gepackt, und ich bin Ihnen nachgefahren. Eigentlich kann ich gar nicht begreifen, wie das zugegangen ist – Tatsache ist, daß ich Ihnen nachfahren mußte. Warum haben Sie sich immer versteckt, wenn ein Karren in die Nähe kam? Wußten Sie, daß ich dahinter war?«

»Nein.«

»Ich war aber dahinter. Wenn Sie einen Karren bestiegen hätten, wäre ich zurückgefahren. Sie sind aber weiter zu Fuß gegangen, und so habe ich tun müssen, was ich getan habe.«

Don Camillo schüttelte den Kopf.

»Und wohin gehst du jetzt?«

»Zurück nach Villa, vielleicht gelingt mir eine andere Sache.«

»Ein anderes Fahrrad?«

»Natürlich.«

»Dann nimm dieses.«

Der Mann blickte auf.

»Hochwürden, nicht einmal, wenn es aus Gold wäre! Ich spüre, ich würde es mein ganzes Leben auf dem Gewissen haben. Es würde mir die Karriere verderben. Halte dich weit von den Pfaffen!«

Don Camillo fragte ihn, ob er schon gegessen habe. Der andere verneinte. »Dann komm zu mir essen.«

Ein Karren näherte sich, es war Brelli.

»Auf, auf, du Gauner! Nimm das Fahrrad und folge mir. Ich steige auf den Karren.«

Er hielt Brelli an und ließ sich mitnehmen; ihn schmerze ein Bein, sagte er.

Der Mann verließ den Graben und kam auf die Straße zurück. Er war außer sich vor Wut, schmiß den Hut auf den Boden, sagte eine Menge böser Worte an die Adresse vieler Heiligen und bestieg dann das Fahrrad.

Der Tisch war schon seit zehn Minuten gedeckt, als Don Camillo den Mann mit dem Fahrrad den Pfarrhof betreten sah.

»Du mußt dich damit zufriedengeben«, sagte Don Camillo. »Es gibt nur Brot, Wurst und ein Stück Käse und etwas Wein.«

»Keine Sorge, Hochwürden«, antwortete der Mann. »Ich habe schon daran gedacht«, und legte ein Huhn auf den Tisch. »Es ist gerade über die Straße gelaufen«, erklärte der Mann. »Ohne es zu wollen, bin ich ihm mit dem Rad über den Hals gefahren. Es tat mir leid, es so im Todeskampf auf der Straße liegen zu lassen, und ich habe seine Schmerzen abgekürzt. Hochwürden, schauen Sie mich nicht so an. Wenn Sie es richtig braten lassen, wird Ihnen Gott bestimmt verzeihen.«

Don Camillo ließ es braten und holte ein Flasche vom Besten. Nach einigen Stunden wollte sich der Mann verabschieden und schien sehr besorgt.

»Jetzt«, sagte er, »ist es ein Kreuz, in das Fahrradgeschäft wieder zurückzukehren. Sie haben mir die Zuversicht geraubt.«

»Hast du Familie?«

»Nein, ich bin ledig.«

»Gut, ich nehme dich als Küster. Der frühere ist vor zwei Tagen weggegangen.«

»Aber ich kann nicht Glocken läuten.«

»Ein Mann, der Fahrräder stehlen kann, lernt es schnell.«

Der Mann schüttelte den Kopf und breitete die Arme aus.

»Verflucht seien Sie und der Tag, an dem ich Ihnen begegnet bin!« murmelte er. Und blieb und wurde Küster.

Die Geister

»La Cagnola« war ein verfallenes Haus, eine seit dreißig oder vierzig Jahren verlassene Bude.

»La Cagnola« lag weitab vom Dorf, versteckt inmitten der Akazien. Da in der Nähe eine Überfuhr war, gingen dort eine Menge Leute vorüber, aber niemand näherte sich dem Haus. Einige hatten jetzt bemerkt, daß sich in der Cagnola etwas zutrug, was nicht ganz in Ordnung war, und daraus geschlossen, daß es sich nur um Geister handeln könne.

»Sie sind der Bürgermeister«, sagte die öffentliche Meinung zu Peppone, »Sie müssen nachsehen gehen, was los ist. Wenn Sie sich fürchten, dann eben nicht. Wenn aber jemand Angst hat, dann soll er lieber einen anderen Beruf ergreifen und sich nicht als Bürgermeister aufspielen.«

Da erhob sich Peppone, ging nach Hause, ergriff die Doppelflinte und begab sich, gefolgt von der öffentlichen Meinung, zur Cagnola. Als der Haufe bis zum dichten Akazienhain gekommen war, inmitten dessen die verfallenen Mauern des verwunschenen Hauses emporragten, blieben alle stehen, und Peppone begriff, daß seine Partei in der ganzen Gemeinde und in den Nachbargemeinden einen schweren Schlag erleiden würde, wenn er nicht weiterginge. Er ging weiter und verschwand zwischen den Bäumen. Als er den Hausflur betrat und sich vor der wackligen Tür befand, die in die Küche führte, war er in Angstschweiß gebadet. Nun übermannte ihn die Verzweiflung, und er stieß die Tür mit einem Fußtritt auf. Da sah er nur zwei ungeheuer große Augen, die auf ihn gerichtet waren. Er brachte die Flinte gegen diese Augen in Anschlag, doch hielt ihn ein Angstschrei noch rechtzeitig zurück. Nun bemerkte er, daß er vor einem verängstigten Mädchen stand.

»Bitte, Herr, tun Sie mir nichts.«

Das Mädchen hatte eine liebliche Stimme, sprach aber stockend, als ob es die rechten Worte nicht fände.

»Wer sind Sie?« sagte Peppone atemlos.

Von draußen drang das Gemurmel der Leute, die am Rand des Akazienhaines warteten. Das Mädchen lief zum Fenster und schaute durch einen Spalt in den morschen Läden. Dann wandte es sich an Peppone und flehte mit gefalteten Händen:

»Bitte, Herr, nichts sagen, um Gottes willen!«

Peppone merkte, daß sich hinter ihm etwas rührte. Er drehte sich mit einem Satz um und begegnete weiteren zwei Augen, groß wie die des Mädchens, aber tiefer, weil sie einem kleinen Buben gehörten, der anstatt in einer Wiege in einem Korb aus Weidenruten lag.

»Donnerwetter«, schrie Peppone in äußerster Wut, »was soll das bedeuten?«

»Bitte, Herr, nichts sagen, um Gottes willen«, wiederholte das Mädchen weinend, das sich über den Korb gebeugt hatte, als ob es das Kind schützen wollte.

Vier solche Augen waren für Peppone zuviel; er hängte das Gewehr um und schlug die Tür hinter sich zu.

Als man ihn zurückkommen sah, waren die Leute sprachlos.

»Ich habe überall geschaut«, erklärte düster Peppone. »Ich habe nichts Rechtes gefunden. Etwas muß aber tatsächlich nicht in Ordnung sein. Man hört Geräusche, die mir nicht gefallen.«

Don Camillo schaute besorgt Giorgino, den jüngsten Sohn der Morinis, an; dann breitete er die Arme aus.

»Beruhige dich und erzähle.« Der junge Mann wischte sich den Schweiß ab, der ihm auf der Stirn perlte, und setzte sich vor Don Camillo nieder.

»Als ich in Deutschland in Gefangenschaft war«, sagte er, »führte man mich zusammen mit anderen Lagerinsassen jeden Morgen zur Arbeit nach Bremen. Wir mußten nach den Luftangriffen die Straßen von den Trümmern aufräumen. Das war aber so eine Sache, weil die Flugzeuge auch tagsüber kamen, zu tausend oder fünfzehnhundert auf einmal, und es war nicht ganz einfach, irgendwo einen Schutz zu finden. An einem Morgen Anfang April 1945, da fiel mir beim Graben ein Zementblock auf das Bein, ein Ding, das es hätte zermalmen können. Aber ich habe harte Knochen, und es geschah weiter nichts, doch konnte ich nicht gehen. In diesem Augenblick kamen die Flugzeuge – und ich blieb im Freien liegen, allein wie ein Hund. Ich kroch dann hinter ein eingestürztes Haus, und dort saß auf einem Haufen von Schutt und Trümmern ein Mädchen. Ich bemühte mich, deutsch zu sprechen: ›Was du machen?‹ fragte ich. ›Ich bleibe hier‹, antwortete das Mädchen. Ich hatte in meinem Leben schon manche dumme Antwort gehört, doch nie so eine blödsinnige. ›Das sehe ich, daß du hier bist‹, sagte ich. ›Warum gehst du nicht in den Bunker?‹ Inzwischen war der Tanz losgegangen, es war wie ein Erdbeben. ›Alles kaputt‹, antwortete diese Gans lächelnd. ›Kaputt auch dein Hirn?‹ fragte ich sie. ›Nein‹, sagte das Mädchen. ›Kaputt mein Vater, kaputt meine Mutter, kaputt mein kleiner Bruder, unser Haus kaputt, alles liegt da, darunter‹, erklärte sie und zeigte mit dem Finger auf den Schutthaufen, auf dem sie saß.«

Der junge Mann unterbrach sich.

»Hochwürden«, seufzte er, »der Krieg ist eine dreckige Sache. Wenn man aber unter einem Bombenteppich auf den Trümmern einer ganzen Familie sitzt und solche Gespräche führt, was soll da ein Christ tun? Ich machte mit Deutschland einen Sonderfrieden. ›Alles kaputt‹, klagte das Mädchen und schaute mich mit ihren verdammten Augen an. ›Nein‹, antwortete ich, ›nicht alles. Gott ist nicht kaputt.‹«

»Ausgezeichnet!« rief Don Camillo.

»Sie schaute mich dann wieder an, stieg vom Schutthaufen herunter und verband mir den Fuß mit dem Tüchlein, das sie um den Hals trug. Dann kehrte sie auf den Schutthaufen zurück und schaute mich weiter an. Das Lager war fünf oder sechs Kilometer außerhalb der Stadt, und der Fuß tat mir verteufelt weh. Nach dem Luftangriff mußten wir zu Fuß zurück, und ich hatte eine Mordswut in mir; aber das verfluchte Tüchlein um meinen Fuß ließ mich nicht denken, was ich gern gedacht hätte. Am nächsten Morgen ging es mir schon besser. Und als wir zu einem gewissen Punkt der Straße kamen, wartete dort das Mädchen. Und es begleitete die Kolonne bis zu unserer Arbeitsstätte; dort blieb es auf einem Schutthaufen sitzen, bis wir heimkehren mußten. Nun folgte sie uns bis zum Lager. Sie möchte ihr Tüchlein zurückhaben, dachte ich. Am Abend wusch ich es also, bügelte es mit dem Deckel des Eßgeschirrs, das ich mit Glut gefüllt hatte, und wickelte es in ein Stück Papier zusammen mit einem Stein. Als am nächsten Morgen das Mädchen wieder erschien und sich alles wie am Vortag wiederholte, warf ich ihr das Päckchen zu. Am nächsten Tag sah ich sie wieder. Sie erwartete mich vor dem Lager. Dann begleitete sie mich bis zur Arbeitsstätte, setzte sich nieder und schaute uns zu; und begleitete uns zurück. Da sagte ich mir: Was zum Teufel will die verfluchte Gans jetzt noch von mir? Will sie eine Leihgebühr für das Tüchlein? Ich konnte nicht mit ihr sprechen, weil das verboten war. Als wieder ein Fliegeralarm kam, tat ich, als ob mein Fuß wieder verletzt wäre, und blieb zurück. Ich trat an sie heran: ›Was willst du eigentlich von mir?‹ fragte ich böse, während es Bomben hagelte. ›Ich weiß nicht‹, antwortete sie. ›Stört es dich, daß ich dich anschaue?‹ – ›Aber warum willst du ausgerechnet mich anschauen?‹ sagte ich. ›Wen soll ich denn sonst anschauen?‹ sagte sie. In diesem Augenblick schlug in nächster Nähe eine Bombe ein, und infolge des Luftdruckes fielen wir ... fielen wir ... wie soll ich sagen ... uns in die Arme ...«

»Ich habe schon gehört, daß Bomben oft recht merkwürdige Scherze machen«, bestätigte ernst Don Camillo. »Haben auch andere Bomben in der Nähe eingeschlagen?«

»Nein, Hochwürden«, antwortete der junge Mann. »Der Luftangriff war aus, und es war der letzte. Dann kamen die Alliierten und befreiten uns, hielten uns aber weiter im Lager eingesperrt, wegen des Durcheinanders und der öffentlichen Ordnung, sagten sie. Dann überstellten sie uns in ein anderes Lager. Dort mußten wir einige Zeit warten; ich war einer der Glücklichen, die mit dem ersten Zug heimkehrten.«

»Und das Mädchen«, fragte Don Camillo. »Hast du es wiedergesehen?«

»Ja, das Mädchen war am Bahnhof, um mich abfahren zu sehen – Gott weiß, wie sie es herausgefunden hat. Tatsache ist, daß sie am Bahnhof war.«

»Wirklich ein Glücksfall. Und dann?«

»Nun müssen Sie wissen, daß es damals noch ein teuflisches Durcheinander gab, und solche Fälle haben sich zu Hunderten ereignet. Ich sammelte unter meinen nächsten Freunden und beschaffte ein Paar Schuhe, eine Hose, einen Waffenrock und einen Alpinihut. Und das Mädchen bestieg als Alpini verkleidet meinen Waggon. Wir kamen bei Nacht an, und ich versteckte sie«, fuhr der junge Mann fort. »Ich konnte nicht mit einer Frau heimkehren. Sie wissen, wie man bei mir zu Hause ist: in solchen Sachen sind sie furchtbar. Ich kam allein nach Hause und fand dort vor, was ich niemals vorzufinden gedacht hätte.«

Don Camillo nahm den Kopf zwischen die Hände.

»Wie schlimm, guter Junge!«

Die Morinis waren wohlhabende Leute und bewirtschafteten ein großes Gut mit einem Stall voll Vieh. Die Morinis hatten sechs Kinder, vier Söhne und zwei Töchter. Der Krieg verschlang drei von den vier Jungen, und nur einer kehrte heim – Giorgino. Von den anderen wurden zwei im Zuge einer Vergeltungsmaßnahme mitten im Hof ihres Hauses von den Deutschen erschossen, vor den Augen des Vaters, der Mutter und der beiden Schwestern. Und jetzt kehrt Giorgino mit einem deutschen Mädchen heim.

»Hochwürden«, sagte Giorgino niedergeschlagen, »wenn ich sie nach Hause gebracht hätte, hätte man sie in Stücke zerrissen. Aber sie ist nicht schuld daran, verstehen Sie? Ich konnte die Meinen nicht im Stich lassen, aber auch sie konnte ich nicht verlassen.«

»Wo ist sie?« fragte Don Camillo.

»Ich hatte sie eine Zeit in der Stadt versteckt gehabt, aber jetzt, da das Kind da ist ...«

»Auch ein Kind!« rief Don Camillo. »Nun auch diese Komplikation!«

»Da nun einmal die Dinge so stehen, ist sie seit etwa einem Jahr in der Cagnola versteckt; ich suche sie bei Nacht auf, wenn ich kann ... seit einem Jahr lebt sie wie ein Maulwurf.«

Don Camillo stand auf und ging im Zimmer auf und ab.

»Aber das größte Unglück kommt erst«, jammerte der junge Mann. »Ich komme von dort – Sie kennen die Geistergeschichten und so weiter. Peppone ist in der Cagnola gewesen und hat alles gesehen. Sie hat nicht gesagt, wer sie ist; wenn aber Peppone spricht, kommt mit einemmal alles an den Tag. Es geht nicht um mich, Hochwürden. Wenn aber die Alten die Geschichte erfahren, trifft sie der Herzschlag. Hochwürden, was soll ich tun?«

»Du gehst zu ihr. Ich gehe unterdessen zu Peppone«, antwortete Don Camillo.

Don Camillo machte keine Umschweife.

»Wer weiß außer dir, was du heute in der Cagnola gesehen hast?« fragte er

»Sie«, stotterte Peppone. »Sie wissen anscheinend alles?«

»Gut«, sagte Don Camillo. »Es bleibt dabei, daß nur wir beide es wissen dürfen.«

Peppone schaute Don Camillo an, dann grinste er.

»Sie befehlen in der Sakristei, hier nicht. Und um Ihnen zu zeigen, daß ich auf Ihre Befehle pfeife, versichere ich Ihnen, daß es morgen schon alle Spatzen von den Dächern pfeifen werden.«

»Du bist ein Schuft!« sagte Don Camillo.

Peppone knirschte mit den Zähnen, dann steckte er plötzlich eine andere Miene auf.

»Schon gut«, sagte er zuvorkommend, »wenn dieses Mädchen und der dazugehörige kleine Junge Sie persönlich angehen, dann können wir darüber reden ... wir sind alle Menschen, Hochwürden, und das Fleisch ist schwach ...«

Don Camillo hatte von Gott zwei wichtige Geschenke erhalten: einen grenzenlosen Glauben und einen richtigen treffsicheren Kinnhaken, der auch einen Stier niederschlagen konnte, vorausgesetzt, daß der Stier ein Kinn hätte. Ein Bürgermeister, auch vom Schlage Peppones, besaß nicht nur ein Kinn, sondern war auch weniger stark als ein Stier. Peppone erhielt den Kinnhaken und lag der Länge nach da.

»Ich werde dir zeigen, ob das Fleisch schwach ist«, murmelte Don Camillo.

»Wir werden noch abrechnen!« brüllte Peppone und richtete sich mühsam auf.

»Peppone«, sagte Don Camillo, »das ist nicht der Ort, um eine Rechnung zu begleichen. Ich bin in deinem Haus, und für mich ist die Gastfreundschaft heilig und unantastbar. Ich habe die Hand gegen dich erhoben, und das betrübt mich jetzt. Ich werde sie nie mehr gegen dich erheben. Wenn du dich also nicht beruhigst, werde ich mit dieser Eisenstange deinen Kopf zurechtrichten.«

Peppone wich einen Schritt zurück.

»Jetzt hör zu«, sagte Don Camillo. »Dann kannst du machen, was du willst. Nimm diesen Mantel, wir gehen zur Cagnola.«

Als sie den armseligen Raum betraten, der nur von einem glimmenden Feuer auf dem Herd beleuchtet war, sah Peppone zuerst nichts anderes als sechs Augen: die beiden des Mädchens, die beiden des kleinen Jungen und die beiden Giorginos.

Don Camillo und Peppone setzten sich am Herd nieder. Dann sagte Don Camillo zu dem jungen Mann:

»Wiederhole vor ihm Wort für Wort, was du mir erzählt hast.«

Der junge Mann fing zu erzählen an, und Peppone hörte schweigend und finster mit gesenktem Haupt zu.

Am Schluß sprang er auf und warf das Eisen weit von sich, mit dem er während der Erzählung unentwegt in der Asche gewühlt hatte.

»Du verfluchtes Schwein!« brüllte er. »Es gibt so viele Frauen auf der Welt, und du mußt gerade eine solche nach Hause bringen, von der Brut, die deine Brüder umgebracht hat?«

»Peppone, er hat sie nicht ausgesucht. Es war der Luftdruck der Bombe ...«

»Sie schweigen jetzt, oder das Ganze endet noch mit einer Messerstecherei!« schrie Peppone. »Hier geht es um Tote! Tote, die nach Rache schreien!«

»Es gab auch Tote unter dem Schutthaufen in Bremen, auf dem das Mädchen saß«, sagte leise Don Camillo.

»Na und? Haben vielleicht die Brüder dieses Idioten sie umgebracht?« erwiderte Peppone. »Du verfluchtes Schwein, du hast auf deine toten Brüder gespuckt, als du das getan hast.«

Das Mädchen verfolgte aufmerksam Peppones Rede. Offensichtlich verstand sie alles. Als Peppones donnernde Stimme schwieg, hörte man die unterwürfige und liebliche Stimme des Mädchens.

»Bitte, Herr«, flüsterte sie und machte große Pausen zwischen den Worten. »Sie haben durchaus recht. Ich wußte es zuerst nicht. Dann war es zu spät. Auch er wußte es nicht. Man muß bitte ein wenig Nachsicht haben.«

Das Mädchen lächelte, Peppone schaute verwirrt Don Camillo an.

»Man muß bitte ein wenig Nachsicht haben ... Schuld ist der Krieg, Herr ...«

Das Mädchen saß mit dem Kind im Arm neben Giorgino. Sie streckte ihre Hand aus und suchte seine Hand, und sie drückte sie fest.

Wie lange dauerte diese Stille?

Das Weinen des Kindes löste den Bann. Denn es war der kleine Junge, der als erster, ohne es zu wissen, bemerkt hatte, daß seine Mutter nicht mehr da war, sondern wieder auf ihren Schutthaufen zwischen den eingestürzten Mauern von Bremen zurückgekehrt war. Hier blieb nur ein kleines, unbedeutendes kaltes Ding.

Als sie an diesem Nachmittag von Peppone entdeckt wurde, beschloß sie, den Inhalt eines Fläschchens zu sich zu nehmen, das sie in einem nur ihr bekannten Loch versteckt hielt. Und der Tod hatte sie leise und sanft zu sich genommen.

Giorgino hatte nicht einmal die Kraft zum Weinen. Peppone packte ihn und brachte ihn nach Hause.

»Paßt auf ihn auf, und laßt ihn keinen Augenblick allein«, sagte er einfach. »Sonst verliert ihr auch ihn.«

Dann kehrte er im Laufschritt zur Cagnola zurück; dort traf er den kleinen Jungen schlafend im Korb und Don Camillo vor dem toten Mädchen kniend an.

Da kniete auch er nieder und begann zu schluchzen.

»Sei still, der Junge schläft«, murmelte Don Camillo.

Es war still in der Küche, und die Zeit verging. Und die

Stille wurde immer düsterer, drückender und kälter, als ob ganz langsam die Luft erstarrte.

Und auf einmal hörte man einen langen und herzzerreißenden Seufzer, der durch die leeren und verlassenen Räume des verwunschenen Hauses ging.

Peppone erblaßte und schaute entsetzt Don Camillo an. Don Camillo sagte aber mit fester Stimme:

»Friede den Seelen aller, die der Krieg verschlungen hat.«

»Amen«, hauchte Peppone.

Und der Seufzer verging.

In der Cagnola wurde eine unbekannte Fremde tot aufgefunden. Die Gendarmerie stellte fest, daß sie sich wahrscheinlich in der Gegend verirrt, dort Zuflucht gesucht hatte und erfroren war.

Man fand bei der Toten einen kleinen Jungen, und der Erzpriester ruhte nicht, bis es ihm mit Gottes Hilfe gelang, daß der Kleine von den Morinis angenommen wurde.

Der Bürgermeister konnte manchmal nicht schlafen, sondern schaute nachts mit aufgerissenen Augen in die Finsternis und hörte, wie die Stimme sagte: »... ›alles kaputt‹, klagte das Mädchen und schaute mich mit ihren verdammten Augen an. ›Nein‹, antwortete ich, ›nicht alles. Gott ist nicht kaputt!‹«

Giorgino war es, als ob es ihm das Gehirn im Kopf umgedreht hätte. Manchmal schien es ihm, als ob ihm jemand bloß eine solche Geschichte erzählt hätte. Eine verfluchte Kriegsgeschichte.

Der Engel aus dem dreizehnten Jahrhundert

Als der alte Bassini starb, war in seinem Testament zu lesen: »Ich hinterlasse alles dem Herrn Erzpriester für die Vergoldung des Engels auf dem Glockenturm, damit dieser leuchte und ich an ihm dort oben jederzeit sehen kann, wo mein Heimatdorf ist.«

Der Engel stand auf der Spitze des Turmes und sah von unten nicht sonderlich groß aus, weil der Turm hoch war. Als man aber ein Gerüst errichtete und hinaufstieg, stellte sich heraus, daß er fast die Größe eines Menschen hatte. Da würde man zur Vergoldung schon manche Unze brauchen.

Aus der Stadt kam ein Fachmann und ging hinauf, um sich das Stück anzuschauen, blieb aber nicht lange; nach einigen Minuten stieg er wieder herab und war ganz außer sich.

»Das ist ein Erzengel Gabriel aus getriebenem Kupfer«, erklärte er Don Camillo. »Ungewöhnlich schön! Ein echtes Stück aus dem dreizehnten Jahrhundert!«

Don Camillo schaute das Männlein an und schüttelte dann den Kopf.

»Wie kann er aus dem dreizehnten Jahrhundert sein, wenn die Kirche und der Glockenturm bestenfalls dreihundert Jahre alt sind?« warf er ein.

»Ich bin seit vierzig Jahren in diesem Beruf und habe Tausende von Statuen vergoldet. Wenn er nicht aus dem dreizehnten Jahrhundert ist, vergolde ich ihn Ihnen kostenlos.«

Don Camillo war ein Mensch, der mit beiden Füßen auf der Erde stand, aber die Sache machte ihn derart neugierig, daß er mit dem Männlein zur Turmspitze hinaufstieg, um den Engel von Angesicht zu Angesicht zu betrachten.

Der Mund blieb ihm offen, denn der Engel war wirklich ungewöhnlich schön.

Don Camillo stieg ganz verwirrt herunter. Wie konnte nur ein so schöner Engel auf der Turmspitze einer armseligen Dorfkirche enden? Er wühlte lange im Pfarrarchiv, um etwas zu finden, was die merkwürdige Angelegenheit hätte klären können, fand aber nicht das geringste.

Am nächsten Morgen kam der Fachmann mit zwei anderen Herren aus der Stadt zurück, und alle bestiegen den Turm; als sie wieder unten waren, wiederholten sie Don Camillo gegenüber, was bereits das Männlein gesagt hatte: es sei ein echtes Meisterwerk aus dem dreizehnten Jahrhundert.

Es waren zwei Professoren vom Kunstfach, zwei »Kapazitäten«, und Don Camillo dankte ihnen gerührt.

»Eine außerordentlich schöne Sache!« rief er. »Ein Engel aus dem dreizehnten Jahrhundert auf dem Turm dieser armseligen Kirche. Es ist eine Ehre für das ganze Dorf.«

Am Nachmittag stellte sich ein Bildberichter ein und stieg hinauf, um den Engel von allen Seiten aufzunehmen. Am nächsten Tag erschien in der Stadtzeitung ein langer Artikel, der sich mit dem Engel aus dem dreizehnten Jahrhundert beschäftigte und mit drei Aufnahmen illustriert war; der Artikel schloß mit der Erklärung, daß es ein wahres Verbrechen wäre, ein so wertvolles Meisterwerk dort oben zu belassen und der Zerstörung durch Wetterunbilden auszuliefern. Das künstlerische Erbe gehöre zur Kultur und Zivilisation und müsse daher geschützt werden und so weiter. Die Sache kam Don Camillo zu Ohren.

»Wenn diese verfluchten Kerle aus der Stadt glauben, sie können uns um den Engel bringen, dann täuschen sie sich!« sagte Don Camillo zu den Maurern, die damit beschäftigt waren, das Gerüst um den Turm zu verstärken.

»Ja, sie täuschen sich«, antworteten die Maurer. »Was uns gehört, lassen wir uns nicht nehmen.«

Nun kamen weitere Leute, weitere »große Tiere«, auch von der oberhirtlichen Behörde, und alle stiegen hinauf, um den Engel zu sehen, und alle sagten, wenn sie wieder unten waren, zu Don Camillo, daß es ein Verbrechen wäre, ein so schönes Ding Regen und Frost ausgesetzt zu lassen.

»Ich werde ihm einen Regenmantel kaufen«, brüllte schließlich Don Camillo. Und da ihm die anderen entgegenhielten, daß man so nicht reden könne, sprach Don Camillo: »Es gibt in allen Städten der Welt Meisterwerke an Statuen, die seit vielen Jahrhunderten mitten auf Plätzen dem Frost und dem Regen ausgesetzt sind, und niemand denkt daran, sie unter Dach zu bringen. Warum müssen wir unseren Engel unter Dach bringen? Warum gehen Sie nicht nach Mailand und sagen den Mailändern, daß ihre kleine Madonna am Dom verfällt, wenn man sie dort oben beläßt, und daß man sie herabnehmen und schützen müsse? Was würden die Mailänder dazu sagen? Sie würden Sie mit Fußtritten behandeln, wenn Sie ihnen mit einem solchen Vorschlag kämen.«

»Die kleine Madonna von Mailand ist etwas anderes«, antwortete eine dieser Kapazitäten.

»Die Fußtritte sind aber in Mailand dieselben wie hier!« erwiderte Don Camillo.

Da die Leute, die sich am Kirchplatz um Don Camillo gesammelt hatten, diese Rede mit einem »Bravo« bekräftigten, bestanden die anderen nicht mehr auf ihrer Behauptung.

Nach einiger Zeit ging die Stadtzeitung neuerlich zum Angriff über. Es sei ein Verbrechen, einen Engel aus dem dreizehnten Jahrhundert, einen so schönen Engel, auf der Turmspitze in einem gottvergessenen Dorf in der Bassa zu belassen. Nicht weil man den Engel dem Dorf nehmen möchte; ganz im Gegenteil, das Dorf selbst könnte ein Anziehungspunkt für die Fremden werden, wenn man den Engel an einem zugänglichen Ort aufstellen würde. Welcher Kunstliebhaber würde sich in ein so abgelegenes Dorf in der Bassa begeben, um vom Dorfplatz aus eine Statue, die hoch oben auf der Turmspitze steht, anschauen zu dürfen? Wenn man aber den Engel in das Innere der Kirche brächte, könnte man ihn nachformen und eine genaue Kopie mit stilgerechter Vergoldung auf die Turmspitze stellen.

Die Leute lasen diesen Artikel und begannen dann zu brummen, es sei doch schließlich wahr, daß niemand die Schönheit des Engels sehen könne, wenn er auf der Turmspitze verbliebe. In der Kirche könnten ihn alle sehen, und der Turm würde dabei nichts verlieren, denn er bekäme ja seinen vergoldeten Engel, der dem früheren haargenau gliche.

Die angesehensten Leute der Pfarrgemeinde sprachen darüber mit Don Camillo, und Don Camillo kam zu dem Schluß, daß er sich ins Unrecht setzen würde, wenn er auf seinem Standpunkt beharrte. Als man den Engel von der Turmspitze abseilte, war das ganze Dorf auf dem Platz versammelt, und der Engel blieb einige Tage auf dem Kirchplatz, weil ihn alle sehen und berühren wollten. Auch aus den benachbarten Dörfern kamen viele Leute, denn es hatte sich die Kunde verbreitet, es sei ein wundertätiger Engel.

Als man daranging, ihn abzuformen, gab Don Camillo nicht nach.

»Der Engel kommt nicht von hier weg. Bringt das Werkzeug her und macht die Nachbildung hier!«

Nach Abschluß aller zur Hinterlassenschaft gehörenden Abrechnungen und Erledigungen stellte sich heraus, daß der alte Bassini Geld genug vermacht hatte, um nicht einen, sondern zehn Engel zu vergolden, und so war auch Geld genug da, um eine neue Statue aus Bronze für die Turmspitze zu bezahlen.

Und diese Kopie kam an und glänzte schon in prachtvoller Vergoldung, und die Leute versammelten sich, um sie zu sehen, und gaben ihrer Überzeugung Ausdruck, daß sie ein Meisterwerk sei.

Man verglich sie Zentimeter für Zentimeter mit dem Original – und alles war haargenau gleich.

»Wenn auch die andere Statue vergoldet wäre, man könnte die beiden nicht voneinander unterscheiden«, sagten die Leute.

Nun kamen Don Camillo Gewissensbisse.

»Jetzt lasse ich auch den richtigen Engel vergolden«, beschloß er. »Geld ist noch genug da.«

Da mischten sich wieder die Kapazitäten aus der Stadt ein; sie sagten, daß die Originalstatue aus tausend Gründen nicht angetastet werden dürfe. Don Camillo hatte aber eine glänzende Idee.

»Das hat mit der Kunst nichts zu tun«, behauptete er. »Hier geht es um den alten Bassini, der sein Geld für die Vergoldung des Engels auf dem Turm hinterlassen hat. Das ist der Engel, den er meinte, und ich muß ihn vergolden lassen, sonst verfälsche ich den Letzten Willen des verstorbenen Bassini.«

Inzwischen wurde der neue Engel auf den Turm gehißt, und die Fachleute begannen sogleich, den alten Engel zu vergolden, und waren rasch mit ihrer Arbeit fertig.

Der alte Engel mit seiner Vergoldung aus Dukatengold wurde in der Kirche in einer Nische gleich beim Eingang aufgestellt, ein Stück, vor dem die Leute mit offenem Mund stehenblieben.

In der Nacht vor der Einweihung konnte Don Camillo nicht einschlafen. Um zehn Uhr stand er auf und ging in die Kirche hinunter, um seinen goldenen Engel zu betrachten.

»Dreizehntes Jahrhundert«, sagte Don Camillo. »Und diese Kirche hat man vor nicht einmal dreihundert Jahren gebaut. Du hast also vielleicht schon vierhundert Jahre vor dieser Kirche bestanden. Wie bist du auf die Spitze dieses Turmes gekommen? Wer hat dich hinaufgebracht?«

Don Camillo betrachtete die großen Flügel des Erzengels Gabriel und wischte sich dann mit seiner großen Hand den Schweiß von der Stirn. Laß die dummen Gedanken! Wie hätte ein Engel aus Kupfer auf die Spitze eines Glockenturmes fliegen können?

Der Engel war in der Nische, geschützt durch einen großen gerahmten Glassturz, den man aufmachen konnte. Don Camillo zog den Schlüssel aus der Tasche und öffnete den Schrein.

So ein Engel, der hoch oben zu leben gewohnt war, sollte jetzt in dieser Schachtel eingesperrt bleiben? Hier schien ihm der Engel doch zu wenig Luft zu haben.

Ihm kam der alte Bassini in den Sinn: »Ich hinterlasse alles dem Herrn Erzpriester für die Vergoldung des Engels auf dem Glockenturm, damit dieser leuchte und ich an ihm dort oben jederzeit sehen kann, wo mein Heimatdorf ist.«

An dem dort oben sieht der alte Bassini nicht seinen Engel leuchten, dachte Don Camillo. Er sieht den falschen Engel leuchten. Er wollte aber diesen da leuchten sehen ... Das bedrückte ihn: Warum sollte man den alten Bassini betrügen?

Don Camillo kniete vor Christus am Hochaltar nieder.

»Jesus«, sagte er, »warum habe ich den alten Bassini hinters Licht geführt? Warum habe ich diesen Idioten aus der Stadt nachgegeben?«

Christus antwortete nicht, und Don Camillo kehrte zu dem Engel zurück.

»Dreihundert Jahre hast du auf diese Felder und auf

diese Menschen heruntergeschaut. Dreihundert Jahre hast du still über dieses Land und seine Leute gewacht. Vielleicht auch siebenhundert Jahre, weil diese Kirche auf den Ruinen einer uralten, noch viel älteren Kirche errichtet worden ist. Du hast uns vor Krieg, Hunger und Pest bewahrt. Wie viele Blitze hast du abgewehrt? Wie vielen Unwettern getrotzt? Seit dreihundert Jahren, vielleicht seit siebenhundert, warst du für die Seelen der Toten, die zum Himmel emporstiegen, der letzte Gruß der Heimat. Deine Flügel schwangen mit allen unseren Glokken mit, mit Trauerglocken, mit Freudenglocken. Jahrhunderte an Freud und Leid sind in deinem Metall eingeschlossen. Und jetzt bist du hier ohne Luft, sitzt im vergoldeten Käfig, und nie mehr wirst du die Sonne, nie mehr den blauen Himmel sehen. An deiner Stelle ist ein falscher Engel, der aus Sesto San Giovanni kommt – dieser falsche Engel hat deine Stelle erschlichen. Dich hat ein vom Glauben getragener Mann geschaffen. Millimeter für Millimeter hat er mit dem Hammerschlag dein Metall geformt. Ungestalte und seelenlose Maschinen haben den anderen geschaffen, der dir völlig gleicht. Während aber in jedem Quadratmillimeter deines Metalls etwas vom Glauben des unbekannten Künstlers aus dem dreizehnten Jahrhundert lebt, ist im Metall des anderen nur die kühle Gottesferne der Maschine. Wie wird uns dieser falsche und gleichgültige Engel ohne Frömmigkeit schützen können? Was bedeuten ihm schon unsere Felder und unsere Leute?«

Es war nunmehr elf Uhr. Eine Nacht voll Stille und Nebel. Don Camillo verließ die Kirche und verschwand in der Dunkelheit.

Peppone kam sofort auf die Straße heraus und schaute Don Camillo unfreundlich an.

»Ich brauche dich«, sagte Don Camillo. »Nimm deinen Mantel und geh mit.«

Als sie in der Kirche waren, zeigte Don Camillo den in Dukatengold schimmernden Engel.

»Er hat dich, deinen Vater, deine Mutter und den Vater und die Mutter deines Vaters und deiner Mutter beschützt. Er muß auch deinen Sohn schützen. Er muß zurück auf seinen Platz.«

Peppone schaute Don Camillo an.

»Sind Sie verrückt geworden?«

»Ja«, antwortete Don Camillo. »Aber, wenn auch verrückt, allein kann ich die Verrücktheit nicht ausführen, die ich im Sinne habe. Ich brauche die Hilfe eines Verrückten wie du.«

Das Gerüst umgab immer noch den Turm; Don Camillo zog die Soutane hoch und stieg empor. Dann kam Peppone mit einem Flaschenzug.

Sie waren nur zu zweit, aber stark und verrückt wie sechs: sie befestigten den Engel an den Seilen, schraubten ihn vom Turm ab. Die Statue wurde heruntergeseilt. Sie trugen sie auf den Armen in die Kirche, holten den richtigen Engel aus der Kirche und stellten den falschen an seinen Platz. Sie befestigten den richtigen Engel am Flaschenzug und hißten ihn. Um ihn auf der Turmspitze festzuschrauben, wären sonst fünf Mann nötig gewesen. Sie befestigten ihn aber zu zweit.

Endlich waren sie wieder unten und eilten in den Pfarrhof. Sie waren durchnäßt von Schweiß und Nebel; ihre Hände waren zerschunden. Erst jetzt bemerkten sie, daß es schon fünf Uhr war.

Nun dachten sie an das, was sie getan hatten, und eine große Angst bemächtigte sich ihrer.

Es graute. Sie schlichen sich ans Fenster und spähten hinauf. Der Engel war oben, oben auf der Turmspitze.

»Unmöglich«, murmelte Peppone.

Dann ergriff ihn eine heftige Wut, und er wandte sich zu Don Camillo.

»Warum haben Sie mich dazu verleitet?« schrie er. »Warum habe ich mich in diese verfluchte Sache eingelassen?«

»Es ist keine verfluchte Sache«, antwortete Don Camillo. »Zu viele falsche Engel laufen bereits in der

Welt herum und tragen zu unserem Unglück bei. Wir brauchen richtige Engel, die uns schützen.«

Peppone verzog angewidert das Gesicht: »Übliche Dummheiten der klerikalen Propaganda!« sagte er. Und ging, ohne zu grüßen.

Als er aber vor seinem Haus war, zwang ihn etwas, sich umzudrehen und hinaufzuschauen, und er sah den Engel, der auf der Spitze des Turmes im ersten Tageslicht leuchtete.

»Grüß dich, Genosse«, murmelte Peppone heiter und nahm den Hut ab.

Unterdessen kniete Don Camillo vor dem Hochaltar: »Jesus, ich weiß nicht, wie uns das gelungen ist!«

Und Christus antwortete nicht, lächelte aber, denn Er wußte es.

Bianco

Wenn die Einwohner der Bassa jetzt in die Stadt fahren, benutzen sie den Postautobus, einen jener modernen verfluchten Karren, in denen ein Christ gezwungen wird, wie eine Kiste im Gepäckwagen zu reisen, so daß er sich nicht einmal von seinem Sitz rühren kann, wenn ihm schlecht wird oder noch etwas Schlimmeres passiert.

Und wenn es im Winter Nebel und Glatteis gibt, so ist das Wenigste, was geschehen kann, daß man in einem Kanal landet.

Das Schönste ist, daß es früher eine Dampftrambahn gegeben hat, mit ihrem braven Gleis. Und die Bahn fand immer den richtigen Weg, auch bei Glatteis, auch bei Nebel. Eines schönen Tages entdeckte dann irgendein richtiger Wichtigtuer aus der Stadt, daß die alte Dampftrambahn eine überholte Sache sei, und man ersetzte ein sicheres Verkehrsmittel durch ein vom Zufall abhängiges.

Die Dampftrambahn beförderte nicht nur Menschen, sondern auch den ganzen Tag Schotter, Sand, Ziegel, Kohle, Futterrüben und so weiter; sie war herrlich, nicht nur weil sie außerordentliche Dienste leistete, sondern weil sie voll Poesie war.

Eines Tages kamen zehn oder fünfzehn unglückselige Typen mit einer Dienstmütze auf dem Kopf und begannen die Schienen herauszureißen; und niemand erhob Einspruch, sondern alle sagten: »Es war schon Zeit!« In der Tat ist es heute so, daß Eile auch die alten Mütterchen haben, die in die Stadt fahren, wenn es auch nur einmal im Jahr ist, und die ansonsten ihre Zeit damit verbringen, darauf zu warten, daß die Zeit vergeht.

Die Dampftrambahn kam aus der Stadt und führte bis zum großen Fluß; dann fuhr sie zurück. Die größeren Ortschaften liegen alle an der Landstraße, außer einer, die etwa zwei bis drei Kilometer von ihr entfernt ist. Die Lokalbahn lief am Straßenrand und hätte einen großen Bogen über Kanäle und Dämme machen müssen, um auch diese Ortschaft zu erreichen. Man hatte es daher vorgezogen, eine Anschlußlinie zwischen dem Dorf und der Landstraße zu bauen: ein Eisenbahnwagen holte die Leute aus dem Dorf und brachte sie zur Haltestelle der Trambahn an der Hauptstraße, oder er holte sie an der Haltestelle ab und brachte sie ins Dorf zurück.

Dieser Wagen wurde jedoch von einem Pferd gezogen. Das letzte Pferd, das bei dieser Seitenlinie Dienst machte, war auch das beste, Bianco, ein schönes weißes Tier, das so aussah, als ob es von einem Denkmal herabgestiegen wäre. Zwischen den Schienen waren die Schwellen mit gestampftem Erdreich bedeckt, und Bianco trabte sechsmal am Tag diesen Weg. Wenige Augenblicke bevor der Wagen stehenblieb, verließ Bianco, sobald er die Bremsen kreischen hörte, das Gleis und lief zur Seite, so daß er diszipliniert stehenbleiben konnte, wenn der Schaffner »Brr ...« rief, ohne dabei Gefahr zu laufen, vom Wagen einen Puff abzubekommen.

Bianco blieb mehrere Jahre im Dienst und verstand sich auf seinen Beruf. Er hatte ein vorzügliches Gehör und hörte die Dampfpfeife, wenn die anderen noch nicht einmal davon träumten.

Er hörte das Pfeifen schon, wenn die Trambahn ihre Ankunft in Trecastelli ankündigte. Dann begann Bianco mit den Hufen auf dem Stallboden zu scharren. Das bedeutete, daß es Zeit war, ihn vor den Wagen zu spannen, wenn man rechtzeitig die Leute aufladen, abfahren und fünf Minuten vor dem Erscheinen der Trambahn an der Landstraße eintreffen wollte.

An dem Tage, als man zum erstenmal das Pfeifen nicht hörte, weil die Trambahn nicht mehr erschien, war Bianco ganz außer sich und stand mit gespitzten Ohren und angespannten Muskeln bis zum Abend. So ging es die ganze Woche. Dann beruhigte er sich endlich.

Bianco war ein schönes großes Tier, und als ihn die Bahnverwaltung versteigerte, gab es fast eine Schlacht, weil ihn alle kaufen wollten. Barchini blieb zum Schluß Sieger und spannte das Pferd vor einen neuen roten Karren mit hohen Seitenwänden ein; Bianco bewährte sich auch zwischen den Deichselstangen, daß es nur so eine Freude war.

Nur als man ihn das erstemal einspannte, hätte er beinahe Barchini, der auf einem hohen Rübenhaufen sitzend die Zügel hielt, in Verlegenheit gebracht. Als nämlich Barchini »Brr ...« rief und die Zügel anzog, um stehenzubleiben, sprang Bianco nach links aus der Fahrtrichtung, und nur wie durch ein Wunder blieb Barchini oben. Später aber machte Bianco keine solchen Scherze mehr, denn er war ein intelligentes Tier und verstand sogleich, daß der Karren etwas anderes war als der Bahnwagen. Nur manchmal überkam ihn die alte Gewohnheit, wenn er auf der Straße zwischen dem Dorf und der Landstraße dahintrottete. Wenn man nicht aufpaßte, hielt sich Bianco ganz auf der linken Seite, knapp an den Straßengraben heran, wo früher die Bahnschienen waren.

So vergingen die Jahre, Bianco wurde immer älter und war ein so braves und gutes Tier, daß ihn Barchini wie ein Kind liebte. Und als das Pferd begann, ein Klepper zu werden, dachte niemand daran, ihn loszuwerden. Man teilte ihn für leichte Arbeiten ein, und als Barchini eines Tages einen Landarbeiter Bianco einen Stockhieb versetzen sah, nahm er eine Heugabel und hätte den Unglückseligen aufgespießt, wenn dieser nicht auf den Heuboden geflüchtet wäre.

Mit der Zeit wurde Bianco immer langsamer und gleichgültiger. Zum Schluß bewegte er nicht einmal mehr den Schwanz, um die Fliegen davonzujagen. Es war nicht notwendig, ihn anzubinden, wenn man irgendwo stehenblieb, weil er sich ohnedies nicht von der Stelle gerührt hätte, auch wenn der Himmel eingestürzt wäre. Er stand gleichgültig herum und ließ den Kopf hängen, als ob er nicht ein wirkliches, sondern ein ausgestopftes Pferd wäre.

An einem Samstagnachmittag hatte man Bianco vor einen leichten Karren gespannt, um Don Camillo einen Sack Mehl zu schicken, und während sich der Knecht mit dem Sack auf der Schulter in den Pfarrhof begab, wartete das Pferd mit hängendem Kopf vor der Kirche.

Plötzlich hob Bianco den Kopf und spitzte die Ohren. Das war etwas so Außerordentliches und Unerwartetes, daß Don Camillo, der sich gerade vor dem Eingang zum Pfarrhof eine Zigarre anzünden wollte, das Zündholz aus der Hand fallen ließ.

Bianco blieb mit gespitzten Ohren stehen. Dann ging es los: Bianco schoß im Galopp davon.

Er überquerte den Platz wie ein Blitz, und es war ein Wunder, daß er niemanden überfuhr. Er schlug entschlossen die Straße ein, die zur Landstraße führte, und verschwand in einer Staubwolke.

»Bianco ist verrückt geworden!« schrien die Leute.

Peppone kam auf dem Motorrad, Don Camillo zog die Soutane hoch und setzte sich auf den Sozius.

»Los!« brüllte Don Camillo, Peppone gab Gas und schaltete den Gang ein.

Bianco flog auf dem Sträßlein zur Landstraße dahin, und der Karren hüpfte wie ein Schiff auf bewegtem Meer, und wenn er nicht in tausend Stücke ging, dann war es nur deshalb, weil es auch einen Heiligen gibt, der die Karren behütet.

Peppone fuhr mit Vollgas, und das Motorrad holte auf halbem Wege das Pferd ein.

»Leg an!« brüllte Don Camillo. »Ich versuche, ihn an der Trense zu fassen.«

Peppone »legte an«, so gut er konnte. Don Camillo gelang es, Bianco zu fassen, und es schien so, als ob Bianco, der ganz außer Atem war, schon bereit wäre, sich daran zu erinnern, nur ein alter bescheidener und geduldiger Klepper zu sein, als er plötzlich neue Kraft gewann und Don Camillo zwang, den Griff zu lockern.

»Wir müssen ihn laufen lassen!« schrie Don Camillo Peppone ins Ohr. »Niemand kann ihn mehr aufhalten! Gib Gas, wir passen auf ihn auf.«

Peppone gab wieder Vollgas, und das Motorrad flog wie ein Pfeil zur Landstraße. An der Abzweigung blieb Peppone stehen. Er versuchte etwas zu sagen, Don Camillo befahl ihm aber zu schweigen.

Dann erscheint gleich darauf Bianco, in wenigen Sekunden wird er auf der Hauptstraße sein, und Peppone rennt, um Alarm zu schlagen. Aber dazu ist keine Zeit mehr. Es ist auch nicht mehr notwendig.

Wie Bianco zur Einmündung in die Landstraße kommt, bleibt er stehen und springt zur Seite. Er stürzt in den Staub, während der Karren mit gebrochenen Deichselstangen in den Straßengraben rollt.

Da liegt jetzt Bianco im Straßenstaub wie ein Haufen Knochen; und auf der Landstraße fährt in einer Wolke von Dampf die Straßenwalze des Unternehmens vorbei, das begonnen hat, die Straße auszubessern.

Die Maschine pfeift im Vorbeifahren. Ein langer Pfiff. Und Bianco, dieser Haufen Knochen, wiehert.

Bianco ist jetzt wirklich nur noch ein Haufen Knochen. Peppone steht vor ihm und schaut Biancos Leiche an, nimmt den Hut ab und wirft ihn zu Boden.

»Der Staat!« brüllt Peppone.

»Wieso der Staat?« fragt Don Camillo.

Peppone wendet sich ihm mit bösem Gesicht zu.

»Der Staat!« brüllt er. »Man sagt das und man sagt jenes, und zum Schluß, wenn man den Staat pfeifen hört, rennt man doch hin!«

»Wohin?« fragt Don Camillo.

»Dahin und dorthin! Überall hin, überall her!« schreit Peppone. »Im Notfall mit Gewehr, Stahlhelm und Tornister am Rücken ... Und da schau, es ist nicht einmal die Bahn, sondern eine Dampfwalze, die Steine quetscht – er ist aber inzwischen gestorben!«

Peppone wollte eine Menge Dinge sagen, wußte aber nicht, wo beginnen. Er klaubte den Hut auf, setzte ihn auf den Kopf, nahm ihn dann wieder mit einer großartigen Geste ab und grüßte Biancos Gerippe.

»Sei gegrüßt, Volk!« sagte Peppone.

Eine Menge Leute aus dem Dorf kamen zusammen, die einen mit dem Fahrrad, die anderen auf Karren. Auch Barchini kam.

»Er hat die Straßenwalze pfeifen hören«, erklärte Don Camillo, »und geglaubt, es wäre die Bahn. Er ist im Glauben gestorben, daß es die Bahn gewesen sei. Das hat man aus der Art ersehen, wie er die Straßenwalze gegrüßt hat.«

Der alte Barchini schüttelte den Kopf.

»Entscheidend ist, daß er im Glauben gestorben ist, es sei die Bahn gewesen«, sagte Barchini.

Radames

Radames' Vater war Badile, der Schlosser, der in Wirklichkeit Gniffa Ernani hieß; man versteht sofort, daß es sich um eine Familie von Opernliebhabern handelt.

Badile war ein toller Sänger, und wenn er einige Halbe Wein hinuntergeschüttet hatte, dann holte er eine so volle und wuchtige Stimme hervor, daß es eine Freude war, ihm zuzuhören.

Als Badiles Sohn eines Tages Don Camillo vor die Füße geriet, war Radames sechs Jahre alt, und man hätte für ihn keine Lira gegeben. Badile wünschte, daß Don Camillo seinen Sohn mit den anderen Buben in den Kirchenchor aufnehme und Don Camillo seine Stimme prüfe.

»Er kann höchstens die Orgel treten«, sagte Don Camillo.

Radames hatte so eine typisch gebrochene, harte und schneidende Stimme wie eine Steinsäge.

»Er ist mein Sohn«, antwortete Badile, »er muß eine gute Stimme haben. Sie ist nur noch gebunden. Man muß sie befreien.«

Badile abzuweisen hätte bedeutet, ihm die größte Kränkung seines Lebens anzutun.

»Wir wollen es versuchen.«

Und er versuchte es. Versuchte es auf alle möglichen Arten; nach zwei Jahren hatte sich Radames nur verschlechtert. Nicht nur, daß seine Stimme noch kreischender war als zuvor, sie blieb jetzt auch noch von Zeit zu Zeit stecken. Und doch hatte Radames einen Brustkorb, daß ihm das Hemd platzte, und wenn man aus einem solchen Blasebalg ein derartiges Gekreisch kommen hörte, überkam einen die Wut.

Schließlich irrte sich Don Camillo eines Tages in der Hausnummer, stand von der Orgel auf und gab Radames einen Fußtritt von der Wucht einer halben Tonne, der ihn an die Wand klebte wie eine überreife Feige.

Wenn es sich um eine Stimme handelt, bedeutet manchmal ein Fußtritt viel mehr als drei Jahre Gesangsübungen. Radames kehrte in den Chor zurück – und siehe da, plötzlich hatte er eine Stimme, als ob er von der Mailänder Scala käme.

Und als ihn die Leute hörten, sagten alle, daß es eine Sünde wäre, ihn nicht lernen zu lassen.

So sind diese Dörfler: der eine verreckt vor Hunger, und niemand achtet darauf, weil er unsympathisch ist; ein anderer wieder ist sympathisch, und es regnet Geld, um ihn Gesang studieren zu lassen.

Es fanden sich Leute, die Geld sammelten, um Radames in die Stadt zu schicken. Nicht wie einen jungen Herrn natürlich, weil das in dieser Gegend nicht üblich ist, aber mit genügend Geld, um den Unterricht zu bezahlen. Für den Rest sorgte Radames selbst, indem er Koffer trug, Holz sägte und ähnliche Dienste leistete.

Von Zeit zu Zeit begab sich Badile in die Stadt und kam zurück und berichtete:

»Nicht schlecht, nicht schlecht, er wird.«

Dann kam der verdammte Krieg, und man verlor Radames aus den Augen. Als alles vorbei war, erschien er eines Tages wieder im Dorf.

Peppone war bereits Bürgermeister, und als ihm Don Camillo sagte, daß man nun bis zum Schluß aushalten müsse, fand Peppone das notwendige Geld und schickte Radames sofort in die Stadt zurück.

Es verging so manches Jahr, und Radames war wieder da.

»Man läßt mich in der ›Aida‹ singen«, sagte er.

Im Dorf war nicht gerade die beste Stimmung, die Politik hatte wieder einmal dicke Luft gemacht, und es roch nach Prügeln. Aber auf diese Nachricht hin wurde alles vertagt.

Peppone berief eine Besprechung im Gemeinderat ein, und auch Don Camillo kam.

Die erste Frage war, woher man das Geld nehmen sollte.

»Hier geht es um die Ehre des Ortes«, erklärte Peppone. »Radames kann sich vor diesen Affen in der Stadt nicht wie ein armer Spatz zeigen.«

Das Komitee sagte, das sei ganz richtig.

»Wenn nur jemand da wäre, der es auf sich nimmt, das Geld von jenen Halunken herauszupressen, die es haben, ich würde es schon auf mich nehmen, die Solidarität der Arbeiter zu mobilisieren«, behauptete Peppone.

Don Camillo verstand, daß dies ihn anging, und antwortete:

»Es gibt schon einen.«

Radames erstattete einen ausführlichen Bericht, der in allen Einzelheiten für zufriedenstellend befunden wurde.

»Da gibt es keine Protektion und keine Korruption«, kommentierte stolz Peppone. »Das ist ein echter Sieg des Volkes!«

Don Camillo wandte sich an Radames.

»Und unter welchem Namen trittst du auf?«

»Unter welchem Namen?« brüllte Peppone. »Unter seinem eigenen! Soll er vielleicht unter Ihrem auftreten?«

Don Camillo kam nicht in Hitze: »Radames Gniffa ist kein Name, den man auf ein Plakat drucken kann. Es ist der unglücklichste Name, den es gibt, weil er lächerlich ist.«

Da mischte sich Badile ein: »Ich heiße Ernani Gniffa und habe fünfundsechzig Jahre diesen Namen getragen, ohne daß jemand gelacht hätte!«

»Richtig! Du bist aber Schlosser und kein Operntenor!« antwortete Don Camillo. »Hier kümmert man sich nicht um solche Dinge, in der Kunst ist es aber etwas anderes. Das Publikum will Namen, die man leicht aussprechen kann, die gut klingen, die populär werden können.«

»Quatsch!« rief Peppone. »Bürgerliche Dummheiten.«

Don Camillo schaute ihn an: »Und wenn Giuseppe Verdi anstatt Giuseppe Verdi Radames Gniffa geheißen hätte, wäre das auch egal gewesen?«

Peppone war von dieser Bemerkung sehr beeindruckt.

»Und wenn Herr Josef Stalin«, fuhr Don Camillo fort, »anstatt Josef Stalin Evasio Bergnocloni hieße, wäre das auch egal?«

»Stell dir vor!« murmelte Peppone. »Stalin sollte Bergnocloni heißen! Nicht auszudenken!«

Es war eine schwierige Sitzung, die bis spät in die Nacht dauerte. Zum Schluß waren sie alle mit dem Namen Franco Santalba einverstanden.

Radames zuckte mit den Achseln.

»Was ihr für mich tut, ist immer gut getan.«

So kam der denkwürdige Tag. In der Frühe versammelte sich der Ausschuß auf dem Platz, um die Ankündigung in der Zeitung zu lesen, die soeben aus der Stadt gekommen war.

Da war auch ein Bild und darunter der Text: »Der Tenor Franco Santalba.«

Sie vereinbarten die Abfahrt.

»Wir müssen früh genug abfahren, um Plätze zu bekommen. Auf dem ›Dodge‹ ist für alle Platz genug«, sagte Peppone. »Treffpunkt ist hier um vier.«

»Man muß den Erzpriester verständigen«, sagte jemand. »Er wird nicht kommen können, man muß ihn aber dennoch verständigen.«

»Der Klerus geht mich nichts an«, antwortete Peppone.

Sie gingen in den Pfarrhof, und Don Camillo war sehr traurig.

»Ihr wißt ja, ich kann nicht kommen. Ein Priester in so einem Theater, in einer Erstaufführung, das geht nicht. Es tut mir leid. Ihr werdet mir aber erzählen.«

Der Ausschuß verabschiedete sich, und Don Camillo vertraute sich dem Gekreuzigten an.

»Es tut mir leid, daß ich nicht gehen kann«, seufzte Don Camillo. »Radames ist gewissermaßen ein wenig unser aller Sohn. Andererseits, Pflicht ist Pflicht. Mein Platz ist hier, nicht in der frivolen und mondänen Welt des Theaters.«

»Gewiß, Don Camillo«, antwortete Christus. »Das sind kleine Opfer, die man heiteren Herzens erbringen muß.«

»Klein im absoluten Sinne«, sagte Don Camillo. »Große Opfer aber im relativen Sinne und in diesem besonderen Fall. Der Fall ist ganz besonders und einmalig und unwiderruflich. Wie dem auch sei, gerade weil es ein großes Opfer ist, muß man imstande sein, es heiteren Herzens zu erbringen. Und ohne Bedauern. Bedauern vermindert den Wert des Opfers. Ja, vielmehr, wenn ein Opfer Bedauern herbeiführt, dann kann man sagen, daß das Opfer überhaupt keinen Wert mehr hat.«

»Natürlich«, bestätigte Christus.

Don Camillo ging in der leeren Kirche auf und ab.

»Diese Stimme«, erklärte er, und blieb vor dem Hochaltar stehen, »diese Stimme habe ich herausgebracht. Ein kleiner Junge war er, so klein. Singen konnte er überhaupt nicht, er kreischte nur wie eine verrostete Kette. Und heute singt er im Königlichen Theater von Parma, in der ›Aida‹. Radames in der ›Aida‹! Und ich kann ihn nicht hören. Dieser Verzicht scheint mich viel Überwindung zu kosten, mein Herz ist aber ganz heiter.«

»Gewiß«, flüsterte lächelnd Christus.

Peppone und sein Gefolge hatten in der ersten Reihe der dritten Galerie Platz genommen. Sie waren ganz außer sich vor Erwartung und warteten schon seit geraumer Zeit, weil man auf der dritten Galerie die Plätze erobern muß, es genügt nicht, die Eintrittskarten zu bezahlen.

Wenn man »Aida« gibt, ist die dritte Galerie nicht nur voll, die dritte Galerie birst dann vor Leuten. Und doch gelang es einem Mann knapp vor Beginn der Vorstellung die Menschenflut zu teilen und bis in die erste Reihe hinter Peppone vorzudringen. Es war ein Riese, er hatte einen grünen Lodenmantel an, und Peppone schien ihn zu kennen, weil er ihm Platz machte und sich der Riese zu ihm setzte.

»Wenn Radames Angst hat, gibt es ein Unglück«, stotterte Peppone. »Die Leute kennen hier kein Mitleid.«

»Hoffen wir das Beste«, sagte der Riese.

Der arme Radames erschien aber auf der Bühne bebend vor Angst und spielte den Radames bebend vor Angst.

»Wenn sie ihn auspfeifen, bringe ich noch jemanden um«, sagte Peppone zu dem Riesen, und der Riese machte ihm ein Zeichen, daß er ruhig sein solle.

Man pfiff ihn aber nicht aus. Man hatte Mitleid mit ihm und beschränkte sich darauf, ihn laut auszulachen. Gegen Ende des ersten Aktes wurde es immer schlimmer, die Angst wurde zur Todesangst, und Radames gickste wie ein armer Hund.

Die dritte Galerie grölte. Und es war ein Grölen, daß der Vorhang wogte.

Peppone preßte die Zähne zusammen, und sein Gefolge war bereit, loszugehen und ein Blutbad anzurichten. Der Riese aber faßte Peppone am Genick und zog ihn hinaus.

Sie spazierten im Freien am Theater entlang, und wenn sie ein Gebrüll hörten, begriffen sie, daß Radames wieder gegickst hatte. Die Posaunen des Triumphmarsches beruhigten dann die Leute.

Knapp vor dem Beginn des dritten Aktes sagte der Riese zu Peppone:

»Gehen wir.«

Man ließ sie nicht in den Bühnenraum ein, doch war gegen zwei solche Satane, die die Stoßkraft eines Panzers entwickelten, nichts auszurichten.

Gebrochen und fassungslos wartete Radames darauf, wieder einmal auf die Bühne geschoben zu werden, und als er die beiden vor sich sah, sperrte er den Mund auf.

Der Riese im grünen Lodenmantel faßte ihn von hinten an den Schultern und gab ihm einen Fußtritt, nicht gemünzt auf Franco Santalba, sondern auf Radames aus der Bassa.

Radames erschien wie im Flug auf der Bühne, er war aber ein anderer. Nach der Arie »Io son disonorato« stürzte fast das Theater vor dem Applaus ein.

»Die Künstler muß man gründlich kennen«, sagte der Riese triumphierend zu Peppone, der vor Freude johlte.

»Jawohl, Hoch ...«, antwortete Peppone. Ein Blick des Riesen schnitt ihm aber das Wort ab.

Madonna brutta

Die Leute nannten sie die »Madonna brutta«. Wenn man das sagen hörte, stellten sich einem die Haare auf, denn es hat den üblen Beigeschmack eines verallgemeinernden Fluches, heißt doch »Madonna brutta« häßliche oder schlimme Mutter Gottes. In Wirklichkeit hatten aber die Leute wirklich nicht die geringste Absicht, es an der Achtung der Mutter Gottes gegenüber fehlen zu lassen. Der Ausspruch besagte das Wenigste, was man über die so berüchtigte Statue sagen konnte, die ständig ein Dorn in Don Camillos Herzen war.

Es war eine große Statue, über zwei Meter hoch, ein Ding schwer wie Blei. Eine große Statue, aus bemaltem Ton, in so scheußlichen Farben, daß einem die Augen weh taten.

Wer sie modelliert hatte, mußte – seine Seele ruhe in Frieden – der größte Gauner auf der Welt gewesen sein. Wenn sie ein armer Teufel bemalt hätte, der keine Ahnung davon hat, worum es bei der Bildhauerkunst geht, der aber ansonsten ein Ehrenmann ist, dann hätte niemand diese Madonna häßlich nennen dürfen. Auch in Dingen der Kunst bedeutet Unwissenheit niemals Bosheit, weil der Unwissende mit ganzer Seele dabei ist, eine Statue oder ein Bild so schön zu machen, wie er nur kann, und weil in Dingen der Kunst die Absicht immer wichtiger ist als die technische Fertigkeit.

Diese Madonna hatte aber einer modelliert, der seine Sache offensichtlich bestens verstand. Ein Schuft, der seine ganze bildhauerische Fertigkeit aufgewendet hatte, um eine häßliche Madonna zu machen. Und das war ihm gelungen.

Als Don Camillo – temporibus illis – das erstemal seine Kirche betrat, war er über die Häßlichkeit dieser Statue zutiefst entsetzt, und er beschloß, sie durch eine andere zu ersetzen, die die Mutter Gottes würdiger darstelle. Er sprach auch sofort davon, man antwortete ihm aber, daß daran nicht zu denken sei. Es handelte sich um eine Tonfigur aus dem Jahre 1693, und man zeigte ihm das am Sockel eingeritzte Datum.

»Es ist gleichgültig, wann sie gemacht worden ist«, widersprach Don Camillo, »sie ist häßlich!«

»Häßlich, aber alt«, antwortete man ihm.

»Alt, aber häßlich«, erwiderte Don Camillo.

»Ein historisches Stück, Hochwürden!« entschieden die anderen.

Umsonst hatte Don Camillo jahrelang gekämpft. Wenn es schon ein historisches Stück war, so meinte er, könnte man es einem Museum geben und durch eine andere Madonna mit einem christlicheren Gesicht ersetzen. Schlimmstenfalls hätte man die »Madonna brutta« in eine Ecke der Sakristei stellen können, während an ihren Platz in der Seitenkapelle eine neue Madonna gekommen wäre.

Es war nur eine Geldfrage.

Als sich Don Camillo auf Geldsammlung begab und die Sache erklärte, schauten ihn alle höchst erstaunt an.

»Die Madonna brutta ersetzen? Die Madonna brutta ist ein historisches Stück!« antwortete man ihm. »Das kann man nicht machen. Ein historisches Stück läßt sich doch nicht ersetzen!«

Don Camillo gab sein Vorhaben auf; der Dorn blieb ihm aber im Herzen stecken, und er klagte von Zeit zu Zeit Christus am Hochaltar.

»Jesus, warum hilfst Du mir nicht? Bist Du denn nicht persönlich beleidigt, wenn Du die Mutter Gottes so wiedergegeben siehst? Wie kannst Du erlauben, daß die Leute die Mutter Gottes Madonna brutta nennen?«

»Don Camillo«, antwortete Christus, »die wahre Schönheit ist nicht das Äußere. Wahr ist vielmehr, daß die äußere Schönheit schwindet und zu Erde wird in der Erde. Alles, was wirklich schön ist, ist ewig und stirbt nicht mit dem Fleisch. Die Schönheit der Mutter Gottes ist die ihrer Seele, und diese Schönheit ist unberührt und unzerstörbar. Warum sollte ich beleidigt sein, wenn jemand aus Ton eine Frau mit häßlichem Gesicht geformt und diese Statue dann auf den Altar der Madonna gestellt hat? Wer vor diesem Altar niederkniet, richtet seine Gebete nicht an die Tonstatue, sondern an die Mutter Gottes, die im Himmel ist.«

»Amen«, antwortete Don Camillo.

Und er ging weg, litt aber weiter darunter, wenn er die Leute von der »Madonna brutta« sprechen hörte.

Aber der Dorn blieb in seinem Herzen stecken, und er gewöhnte sich langsam an diesen Jammer. Im August aber, am Tag der großen Prozession, wenn man die »Madonna brutta« aus der Seitenkapelle herausholte und auf einem Traggestell durch die Straßen des Dorfes trug, wurde sein Leiden akut.

Vom Schatten der Seitenkapelle befreit, traten die Gesichtszüge der Madonna in der stechenden Sonne noch weitaus schärfer hervor. Es war ein häßliches, es war aber auch vor allem ein böses Gesicht. Ein Gesicht mit groben Zügen. Da waren Triefaugen, alles eher als ekstatisch. Und das Jesuskind auf dem Arm der Madonna war ein Bündel Fetzen, ein Bündel, aus dem das leere Gesicht einer Puppe hervorkam.

Don Camillo hatte sein möglichstes getan, diese Häßlichkeit zu tarnen, indem er die Statue mit Schleiern, Diademen und Halsbändern schmückte. Anstatt zu verbessern, hatte das die Sache nur verschlechtert. Und Don Camillo entschloß sich endlich, auf jeden Schmuck zu verzichten, und die gräßlichen Farben, mit denen die Figur bekleckst war, wirkten scheußlicher denn je.

Der Krieg ging auch für die Straßen der abgelegenen Dörfer am Ufer des großen Flusses an. Es gab zerstörte und ausgeplünderte Häuser. Die Hände der Räuber und Kirchenschänder schreckten nicht davor, sich an den Altären zu vergreifen. Vom Himmel hagelte es Bomben. Glokkentürme und Kirchen wurden getroffen. Don Camillo wollte es sich selbst nicht eingestehen, aber in der Tiefe seines Herzens hoffte er, daß ihn vielleicht etwas von der »Madonna brutta« befreien würde.

Als gegen Kriegsende alle möglichen fremden Truppenteile in der Gegend herumzustreichen begannen, wandte sich Don Camillo an die zuständige Stelle:

»Die ›Madonna brutta‹ ist ein Meisterwerk aus dem Jahre 1693. Ein historisches Stück. Man müßte sie verlagern, in Sicherheit bringen.«

Man antwortete ihm, er könne beruhigt sein, die Statue sei ein Kunstwerk und historisch, aber häßlich, und die Häßlichkeit sei ihr bester Schutz. Seit 1693 hätte sie bestimmt schon jemand weggetragen, wenn sie nicht so häßlich gewesen wäre.

Der Krieg war vorbei, es vergingen weitere Jahre, und schließlich kam der Augenblick, als Don Camillo – heftiger denn je – den Stich des Dornes verspürte. Er hatte die Kirche erneuert, die Wände angestrichen, die Ziegelsäulen und die Holzbalustraden restauriert, die Lampen und die Leuchter vergoldet.

Mitten in dieser Pracht, mitten in diesem Glanz war für die »Madonna brutta« wirklich kein Platz mehr. Ein schwarzer Fleck auf einem schmutzigen Hintergrund spielt keine Rolle, man sieht ihn und sieht ihn doch nicht. Ein schwarzer Fleck auf einem weißen Hintergrund wirkt aber wie eine Faust aufs Auge.

»Jesus«, sagte Don Camillo und kniete vor dem Gekreuzigten am Hochaltar nieder. »Diesmal mußt Du mir helfen. Jesus, für die Erneuerung der Kirche habe ich das wenige Geld, das ich hatte, bis auf die letzte Lira ausgegeben. Ich habe auch nicht wenig Geld ausgegeben, das ich nicht hatte, und nun bin ich mit Schulden belastet. Ich habe mein Essen genau rationiert, ich habe sogar meine Zigarre aufgegeben. Mich freut heute nicht so sehr, die Kirche so schön zu sehen, als die Kraft gehabt zu haben, so viele Opfer darzubringen. Befreie mich jetzt von dem Dorn in meinem Herzen. Gib, daß man nicht mehr sagt, Don Camillos Kirche sei die Kirche der Madonna brutta.«

Christus lächelte.

»Don Camillo, ist es mir bestimmt, mit dir stets dieselbe Zwiesprache halten zu müssen? Warum willst du, daß ich dir noch tausendmal sage, was ich dir schon gesagt habe? Daß die wahre Schönheit nicht äußerlich ist? Daß die Augen die wahre Schönheit nicht sehen können, weil sie innerlich ist und dem Zahn der Zeit widersteht und nicht, wie die äußerliche Schönheit, zu Erde in der Erde wird?«

Don Camillo senkte das Haupt, ohne zu antworten. Und das war ein sehr schlechtes Zeichen.

Der Tag der August-Prozession nahte, und eines Tages ließ Don Camillo die Träger kommen.

»Diesmal«, erklärte Don Camillo, »wird der Prozessionsweg länger sein, weil wir, ehe wir ins Dorf gelangen, bis zu den neuen Häusern an der unteren Straße gehen müssen.«

Es war ein höllischer August, und der Gedanke, zwei Kilometer lang auf einer erst seit wenigen Tagen geschotterten Straße mit einem solchen Gewicht auf den Schultern gehen zu müssen, hätte auch den stärksten Stier auf der Welt aus der Fassung gebracht.

»Man könnte zwei Schichten machen«, gab der alte

Giarola zu bedenken, der gewöhnlich der Anführer der Träger bei Prozessionen war.

»Das wäre gefährlich«, antwortete Don Camillo, »die Hände schwitzen, die Sonne martert die Köpfe; während die Leute abwechseln, kann die Sache in einem Augenblick schiefgehen. Meiner Ansicht nach könnten wir Rebeccis kleinen Lastwagen ausschmücken und auf ihn die Madonna stellen. So wird die Sache noch prunkvoller. Ich glaube, ihr habt nichts dagegen.«

Den Trägern mißfiel aber dieser Gedanke; andererseits jedoch dachten sie an die Straße und an die Hitze, und ihr Mißfallen nahm ab. Sie antworteten, daß von ihnen aus die Sache in Ordnung sei.

Rebecci erklärte sich gerne bereit, seinen kleinen Lastwagen herzugeben, und brachte ihn am nächsten Tag in Don Camillos großen Wagenschuppen, weil Don Camillo niemandem traute und selbst den Lastwagen herrichten und ausschmücken wollte.

Die ganze Woche hämmerte er wie ein Besessener, am Samstag war aber alles vollständig beisammen. Auf dem Lastwagen war eine feste Plattform angenagelt, mit Brokat und Blumen war alles getarnt – und man mußte zugeben, daß alles zusammen einen mächtigen Eindruck machte.

Dann kam der Sonntag, und im richtigen Augenblick wurde die »Madonna brutta« ins Freie gebracht und auf die Plattform gestellt. Der Sockel wurde mit festen Seilen am Holzrahmen befestigt und die Seile mit großen Blumengewinden unsichtbar gemacht.

»Du kannst ohne jede Sorge fahren«, sagte Don Camillo zu Rebecci. »Auch bei einem Tempo von neunzig Kilometern kann nichts passieren. Dafür bürge ich.«

»So geschmückt und mit allen diesen Blumen ist sie beinahe schön«, sagten die Leute, als sich der Lastwagen in Bewegung setzte.

Die Prozession nahm die Richtung auf die neuen Häuser an der unteren Straße, und der Lastwagen fuhr im Schritt, holperte aber trotzdem wegen des Schotters und auch deswegen, weil die verfluchte Kupplung auf ihre Weise zu funktionieren begann, so daß die Fahrt nur ruckartig vor sich ging, und wenn Don Camillo den Sokkel der Statue nicht so fest an die Plattform gebunden hätte, wäre der armen »Madonna brutta« ein böser Streich widerfahren.

Don Camillo hatte die Kupplungspanne bemerkt und konnte sich vorstellen, in welch schlimmer Lage sich Rebecci befinden mußte. Daher beschloß er eine Programmänderung, als die Prozession bei den neuen Häusern angelangt war.

»Der Lastwagen fährt nur mühsam in diesem langsamen Tempo auf dem Schotter«, erklärte er. »Wir schneiden jetzt den Weg durch die Felder ab und sind in zehn Minuten wieder auf der Landstraße. Rebecci fährt schnell zurück und erwartet uns bei der Brücke. Dort ordnet sich die Prozession wieder, und wir gehen großartig zum Dorf, weil die ganze Straße schön ist.«

Rebecci kehrte mit dem kleinen Lastwagen zurück, und die »Madonna brutta«, die arme, machte bestimmt die unangenehmste Reise ihres langen Lebens.

Bei der Brücke ordnete sich wieder der Zug und richtete seine Schritte gegen das Dorf. Die Straße war wunderbar glatt, und alles ging gut, wenn auch der kleine Lastwagen wegen dieser verfluchten Kupplung hier und da einen Sprung vorwärts machte, als ob er einen Fußtritt von hinten bekommen hätte.

Das ganze Dorf war geschmückt, und besonders in der Hauptstraße war alles wirklich herrlich; das war jene endlose Straße, mit Bogengängen links und rechts. Jedes Fenster war mit Kerzen und Girlanden geschmückt, von allen Fenstern regnete es Blumen.

Unglücklicherweise hatte die Straße ein Katzenkopfpflaster, und der Lastwagen hatte nicht nur diese tückische Kupplung, sondern auch eisenharte Reifen, so daß er, auch wenn er langsam fuhr, wie auf einem Ball herumtanzte.

Die »Madonna brutta« schien aber mit dem Lastwagen

verbunden zu sein, und das war das persönliche Verdienst Don Camillos.

In der Mitte der Straße mit den Bogengängen begann das gemeinste Stück, weil hier das ohnedies schlechte Pflaster noch überall aufgerissen war, denn man hatte dort vor kurzem Rohre verlegt, und so war die Straßendecke voller Löcher.

»Wenn man hier glücklich durchkommt, dann ist die Gefahr vorbei«, sagten die Leute, die zwar zu Don Camillos Seilen größtes Vertrauen hatten, aber dennoch einen großen Abstand von dem Lastwagen hielten.

Die »Madonna brutta« kam aber nicht durch das gefährliche Stück.

Sie fiel nicht um, weil Don Camillos Seile wie von Samson angezogen waren; sie machte einen plötzlichen Sprung – und siehe, die Statue zerbröckelte.

Es war nicht gebrannter Ton, es war etwas Grobes, eine Mischung aus Ziegelstaub, Gips, Kalk und Gott weiß noch was allem – und dieser Brei zerbröckelte nach dem letzten dieser zwei- oder dreitausend mörderischen Stöße, und die Stücke fielen auf die Erde und zerkrümelten.

Der Schrei, der der Menge entstieg, galt nicht dem Umstand, daß die »Madonna brutta« in Stücke gegangen war.

Er galt der »Madonna bella«, der schönen Madonna.

Die Leute rissen die Augen auf und erhoben ein schreckliches Geschrei, denn auf dem Sockel, der noch immer am Lastwagen festgebunden war, erschien glänzend, wie eine silberne, von ihrer groben Schale befreite Frucht, eine herrliche Madonna, kleiner als die andere, aber ganz aus Silber.

Auch Don Camillo bewunderte sie fassungslos, und es kamen ihm die Worte Christi in den Sinn: »Die wahre Schönheit ist nicht äußerlich, die Augen können sie nicht sehen, weil sie innerlich ist und dem Zahn der Zeit widersteht und nicht, wie die äußerliche Schönheit, zu Erde in der Erde wird …«

Er schaute sich um, weil eine Alte zu schreien begonnen hatte: »Ein Wunder! Ein Wunder!«

Mit einem donnernden Gebrüll brachte er sie zum Schweigen, bückte sich dann und klaubte ein Stück der »Madonna brutta« auf. Es war ein Stück vom Gesicht, eines jener bösen Triefaugen, die er so oft haßerfüllt betrachtet hatte.

»Wir werden dich wieder Stück für Stück zusammensetzen«, sagte Don Camillo mit lauter Stimme. »Wenn wir auch dafür ein Jahr oder zehn Jahre aufwenden müssen, wir werden dich wieder aufstellen, du arme Madonna brutta, die uns die silberne Madonna vor der Raubgier gerettet hat, die seit dem 17. Jahrhundert in der Welt herrscht. Wer dich in Eile geformt und mit deiner Kruste die silberne Madonna bedeckt hat, machte dich häßlich und armselig, um dich vor dem Zugriff von Plünderern zu schützen, die vielleicht bereits unterwegs waren zu diesem Dorf oder zu einem anderen oder zu einer Stadt, wo du warst und woher du dann zu uns gekommen bist. Jetzt werden wir dich wieder zusammensetzen, Stück für Stück, und du wirst neben der silbernen Madonna auf dem Altar stehen. Ich habe unabsichtlich dein schlimmes Ende verursacht, Madonna brutta ...«

Hier sagte Don Camillo die unverschämteste Lüge seines Lebens. Andererseits aber konnte er nicht so, coram populo, erklären, daß er den längsten und steinigsten Weg ausgesucht hatte, daß er die Reifen bis zum Platzen aufgepumpt, die Kupplung verstellt und schließlich hier und dort in die Statue ein kleines Loch oder einen schmalen Riß gemacht, aber sofort damit aufgehört hatte, da ihm klar geworden war, daß es sich nicht um gebrannten Ton, sondern um eine Art Stuck handelte, der von allein zerbröckeln würde. Er werde es Christus am Hochaltar anvertrauen, der ohnedies schon alles ganz genau wußte...

»Du arme Madonna brutta, du hast die silberne Madonna vor den raubgierigen Klauen der Barbaren gerettet, die unser Land seit alten Zeiten immer wieder heimgesucht haben. Wer wird die silberne Madonna vor den heutigen Barbaren retten, die drohend an den Grenzen der Kultur stehen und mit grimmigen Augen auf die Festung Christi blicken? Ist das vielleicht ein Vorzeichen? Soll das vielleicht heißen, daß diese Barbaren nie in unsere Täler herabsteigen werden oder, wenn sie es versuchen sollten, daß unser Glaube und unsere Arme stark genug sein werden, dich zu verteidigen?«

Peppone, der in der ersten Reihe stand, um »die Erscheinung aufmerksam zu verfolgen«, wandte sich zu Smilzo:

»Wen kann er da nur meinen?« fragte er leise.

»Bah!« antwortete Smilzo mit den Achseln zuckend. »Die üblichen Hirngespinste der Pfaffen ...«

Der Jagdhund Ful

Zwei Tage vor Jagdbeginn ging Lampo ein. Er war schon sehr alt und hatte volles Recht, das Dasein eines Jagdhundes satt zu haben, ein Beruf, der für ihn außerordentliche Mühe bedeutete, war er doch nicht der seine.

Don Camillo konnte also nur im Garten bei der Akazienhecke ein tiefes Loch schaufeln, die Leiche Lampos hineinlegen, zuschaufeln und seufzen.

Etwa zwei Wochen fühlte sich Don Camillo nicht wohl; das ging aber vorüber, und eines Morgens befand er sich plötzlich – nur der liebe Gott weiß wie – mitten auf den Feldern mit einer Doppelflinte in den Händen.

Eine Wachtel erhob sich aus einem Gemüseacker, und Don Camillo feuerte beide Läufe ab. Die Wachtel flog ruhig weiter, und Don Camillo wollte gerade brüllen: »Du Sauhund!«, erinnerte sich aber, daß Lampo nicht mehr da war, und es wurde ihm wieder übel. Er irrte wie ein Verrückter auf den Feldern, längs der Dämme und in den Weingärten umher, schoß wie mit einem Maschinengewehr, erreichte aber gar nichts.

Wie sollte man ohne Hund etwas erreichen?

Er hatte nur mehr eine Patrone; eine Wachtel stieg empor, und Don Camillo schoß, als der Vogel gerade hinter einer Hecke verschwinden wollte. Er hatte bestimmt nicht verfehlt – wie sollte er das aber wissen? Vielleicht war die Wachtel mitten in die Hecke gefallen, vielleicht in das hohe Gras hinter der Hecke. Wie soll man eine Nadel in einer Heuladung finden? Besser, man verzichtet. Don Camillo blies in die Gewehrläufe und blickte herum, um sich zu orientieren und den Weg nach Hause zu finden, als ihn ein Geräusch den Kopf wenden ließ. Aus der Hecke sprang ein Hund hervor, lief zu Don Camillo und warf einen fetten Hasen, den er in den Zähnen hielt, vor seine Füße.

»Donnerwetter!« wunderte sich Don Camillo. »Das ist eine schöne Geschichte. Ich schieße auf eine Wachtel, und der da bringt mir einen Hasen.«

Don Camillo hob den Hasen auf und sah, daß er von Wasser troff. Auch der Hund war ganz naß. Offensichtlich war er vom anderen Ufer gekommen und schwimmend über den Fluß gelangt. Er steckte den Hasen in die Jagdtasche und machte sich auf den Heimweg. Und der Hund hinter ihm. Der Hund folgte ihm, und als Don Camillo im Pfarrhof verschwand, legte er sich vor die Tür und wartete.

Don Camillo hatte noch nie einen Hund von dieser Rasse gesehen. Er war ein wunderschönes Tier und mußte ein ausgezeichneter Jagdhund sein. Vielleicht war er einer jener Hunde mit Stammbaum, wie Grafen und Barone; jedenfalls hatte er keinerlei Erkennungszeichen bei sich. Er trug ein schönes Halsband, jedoch ohne sichtbare Nummer, Namensnennung oder Adresse.

Wenn er nicht aus einer anderen Welt ist, sondern wenn ihn jemand verloren hat, dann wird dieser Jemand schon zum Vorschein kommen! dachte Don Camillo. Und er ließ den Hund herein.

Am Abend dachte er vor dem Schlafengehen viel an den Hund, beruhigte aber dann sein Gewissen, indem er beschloß: Am Sonntag werde ich es in der Kirche abkündigen!

Als er am nächsten Morgen zeitig aufstand, um die Messe zu lesen, hatte Don Camillo den Hund vergessen; er kam ihm zwischen die Beine, als er gerade die Kirche betrat.

»Bleib hier und warte!« rief ihm Don Camillo zu. Der Hund legte sich vor der Tür der Sakristei nieder, und als Don Camillo herauskam, war er immer noch da und empfing ihn freudig.

Sie frühstückten zusammen, und als schließlich der Hund Don Camillo die Doppelflinte, die in einer Ecke lehnte, nehmen sah, um sie an den Nagel zu hängen, an den sie gehörte, begann er zu bellen, lief zur Tür und rannte wieder zurück, um zu sehen, ob ihm Don Camillo folge. Er führte diese Komödie so lange auf, bis Don Camillo gezwungen war, die Doppelflinte umzuhängen und sich mit ihm auf die Felder zu begeben.

Er war ein außerordentlicher Hund, eines jener Tiere, die den Jäger moralisch verpflichten und ihn dazu bringen zu denken: Wenn ich jetzt nicht treffe, wie schau ich vor dem Hund aus!

Don Camillo jagte sehr gewissenhaft, denn er kam sich wie bei einer Prüfung vor, und er war, offen gesagt, ein des Hundes würdiger Jäger.

Don Camillo kehrte mit voller Jagdtasche heim und faßte den Entschluß: Ich werde ihn Fulmine nennen.

Gleich darauf fiel ihm ein, daß Fulmine, was Blitz bedeutet (wie auch Lampo), ein zu langer Name sei, und er besann sich eines Besseren: Fulmine, gerufen Ful.

Mit seiner Arbeit fertig, gönnte sich der Hund etwas Freizeit und haschte nach Schmetterlingen, eine halbe Meile weg, am Rain einer weiten Kleewiese.

»Ful!« brüllte Don Camillo.

Das war so, als ob von der anderen Seite der Wiese jemand einen Torpedo gegen Don Camillo losgelassen hätte: der Hund lief wie ein Pfeil, ganz flach über den Boden ausgestreckt, und man sah nur die Furche, die das Tier, das sich durch das Grasmeer einen Weg bahnte, hinter sich ließ.

Und da stand schon Ful vor Don Camillo. Handbreit hing ihm die Zunge heraus, und er wartete auf Don Camillos Befehle.

»Brav, Ful!« sagte Don Camillo. Und der Hund sprang, winselte und bellte wie toll um Don Camillo, als wollte er ihn auf den Gedanken bringen: Wenn er nicht bald aufhört, fange auch ich zu bellen an!

Es vergingen zwei Tage, und ein verfluchter kleiner Teufel hatte sich Don Camillo an die Fersen gehängt und hielt ihm große Reden der Versuchung, so daß Don Camillo fast schon entschlossen war, zu vergessen, am Sonntag in der Kirche von dem gefundenen Hund zu sprechen, als er dann am Nachmittag des dritten Tages, bei der Heimkehr von der Jagd mit voller Jagdtasche und mit Ful, der als Führer vorauslief, Peppone begegnete.

Peppone war mißgelaunt. Auch er kam von der Jagd, seine Jagdtasche aber war leer. Peppone erblickte Ful, holte dann eine Zeitung aus der Tasche und faltete sie auseinander.

»Merkwürdig«, murmelte er, »das scheint der Hund zu sein, den man sucht.«

Don Camillo ergriff die Zeitung und fand sofort, was er nie hätte finden wollen. Ein Stadtfrack setzte eine reiche Belohnung aus, die jeder bekommen sollte, der ihm helfen könnte, einen Jagdhund (es folgte die Beschreibung) wiederzufinden, der an einem bestimmten Tag und an einer bestimmten Stelle am Fluß verschwunden war.

»Gut«, murmelte Don Camillo. »So kann ich mir die Abkündigung in der Kirche am Sonntag ersparen. Laß mir bitte die Zeitung. Ich geb sie dir später zurück.«

»Ich verstehe schon, es ist aber schade«, erwiderte Peppone, »es hat sich im Dorf herumgesprochen, daß er ein ganz besonderer Hund ist. Das scheint auch wirklich wahr zu sein, weil Sie Ihre Jagdtasche zu den Zeiten des seligen Lampo nie so voll heimgebracht haben. Wirklich schade. Wenn ich an Ihrer Stelle wäre ...«

»Auch ich, wenn ich an deiner Stelle wäre«, unterbrach ihn barsch Don Camillo. »Da ich aber ich bin, muß ich meine Pflicht als Ehrenmann tun und den Hund seinem gesetzmäßigen Herrn zurückgeben.«

Don Camillo betrat eilig das Postamt und gab ein Telegramm an den Stadtfrack auf. Und der kleine, ganz verfluchte Teufel, der sich gerade eine wunderbare Rede an Don Camillo ausdachte, verlor das Spiel. Das ärgerte ihn sehr, weil er damit gerechnet hatte, daß Don Camillo dem Herrn in der Stadt einen Brief schreiben werde; an ein Telegramm hatte er nicht gedacht.

Um einen Brief zu schreiben, braucht man Zeit, fünfzehn, zwanzig Minuten. Und in fünfzehn oder zwanzig Minuten kann ein kleiner Teufel eine Lage von Grund auf ändern. Um ein Telegramm aus ein paar Worten auf einem Postamt hinzuwerfen, braucht man nur einige Sekunden; da kann auch ein großer Teufel wenig ausrichten.

Don Camillo kehrte mit einem ruhigen Gewissen heim, es wurde ihm aber wieder übel. Er seufzte noch stärker als nach dem Tod Lampos.

Der Herr aus der Stadt kam tags darauf mit seinem Aprilia. Er war aufgeblasen und unsympathisch.

»Ist mein Hund hier?« fragte er.

»Hier ist ein Hund, den jemand verloren hat und den ich gefunden habe«, stellte Don Camillo richtig. »Sie müssen beweisen, daß er Ihnen gehört.«

Der Kerl aus der Stadt beschrieb den Hund des langen und des breiten.

»Genügt das, oder soll ich Ihnen auch seine Eingeweide beschreiben?« sagte er zum Schluß.

»Das genügt«, antwortete finster Don Camillo und machte die Tür zum Verschlag hinter der Treppe auf.

Der Hund lag auf dem Boden und rührte sich nicht.

»Ful!« rief ihn der Stadtfrack.

»Heißt er so?« fragte Don Camillo.

»Ja.«

»Merkwürdig«, bemerkte Don Camillo.

Der Hund rührte sich nicht, und der Stadtfrack rief nochmals: »Ful!«

Der Hund knurrte, und seine Augen waren böse.

»Er scheint nicht Ihr Hund zu sein«, sagte Don Camillo.

Der Stadtfrack bückte sich, faßte den Hund am Halsband und zerrte ihn mit Gewalt aus dem Verschlag heraus. Dann drehte er das Halsband um. Dort befand sich ein Messingtäfelchen, auf dem einige Worte eingraviert waren.

»Lesen Sie, Hochwürden. Hier steht mein Namen, meine Adresse und Telefonnummer. Auch wenn der Hund nicht mein zu sein scheint, ist er es doch.«

Der Stadtfrack zeigte Ful den Wagen.

»Auf, steig ein!« befahl er.

Langsam, mit gesenktem Haupt und eingezogenem Schwanz stieg Ful ins Auto und kauerte sich am Boden zusammen.

Der Herr aus der Stadt nahm aus der Tasche eine Note zu fünftausend Lire und streckte sie Don Camillo entgegen. »Für Ihre Mühe«, sagte er.

»Es war für mich keine Mühe, das Gefundene dem gesetzmäßigen Eigentümer zurückzuerstatten«, antwortete Don Camillo und lehnte das Geld ab.

Der Stadtfrack bedankte sich bei Don Camillo.

»Ich bin Ihnen sehr dankbar, Hochwürden. Dieser Hund hat mich einen Haufen Geld gekostet. Reinste Rasse. Er kommt aus einem der besten englischen Zwinger. Er hat schon drei internationale Preise gewonnen. Ich bin ein wenig unbeherrscht, damals war der Hund schuld daran, daß ich einen Hasen verfehlte, und ich habe ihm hierauf einen Fußtritt gegeben. Er ist ein nachtragender Hund.«

»Er ist ein Hund mit Standesbewußtsein«, antwortete Don Camillo. »Sie hatten den Hasen nicht verfehlt – richtig ist vielmehr, daß er ihn gefunden und mir gebracht hat.«

»Es wird ihm schon vergehen«, grinste der Stadtfrack und bestieg den Wagen.

Don Camillo verbrachte eine fürchterlich schlechte Nacht, und als er am nächsten Morgen nach der Messe aus der Kirche trat, war er übel gelaunt. Es regnete in Strömen, und ein verfluchter Wind wehte – aber Ful war da.

Er war bis zu den Augen mit Schlamm bedeckt und naß wie ein Scheuerlappen; er lag vor der Tür der Sakristei, und als er Don Camillo erblickte, führte er einen Tanz auf wie im Finale des letzten Aktes einer Oper.

Don Camillo ging mit Ful in den Pfarrhof, wo er sogleich in Schwermut verfiel.

»Nur keine Illusionen«, sagte er seufzend zum Hund. »Er kennt jetzt den Weg und wird wiederkommen.«

Der Hund heulte, als ob er verstanden hätte. Er ließ sich von Don Camillo waschen und putzen und legte sich dann vor den Kamin, in dem Don Camillo ein Reisigbündel angezündet hatte, damit Ful trocken werde.

Der Stadtfrack kam schon am selben Nachmittag. Er war außer sich vor Wut, weil er seinen schönen Aprilia dreckig machen mußte.

Erklärungen waren überflüssig; als er den Pfarrhof betrat, fand er Ful zusammengekauert vor dem erkalteten Kamin.

»Es tut mir leid, Sie wieder zu stören«, sagte der Stadtfrack. »Sie können aber sicher sein, daß es das letztemal ist. Ich werde ihn auf eine meiner Besitzungen in Varesotto geben. Von dort wird er nicht durchbrennen, auch wenn er eine Brieftaube wäre.«

Als ihn der Stadtfrack rief, knurrte Ful böse und bestieg diesmal nicht allein den Wagen, sondern sein Herr mußte ihn mit Gewalt hineinziehen. Und als er drinnen war, versuchte er noch einmal durchzubrennen. Als die Wagentür zu war, sprang er auf den Sitz und bellte wütend.

Am nächsten Morgen verließ Don Camillo unruhig und mit heftig pochendem Herzen den Pfarrhof. Ful aber war nicht da. Ful kam auch am nächsten Tag nicht. Don Camillo fügte sich allmählich in sein Schicksal. So vergingen fünfzehn Tage, in der Nacht des sechzehnten aber, gegen eins, hörte Don Camillo, wie ihn jemand von unten weckte, und es war Ful.

Er eilte die Stiege hinab, und da unten am Kirchplatz spielte sich unter den Sternen die rührendste Wiedersehensszene ab, von der jemals berichtet wurde. So rührend war sie, daß Don Camillo völlig vergessen hatte, wie er dastand – im Hemd.

Ful war in einem fürchterlichen Zustand, schmutzig, ausgehungert und so müde, daß er nicht einmal den Schwanz geradehalten konnte.

Man benötigte drei Tage, um ihn wiederherzustellen, als aber am Morgen des vierten Tages Don Camillo nach der Messe in den Pfarrhof zurückkehrte, packte ihn Ful mit den Zähnen an der Soutane und zog ihn zur Ecke, in der das Gewehr hing, und führte eine solche Szene auf, daß Don Camillo gezwungen war, die Flinte, den Patronengürtel und die Jagdtasche zu nehmen und sich auf die Felder zu begeben.

Es verging eine außergewöhnliche Woche. Ful wurde immer phänomenaler, und Don Camillos Jagdtaschen ließen alle anderen Jäger der Gegend vor Neid grün werden.

Von Zeit zu Zeit kam der eine oder andere, um den Hund anzuschauen, und Don Camillo erklärte jedesmal:

»Er gehört nicht mir. Ein Herr aus der Stadt hat ihn bei mir gelassen, damit ich ihn an Hasen gewöhne.«

Eines Morgens kam auch Peppone und betrachtete Ful schweigend eine Weile.

»Heute gehe ich nicht aus«, sagte Don Camillo. »Willst du ihn versuchen?«

Peppone schaute ihn fassungslos an.

»Sie meinen, er käme mit?«

»Ich glaube schon, er weiß nicht, daß du ein Kommunist bist. Er sieht dich mit mir und glaubt, du wärst ein rechtschaffener Mann.«

Peppone antwortete nicht, weil ihn der Gedanke, diesen außerordentlichen Hund versuchen zu dürfen, alles übrige vergessen ließ. Don Camillo nahm das Jagdgewehr, den Patronengürtel und die Jagdtasche vom Nagel und gab das Zeug Peppone.

Ful, der schon unruhig geworden war, als Don Camillo um das Jagdgewehr ging, staunte über die weiteren Vorgänge.

»Ful, du gehst mit dem Herrn Bürgermeister«, sagte Don Camillo. »Ich habe heute zu tun.«

Peppone schnallte sich den Patronengürtel fest und hängte sich das Gewehr und die Jagdtasche um; dann machte er sich auf den Weg. Ful schaute ihn an, dann schaute er Don Camillo an.

»Geh nur«, trieb ihn Don Camillo an. »Er ist schlimm, aber er beißt nicht.«

Dann folgte Ful Peppone. Er war noch immer fassungslos und drehte sich nach einigen Schritten um.

»Geh nur«, wiederholte Don Camillo. »Paß aber auf, denn er wird versuchen, dich in seine Partei einzuschreiben.«

Diesmal ging Ful endlich. Wenn Don Camillo die Flinte, den Gürtel und die Jagdtasche diesem Mann gegeben hatte, dann bedeutete das, daß dieser Mann sein Freund war.

Ful kam nach zwei Stunden zurück, lief eilig in den Pfarrhof mit einem herrlichen Hasen im Maul und legte ihn Don Camillo vor die Füße.

Ein wenig später kam Peppone, keuchend wie eine Lokomotive, wie von allen guten Geistern verlassen.

»Zum Teufel, Sie und Ihr außergewöhnlicher Hund!« brüllte er. »Er ist toll, ganz toll, ein wahres Phänomen, aber er frißt das Wild, einen solchen Hasen hat er mir stibitzt! Die Wachteln und die Rebhühner hat er mir alle gebracht, den schönen Hasen hat er mir aber stibitzt.«

Don Camillo zog den Hasen hervor und gab ihn Peppone.

»Er ist ein Hund, der denkt«, erklärte er. »Er hat gedacht, wenn die Flinte und die Patronen von mir waren, dann wäre es auch gerecht, daß ich den Hasen bekomme, der mit diesem Gewehr und mit diesen Patronen erlegt worden ist.«

Ful muß tatsächlich im wahren guten Glauben gehandelt haben. Das war leicht zu begreifen, denn er suchte nicht das Weite, als er Peppone erblickte. Und Peppone machte ihm einen Haufen Komplimente.

»Ein außergewöhnliches Tier«, sagte er. »Ich würde ihn diesem Kerl nicht zurückgeben, auch wenn er mit den Karabinieri käme.«

Don Camillo seufzte.

Der Stadtfrack tauchte eine Woche später auf. Er war zur Jagd gerüstet, mit einem wunderschönen belgischen Doppelgewehr, leicht wie eine Feder.

»Er ist auch von dort durchgebrannt«, erklärte er. »Ich bin gekommen, um nachzusehen, ob er vielleicht wieder hier ist.«

»Er ist erst gestern gekommen«, antwortete finster Don Camillo. »Nehmen Sie ihn nur wieder.«

Ful erblickte seinen Herrn und fletschte die Zähne.

»Diesmal werde ich es dir zeigen!« rief der Herr aus der Stadt und ging auf den Hund zu.

Ful aber knurrte böse und mit verhaltener Wut. Der Herr aus der Stadt verlor seine Ruhe und versetzte ihm einen Fußtritt.

»Verdammtes Schwein! Ich werde dir Benehmen beibringen!« schrie er. »Leg dich!«

Der Hund streckte sich auf dem Boden aus und knurrte, bis Don Camillo eingriff.

»Er ist ein Rassehund. Mit Gewalt kann man bei ihm nichts erreichen. Lassen Sie ihn einen Augenblick in Frieden, und er wird sich beruhigen. Kommen Sie und trinken Sie ein Glas Wein.«

Der Mann betrat das Speisezimmer. Don Camillo ging hinab, um eine Flasche zu holen. Bevor er aber in den

Keller ging, schrieb er schnell einen Zettel und gab ihn dem kleinen Sohn des Küsters.

»Lauf damit sofort zu Peppone in die Werkstatt!«

Auf dem Zettel standen nur ein paar Worte: »Der Kerl ist zurückgekehrt. Leihe mir sofort zwanzigtausend Lire, ich will versuchen, den Hund zu kaufen. Ganz dringend!«

Der Stadtfrack leerte einige Gläser, schwatzte über dies und das mit Don Camillo, dann schaute er auf die Uhr und erhob sich.

»Es tut mir leid, aber ich muß gehen. Meine Freunde warten auf mich um elf bei Grocilone. Wir machen eine Treibjagd, und ich muß mich beeilen, wenn ich pünktlich sein will.«

Ful lag noch immer zusammengekauert in seiner Ecke, und als er den Stadtfrack sah, knurrte er feindselig. Sein Knurren wurde noch drohender, als sich der Kerl ihm näherte.

In diesem Augenblick hörte man das Rattern eines Motorrades, und Don Camillo sah durch die Tür, daß Peppone gekommen war.

Don Camillo machte mit dem Kopf eine fragende Bewegung, und Peppone deutete zustimmend mit dem Kopf. Dann zeigte er seine beiden offenen Hände, dann noch eine ganze Hand und einen Finger der anderen. Hierauf fuhr er mit der nach unten gekehrten Handfläche der rechten Hand waagerecht durch die Luft. Das bedeutete, daß er sechzehntausendfünfhundert Lire hatte.

Don Camillo atmete erleichtert auf.

»Mein Herr«, sagte er zum Stadtfrack, »wie Sie sehen, kann Sie der Hund nicht mehr leiden. Solche Rassehunde vergessen nicht, und es wird Ihnen nie gelingen, ihn versöhnlich zu stimmen. Warum verkaufen Sie ihn mir nicht?«

Don Camillo rechnete im Geist sein ganzes Vermögen nach und fuhr fort:

»Ich kann Ihnen achtzehntausendachthundert Lire geben. Das ist alles, worüber ich verfüge.«

Der Stadtfrack lachte aus vollem Halse:

»Hochwürden, machen Sie keine Witze. Dieses Vieh hat mich achtzigtausend Lire gekostet und ist heute hunderttausend wert. Wenn ich ihm unsympathisch bin, werde ich ihm das schon aus dem Kopf treiben.«

Ohne sich darum zu kümmern, daß Ful die Zähne fletschte, faßte der Stadtfrack den Hund am Halsband und schleppte ihn zum Wagen. Dann versuchte er, ihn mit Gewalt in das Auto zu treiben, der Hund bemühte sich aber, sich heulend loszumachen und zerkratzte dabei mit seinen Krallen den Lack am Kotflügel.

Der Stadtfrack verlor die Ruhe und begann mit der freien Hand auf den Rücken des Hundes loszuschlagen. Das Tier tobte. Es gelang ihm, die Hand zu fassen, die ihn am Halsband hielt, und versetzte ihr einen Biß.

Der Mann schrie auf und ließ den Hund los, der sich an der Mauer des Pfarrhofes niederließ und von dort knurrend seinen Feind beobachtete.

Don Camillo und Peppone hatten diese Szene mit offenem Mund verfolgt, und als sie begriffen hatten, was geschah, kamen sie nicht einmal dazu, den Mund zuzumachen. Der Stadtfrack, blaß wie eine Leiche, hatte die Doppelflinte aus dem Auto geholt und sie auf den Hund gerichtet.

»Dieses Schwein!« sagte er mit zusammengebissenen Zähnen und löste einen Schuß.

Die Wand des Pfarrhofes war mit Blut befleckt. Nach einem herzzerreißenden Geheule lag Ful regungslos am Boden.

Der Stadtfrack hatte inzwischen seinen Aprilia bestiegen und sich davongemacht. Don Camillo merkte es nicht einmal, er merkte auch nicht, daß Peppone auf sein Motorrad gesprungen und ebenfalls davongefahren war.

Vor Ful kniend, dachte Don Camillo nur an Ful.

Der Hund schaute ihn winselnd an, als ihm Don Camillo den Kopf streichelte. Dann leckte er ihm die Hand.

Dann stand er auf und bellte fröhlich.

Nach etwa zwanzig Minuten kam Peppone zurück. Er war unter Hochdruck und ballte die Fäuste.

»Ich habe ihn beim Bahnwärterhaus von Fiumaccio eingeholt. Dort mußte er stehenbleiben, weil die Bahnschranken zu waren. Ich habe ihn aus seinem Aprilia geholt und ihm so viele Ohrfeigen gegeben, daß er zum Schluß ein Gesicht hatte, ein Gesicht, groß wie eine Wassermelone. Er versuchte, nach seinem Gewehr zu greifen. Ich habe es ihm aber auf seinem Rücken zerbrochen.«

Sie waren im Hausflur. Ein Freudengebell unterbrach sie.

»Ist er vielleicht nicht tot?« fragte Peppone.

»Er hat eine Streifwunde am Hinterteil erwischt«, erklärte Don Camillo. »Ganz oberflächlich, in ein paar Tagen ist er wieder beisammen.«

Peppone strich sich mit seiner riesigen Hand über das Kinn und war etwas fassungslos.

»Mach dir nichts daraus«, erklärte Don Camillo, »moralisch ist er doch ein Mörder. Als er auf den Hund schoß, hatte er die Absicht, ihn zu töten. Wenn auch der heilige Antonius den Schuß fehlgehen ließ, so mindert das um keinen Millimeter die Schurkerei seiner Absicht. Du hast sehr schlecht gehandelt, diesen Unglückseligen so geohrfeigt zu haben, daß er jetzt einen Kopf wie eine Wassermelone hat, weil Gewalt immer verdammenswert ist. Es sei denn ...«

»Das ist es: es sei denn ...«, sagte Peppone. »Dieser Kerl wird sich bestimmt nicht mehr in unserer Gegend sehen lassen – und Sie haben dabei den Hund gewonnen!«

»Den halben Hund«, stellte Don Camillo ruhig fest, »moralisch nämlich schulde ich dir sechzehntausendfünfhundert Lire, die du mir zwar nicht geliehen hast, die du aber bereit warst, mir zu leihen. Zur Hälfte gehört also der Hund dir.«

Peppone kratzte sich am Hinterkopf.

»Donnerwetter«, murmelte er, »es gibt doch Priester,

die sich als Ehrenmänner benehmen und das Volk nicht betrügen!«

Don Camillo blickte ihn drohend an.

»Junger Mann, wenn wir jetzt mit Politik beginnen, schlage ich andere Töne an und behalte den ganzen Hund.«

»Als ob ich's nicht gesagt hätte!« rief Peppone, der nicht anders war, als er war, der aber schließlich auch Jäger war.

Ein Jäger ist auch ein Mensch, und darum war es Peppone viel mehr daran gelegen, die Achtung für Ful als die für Marx, Lenin und die anderen Familienangehörigen zu bewahren.

Ful erschien mit verbundenem Hinterteil im Hausflur und besiegelte mit einem munteren Gebell das Stillhalteabkommen.

Ein trauriger Sonntag

Bia Grolini betrat den Pfarrhof, zog einen Brief aus der Tasche und legte ihn Don Camillo vor.

Don Camillo war gerade im Begriff, unter der Aufsicht seines Hundes Fulmine, genannt Ful, die übliche Patronenration für das Jagdgewehr vorzubereiten, ergriff den Brief und warf, ehe er ihn zu lesen begann, einen fragenden Blick auf Bia Grolini. »Die übliche Geschichte«, erklärte Grolini. »Dieser Gauner spurt nicht!«

Don Camillo las den Brief. Die Leute vom Direktorat des Konviktes waren mit dem Jungen des Bia Grolini aber schon gar nicht zufrieden; sie verlangten, daß jemand von der Familie erscheine und von seiner Autorität Gebrauch mache.

»Es wird besser sein, Sie gehen«, sagte Bia Grolini. »Wenn ich gehe, wäre die einzige Rede, die ich ihm halten könnte, die, daß ich ihm den Schädel einschlagen würde. Fahren Sie, Hochwürden, und sagen Sie ihm klipp und klar, wenn er sich nicht eines Besseren besinnt, jage ich ihn mit Fußtritten aus dem Haus.«

Don Camillo schüttelte den Kopf.

»Dieser Gedanke ist dümmer als der andere, nämlich ihm den Schädel einzuschlagen«, murmelte er. »Wie kann man einen elfjährigen Buben von daheim verjagen?«

»Wenn ich ihn nicht verjagen kann, stecke ich ihn in eine Besserungsanstalt!« schrie Bia Grolini. »Ich will diesen Nichtstuer nicht mehr sehen!«

Bia Grolini hatte eine bestialische Wut, und Don Camillo sagte ihm, er solle sich zuerst beruhigen.

»Sonntagnachmittag fahr ich hin und werde mit ihm sprechen«, beschloß er.

»Ich gebe Ihnen die Vollmacht, ihn mit Fußtritten um das Konvikt zu jagen«, brüllte Bia. »Je mehr Sie ihm davon versetzen, um so mehr Freude machen Sie mir damit.«

Bia Grolini ging, und Don Camillo blieb und drehte den Brief des Direktorats in den Händen. Die Angelegenheit war lästig, weil gerade er, Don Camillo, Bia ermuntert hatte, den Jungen auf die höhere Schule zu schicken und ihn in das Konvikt zu geben.

Bia hatte Geld genug; er bearbeitete den Boden, aber es war sein eigener Boden. Es war gutes Land, mit einem Stall voll Vieh und dazu Traktoren und Maschinen aller Art.

Giacomino, der letzte in der Kinderschar, war ein aufgeweckter Junge, der sich in der Schule immer gut gehalten hatte. Bia gefiel der Gedanke sehr, einen Akademiker in der Familie zu haben. Von Bias Frau brauchen wir gar nicht zu reden, sie war ohnedies vom Kopf bis zu den Zehen affektiert.

Als nun Giacomino die Volksschule beendet hatte, packten sie ihn zusammen und lieferten ihn im besten Konvikt der Stadt ab.

Und gerade Don Camillo hatte es übernommen, den Jungen unterzubringen.

Giacomino war der bravste und sanfteste Bursche, den Don Camillo jemals gekannt hatte. Schon von ganz klein auf war er unter Don Camillos Ministranten gewesen und hatte nie Geschichten gemacht. Don Camillo konnte einfach nicht verstehen, wie Giacomino ein so schlechter Kerl werden konnte.

Es kam der bewußte Sonntag, und Don Camillo stellte sich zur Stunde, die für den Besuch bei den Zöglingen vorgesehen war, im Konvikt ein.

Als ihn der Direktor von Grolini reden hörte, nahm er den Kopf in beide Hände. Don Camillo breitete die Arme aus.

»Ich kann nicht genug staunen«, sagte er gekränkt. »Ich habe ihn immer nur als gutes und folgsames Kind gekannt. Ich kann immer noch nicht verstehen, wie er so ungezogen werden konnte.«

»Ungezogen ist nicht das richtige Wort«, stellte der Direktor fest. »Ganz im Gegenteil, was das Benehmen betrifft, ist nichts zu sagen; er macht uns aber viel mehr Sorgen als der unartigste unter unseren Zöglingen.«

Er zog aus der Schreibtischschublade ein Blatt Papier und zeigte es Don Camillo.

»Schauen Sie, das ist seine Schularbeit in Italienisch.«

Don Camillo hielt in den Händen ein durchaus sauberes Blatt, auf dem in ausgezeichneter Schönschrift geschrieben stand: »Giacomo Grolini, erste B-Klasse, – Thema: Schreiben Sie über Ihr Lieblingsbuch! – Abhandlung: –«

Don Camillo wendete das Blatt, es waren aber die einzigen Worte, die Giacomino geschrieben hatte.

»Da haben Sie es«, rief der Direktor und zeigte Don Camillo die anderen Aufgaben. »Alle seine Schularbeiten sehen so aus. Er schreibt in der besten Schönschrift das Thema oder das Problem auf, dann kreuzt er die Arme und wartet, bis die Zeit vergeht. Wenn man ihn fragt, antwortet er keine Silbe. Am Anfang dachten wir, er wäre ein vollständiger Versager – wir haben ihn aber beobachtet und aufgepaßt, wie er mit seinen Kameraden spricht. Er ist kein Versager. Ganz im Gegenteil, alles eher als das.«

»Ich werde mit ihm sprechen«, sagte Don Camillo. »Darf ich mit ihm ausgehen und einen ruhigen Ort suchen, wo ich ihm nötigenfalls eine allgemeine Lektion erteilen kann?«

Der Direktor schaute Don Camillos riesige Hände an und murmelte:

»Wenn Sie ihn mit solchen Argumenten nicht überzeugen, dann gibt es, glaube ich, für uns nichts mehr zu tun. Er hat zwar keinen Anspruch auf Ausgang, wir lassen ihn aber gerne mit Ihnen bis zum Abend ausgehen.«

Als wenige Minuten später Giacomino erschien, konnte ihn Don Camillo im ersten Augenblick nicht wiedererkennen. Nicht nur die Konvikttracht aus schwarzem Stoff und das völlig geschorene Haupthaar, auch etwas anderes, in Giacominos Haltung und Blick, kam ihm völlig unbekannt vor.

»Sie können beruhigt sein«, flüsterte Don Camillo und grüßte den Direktor. »Ich werde ihn schon bearbeiten.«

Sie gingen schweigend durch die leeren Straßen der Stadt, auf der die Langeweile eines Sonntagnachmittags lastete, und der Junge erschien neben diesem unendlich großen Priester noch kleiner und noch zarter.

Sie kamen zum Stadtrand, und Don Camillo schaute sich nach einem Ort um, wo sie frei sprechen konnten.

Er bog entschlossen in eine kleine Straße ein, die aufs flache Land führte. Fünfzig Meter weiter bog er in einen Feldweg ein, der einen Kanal entlang verlief.

Es war schwacher Sonnenschein, und so schauten auch die Felder mit den unbelaubten Bäumen recht heiter aus.

Als sie zu einem großen Baumstumpf kamen, blieb Don Camillo stehen und setzte sich. Er hatte die Standpauke im Kopf, die er dem Jungen halten wollte. Es handelte sich um eine Standpauke, bei der ein Elefant hätte blaß werden müssen.

Auf einmal sagte Giacomino mit einer demütigen Stimme: »Darf ich einmal herumlaufen?«

»Herumlaufen?« fragte Don Camillo mit harter

Stimme. »Kannst du nicht im Konvikt während der Pause herumlaufen?«

»Schon, schon«, flüsterte der kleine Bub, »nur kurz aber. Dort sind überall Mauern.«

Don Camillo sah das traurige Gesicht des Jungen und seinen geschorenen Kopf: »Lauf herum und komm dann zurück, weil wir noch miteinander zu sprechen haben.«

Giacomino lief wie ein Blitz davon. Don Camillo sah ihn im Nu das Feld überqueren, durch einen Weingarten rennen und sich gebückt zwischen den schon abgeernteten Weinstöcken hindurchschlängeln. Dann stand er keuchend wieder vor ihm mit brennenden Wangen und glänzenden Augen.

»Ruhe dich aus, und dann sprechen wir«, murmelte Don Camillo.

Der Junge setzte sich nieder, sprang aber mit einem Satz wieder auf und lief wie von einem Bogen geschleudert zu einer Ulme, die wenige Schritte entfernt stand. Er kletterte wie eine Katze auf die Ulme. Er erreichte eine Rebe, die sich bis zum Baumgipfel emporgerankt hatte, suchte eine Weile unter den roten Blättern und kam dann herunter.

»Eine Traube!« rief er und zeigte Don Camillo eine kleine Malvasiertraube, die der Herbst dort oben vergessen hatte.

Der Junge kaute bedächtig eine Beere nach der anderen. Als er fertig war, setzte er sich am Fuße des Baumstumpfes nieder.

»Darf ich einen Stein werfen?« fragte er.

Don Camillo wartete auf seinen Schützling an seinem Ruheplatz und dachte: Unterhalte dich nur, und dann werden wir abrechnen!

Das kleine Kerlchen stand auf, suchte einen Stein aus, reinigte ihn von der anhaftenden Erde, spuckte darauf und warf ihn. Don Camillo hatte geradezu den Eindruck, daß der Stein nie mehr zurückfallen und in alle Ewigkeit zwischen den Wolken fliegen werde.

Ein lästiger Wind erhob sich, und Don Camillo dachte,

daß es vielleicht besser sein würde, ein ruhiges Kaffeehaus am Stadtrand zu finden und dort die Standpauke zu halten. Schließlich war es nicht notwendig zu brüllen, um sich dem Jungen verständlich zu machen.

Sie brachen auf; der Junge bat um die Erlaubnis, noch einmal laufen zu dürfen. Er fand noch eine ganz kleine Traube, die vom Herbst vergessen war.

»Mein Gott, es muß dieses Jahr viel Wein gegeben haben!« seufzte der Junge und aß die Traube. »Am Dachboden müssen jetzt alle Sparren mit Trauben voll behängt sein ...«

Don Camillo knurrte: »Was gehen mich die Trauben an!«

Die Gegend am Stadtrand war traurig. Sie begegneten einem Männlein, das einen Korb voll Johannisbrot, Kastanien und Erdnüssen trug, und Giacomino riß die Augen auf.

»Dummheiten!« murmelte Don Camillo schlechtgelaunt. »Ich kaufe dir Kuchen!«

»Nein, danke schön«, antwortete der Junge mit einer Stimme, die Don Camillo in Wut versetzte.

Das Männlein mit dem Korb war stehengeblieben. Es war in diesem Beruf vertraut und kannte seine Leute; auch diesmal irrte es sich nicht, weil Don Camillo zurückkam und ihm hundert Lire zuwarf.

»Gemischt, Hochwürden?«

»Gemischt.«

Er bekam eine Tüte voll dieser Dummheiten und drückte sie dem Jungen in die Hand. Sie gingen weiter auf der einsamen Umfahrungsstraße, und der Junge begann Johannisbrot, getrocknete Kastanien und Erdnüsse zu kauen.

Don Camillo wehrte sich, so lange er konnte, streckte dann die Hand nach der Tüte hin und fischte sich etwas heraus.

Die Erdnüsse und das Johannisbrot ließen in ihm die Atmosphäre der traurigen Sonntage seiner Kindheit aufsteigen, und sein Herz zog sich zusammen. Von einem

Glockenturm ertönte die Glocke; Don Camillo holte seine große Zwiebel aus der Tasche, es fehlten noch zwanzig Minuten auf fünf.

»Schnell«, sagte er zum Jungen, »um fünf mußt du schon drinnen sein!«

Sie gingen eilig, und die Sonne versteckte sich unterdessen hinter den Häusern. Sie kamen knapp, ganz knapp an; bevor er das Gartentor des Konviktes überschritt, streckte der Junge die Tüte mit den Dummheiten Don Camillo hin.

»Wenn man zurückkehrt, wird man durchsucht«, erklärte er leise. »Wenn sie so etwas finden, nehmen sie es weg.«

Don Camillo steckte die Tüte in die Tasche.

»Ich schlafe dort oben«, erklärte mit gedämpfter Stimme der Junge und zeigte auf ein Fenster im ersten Stock, das mit schweren Eisenstangen und darunter mit einer Art Holzkiste, die keine Sicht nach unten erlaubte, versehen war.

Er zögerte einen Augenblick und zeigte dann auf ein Fenster im Parterre mit Eisengitter, aber ohne Holzverschalung.

»Das ist das Fenster des Ganges zur Kleiderkammer«, erklärte er. »Wenn ich kann, gehe ich nicht durch den großen Gang, sondern da durch und grüße Sie noch einmal.«

Don Camillo begleitete den Jungen bis zum großen Eingangstor, kehrte dann zurück und wartete auf dem Gehsteig in der Nähe des Fensters, das auf die Seitengasse ging.

Um sich Haltung zu geben, zündete er eine Zigarre an.

Es kam ihm vor, als ob eine lange Zeit vergangen wäre, als er endlich ein Wispern hörte; Giacomino hatte das Glasfenster aufgemacht und grüßte durch das Eisengitter.

Don Camillo lief zum Fenster, holte aus der Tasche die Tüte mit den Erdnüssen und dem Johannisbrot und reichte sie dem Jungen.

Er wollte sich entfernen, mußte sich aber sofort umdrehen; Giacomino stand noch immer dort, und man sah ihn nur von den Augen aufwärts – diese Augen aber waren so verzweifelt und voll Tränen, daß Don Camillo spürte, wie ihm der kalte Schweiß auf der Stirn stand.

Man weiß nicht, wie es zuging. Tatsache aber ist, daß Don Camillo sich selbst ertappte, wie er mit seinen mörderischen Händen zwei Stangen des Eisengitters packte, und daß er sah, wie sich die Stangen langsam auseinanderbogen. Als die Öffnung groß genug war, streckte Don Camillo einen Arm durch das Fenster, faßte den Jungen am Kragen und zog ihn heraus.

Es war nun schon dunkel, und doch hätte niemand etwas Besonderes daran gefunden, einen Zögling des Konviktes an der Seite eines Priesters zu sehen.

»Geh voran und warte auf mich an der nächsten Ecke«, sagte Don Camillo zu dem Jungen. »Ich hole das Motorrad von der Aufbewahrung.«

Um acht Uhr abends waren sie am Dorfeingang, und der Junge hatte während der Reise das ganze Johannisbrot und die getrockneten Kastanien aufgegessen.

Don Camillo lud ihn ab.

»Komm von hinten über die Felder zum Pfarrhof und paß auf, daß dich niemand sieht«, erklärte er ihm.

Um neun schlief Giacomino auf dem Diwan im Flur des ersten Stockes, während Don Camillo in der Küche sein Abendessen beendete.

Um Viertel nach neun kam Bia Grolini ganz außer sich. Er schwenkte ein Telegramm:

»Dieser Gauner ist aus dem Konvikt entwischt! Wenn ich ihn finde, bring ich ihn um!«

»Dann wird es besser sein, wenn du ihn nicht findest«, murmelte Don Camillo.

Bia Grolini konnte nichts mehr auffassen, so wütend war er.

»Ein Glück, daß er heute wenigstens eine Tracht Prügel von Ihnen bekommen hat!« schrie er.

Don Camillo schüttelte den Kopf.

»Da kann man nichts machen, das ist ein Junge, der für deinen Beruf geboren ist. Fern von den Feldern kann er nicht leben ... ein so braver Kerl ... und jetzt ist er vielleicht tot!«

»Tot?« schrie Bia Grolini.

Don Camillo seufzte.

»Ich habe ihn in einem besorgniserregenden Zustand vorgefunden. Und er sprach in einer so seltsamen Art und Weise, daß ich sehr beeindruckt war ... Andererseits aber, du hast ihn ohnedies schon abgeschrieben gehabt ... Ich habe ihm ausgerichtet, was du mir gesagt hast: daß du ihn nur mehr sehen willst, um ihn in eine Besserungsanstalt zu schicken.«

Bia Grolini stürzte auf einem Sessel zusammen, und als er wieder sprechen konnte, schrie er:

»Hochwürden, wenn mir Jesus die Gnade zuteil werden läßt, daß der Junge wieder gesund nach Hause kommt, laß ich auf meine Kosten den Glockenturm reparieren!«

»Ist nicht notwendig«, antwortete Don Camillo. »Jesus sieht deinen Schmerz, geh ruhig nach Hause und habe Vertrauen zu mir. Ich werde deinen Sohn suchen gehen.«

Giacomino kehrte am nächsten Tag nach Hause zurück, und Don Camillo begleitete ihn. Alle waren im Hof, niemand machte aber den Mund auf.

Nur Flick, der alte Wachhund, begann, als er ihn erblickte, laut zu bellen und vor Freude wie ein Känguruh Sprünge aufzuführen. Giacomino warf ihm die Zöglingsmütze zu, und Flick schnappte sie im Flug und lief mit der Mütze im Maul über die Felder. Und Giacomino hinterher.

»Der Direktor hat mir heute früh die Einzelheiten telefoniert«, sagte Bia Grolini zu Don Camillo. »Er sagt, er verstünde nicht, wie der Junge die beiden Gitterstäbe auseinanderbiegen konnte.«

»Er ist ein recht munterer Bursche, der weiß, was er

will«, sagte Don Camillo. »Aus ihm wird noch ein ganz besonderer Landwirt. Besser ein guter Landwirt aus Liebe als ein schlechter Akademiker mit Gewalt.«

Dann verabschiedete sich Don Camillo sofort, weil er in der Tasche gewühlt und zwischen den Fingern eine Erdnuß gespürt hatte und er es nun vor lauter Begierde, sie zu essen, nicht mehr aushalten konnte.

Die Rothaut

In diesem Jahr war der Fasching ein eindeutiger Erfolg, weil das Wetter außerordentlich schön war und Leute von allen Seiten ins Dorf kamen. Die von auswärts gekommenen Wagen und Masken waren sehr zahlreich – einen solchen Faschingszug hatte man noch nie gesehen.

Nach alter Sitte fuhr der lange Zug der Wagen und Masken dreimal durchs Dorf. Peppone, der als Bürgermeister auf der Tribüne der Honoratioren stand, bemerkte beim zweiten Durchgang unter den einzelnen Masken eine Rothaut auf dem Motorrad. Als der Indianer vorbeigefahren war, fragte sich Peppone, wieso er gerade diese Maske unter so vielen anderen bemerkt hatte; eigentlich war eine Rothaut in einem Faschingszug nichts Besonderes. Es war ein ganz gewöhnlicher Indianer mit einer großen Nase aus Pappmaché und einem großen Kopfschmuck aus gefärbten Hühnerfedern. Sonst war die Kleidung ganz gewöhnlich. Peppone schloß daraus, daß er diesen Indianer wahrscheinlich deswegen bemerkt hatte, weil er ihn an irgend etwas oder an irgend jemanden erinnerte. Klar: an die bekannte Reklame der »Indian«-Motorräder. Beim dritten Durchgang prüfte Peppone, ob seine Annahme richtig sei. Zweifelsohne, die Rothaut erinnerte ihn an die Reklame der »Indian«-Motorräder. Die Rothaut saß aber nicht auf einer »Indian«. Es handelte sich um eine »BSA«, eine alte »BSA«-Maschine.

Auf dem Gebiet der Motorräder war Peppone – genauso wie die Musikkenner, die schon nach den ersten drei Noten den Namen des Komponisten und den Titel des Werkes nennen können – zu Hause. Peppone konnte sich nicht täuschen, weil er zu alldem wenigstens zweihundertmal dieses Motorrad in den Händen gehabt hatte. Es war die alte »BSA« Dario Camonis.

Sofort kam ihm der Gedanke: Wer steckt hinter der Indianermaske auf dem Sattel der alten »BSA« Dario Camonis?

Peppone verließ die Tribüne und bahnte sich mühsam den Weg durch die Menge, immer bestrebt, auf gleicher Höhe mit der Rothaut zu bleiben. Als der Umzug ein wenig ins Stocken kam, schaute sich die Rothaut um und sah Peppone. Und die Augen der Rothaut trafen sich mit den Augen Peppones.

Jetzt gab es für Peppone keinen Zweifel mehr: auf der alten »BSA« saß Dario Camoni selbst. Auch wenn sie hinter einer falschen Nase aus Pappmaché teilweise versteckt sind, erkennt man zwei Augen wie die von Dario Camoni sofort wieder.

Peppone folgte Schritt für Schritt dem Umzug, seine Augen waren wie angenagelt auf dem Rücken des Indianers. Es gab kein Hindernis, das Peppone aufhalten konnte, wenn er einmal wie ein Panzer in Fahrt gekommen war. Nach dem dritten Durchgang löste sich der Umzug auf dem großen, freien Feld zwischen dem Dorf und dem Damm auf; es gab aber ein solches Wirrwarr von Menschen, Wagen, Karren, Lastautos und so weiter, daß der Indianer auf dem Motorrad nicht einmal daran denken konnte auszureißen. Der einzige Weg, der ihm offenstand, führte zurück zum Dorfplatz. Er hatte schon bemerkt, daß ihm Peppone gefolgt war, und zögerte nicht. Auf die Gefahr hin, jemanden zu überfahren, fuhr er zurück. Nach einigen Metern fand er aber die Straße durch einen Karren versperrt und bog nach rechts ab, während Peppone hinter ihm herkeuchte.

Der Kirchplatz war völlig leer. Camoni fuhr schleunigst in den Seitenweg, der um die Kirche führte. Nach zehn Metern gelang es ihm gerade noch, rechtzeitig zu bremsen, um nicht Don Camillo zu überfahren, der vor dem Tor des Pfarrhofes saß und seine Zigarre rauchte.

Früher einmal bog dieser Seitenweg beim Pfarrhof nach rechts ab und führte in seiner Verlängerung zur Straße auf dem Damm. Seit einiger Zeit war aber der Durchgang gesperrt.

Als Don Camillo dieses Teufelszeug so plötzlich vor sich auftauchen sah, riß er den Mund vor Staunen auf. Dann erhob er sich mit der festen Absicht, den Indianer an den Hüften zu packen und gegen die Wand zu schleudern. Es war aber zu spät; als die Rothaut die offene Tür sah, ließ sie das Motorrad zu Boden fallen und lief in das Pfarrhaus.

Gerade in diesem Augenblick erschien Peppone und richtete seine Schritte auf das Tor des Pfarrhofes, ohne sich im geringsten um Don Camillo zu kümmern. Sein Schwung brach sich aber an dem mächtigen Brustkorb Don Camillos.

»Was ist los?« rief Don Camillo. »Zuerst fällt mir eine Rothaut mit dem Motorrad in den Rücken, und jetzt kommt mir ein Bürgermeister zwischen die Beine. Was ist los? Eine allegorische Maskerade?«

»Hochwürden«, keuchte Peppone, »lassen Sie mich hinein. Ich muß mit Dario Camoni abrechnen!«

»Camoni? Was hat er damit zu tun?«

»Er ist die Rothaut!« zischte Peppone durch die zusammengepreßten Zähne.

Don Camillo stieß Peppone mit einem Ruck von sich, ging hinein und verriegelte das Tor.

Die Rothaut wartete auf ihn in der Pfarrkanzlei. Don Camillo trat an sie heran und nahm die Nase aus Pappmaché ab.

»Jawohl, ich bin es!« rief die Rothaut und stand auf. »Ich. Und wenn schon?«

Don Camillo setzte sich an seinen Schreibtisch und zündete die ausgegangene Zigarre wieder an.

»Nichts weiter«, erklärte er ruhig, nachdem er zwei-, dreimal an der Zigarre gezogen hatte. »Es wäre aber viel besser, wenn du nicht Dario Camoni, sondern eine wirkliche Rothaut wärst.«

Im Jahre 1922 war Dario Camoni siebzehn Jahre alt und hatte ein genaues Programm: er hatte mit den Roten abzurechnen, die im Winter 1919, als Dario Camoni vierzehn Jahre alt war, vor seinen Augen seinen Vater verprügelt hatten.

Dario Camoni war stark, vor allem aber war er ein unbeherrschter Mensch. Wenn er einmal den vierten Gang eingeschaltet hatte, sprachen seine Augen deutlicher als die überzeugendsten Redner.

Peppone war um wenige Jahre älter und um eine Spanne größer als Dario, konnte aber diesen Blick nicht aushalten, und um ihm auszuweichen, suchte er stets das Weite.

Eines Abends plauderte Peppone mit seinem Mädchen auf dem Brücklein vor dessen Haus, als Dario Camoni auf dem Fahrrad dahergefahren kam.

»Ich bitte um Verzeihung wegen der Störung«, sagte Dario, stieg vom Fahrrad ab und trat näher. »Ich habe einen Auftrag.«

Dann zog er aus der Tasche ein großes Glas und ein Fläschchen, stellte das Glas auf den Brückenrand und schenkte den Inhalt des Fläschchens ein.

»Der Arzt hat mich beauftragt, dir zu sagen, daß du ein Abführmittel gegen deine Verstopfung einnehmen mußt«, erklärte Dario Camoni, trat einen Schritt zurück und steckte die Hand in die rechte Rocktasche.

Ein so großes Glas voll Rizinusöl war etwas Furchtbares, und Dario Camoni hatte weiter ausgeführt:

»Trink, weil ich in der Tasche eine Pistole habe, die neben dem Fläschchen war und sehr gut geölt ist, und ich nicht möchte, daß zufällig ein Schuß herausrutscht. Wenn die Dosis für dich zu stark ist, macht es nichts – was du nicht austrinken kannst, wird deine Schöne bestimmt für dich trinken. Ich zähle bis drei. Eins ... zwei ...«

Peppone griff nach dem Glas und soff das Öl bis zum letzten Tropfen aus.

»Gut so«, sagte dann Dario und bestieg sein Fahrrad. »Schau, daß du niemanden mehr verprügelst, weil du das nächste Mal nicht so billig davonkommst.«

Peppone gelang es, das Rizinusöl hinunterzuschlukken, es gelang ihm aber nie, diesen bösen Streich hinunterzuschlucken. Es war außerdem eine unerhörte Gemeinheit, weil ihn Dario gezwungen hatte, das Öl vor den Augen seines Mädchens auszutrinken. Peppone heiratete später das Mädchen; die Dinge wurden aber dadurch nicht besser, sondern eher schlechter. Jedesmal nämlich, wenn sich Peppone vor seiner Frau groß aufspielen wollte, sagte diese: »Wenn nur der Kerl da wäre, der dich damals von deiner Verstopfung befreit hat, du würdest jetzt nicht so groß tun!«

Nein, Peppone konnte diese Gemeinheit nicht hinunterschlucken, Don Camillo übrigens auch nicht.

In jenem weit zurückliegenden Jahr 1922 war nämlich Don Camillo ein frischgebackenes Priesterlein, aber dennoch nicht aus der Fassung zu bringen. Und so hatte er einmal eine heftige Brandrede gegen gewalttätige Menschen im allgemeinen und im besonderen gegen Stiere gehalten, die herumlaufen und Leute zwingen, schlechtes Zeug zu trinken. Eines Nachts ließ ihn jemand hinunterkommen, weil ein armer Teufel krank sei und die Letzte Ölung brauche.

Als Don Camillo aufgemacht hatte, erblickte er Dario Camoni mit einer »Mauser« in der Rechten und einem großen Glas Rizinusöl in der Linken. Er erklärte:

»Der arme Teufel, der die Ölung braucht, sind Sie, Hochwürden! Schlucken Sie es nur hinunter, wenn es auch nicht geweiht ist. Da man dem Klerus gegenüber besondere Rücksicht üben muß, werde ich anstatt bis drei bis vier zählen.«

Don Camillo schluckte eine gehörige Menge Rizinusöl hinunter.

»Sie werden sehen, Hochwürden, Ihre Gedanken werden viel klarer werden. Sollte Ihnen der Rizinus nicht passen und sollten Sie unbedingt die Letzte Ölung wünschen, brauchen Sie nichts anderes zu tun, als sich weiterhin in unsere Angelegenheiten zu mischen.«

Don Camillo hatte, genauso wie Peppone, das Öl hinuntergeschluckt, konnte aber diese Aktion nicht verdauen.

»Jesus«, hatte er öfter zu Christus gesagt, »wenn er mir eine Tracht Prügel gegeben hätte, wäre das etwas anderes gewesen. Auch wenn er mir den Schädel eingeschlagen hätte. Aber Rizinus, nein! Einen Priester bringt man um, man purgiert ihn aber nicht!«

Die Zeit verging. Dario Camoni kämpfte so lange in den Reihen der faschistischen Miliz, als es einen Kampf gab; nach der Machtübernahme zog er sich zurück und kümmerte sich nicht mehr um Politik. Er hatte aber zu viele Leute gebürstet und geölt, und als zwanzig Jahre später, 1945, der große Umsturz kam, war Dario Camoni gezwungen, auszureißen und die Gegend zu verlassen.

Peppone ließ ihm ausrichten, daß er seine Haut in der Gegend lassen würde, wenn er sich noch einmal blicken ließe.

Dario Camoni hatte sich bis nun in der Gegend nie mehr blicken lassen, und es waren schon ein paar Jahre vergangen; und jetzt war er, als Rothaut verkleidet, zurückgekehrt.

»Ich möchte gern wissen, wieso du auf einen so dummen Gedanken gekommen bist, so etwas anzustellen«, sagte Don Camillo.

»Seit sechs Jahren hab ich die Gegend nicht gesehen«, murmelte die Rothaut. »Der Wunsch, sie wiederzusehen, war zu groß. Die Maske war die einzige Möglichkeit, herzukommen, ohne aufzufallen. Ich glaube nicht, daß die Idee schlecht war.«

Don Camillo seufzte: »Das ist eine traurige Lage für einen Indianer auf dem Motorrad, daß er sich im Hause eines Priesters verstecken muß, weil ihm ein Bürgermeister auf den Fersen ist. Auf jeden Fall kannst du ruhig sein, hier bist du so gut wie sicher. Gewiß, wenn zwischen mir und dir nicht ein gewisses Glas Rizinusöl wäre, wärst du noch sicherer.«

Der Indianer schnaubte: »Haben Sie diese Dummheit noch nicht vergessen? Eine fast dreißig Jahre alte Angelegenheit. Jungenstreiche!«

Don Camillo wollte der Rothaut eine lange Standpauke halten. In diesem Augenblick ging aber die Tür auf und Peppone erschien.

»Verzeihen Sie, Hochwürden, wenn ich mir erlaubt habe, durch das Gartenfenster hereinzukommen«, murmelte Peppone, »anders war es nicht möglich, weil alle Türen verriegelt sind.«

Der Indianer war aufgestanden. Peppone machte in diesem Augenblick ein recht böses Gesicht und umklammerte außerdem mit der rechten Hand eine Eisenstange und schaute so aus, als ob er fest entschlossen wäre, sich dieser zu bedienen.

Don Camillo fuhr dazwischen: »Nur keine Tragödie mitten im Fasching!« rief er. »Wir wollen doch ruhig bleiben.«

»Ich bin ganz ruhig!« zischte Peppone durch die Zähne. »Ich will hier keine Tragödie veranstalten, ich habe lediglich einen Auftrag.«

Er nahm aus der Tasche zwei große Gläser und stellte sie auf den Tisch. Dann – ohne die Rothaut einen einzigen Moment aus den Augen zu verlieren – holte er aus der anderen Tasche ein Fläschchen und schenkte dessen Inhalt in beide Gläser ein.

»So«, sagte er, trat zurück und stellte sich vor der Tür auf. »Der Arzt hat mich beauftragt, dir diese Portion Rizinusöl zu verabreichen. Du leidest an Verstopfung, es wird dir guttun. Beeile dich, denn diese Eisenstange ist geölt, und ich fürchte, sie könnte dir den Schädel spalten. Trink die beiden Gläser aus, eines auf meine Gesundheit und das andere auf die Gesundheit des Herrn Pfarrers. Ich darf ihm wohl diese Ehrerbietung erweisen.«

Die Rothaut wurde weiß und lehnte sich an die Wand.

Peppone schritt auf Camoni zu und war in diesem Augenblick wirklich furchterregend.

»Trink!« brüllte Peppone und hob drohend die Eisenstange.

»Nein«, antwortete die Rothaut.

Peppone fiel über den Unglücklichen her und faßte ihn am Kragen.

»Dann wirst du mit Gewalt trinken«, brüllte Peppone.

Der Indianer hatte aber Gesicht und Hals mit Schminke eingeschmiert, und es gelang ihm daher, sich loszuwinden. Er sprang über den Tisch, und als Peppone und Don Camillo verstanden, was los war, war es auch schon zu spät. Der Indianer hatte sich des Jagdgewehrs, das an der Wand hing, bemächtigt, und zielte auf Peppones Brust.

»Du bist wahnsinnig!« brüllte Don Camillo und sprang zur Seite. »Es ist geladen!«

Die Rothaut schritt auf Peppone zu.

»Schmeiß die Stange weg!« sagte der Indianer mit harter Stimme.

Die Augen der Rothaut waren wieder die Dario Camonis vor dreißig Jahren. Beide hatten es bemerkt, Peppone wie auch Don Camillo, denn sie hatten ein gutes Gedächtnis. Sie verstanden, daß Dario Camoni schießen würde.

Peppone ließ die Stange fallen.

»Und jetzt trink!« sagte durch seine zusammengepreßten Zähne der Indianer zu Peppone. »Ich zähle bis drei. Eins ... zwei ...«

Es war dieselbe Stimme wie damals, es waren dieselben wahnsinnigen Augen. Peppone nahm eines der beiden Gläser voll Rizinus und trank.

»Und jetzt verschwinde, woher du gekommen bist!« befahl der Indianer.

Peppone ging, und die Rothaut verriegelte die Kanzleitür.

»Sie sollen nur kommen«, sagte der Indianer. »Ich werde zwar dabei meine Haut lassen, werde aber nicht allein zur Hölle fahren.«

Don Camillo zündete seine Zigarre an.

»Nun Schluß mit diesen Possen«, sagte der Priester ruhig. »Häng wieder das Gewehr auf und schau, daß du weiterkommst.«

»Es wird besser sein, Sie gehen«, antwortete mit harter Stimme der Indianer. »Ich warte hier.«

»Es wird dir nicht gut bekommen, Rothaut. Auch für den Fall, daß die Bleichgesichter nicht kommen, wie willst du dich denn mit einem ungeladenen Gewehr verteidigen?«

»Himmel ...!« schimpfte die Rothaut. »Sie halten mich wohl nicht für ein Kind.«

Don Camillo setzte sich in der entgegengesetzten Ecke nieder. »Ich bleibe hier«, sagte er. »Schau nur nach.«

Der Indianer öffnete rasch den Verschluß und schaute durch die Läufe. Das Gewehr war ungeladen.

»Häng das Gewehr wieder an die Wand«, sagte Don Camillo ruhig. »Leg deine Verkleidung ab, geh dann an der Gartenseite hinaus und verschwinde über die Felder. Wenn du dich beeilst, kannst du noch den Autobus nach Fontanile erreichen. Das Motorrad werde ich in Aufbewahrung nehmen. Du wirst mir dann schreiben, wohin ich es schicken soll, oder du schickst jemanden zu mir.«

Der Indianer legte das Gewehr auf den Tisch.

»Du schaust dich umsonst nach dem Patronengürtel um«, erklärte Don Camillo, setzte die Brille auf und begann die Zeitung zu lesen. So nebenhin meinte er: »Die Patronen sind im Eichenkasten eingesperrt, und der Schlüssel ist in meiner Tasche. Ich mache dich aufmerksam, wenn du jetzt nicht sofort verschwindest, könntest du mich daran erinnern, daß du mir einmal einen Aperitif angeboten hast.«

Die Rothaut streifte die Fetzen seiner Verkleidung ab und wischte die rote Schminke vom Gesicht. In der Tasche hatte Camoni eine Mütze und setzte sie auf.

Inzwischen war ein leichter Nebel aufgestiegen, der wie bestellt kam, um jemandem die Flucht zu ermöglichen. Dario Camoni wollte schon gehen, unter der Tür blieb er aber einen Augenblick stehen und kam dann entschlossen zurück.

»Schulden muß man begleichen«, sagte er.

Und er nahm das Glas, das voll mit Rizinusöl auf dem Tisch geblieben war, und leerte es in einem Zug aus.

»Quitt?« fragte Camoni.

»Quitt«, antwortete Don Camillo, ohne einen Blick von der Zeitung zu tun.

Der Mann verschwand.

Spät am Abend kam Peppone, ganz bleich.

»Ich hoffe, Sie werden nicht so gemein sein und herumerzählen, was mir heute widerfahren ist!« sagte Peppone finster.

»Ich werde mich wohl hüten«, antwortete mit einem Seufzer Don Camillo und zeigte auf den Tisch. »Eines hast du ausgetrunken, das andere aber mußte ich hinunterschlucken. Der verfluchte Kerl!«

Peppone setzte sich. »Ist er weg?« fragte er.

»Verschwunden!«

Peppone schaute eine Weile schweigend zu Boden.

»Was soll ich Ihnen sagen«, murmelte er schließlich. »Im Grunde genommen war es wie eine Rückkehr in die Jugendzeit. Ich kam mir dreißig Jahre jünger vor ...«

»Das ist wahr«, seufzte Don Camillo. »Diese Rothaut hat einen Hauch aus unserer Jugendzeit dahergebracht ...«

Peppone begehrte auf.

»Beruhige dich, Peppone«, riet ihm Don Camillo. »Du darfst deine Stellung als Bürgermeister nicht kompromittieren.«

Peppone ging mit vorsichtigen Schritten nach Hause, und Don Camillo begab sich zur Berichterstattung an Christus in die Kirche.

»Jesus«, erklärte Don Camillo, »konnte ich denn anders handeln? Hätte ich gesagt, daß das Gewehr ungeladen ist, hätte Peppone diese unglückselige Rothaut in Fetzen gerissen, ohne daß es ihm gelungen wäre, den Burschen zu zwingen, das Rizinusöl einzunehmen, weil diese Camonis alle einen Kopf wie aus Stein haben. So hat aber der Indianer ohne jede Gewaltanwendung sein Öl hinuntergeschluckt und dadurch eine Geste vollbracht, von der ich hoffe, daß Du sie richtig zu würdigen geruhen wirst. Ich habe meinen persönlichen Stolz geopfert und dadurch Peppone eine Erniedrigung erspart.«

»Don Camillo«, erwiderte Christus, »als die Rothaut Peppone befohlen hatte, das Öl zu trinken, wußtest du, daß das Gewehr ungeladen war, und konntest daher einschreiten.«

»Jesus«, seufzte Don Camillo und breitete die Arme aus, »wenn aber Peppone bemerkt hätte, daß das Gewehr nicht geladen war, und das Öl nicht getrunken hätte?«

»Don Camillo«, antwortete Christus streng, »du würdest es verdienen, daß auch dich jemand zwingt, ein großes Glas Rizinusöl zu trinken!«

Es schien, als ob Don Camillo beim Verlassen der Kirche murmelte, daß ein faschistischer Milizionär so denken würde. Das ist aber nicht sicher.

Sicher ist nur, daß Don Camillo in der Kanzlei neben dem Jagdgewehr auch den Federkopfschmuck der Rothaut wie eine Jagdtrophäe an die Wand hängte. Und jedes Mal, wenn er sie betrachtete, dachte er, daß man auch mit einem ungeladenen Gewehr ausgezeichnet jagen könne.

Der Stier

Jedes Dorf hat seinen Stier, und Mericano war der Stier von Fontanaccio. Bevor er nach Amerika auswanderte, hieß er Gigi, Gianni oder so ähnlich. Nach seiner Rückkehr in die Heimat wurde er nur noch Mericano genannt. Und dieser Spitzname war das einzige, was er nach dreißig Jahren, die er in den kanadischen Wäldern als Holzfäller verbracht hatte, behalten durfte.

Nach dreißig Jahren Arbeit hatte er gerade genug Geld in der Tasche, um nach Fontanaccio zurückzukehren und die spärliche Erbschaft seines Vaters zu übernehmen: acht oder neun Morgen Land und ein dem Einsturz nahes Haus.

Mericano war sofort der Stier von Fontanaccio geworden. Nicht etwa, weil er eine Banditenseele oder etwas noch Schlimmeres gewesen wäre, ganz einfach deshalb, weil er unter den Christen von Fontanaccio der größte und stärkste Viechskerl war.

Er war fünfundvierzig Jahre alt, und das Intelligenteste, was er zu vollbringen imstande war, bestand darin, einen schweren Stuhl mit der Kraft seiner Kinnladen vom Boden aufzuheben, nachdem er ihn an der Lehne mit den Zähnen gepackt hatte.

Mericano war stark wie ein Raupenschlepper. Und hätte man ihn zusammen mit einem wirklichen Ochsen vor einen Pflug gespannt, hätte er sich ehrenvoll aus der Affäre gezogen, obwohl er weder die Intelligenz noch die Wendigkeit eines Ochsen besaß. In Fontanaccio war natürlich nach und nach um Mericano eine Bande entstanden. Stiere und Vizestiere fühlten sich von der faszinierenden Kraft dieser Maschine aus Fleisch angezogen und bildeten die mächtigste Horde von Radaumachern auf der Welt. Es gab keine Kirchweih, die nicht durch die Streiche dieser Bande erheitert worden wäre. Mericano wirkte wie ein Panzer und trat nur in kritischen Augenblicken in Aktion. Wenn er sich aber in Bewegung setzte, war er schlimmer als ein Erdbeben.

Mericanos Bande suchte alle Ortschaften mit Ausnahme des Dorfes Don Camillos heim. Von diesem hielt sie sich stets fern, weil dort eine ganz schlechte Luft für Leute wehte, die herumgingen und Krach machten. Es geschah aber, daß sich einer von der Bande in ein Mädchen von Molinetto verliebte und sich vier Abende auf dem Fahrrad in der Gegend herumtrieb. Als er am fünften Abend endlich das Mädchen traf und unvorsichtig genug war, es anzusprechen, kamen hinter der Hecke drei junge Männer hervor, die den Jungstier mit einer Tracht Prügel nach Fontanaccio zurückbeförderten.

Das war kein persönlicher Fall mehr, das Dorf hatte Fontanaccio beleidigt, und Mericanos Bande begab sich auf den Kriegspfad.

An einem Samstag, spät am Nachmittag, erschien Mericanos Bande auf dem Platz der feindlichen Ortschaft. Man hatte die allgemeine Mobilmachung durchgeführt, und es waren über sechzig, lauter entschlossene Kerle.

Sie kamen nach und nach zu Rad. In kleinen Gruppen betraten sie die Gasthäuser und Cafés, als ob sie zufällig dahergekommen wären, und schlugen sich vor freudiger Überraschung heftig auf die Schultern.

Smilzo hatte für solche Dinge das Auge eines Falken, begriff sofort diese Einleitung und lief zu Peppone.

»Hol mein Motorrad und ruf die Leute zusammen!« befahl Peppone. »Sie sollen sich nicht sehen lassen. Zusammenkunft im Haus des Volkes!«

Dann nahm er mit Bigio und Brusco an einem Tischchen in Ciros Kaffehaus in den Bogengängen Platz.

In diesem Augenblick hörte man ein lautes Geheul, und Mericano erschien auf dem Platz.

Sofort waren ihrer acht oder zehn aus Fontanaccio lärmend um Mericano und wünschten ihm alles erdenkliche Unheil, wie es in dieser Gegend unter den besten Freunden üblich ist. Sie führten ihn in die Bogengänge und luden ihn ein, an einem Kaffeehaustisch Platz zu nehmen. Und welch ein Zufall: es war ausgerechnet vor dem Tisch, an dem Peppone und Anhang saßen.

»Da haben wir es«, murmelte Peppone.

Es gehörte nicht viel dazu, zu verstehen, daß es bald losgehen würde.

»Wie geht es dir? Wie fühlst du dich? Daß auch du einmal daherkommst! Was gibt es? Trink doch ein Glas! Und trink noch eins, wenn dir unsere Freundschaft teuer ist!«

Dieser erste Teil des Manövers vollzog sich rasch unter großem Geschrei. Mericano schüttete acht oder zehn Gläser Wein hinab, und inzwischen trafen auch alle jene Mitglieder seiner Bande ein, die sich bisher im anderen Kaffeehaus und in Schenken aufgehalten hatten, und die Menge um den Tisch Peppones und jenen Mericanos wurde immer dichter.

Auf einmal schrie einer von der Bande: »He, Mericano, wie gefällt dir dieser Ort?«

Peppone ballte die Fäuste, weil er begriff, daß der Augenblick gekommen war, und hielt sich zum Sprung bereit. Es war aber noch nicht soweit.

»Bah«, erwiderte Mericano, »nicht schlecht. Nur das Denkmal paßt mir nicht.«

»Das Denkmal?« brüllte der andere. »Herrlich! Und warum?«

»Ist schlecht aufgestellt«, erläuterte Mericano.

Am Ende des Dorfplatzes stand gegenüber der Kirche ein Denkmal, nichts Besonderes, ein alter Herkules aus Marmor, mit einer Keule, auf einem großen Steinwürfel. Ein einziger Block, der wieder auf einer eine Spanne hohen Marmorstufe ruhte.

Dieses Zeug hatten noch die Farnese aufgestellt, und es war so geblieben, weil niemals jemand in diesem brummigen Alten aus Stein eine politische Anspielung gesehen hatte. Es war ein Denkmal, das niemals einem Lebewesen Ärger bereitet hatte und dazu auch nicht imstande zu sein schien. Und jetzt auf einmal gefiel Mericano das Denkmal nicht.

Ausgerechnet diesem Mericano, der ungefähr den künstlerischen Geschmack besaß, den eine spanische Kuh besitzen kann. Die Sache begann lächerlich zu werden.

»Schlecht aufgestellt?« brüllte der Gesprächspartner. »Was willst du damit sagen?«

»Damit will ich sagen, daß die Symmetrie fehlt«, erläuterte Mericano, der inzwischen noch ein Glas hinabgegossen hatte. »Ich habe in Amerika eine Menge Denkmäler gesehen, aber alle waren symmetrisch.«

»Mericano, ich verstehe kein Wort!« beteuerte der Spießgeselle. »Kannst du uns das genauer erklären?«

Mericano schüttete noch zwei Gläser hinunter, erhob sich und sah aus wie die Dreiherrn-Spitze, so groß und massig war er. Er verschaffte sich Platz, ging an Peppones Tisch vorbei, verließ die Bogengänge und steuerte langsam auf das Denkmal zu.

Auch Peppone stand auf und verließ zusammen mit seinen Leuten die Bogengänge. Jetzt machte die ganze Bande aus Fontanaccio einen Kreis um das Denkmal, als aber Peppone erschien, fand er den Weg frei, um in die erste Reihe vorzudringen.

Mericano trat mit einem Fuß auf die Marmorstufe und

betrachtete das Denkmal, als ob er über etwas nachdächte. In Wirklichkeit wartete er nur, bis Peppone käme. Tatsächlich sagte er, als Peppone vorne in der ersten Reihe war:

»Dem Denkmal fehlt die Symmetrie, weil der Sockel nicht richtig steht.«

Dann legte er seine langen Arme um den Sockel und preßte das Gesicht an den Stein.

Plötzlich straffte er alle Muskeln und gab sich einen Ruck.

Die Knochen dieser großen Maschine aus Fleisch knirschten, der Steinwürfel aber machte eine Achteldrehung – und der Herkules, der vorher nach Norden geblickt hatte, schaute nun nach Nordosten.

Den Leuten blieb vor Staunen der Mund offen.

»So steht es besser«, erklärte Mericano. »Wenn es aber jemandem nicht gefällt, soll er den Bürgermeister holen, der ist stark und wird es wieder so stellen, wie es war.«

Die Bande von Fontanaccio brach in ein frenetisches Gebrüll aus, während Peppone blaß wurde.

Was Mericano da vollbracht hatte, war eine gewaltige, geradezu bestialische Sache. Peppone hatte zwar Arme wie der Stamm einer Ulme, und sein Rückgrat war wie ein Träger aus Eisenbeton, aber er fühlte sich nicht fähig, eine solche Gewalttat zu vollbringen. Und wenn er es auch versuchte – und versagte, dann wäre es aus.

Der Zuschauerkreis war inzwischen größer geworden. Smilzo war mit seinen Leuten angekommen.

Peppone trat hervor: »Stell es wieder zurück!« sagte er mit harter Stimme zu Mericano.

»Mir gefällt es so«, antwortete Mericano. »Wenn es Ihnen nicht gefällt, stellen Sie es wieder so, wie es vorher war. Wenn Sie es allein nicht zusammenbringen, dann lassen Sie sich von Ihren Leuten helfen.«

Peppone ballte die Fäuste. »Diese Herausforderung müssen Sie noch wettmachen«, brüllte er. »Stellen Sie den Sockel sofort zurück!«

Mericano brach in Lachen aus.

Es war jetzt nur noch eine Frage von Sekunden. Peppones Bande und Mericanos Bande standen mit zum Reißen gespannten Nerven da. Weder die einen noch die anderen hatten etwas in der Hand, man wußte aber, daß jeder in der Rocktasche oder im Hosenriemen einen Eisenring oder einen Schraubschlüssel stecken hatte.

Im nächsten Moment sollte das Gemetzel anfangen.

Da erdröhnte in der Stille Don Camillos Stimme.

»Einen Augenblick, junge Leute!« rief er fröhlich und bahnte sich einen Weg durch die beiden Banden. »Wenn ich nicht irre, gibt es hier ein großes Mißverständnis!«

»Keine Rede von Mißverständnis!« brüllte Peppone. »Wer den Sockel verrückt hat, soll ihn auch wieder zurechtrücken.«

»Richtig«, antwortete Don Camillo lächelnd und wandte sich zu Mericano. »Wenn ich nicht irre, haben Sie den Sockel verschoben. Also, stellen Sie ihn zurück!«

Mericano zuckte die Achseln. »Mir gefällt er so«, murmelte er. »Wenn es dem Bürgermeister nicht gefällt, kann er ihn wieder richtig hinstellen.«

Peppone wollte losschlagen, Don Camillo aber hinderte ihn.

»Junger Mann, Sie verlangen zuviel«, fuhr er fort. »Der Bürgermeister ist die höchste Autorität im Dorf. Es ist nicht seine Aufgabe, Denkmäler zurechtzustellen – er hat andere verdrehte Dinge geradezurichten. Um ein Denkmal geradezurichten, genügt der Pfarrer.«

Don Camillo krempelte die Ärmel auf und trat langsam an den riesigen Steinwürfel heran. Nie kam er ihm so groß und ungeheuer vor. Er wußte, daß er nicht genügend Kraft besaß; nur eine Bestie wie Mericano konnte so etwas vollbringen.

Jetzt war er da. Er umarmte den Sockel und preßte die linke Wange an den kalten Stein. Über der Menschenmauer sah er das weitgeöffnete Kirchentor und die brennenden Kerzen auf dem Hochaltar zu Füßen des gekreuzigten Christus.

»Jesus«, sagte Don Camillo in seiner Verzweiflung,

»noch habe ich nicht begonnen – und schon fehlen mir die Kräfte!«

»Wichtig ist, daß dir nicht der Glaube fehlt«, antwortete Christus mit leiser Stimme.

Man hörte ein Gebrüll, und Don Camillo ließ los, um zu sehen, was geschehen war. Die Leute jubelten ihm begeistert zu, weil der Sockel wieder auf seinem alten Platz war.

Don Camillo verschob die Untersuchung dieses Phänomens auf später; nun hatte er Eiligeres zu tun.

»Jetzt ist alles wieder auf seinem Platz wie früher«, sagte er und blieb zwischen den beiden Banden stehen. »Dank dem Eingreifen der Kirche ist der Scherz dieses jungen Mannes ein Scherz geblieben. Jeder kehre ruhig und zufrieden heim und gehe von hier mit Gott.«

In diesem Augenblick traf der kleine Dienstwagen der Karabinieri auf dem Platz ein, und dieses Ereignis bewog Mericano und seine Bande, das Weite zu suchen.

»Was ist hier los?« erkundigte sich der Wachtmeister und machte sich Platz.

»Nichts Besonderes«, erklärte Don Camillo lächelnd. »Eine einfache Diskussion künstlerischer Natur.«

An diesem Abend legte sich Peppone mit einer riesigen Wut im Bauch ins Bett. Es handelte sich nicht um die Sache mit Mericano. Die Sache mit Mericano war zwar ein harter Bissen, aber es gelang ihm, ihn zu verdauen. Mericano war schließlich kein Mensch, er war ein Elefant, und ein Mensch kann sich logischerweise nicht gedemütigt fühlen, wenn sich ein Elefant als stärker erweist.

Was er nicht verdauen konnte, war die Sache mit Don Camillo. Don Camillo war kein Elefant, sondern ein Mensch wie er, Peppone. Und Don Camillo war es gelungen, den Sockel zurechtzustellen.

Peppone wälzte sich bis nach Mitternacht im Bett herum. Dann fühlte er eine noch größere Wut im Bauch, weil Don Camillo ihn als Mensch und Vertreter der weltlichen Macht gedemütigt hatte. »Dank dem Eingreifen der Kirche …«, hatte Don Camillo gesagt.

Um zwei Uhr nachts sprang Peppone aus dem Bett, kleidete sich an, stieg in die Küche hinunter und soff in einem Zug eine Flasche Wein aus. Dann verließ er das Haus und wanderte allein durch die leeren und stillen Straßen des schlafenden Ortes. Der Nebel war aufgestiegen, so dicht, daß man schon auf drei Meter nichts mehr sehen konnte. Er irrte mit gequälter Seele umher und stand plötzlich vor dem Denkmal. Wenn es dieser verfluchte Priester fertiggebracht hat, warum soll ich es nicht zustandebringen? dachte er wütend. Der Wein war in den Blutkreislauf gelangt und hatte die Zylinder erhitzt.

»Jesus Christus«, sagte Peppone und umfaßte verzweifelt den Steinblock, »wenn du gerecht bist und die Priester nicht bevorzugst, dann wirst du mir die Kraft geben, die du Don Camillo gegeben hast …!«

Er glaubte, daß ihm alle Gelenke barsten. Der Sockel machte aber eine Achteldrehung, und der Herkules schaute wieder nach Nordosten. Peppone tat einen Seufzer, der einen Dreimaster eine Meile weit hätte treiben können.

»Ich danke dir, Jesus«, sagte Peppone, »ich bin immer mehr überzeugt, daß du ein unabhängiger Ehrenmann bist, der sich in die Politik nicht einmischt.«

Mit letzter Kraft kam er nach Hause; nichts an ihm war mehr in Ordnung. Alles schmerzte ihn. Er fühlte sich wie ein Mensch, über den eine Straßenwalze hinweggerollt war. Er leerte auf einen Zug eine Flasche Wein, warf sich kopfüber aufs Bett und versank gleich in einen bleiernen Schlaf.

Als sich am nächsten Morgen, gegen zehn, der Nebel aufgelöst hatte, bemerkte jemand, daß der Sockel des Denkmals wieder schiefstand, und schlug Lärm. Die Sache war klar: in der Nacht mußte die Bande von Fontanaccio zurückgekehrt sein und die Herausforderung wiederholt haben.

Smilzo lief zu Peppone, fand ihn noch im Bett und wollte ihn wecken. Als er seine Stirn berührte, bemerkte er, daß sie glühte. Es war ein Fieber wie das eines Dinosauriers, und Smilzo gab die Sache auf.

Er begab sich zurück in das Haus des Volkes und gab bekannt, daß man aber schon gar nichts unternehmen dürfe, ehe nicht der Chef wieder in den Besitz seines Verstandes gelangt sei. Die Angelegenheit war aber bereits zu groß geworden, und die Leute machten daraus einen Fall, der den ganzen Ort anging.

Man mußte diesen verdammten Kerlen von Fontanaccio eine Lektion erteilen.

»Heute abend wird nach Fontanaccio gegangen, und alle werden verprügelt, von Mericano bis zum letzten Vizestier. Wenn es notwendig ist, werden auch alle verprügelt, die nicht der Bande angehören.«

»Und wenn ein verfluchter Spion seine Nase in die Sache steckt und die Karabinieri zu Hilfe ruft, so macht das auch nichts. Wenn nicht heute abend, dann ein anderes Mal. Die Rechnung muß auf jeden Fall beglichen werden. Und wehe, wenn jemand das Denkmal anrührt! Wer es umgedreht hat, muß es wieder geradestellen.«

Über diese Beschlüsse war der Abend hereingebrochen, und zu diesem Zeitpunkt wurden sie Don Camillo von Barchini, seinem üblichen Berichterstatter, zugetragen.

In Wirklichkeit verstand aber Don Camillo kein Wort von dem, was ihm Barchini sagte. Don Camillo war noch im Bett und konnte kein einziges Knöchlein ohne Knirschen bewegen, und es war auch nicht der kleinste Nerv, der ihm nicht einen Schmerzensschrei entlockt hätte. Als er, nachdem er den Sockel des Denkmals zurechtgerückt hatte, in den Pfarrhof zurückgekehrt war, mußte er sich sofort aufs Bett werfen, und ein Rhinozerosfieber hielt ihn dort bis zum nächsten Abend wie eine Leiche festgenagelt.

Barchini wiederholte seinen Bericht zweimal, und da die Sache ernst war, stand Don Camillo stöhnend auf. Er ließ sich dann den Waschtrog mit kochendem Wasser füllen und nahm ein Bad von jener Art, die einen Menschen – auch in einem schlimmeren Zustand als in dem Don Camillos –, wenn sie ihn nicht umbringt, wieder auf die Beine stellt.

Don Camillo glich die innere Temperatur der äußeren an, indem er eine halbe Flasche Kognak hinunterschluckte. Schließlich konnte er sich in Gang setzen.

Es war aber zu spät. Ein Haufen Leute aus Fontanaccio war schon verprügelt, und man hatte sie bereits vor die Alternative gestellt: »Entweder kommt morgen euer Kraftmensch, das Denkmal geradezustellen, oder es geht morgen der Tanz wieder los.«

Das bedeutete, daß am nächsten Tag oder an einem anderen Tag, falls sich die Polizei einmischen sollte, die Leute mit Gewehren nach Fontanaccio gehen würden, weil sie sicher waren, daß die von Fontanaccio sie mit Gewehrschüssen empfangen würden.

Don Camillo borgte von Pasotti einen Karren aus und fuhr gegen Mitternacht nach Fontanaccio.

Er fuhr gerade auf Mericanos Haus zu, und eine bestürzte Alte machte ihm auf. Mericano lag im Bett, und als er Don Camillo sah, riß er die Augen auf.

»Du verfluchtes Vieh!« brüllte ihn Don Camillo an. »Durch deine Schuld sind zwei Dörfer daran, sich gegenseitig umzubringen. Warum hast du wieder das Denkmal verrückt?«

»Ich war es nicht! Ich schwöre!« stöhnte Mericano. »Als ich nach Hause kam, mußte ich mich ins Bett werfen, weil ich nicht mehr stehen konnte. Alle Knochen sind mir wie zerbrochen! Ich war es nicht. Fragen Sie meine Großmutter!«

Die Alte bekreuzigte sich. »Ich schwöre auf das heilige Kreuz, daß er sich gestern, als er wieder zu Hause war, ins Bett gelegt und nicht mehr gerührt hat.«

»Dann war es deine Bande!« brüllte Don Camillo.

»Ich weiß nichts, ich weiß nichts!« jammerte Mericano.

Don Camillo wandte sich zur Alten: »Machen Sie ein

Feuer, und stellen Sie Wasser auf! Wenn das Wasser heiß ist, füllen Sie damit einen Waschtrog und verständigen Sie mich.«

Als der Waschtrog im Stall bereit war, mußte Mericano hinunter und seine Knochen auskochen, wie es Don Camillo getan hatte. Dann mußte er sich ankleiden und mit Don Camillo den Karren besteigen.

»Wohin bringen Sie mich? Ich habe nichts getan!« jammerte Mericano.

Gegen zwei Uhr nachts kamen sie im Dorf an, und der Nebel war dichter als in der Nacht zuvor. Als sie vor dem Sockel des Denkmals standen, befahl Don Camillo Mericano:

»Los! Ich helfe dir!«

Sie machten sich beide zu schaffen, konnten aber den Sockel nicht um einen Zentimeter verschieben.

»Rühr dich nicht vom Fleck«, sagte dann Don Camillo.

Mit Gottes Hilfe kam Peppone herunter, und als er vor Don Camillo stand, sagte ihm dieser, er möge sich ankleiden und ihn begleiten.

»Wenn wir dieses verfluchte Denkmal nicht wieder geradestellen, kommt Gottes Zorn über uns. Mericano hat alle Knochen gebrochen und bringt es nicht mehr zustande. Auch meine Knochen sind gebrochen, nicht einmal zu zweit richten wir etwas aus. Du mußt uns an die Hand gehen.«

Peppone stöhnte: »Wie soll ich Ihnen helfen, wenn ich nicht einmal auf den Füßen stehen kann.«

»Laß das, nimm den Mantel und komm!«

Peppone konnte seine Wut nicht mehr unterdrücken; er mußte sich Luft machen:

»Hochwürden, wenn Sie und Mericano alle Knochen gebrochen haben, weil ihr das Denkmal verschoben habt, warum sollten meine Knochen nicht gebrochen sein, wenn auch ich es verschoben habe?«

Sie waren in Peppones Küche. Don Camillo machte

einen Küchenschrank auf und holte eine Flasche heraus, entkorkte sie und reichte sie Peppone.

»Trink, du Mörder!«

Peppone trank. Dann warf er den Mantel über die Schultern und folgte Don Camillo.

Mericano saß auf der Stufe des Sockels und zitterte heftig vor Kälte.

Sie umfaßten alle drei den Sockel und begannen ihn ruckweise zu stoßen. Bei jedem Stoß stöhnten und jammerten sie vor Schmerz. Man kann es nicht sagen, ob es fünf, fünfhundert oder fünftausend Stöße waren. Schließlich stand der Sockel wieder gerade.

»Du schläfst im Pfarrhof«, sagte zum Schluß Don Camillo zu Mericano. »Ich werde erklären, daß du heute in aller Frühe gekommen bist, um vor mir und dem Herrn Bürgermeister das Denkmal wieder geradezustellen. Und daß ich dich hierbehalten habe, weil du dich vor Anstrengung nicht mehr auf den Füßen halten konntest.«

Als sie im Pfarrhof angelangt waren, fiel Mericano auf dem Diwan im Speisezimmer zusammen und rührte sich nicht mehr. Don Camillo breitete seinen Mantel über ihn und begab sich zu Peppone, der auf dem Diwan im Vorzimmer saß und wartete.

»Wenn ich nur die Kraft hätte, meine Hand zu rühren, versetzte ich dir jetzt einen solchen Kinnhaken, daß du dir dort hinten deinen Kürbiskopf anschlagen würdest!« rief Don Camillo.

»Als ob es nicht schon geschehen wäre«, murmelte Peppone und fiel der Länge nach auf den Diwan.

»Mein Haus ist ein wahres Obdachlosenheim geworden!« brüllte Don Camillo.

Er fand ein paar alte Fetzen, mit denen er Peppone zudeckte, und als er nach heroischen Anstrengungen sein Zimmer erreichte, brach er auf dem Bett zusammen.

»Jesus«, flüsterte er, »entscheide Du, wer von uns dreien der Unglücklichste ist, und halte Deine heilige Hand über dessen Haupt.«

Jesus entschied, daß Peppone der Unglücklichste sei.

Und als Peppone am nächsten Tag aufwachte, kam ihm ein glänzender Gedanke, den er sofort in die Tat umsetzte, obwohl ihn jeder Hammerschlag übermenschliche Mühe kostete. Er schmiedete drei Eisenklammern, jede drei Kilo schwer, und ordnete an, mit ihnen und mit Spezialzement den Sockel sofort mit dem Fundament zu verbinden, daß ihn nicht einmal Herkules selbst auch nur um einen Millimeter verschieben könne.

Schließlich heiratete der Jungstier von Fontanaccio das Mädchen aus Molinetto. Und das Söhnchen, das die junge Frau in dieser Ehe gebar, nannten sie Herkules. Und es zerschnitt die Haßsträhne, die die beiden Dörfer trennte, und verband sie mit einer Strähne der Liebe.

Die Geschichte von der heiligen Luzia

Cesarino stand auf, und – noch bevor er sich wusch – nahm er einen Blaustift und strich einen Tag im Kalender durch.

Es blieben noch drei, die eigentlich nur zwei waren, weil der dritte schon der bewußte Tag selbst war. Während er sich mit kaltem Wasser wusch, kam Cesarino plötzlich ein Gedanke: Und die Kleie?

Das war eine wichtige Angelegenheit, aber es war eigentlich klar, daß er nicht daran gedacht hatte, weil noch vor einem Jahr alles dort draußen vor sich gegangen war, auf dem Land, wo man nur die Hand auszustrecken brauchte und schon irgendwo Kleie fand.

Er dachte an das gute, frische Hausbrot von damals und an den Wohlgeruch, der aus dem Backofen kam. Er hörte das Knarren des Flachsbrechers und erinnerte sich dabei an seine Mutter.

Er verließ eilig das Haus, und als er an der Portierloge vorüberging, blieb er stehen und gab der Hausmeisterin den Schlüssel; sein Vater war schon um vier weggegangen, weil an diesem Tag alle Fuhrleute, die einen Lastwagen besaßen, einen Haufen zu tun hatten.

Die Straße war voller Leute, die es verdammt eilig hatten, und der Nebel war an diesem nassen Dezembermorgen trügerisch, weil Autos und Radfahrer wie Geister plötzlich von allen Seiten vor einem erschienen und man aufpassen mußte. So konnte er nicht mehr viel über die Sache mit der Kleie nachdenken; als er aber in der Schule war, dachte er wieder daran.

Er hatte den Esel völlig vergessen und war jetzt in Verlegenheit. Man mußte auf das Fensterbrett neben den Schuh auch ein Säckchen voll Kleie legen. Das war für den Esel, der die Körbe mit den Geschenken trug.

Wenn das Säckchen mit Kleie nicht im Fenster ist, wird die heilige Luzia bestimmt beleidigt sein.

Als Cesarino um zwölf wieder frei hatte, lief er sofort in einen Bäckerladen und verlangte Kleie. Sie hatten aber keine. Und das war auch natürlich – was hätte man denn in einer Stadt wie Mailand mit Kleie anfangen sollen?

Er versuchte es bei einem anderen Bäcker, dann bei einem dritten, und zum Schluß gab er die Hoffnung auf.

Zu Hause fand er den Schlüssel noch immer bei der Hausmeisterin; sein Vater war noch nicht zurückgekommen, und Cesarino aß allein in der kalten und unaufgeräumten Küche. Der Vater kam am Abend, stieg aber nicht hinauf, sondern rief ihm vom Hof, und sie gingen gemeinsam in das Gasthaus an der Ecke.

Die warme Suppe bereitete Cesarino so viel Freude, daß er alle seine anderen Sorgen vergaß. Als er aber mit der Suppe fertig war, tauchten die Sorgen wieder auf.

Cesarino hatte einen fürchterlichen Respekt vor seinem Vater, der ein wortkarger und finsterer Mann war, und er druckste deshalb lange herum, ehe er auf diese Angelegenheit zu sprechen kam. Schließlich sagte er zu ihm:

»Man würde ein wenig Kleie brauchen.«

Cesarinos Vater sprach mit einem Mann, der in einem blauen Arbeitsanzug steckte, und trank mit ihm ein Glas

Wein; er wandte sich verwundert zum Jungen und fragte: »Kleie? Wozu brauchst du die Kleie?«

»Für den Esel«, murmelte der Junge.

Der Mann mit dem blauen Arbeitsanzug lachte hellauf und fragte, um welchen Esel es sich da handle.

»Um den Esel der heiligen Luzia«, erklärte Cesarino schüchtern.

Der Mann lachte noch mehr, Cesarinos Vater zwinkerte ihm aber zu und sagte dann barsch zum Jungen:

»Laß den Esel in Ruh! Hier feiert man nicht die heilige Luzia.«

Der Junge schaute ihn fassungslos an: »Die heilige Luzia ist aber im Kalender!«

»Das schon, man feiert sie aber nicht!« sagte trocken der Vater. »Auch der heilige Hilarius ist im Kalender, hier feiert man aber den heiligen Ambrosius. Jede Stadt hat ihren Heiligen. Hier bringt das Christkind die Geschenke. Hier kommt das Christkind.«

Der Junge schaute den Mann im blauen Anzug an, und dieser bestätigte die Worte des Vaters.

»Donnerwetter, so ist es! Die Heiligen sind wie Provinzbehörden, jeder hat seinen Bereich. Diese Angelegenheit fällt hier in die Zuständigkeit des Christkinds.«

Cesarino senkte den Kopf und wandte dann in größter Sorge ein: »Das Christkind kennt mich aber nicht, ich bin erst seit sechs Monaten in Mailand.«

Der Mann im Arbeitsanzug beruhigte ihn: »Du kannst sicher sein, daß dein Dorfpfarrer das Christkind schon verständigt hat, daß du und dein Vater nun hier seid. Wenn du ganz sicher sein willst, kannst du auch de Gasperi schreiben, daß er es ihm mitteilt.«

Noch zwei oder drei Männer hatten sich zu ihnen gesellt und lachten. Da mengte sich der Vater ein und sagte zu Cesarino:

»Geh jetzt nach Hause und leg dich ins Bett. Laß den Schlüssel im Schloß.«

Der Junge ging, und der Vater erklärte den anderen die Sache:

»Das sind alles Dummheiten, ich kann es ihm aber nicht so mir nichts, dir nichts sagen. Seine Mutter hatte ihm alle diese Dummheiten beigebracht, die ihr unser dummer Dorfpriester beigebracht hatte, und am Tag vor ihrem Tod hat sie mir noch nahegelegt: ›Carlo, laß den Jungen in Ruh. Laß ihn so, wie er ist. Wenn die Zeit kommt, wird er schon von allein draufkommen. Mach mir keine Sorgen, wenn ich einmal tot bin!‹«

Der Mann breitete die Arme aus:

»Kinder, wenn es sich darum handelt, einen Lebenden zu ärgern, bin ich immer dafür, auch wenn es bis aufs Messer geht – ich habe es aber nicht gern, Tote zu ärgern. Erst vor sechs Monaten ist sie gestorben!«

Der im Arbeitsanzug schüttelte den Kopf: »Idiotische Sentimentalitäten, wie im Mittelalter! Um eine Tote nicht zu ärgern, schadest du deinem lebenden Kind, weil du ihm den Kopf voll Dummheiten läßt.«

»Mach dir keine Sorgen«, erwiderte finster Cesarinos Vater. »Wenn er sieht, daß ihm weder die Heiligen noch die Madonna etwas bringen, wird er von selbst draufkommen.«

Cesarino stand an jenem Morgen sehr früh auf. Mit dem Blaustift strich er den Tag im Kalender aus; durch den Kopf gingen ihm aber die Dinge, die er am Vorabend gehört hatte, und, anstatt ihm Freude zu bereiten, ärgerte ihn die Sache. Jetzt schien ihm die Zeit zu schnell zu vergehen.

Es gelang ihm, den Vater vor dem Ausgehen anzuhalten: »Wer ist de Gasperi?« fragte er.

»Einer, der in Rom lebt«, murmelte der Vater. »Denke lieber an deine Aufgaben, das ist besser!«

Rom war wahrscheinlich am Ende der Welt, ein Brief mußte lange brauchen, um dort anzukommen. Es war zu spät. Außerdem dachte Cesarino vor allem an die heilige Luzia. Es war unbedingt notwendig, es die Heilige wissen zu lassen.

Bis zur Schule hatte er noch mehr als eine Stunde Zeit;

es gelang ihm, in vier Kirchen nachzusehen – in keiner sah er aber eine heilige Luzia. Er kannte sie gut und hätte sie sofort erkannt, auch wenn sie ganz klein gewesen wäre.

Nach der Schule gab Cesarino seine Suche auf. Er hatte einen Haufen Zeit verloren und noch immer leere Hände, er war noch immer ohne Kleie für den Esel.

Nun dachte er, daß es wohl wenig ausmachen würde, wenn er das Säckchen anstatt mit Kleie mit Brotkrumen füllen würde.

Mit dem alten Brot, das er zu Hause fand, konnte er nicht viel anfangen; es war zu wenig. Er fügte eine Hälfte von seinem Mittagessen hinzu, da aber das Brot frisch und weich war, schnitt er es in kleine Stückchen und röstete diese über der Gasflamme.

Am Abend kam der Vater spät nach Hause. Er hatte ein Päckchen mitgebracht, und sie aßen schweigend in der Küche.

Cesarino brauchte lange, ehe er einschlief. Das Säckchen voll Brotkrumen beruhigte ihn aber einigermaßen.

Um sechs sprang Cesarino aus dem Bett. Sein Vater war schon weg. Es gab nichts mehr im Kalender durchzustreichen, und er meinte, daß die Nacht in einigen Minuten kommen werde, obwohl bis dahin noch viele Stunden vergehen sollten.

Um halb acht verließ er das Haus und machte sich eiligen Schrittes auf den Weg. Er folgte so lange einer großen Straße, bis er aus der Stadt draußen war. Auf der Landstraße kamen und gingen viele Lastautos.

Er verspürte einen fürchterlichen Hunger und konnte nicht widerstehen, zwei oder drei Brotkrumen zu essen, die dem Esel zugedacht waren.

Er wird dafür schon Verständnis haben, dachte er.

Er ging weiter, über zwei Stunden weit. Das Herz blieb ihm fast stehen, als er bei einer Tankstelle ein Lastauto sah, auf dessen Kennzeichen zwei Buchstaben waren, die Cesarino gut kannte. Der Kühler des Lastautos zeigte in die Richtung, die der Junge einschlagen wollte.

Als der Fahrer den Wagen bestiegen hatte und die Tür schließen wollte, trat Cesarino hervor.

Der Fahrer ließ ihn einsteigen und lud ihn zweieinhalb Stunden später bei Crocile ab. Von dort führt die Straße nach der Bassa weitere dreißig Kilometer. Cesarino mußte aber unbedingt dorthin. Er schickte sich zu gehen an, und nach einem Kilometer mußte er wieder ein paar Brotkrumen zu sich nehmen. Als ob es Gottes Wille wäre, fuhr ein Traktor vorbei, der einen Karren hinter sich herzog, und Cesarino sprang auf.

Das gleichförmige Rattern der Räder machte ihn verflucht schläfrig. Cesarino aber ließ nicht nach und unterdrückte den Schlaf; er kannte jetzt die Straße und sprang an der Kreuzung bei Pontaggio ab, weil der Traktor nach rechts abbog, während er die Straße nach links einschlagen mußte.

An einem bestimmten Punkt verließ der Junge die Straße und schlug einen Feldweg ein. Die Dunkelheit wurde immer undurchdringlicher, jetzt hätte aber Cesarino den Ort, wohin er wollte, auch mit geschlossenen Augen gefunden.

Und so stand er plötzlich vor einem finsteren und stillen Haus, das er mehr erahnte als erblickte.

Es war das alte Haus, in dem Cesarino noch vor sechs Monaten mit den Seinen gewohnt hatte. Sein Vater hatte immer davon geträumt, das Dorf zu verlassen. Als seine Frau gestorben war, lud er einen Teil seiner Habe und den Jungen auf den Lastwagen und fuhr nach Mailand, wo er Verwandte hatte, die in einem Transportunternehmen arbeiteten.

Das Haus war leer und verlassen geblieben. Cesarino nahm aus der Tasche den großen Schlüssel, plagte sich eine Weile, da das Schloß ganz verrostet war, und betrat endlich den niedrigen und dunklen Hausflur.

Er ging durch die Küchentür. Es roch nach dem Herd. Er fuhr mit der Hand über die Steinplatte oberhalb des Herdes und fand dort ein Kerzenstümpfchen und eine Schachtel Zündhölzer.

Das spärliche Licht ließ das alte Haus noch leerer und noch verlassener erscheinen. Und er bekam Angst. Dann dachte er an die heilige Luzia, und es kam ihm der Gedanke, daß bestimmt irgendwo im Haus Kleie zu finden sein müßte. Wenn er ein wenig Kleie fände, dann könnte er die Brotkrumen aus dem Säckchen aufessen. Die Kredenz war leer, und auch sonst gab es überall nur Staub und Spinnweben. Vor Hunger aß er noch ein paar Brotkrumen. Da hörte er eine Menge Glockenschläge von Don Camillos Kirchturm und geriet ganz außer sich.

Um Gottes willen, die heilige Luzia durfte ihn nicht wach finden!

Er zog den rechten Schuh aus, reinigte ihn sorgfältig, machte die Läden des Küchenfensters auf und legte den Schuh auf das Fensterbrett, wie er es immer getan hatte. Daneben legte er das Säckchen mit den Brotkrumen. Dann schloß er die Fensterflügel und stieg in sein Zimmer hinauf, mit einem bekleideten und einem bloßen Fuß.

Die alten wurmstichigen Betten waren noch da, aber ohne Matratzen. Im Zimmer der Großmutter hatte das Bett noch den Strohsack, und dort legte Cesarino sich nieder. Er hätte am liebsten die Kerze nicht ausgelöscht, aber der Gedanke, daß das Licht die heilige Luzia abschrecken könnte, bestimmte ihn, im Dunkeln zu bleiben.

Er hatte nicht einmal Zeit, Angst zu haben, weil ihn die Müdigkeit überwältigte und er sogleich in Schlaf versank.

Um ein Uhr nachts hielt ein Motorrad auf der Straße vor dem einsamen Haus an.

Ein Mann im Mantel überquerte den Hof und knipste vor dem Haustor eine Taschenlampe an. Der Lichtkegel irrte über die Fassade und blieb am Fenster mit den offenen Läden und dem Schuh auf dem Fensterbrett hängen. Der Mann im Mantel betrachtete eine ganze Weile diesen Schuh. Dann ging er auf die Straße zurück, stellte das Motorrad ab und ging zu Fuß in das schlafende Dorf.

Diese Nacht blieb Cibelli als die wunderlichste in seinem ganzen geruhsamen Leben eines Kaufmanns in Erinnerung. Cibelli wurde nämlich um halb zwei von jemandem aufgeweckt, der von der Straße seinen Namen rief. Als er zum Fenster ging, sah er, wer der nächtliche Besucher war. Er ging hinunter und fragte sich unterwegs, was jener um diese Stunde von ihm wolle. Und als er es erfuhr, rief er:

»Carletto, die Luft von Mailand hat dich wohl verrückt gemacht?«

Cesarino wachte um neun Uhr früh plötzlich auf und sprang sofort vom Strohsack, in dem er sich verkrochen hatte, und lief in die Küche, um das Fenster aufzumachen.

Der Schuh war voll von Päckchen, und einige lagen sogar neben dem Schuh auf dem Fensterbrett.

Cesarino trug alles, an die Brust gedrückt, zum Tisch und war mit dem Aufknoten der Bindfäden beschäftigt, als er das Rattern eines Motorrades im Hof hörte. In der Küchentür erschien sein Vater.

»Die ganze Nacht suche ich dich!« schrie der Vater und schälte sich aus dem Mantel. »Aus Mailand muß ich mit dem Motorrad hierher fahren!«

Cesarino betrachtete ihn mit offenem Mund.

»Wenn wir wieder zu Hause sind, dann rechnen wir ab«, brüllte der Vater mit furchterregender Stimme. »Und wenn du noch einmal so etwas machst, bringe ich dich um!«

Cesarino schüttelte den Kopf. »Ich werde es nicht mehr machen«, stotterte er. »Die heilige Luzia weiß jetzt, daß ich in Mailand bin ... ich habe für sie einen Zettel in den Schuh gesteckt, und sie hat den Zettel mitgenommen ...«

Es war ein schöner Dezembertag mit hellem, strahlendem Sonnenschein. Der Vater verließ brummend die

Küche und kam mit einem großen Bündel Holz zurück, das er ins Feuer warf. Die Flamme stieg hoch.

»Wärme dich, Halunke!« brüllte der Mann und packte Cesarino an den Schultern und drückte ihn in einen Stuhl neben dem Herd. Dann ging er hinaus und kam mit zwei Schüsseln heißer Milch und einem frischen Brotlaib zurück. »Iß!« schrie der Mann und drückte ihm ein Stück Brot und eine Schüssel in die Hände. »Laß jetzt diese Dummheiten! Und zieh den Schuh wieder an!«

Cesarino war völlig verwirrt und konnte sich das alles, das Brot, die Milch, die offenen und noch nicht geöffneten Päckchen, nicht erklären. Und der Rauch vom Kamin trieb ihm Tränen in die Augen.

Unterdessen verzehrte der Vater finster und mit gesenktem Blick sein Frühstück. Dann konnte er nicht mehr widerstehen und wandte sich einen Augenblick um.

Sie war da, hinter ihm, und flüsterte: »Seitdem wir uns kennengelernt haben, ist es das erste Geschenk, das du mir gemacht hast, Carletto. Es ist aber ein großes Geschenk ... Verdirb mir nicht meinen Jungen, Carletto. Laß ihn so ...«

Der Vater erhob ein Gebrüll und blickte Cesarino mit wütenden Augen an:

»Durch deine Schuld hab ich einen Tag verloren!«

Natürlich hatte er den Tag nicht verloren. Er wußte es, wollte es aber nicht zugeben.

Glauben und Poesie

Giaròn, der Fuhrmann, war in der Gegend bekannt wie das schlechte Geld, und man war sich im Dorf über Giaròn einig, mit einer Ausnahme: man wußte nicht, wer ein größeres Vieh sei, er – oder sein Pferd.

Groben Menschen entfährt, wenn sie sprechen, gerne ein Fluch; Giaròn hingegen war ein Mensch, dem beim Sprechen nur hier und da ein ordentliches Wort entschlüpfte, weil sein Wortschatz ausschließlich aus Flüchen bestand und Flüche bekanntlich keine Wörter sind.

Giaròn hatte herrliche Tage gesehen und neun prachtvolle Zugtiere besessen: sechs Pferde und drei Söhne. Wenn sich jemand in jenen Zeiten mit einem Karren, Fahrrad oder Auto auf die Straßen der Gegend und der Umgebung begab, mußte er jedesmal den lieben Gott bitten, ihm eine Begegnung mit einem von den Giaròns zu ersparen.

Mit Ausnahme der Landstraße waren alle Straßen der Bassa mehr oder weniger ungepflegte Feldwege, und jeder Giaròn dachte so: Wenn die Straße kaum für mich ausreicht, warum bildest du dir ein, sie zu benutzen? Laß mich schlafen – und schau selbst, wie du weiterkommst!

Es war eine schlimme Sache, einen Giaròn zu wecken, wenn er einmal oben auf einer Schotter- oder Sandladung auf seinem Wagen schlief. Eine schlimme Sache, weil alle Giaròns aus demselben verdammten Holz geschnitzt und wegen nichts und wieder nichts stets bereit waren, mit dem Peitschenstiel loszuschlagen oder mit den Schaufeln herumzufuchteln.

In jenen Zeiten dachten übrigens nicht nur die Giaròns so. Für alle Fuhrleute war es Ehrensache, nicht von der Straße zu weichen und niemandem den Weg freizumachen. Das war nicht einmal Bosheit oder Rücksichtslosigkeit. Wenn ein Fuhrwerker vom Fluß daherkam, nachdem er den Karren mit Sand oder mit Schotter beladen hatte, glaubte er ein Recht darauf zu haben, in Ruhe gelassen zu werden. Er streckte sich oben auf seiner Ladung auf dem Bauch aus, und während ihm die Sonne den Rücken briet, schlief er und ließ alles übrige das Pferd besorgen. Und das Pferd zog den Karren und kümmerte sich um alles selbst, wie es sich gehörte.

Die Pferde der Fuhrleute waren brave Tiere, die bravsten Tiere auf der Welt, und die Leute waren sich darüber einig, daß sie weniger viehisch waren als ihre Herren. Nur beim Pferd des Vaters Giaròn waren sich die Leute im unklaren. Das Pferd des Vaters Giaròn beschränkte sich nämlich nicht darauf, den Karren seine Straße weiterzuziehen, wenn sein Herr schlief. Jedesmal, wenn es an einem Wirtshaus vorbeikam, blieb es stehen und rührte sich nicht, bevor Giaròn aufwachte.

»Nein«, pflegte Don Camillo immer zu sagen, »für mich ist Giaròn ein größeres Vieh als sein Pferd, weil er dem Pferd angewöhnt hat, vor jedem Wirtshaus stehenzubleiben. Das Pferd tut nur, was man ihm beigebracht hat.«

»Für mich ist Giaròns Pferd das größere Vieh«, pflegte man zu antworten, »denn ein Pferd hätte, auch wenn es ein Vieh ist, doch die moralische Pflicht, vernünftig zu sein, wenn schon bei seinem Herrn die Vernunft nicht funktioniert. Ein Pferd, das nicht ein größeres Vieh als Giaròn selbst ist, würde nicht vor jedem Wirtshaus stehenbleiben und seinen Herrn zwingen, aufzuwachen und abzusteigen, um sich mit Wein vollzusaufen.«

Sonderbare, ja leichtfertige Gespräche, wenn man will, aber sie lassen erkennen, von welchem Schlage Giaròn war und von welcher Art die Söhne eines solchen verfluchten Kerls sein mußten.

Giaròn hatte also herrliche Tage gesehen, bis eines Tages das große Unglück hereinbrach. Als er eines Abends nach Hause kam, merkte er, daß sich die Söhne anders benahmen als sonst. Sie saßen schweigend, und dann legte der älteste Sohn los:

»So geht es nicht mehr weiter«, sagte er. »Es muß etwas geschehen – oder man verreckt vor Hunger.«

Giaròn stieß einen Fluch in fragendem Ton aus.

»Reg dich nicht auf«, rief finster der Sohn. »Schau, wohin du willst, und du wirst sehen, daß wir die einzigen sind, die sich noch in diesem Beruf plagen. Alle anderen haben schon seit einiger Zeit begriffen, daß man mit Pferden nicht mehr konkurrenzfähig ist. Ein Lastwagen faßt zehnmal mehr als ein Pferd und legt den zehnfachen Weg zurück. Ein Pferd muß auch fressen, wenn es nicht arbeitet, ein Lastwagen verbraucht aber nichts, wenn er steht.«

Giaròn fragte, worauf sein Sohn mit dieser Rede hinauswolle. Und der Sohn machte es ihm klar:

»Wir haben sechs Tiere und jeder ein wenig Geld. Verkaufen wir die Pferde und kaufen einen Lastwagen. Die Gelegenheit ist günstig und wird nicht so bald wiederkommen.«

Giaròn schaute umher und sah, daß sich alle drei Söhne einig waren; dann kam ihm die Galle hoch, und es ging ein fürchterlicher Streit los:

»Wem es hier nicht gefällt, der kann gehen. Das Zeug gehört mir, und ich mache damit, was ich will!«

»Das Zeug gehört auch uns!« erwiderte der älteste

Sohn. »Wir haben genauso gearbeitet wie du. Alle haben das gleiche Recht.«

Giaròn stieß seinen furchtbarsten Fluch aus und entschied: »Macht, wie ihr wollt, ich behalte Menelik und Bionda und bleibe bei meinem Geschäft.«

Drei Abende später kam Giaròn voll Wein nach Hause und fand im Hof einen großen Lastwagen. Es war ein schönes Fahrzeug, und die drei Söhne bewunderten es, als ob es das Panorama von Neapel wäre. Giaròn schaute es haßerfüllt an und spuckte auf die Erde.

»Es wird ihm vergehen!« meinte höhnisch der älteste Sohn zu den anderen.

Es verging ihm nicht. Und als ihm die Söhne einen Monat später die Abrechnung zeigten und erklärten, was sie in dreißig Tagen verdient hätten, ließ sich Giaròn nicht beeindrucken.

»Die Abrechnung macht man nicht nach einem Monat«, behauptete er. »Auf das Ende kommt es an.«

Er wollte von diesem Geld nichts haben.

»Es stinkt nach Petroleum«, sagte er. »Und dieses Petroleum hat die Welt ruiniert. Seitdem es in diesem Haus nach Petroleum stinkt, geht nichts mehr gut.«

Der älteste Sohn fuhr wütend auf: »Es geht in diesem Haus nichts mehr gut, seitdem du nach Wein stinkst, wie jetzt!« erwiderte er.

Giaròn stürzte sich auf ihn, um ihn zu schlagen, der Sohn stieß ihn aber mit einer Hand zurück. Giaròn war bis zu den Augen voll Wein und fiel der Länge nach zu Boden. Er richtete sich mühsam auf, und sein Ärger wurde zur Raserei, weil er sich kaum auf den Füßen halten konnte.

»Ihr habt alles, was euch gebührt – und noch mehr!« brüllte er die Söhne an. »Schaut, daß ihr weiterkommt, und nehmt dieses Teufelszeug mit! Ich bin diesen Gestank satt. Wenn es mir morgen noch in den Weg kommt, zünde ich es an. Hinaus mit euch allen, ihr verdammten Schweine!«

Die drei Söhne gingen noch in derselben Nacht; sie

luden ihre Habseligkeiten auf den Lastwagen und fuhren ohne ein Abschiedswort davon.

Zu Hause blieben nur Giaròn und die Alte, und es war ein jämmerliches Dasein, weil die ganze Unterhaltung zwischen den beiden aus wütenden Flüchen Giaròns und aus finsterem Schweigen seiner Frau bestand.

Giaròn arbeitete weiter als Fuhrmann und wollte sich von den Pferden und seinen Gewohnheiten nicht trennen. Er war der einzige in der ganzen Bassa, der noch immer eine rotgrüne Wollschärpe um den Leib, ein kariertes Hemd und eine zweireihige Weste mit einer schweren silbernen Uhrenkette trug. Sein Hut saß immer noch nach der Art der Freigeister der älteren Generation in herausfordernder Weise am Hinterkopf. Giaròn arbeitete in der bisher geübten Weise als Fuhrmann weiter. Er mußte sich aber eines Tages von Bionda trennen und sich von nun an, so gut es ging, mit Menelik allein behelfen.

Er trennte sich aber nicht von seiner rotgrünen Wollschärpe, verzichtete nicht auf den Wein und auch nicht auf die furchtbaren Flüche. Und als einmal auf einem einsamen Feldweg Don Camillo auf dem Fahrrad von hinten daherkam und schrie, er solle ihn vorfahren lassen, weil die Straße für alle da sei und alle das Recht hätten, sie zu benutzen, brüllte Giaròn mit rüder Stimme solche Dinge, daß auch einem kahlköpfigen Heiden die Haare zu Berge gestanden hätten.

Don Camillo stieg vom Fahrrad, faßte Giaròn an einem Fuß und zog ihn vom Wagen herab.

»Giaròn«, brüllte Don Camillo und schlug den Fuhrmann gegen eine Kante seines Wagens. »Diesmal mußt du für alle deine Sünden zahlen.«

»Sie sind ein Gauner, wie mein Sohn, der die Gelegenheit benutzt hat, mich zu schlagen, als ich ein wenig getrunken hatte«, antwortete Giaròn, der sich in den Händen Don Camillos wie ein leerer Sack ausnahm. »Schlagen Sie mich, wenn ich einmal nüchtern bin – dann werden Sie etwas erleben!«

Don Camillo ließ den Fuhrmann in Ruhe und bestieg wieder sein Fahrrad.

»Giaròn«, sagte Don Camillo, »wer Wind sät, erntet Sturm. Alle werden dich verlassen, wenn du weiter dieses Schweineleben führst. Eines Tages wirst du allein sein wie ein Hund.«

»Das kümmert mich einen Dreck«, erwiderte Giaròn, »mir genügt es, wenn mich mein Pferd nicht verläßt.«

»Auch das wird dich verlassen!«

»Die Pferde haben mehr Ehrgefühl als die Christen!« schrie Giaròn. »Die Pferde sind keine Verräter.«

Als er am selben Abend heimkam, war Giaròns Frau nicht mehr da. Auf dem gedeckten Tisch lag ein Zettel:

»Ich gehöre zu meinen Söhnen, ich habe hier mehr als genug gelitten!«

Giaròn zerschlug alles, was ihm unter die Hände kam, aber dieser Zornausbruch genügte ihm nicht, und so ging er in den Stall, wo er wie ein Wahnsinniger brüllte und sich auf Menelik stürzte.

»Du nicht, du verfluchtes Schwein!« brüllte er und schlug dabei wütend dem Pferd mit den Fäusten auf den Kopf. »Du wirst mich nicht sitzenlassen. Du wirst mich nicht verraten. Du wirst dich nicht auflehnen!«

Giaròn war voll Wein, und seine Fäuste konnten das Tier nicht treffen; dann ergriff er eine kurze Peitsche am dünnen Ende und begann Menelik Hiebe zu versetzen. Auf den Kopf, auf den Rücken, auf den Bauch. Wütende Hiebe, als wenn er anstatt auf ein Pferd auf einen Menschen schlüge.

Menelik wieherte und sprang erschreckt hin und her. Giaròn fuhr aber fort, ihn immer grausamer zu schlagen. Plötzlich riß der Halfter, und das Pferd war mit einem Satz bei der Stalltür. Giaròn wankte und fiel zu Boden. Als er sich wieder aufrichtete, war das Pferd bereits mitten auf den Feldern verschwunden.

»Auch das Pferd wird dich verlassen!« Giaròn erinnerte sich an die Worte Don Camillos und stieß noch einen fürchterlichen Fluch aus. Dann fühlte er sich schwach, sein Kopf war leer, und er warf sich aufs Bett.

Als er aufwachte, stand die Sonne schon hoch; er bemerkte, daß er in seinen Kleidern geschlafen hatte, und die Knochen schmerzten ihm. Menelik hatte ihm bei seiner Flucht mit einem Hufeisen das Schienbein verletzt. Hinkend ging er hinunter, das Haus war still und leer; in der Küche lagen auf dem Boden die Scherben der Gefäße, die Giaròn in seiner Wut zerschlagen hatte. Auf dem zertrümmerten Tisch lag noch der Zettel seiner Frau: »Ich gehöre zu meinen Söhnen ...«

Das hätte ihm nichts ausgemacht, wenn nur Menelik hiergewesen wäre, aber auch das Pferd war weg. Giaròn trat in den leeren Stall. Er betrachtete den gerissenen Halfter. Wieder überkam ihn die Wut, und er wollte irgend etwas brüllen; zum erstenmal in seinem Leben hatte er jedoch keine Kraft zu fluchen.

Er verließ mit gesenktem Kopf den Stall und ging hinter das Haus, um einen Blick auf den Karren zu werfen, der im Hof stand. Der Karren war da, und zwischen den Deichselstangen stand geduldig wartend Menelik.

Giaròn war einen Augenblick verblüfft. Dann trat er langsam an das Pferd heran, legte ihm das Geschirr um, das an der Wand hing, und befestigte es. Als er ihm den Bauchgurt anlegte, bemerkte er, daß Menelik eine Schramme hatte – und weiß Gott, wieviel er am Rücken und an der Schnauze hatte!

»Hü!« schrie Giaròn und setzte den Fuß auf eine Radspeiche und hielt sich am Wagen fest. »Hü!«

Der Karren setzte sich in Bewegung, das Rad drehte sich und hob ihn in die Höhe, den Fuhrmann, der im richtigen Augenblick in den Wagenkasten sprang.

Ein Jahr später sah Giaròn zwei seiner Söhne wieder.

Es war ein sonniger Nachmittag, und Giaròns Karren rollte auf den Steinen der Straße dahin, während er selbst auf dem Bauch schlief, hoch oben auf der frischen Sandladung.

Eine anmaßende Hupe weckte ihn; er drehte sich um und sah einen großen Lastwagen, der vorfahren wollte, hinter seinem Karren.

Er erkannte die beiden Männer, die in dem Fahrerhäuschen saßen: es waren seine beiden älteren Söhne.

Er sagte kein Wort, schlief weiter und ließ Menelik unbeirrt mitten auf der Straße trotten. Die beiden im Lastwagen verzichteten darauf, nochmals zu hupen. Auch sie hatten Giaròn erkannt und fuhren geduldig sechs Kilometer lang hinter dem Karren her bis zur Kreuzung bei Pioppaccia. Hier bog der Karren nach rechts ab, und der Lastwagen fuhr geradeaus weiter.

Es vergingen weitere zwei Jahre, und Giaròn bekam die Nachricht, daß seine Frau gestorben sei. Er ging nicht zum Begräbnis, weil er die Söhne nicht treffen wollte. Aber sieben oder acht Monate später sollte er wieder zwei Söhnen begegnen.

Es war an der Landstraße unweit der Kreuzung bei Molinetto. Giaròn schlief wie gewöhnlich auf der Sandladung, als plötzlich jemand das Pferd anhielt und etwas schrie. Giaròn erblickte einen Haufen Menschen, die aufgeregt redeten. Auch Karabinieri waren dabei.

Giaròn stieg ab, weil auch er neugierig war. Nichts Besonderes.

»Ein Lastwagen ist in den Kanal gestürzt«, erklärte ihm jemand. »Ein Fahrer schlief im Führerhaus, auch der andere muß bei dieser Hitze und aus Müdigkeit eingenickt sein. Beide waren auf der Stelle tot.«

Die Leichen lagen am Straßenrand und waren mit einer Plane zugedeckt; Giaròn trat heran, beugte sich vor und zog einen Zipfel der Plane hoch.

Er hatte es schon gewußt, ehe er die Plane lüftete – es waren Diego und Marco, seine beiden ältesten Söhne.

Da fluchte Giaròn, wie er noch nie geflucht hatte: »Es wäre besser gewesen, ich hätte das verfluchte Fahrzeug in Brand gesteckt!« brüllte er. »Verdammte Idioten, habe ich euch nicht gesagt, daß das Petroleum die ganze Welt ruiniert!«

Er stieg in den Kanal und spuckte auf das Wrack des Lastwagens. Er wollte alles anzünden, und man mußte ihn mit Gewalt entfernen. Dann stieg er wieder auf seinen Karren und fuhr weiter. Man sah ihn mit den Händen fuchteln und hörte ihn fluchen, bis Menelik in den Feldweg bei der alten Mühle einbog.

Es verblieb ihm der dritte Sohn, und man erzählte ihm, daß dieser in Fiumetto wohne, wo er als Fahrer eines schnellen Lastwagens angestellt war. Ein Jahr später richtete man ihm aus, daß auch der dritte Sohn zu den anderen heimgegangen sei. Ein Fernlastzug hatte ihn zusammen mit seinem Lastwagen an einer Mauer zermalmt.

Giaròn fluchte wie ein Verrückter. Als er eines Tages Don Camillo begegnete und dieser vom Fahrrad stieg, um mit ihm zu sprechen, ihn zu trösten und zu überzeugen, daß er mit Gottes Hilfe sein Unglück ertragen könne, ergriff Giaròn die Peitsche am dünnen Ende und brüllte:

»Du verfluchter Priester, wenn du es wagst, mit mir zu sprechen, prügele ich dich zu Tode!«

Don Camillo wurde blaß – so grausig gellten die Flüche des Alten –, und er hatte nicht mehr die Kraft, ihn zum Schweigen zu bringen. Als dann endlich der Alte verstummte, weil ihm der Atem ausgegangen war, sprach Don Camillo sanft:

»Giaròn, der Schmerz macht dich verrückt. Gebe Gott, daß du wieder zur Vernunft kommst. Er behüte dich!«

»Gott!« brüllte Giaròn. »Ich will mit deinem Gott nichts zu tun haben! Dein Gott hat mich verraten. Nur mein Pferd hat mich nicht verraten und wird mich nie verraten.«

Monate und Jahre fuhr Giaròns Karren auf den Wegen und Straßen der Bassa herum, und wenn ihm Leute begegneten, glaubten sie den Teufelskarren vorbeiziehen zu sehen, weil Giaròn vom Haß gegen Gott und gegen den Nächsten so erfüllt war, daß seine Flüche nicht nur Abscheu, sondern Angst erregten.

Monate und Jahre fuhr der Teufelskarren über die Felder der Bassa, und die Leute bekreuzigten sich, wenn sie ihm begegneten. Giaròn sprach mit niemandem mehr; er sprach nur noch mit Menelik. Eines Tages kam ein verschrecktes Mädchen zu Don Camillo gerannt und schwor, mit eigenen Ohren gehört zu haben, daß Menelik Giaròn antworte.

»Ich habe das Pferd wie einen Christen sprechen hören!« wimmerte das Mädchen.

»Ich habe Schlimmeres gehört«, erwiderte Don Camillo. »Ich habe jetzt ein Mädchen wie ein Huhn sprechen hören. Bemühe dich, weniger dummes Zeug zu reden!«

Menelik zog nach wie vor den Karren des alten Giaròn, und noch lange Zeit sprach der alte Fuhrmann nur mit seinem Pferd. Entweder brüllte er wie ein Besessener, oder er sprach leise mit dem Tier.

An einem Herbstabend geschah jedoch etwas, was Menelik fassungslos machte. Nachdem Giaròn lange mit Menelik gesprochen hatte, schwieg er und brüllte nicht mehr. Nach einer Weile begann er zu stöhnen, und sein Jammer ließ Menelik die Ohren spitzen.

Es war finster, die Straßen waren leer und still. Menelik blieb stehen und wieherte. Aber nur Giaròns Stöhnen antwortete ihm. Dann machte sich Menelik wieder auf den Weg, und als er zum Brunnen kam, wo die Straße breiter wird, drehte er langsam um und trabte ins Dorf zurück.

Don Camillo hatte sich gerade zum Abendessen niedergesetzt, als er ein Geräusch hörte. Und da dieses Geräusch nicht aufhörte, ging er schauen, was da vor dem Pfarrhof los wäre. Er erblickte Menelik, der vor dem Tor mit den Hufen scharrte. Er hörte das Stöhnen oben auf dem Karren und stieg mit Hilfe der Radspeichen hinauf.

Sein Gesicht war nur wenige Zentimeter vom Gesicht des Mannes entfernt, der auf der Sandladung ausgestreckt lag.

»Giaròn!« rief Don Camillo. »Ich bin es.«

»Gott vergebe mir ...«, flüsterte mit ganz schwacher Stimme der alte Giaròn. Dann sagte er nichts mehr. Er stöhnte auch nicht mehr.

Der liebe Gott hatte ihm vergeben.

Don Camillo stieg herab und verspürte Meneliks warmen Atem.

»Menelik«, flüsterte Don Camillo und streichelte ihm die Schnauze. »Er kann dich nicht hergeführt haben. Er konnte die Zügel nicht mehr halten; sie sind ihm entglitten, als ihm schlecht geworden war, und das muß vor langer Zeit geschehen sein, weil man sieht, daß die Zügel lange auf dem Boden geschleift haben, daß sie unter deine Hufe geraten waren und du sie zerrissen hast. Menelik, wie hast du das gemacht, daß du hierhergekommen bist?«

Don Camillo hatte Angst vor der Stille und der Dunkelheit.

»Menelik«, flehte er ängstlich, »hat er dir gesagt, daß du herkommen sollst, oder hat dich eine Eingebung hergebracht?«

Menelik antwortete nicht, weil Pferde nicht sprechen können, und Don Camillo merkte schließlich, was für dummes Zeug er redete.

»Jesus«, stöhnte er, »erleuchte meinen Geist, weil mein Kopf voll Nebel ist, so daß ich sogar mit einem Pferd zu sprechen versuche!«

»Don Camillo«, antwortete die Stimme Christi, »ein Mensch ist gekommen, um in der Gnade Gottes zu sterben. Warum willst du einem Pferd dafür danken, wenn du einfach Gott zu danken hast?«

Don Camillo gab einen langen Seufzer von sich.

»Jesus, vergib mir, aber ich weiß nicht, wie das geschehen ist. Ich muß an das Gedicht von der Schimmelstute denken, die mit einem Wiehern antwortete ...«

»Don Camillo, bring nicht Glauben und Poesie durcheinander.«

Menelik war schwarz wie die Nacht und stand wie versteinert da.

Plötzlich wieherte er, und sein Gewieher war wie ein Schluchzen. Das aber war nur Poesie – nur Poesie. Und Don Camillo weinte, wie er als Knabe geweint, als er die letzte Strophe des Gedichtes von der Schimmelstute gelesen hatte.

Via crucis

Der Martinstag brachte neue Gesichter in die Gegend, unter anderem auch einen gewissen Marasca, und es wäre besser gewesen, wenn er ihn nicht gebracht hätte.

Dieser Marasca hatte einen Jungen, und als er ihn in die Schule begleitete, sagte er zur Lehrerin:

»Ich weiß genau, hier erscheint jeden Mittwoch der Priester und gibt die Religionsstunde. Mit anderen Worten, wenn der Priester kommt, tun Sie mir den Gefallen, meinen Jungen nach Hause zu schicken.«

Als nun die Lehrerin antwortete, daß sie das nicht könne, ließ Marasca den Jungen am Mittwoch nicht in die Schule gehen.

Don Camillo beherrschte sich, solange er konnte. Dann ging er aber an einem Mittwochnachmittag nach Olmetto, wo Marasca Halbpächter war.

Don Camillo hatte keine Lust, sich herumzustreiten – er hatte nur Lust, zu scherzen. Marasca aber machte, als er sich im Hof zeigte, nicht den Eindruck, zum Scherzen aufgelegt zu sein.

»Hier wohne ich«, sagte Marasca und kam näher. »Sie irren sich in der Adresse.«

»Ich irre mich nicht«, erwiderte ruhig Don Camillo, »da ich sehe, daß Ihr Junge am Mittwoch nie in der Schule ist, komme ich, um ihm zu Hause ein wenig Religionsunterricht zu geben.«

Marasca stieß einen derartigen Fluch aus, der auch für einen vom Schlage Don Camillos keine Antwort war.

»Ihnen würde der Religionsunterricht auch nicht schaden«, bemerkte Don Camillo. »Wenn Sie wollen, kann ich gleich damit beginnen.«

Einer von Marascas Brüdern war auch erschienen und wartete in der Nähe mit grimmigem Blick.

»Schauen Sie, daß Sie weiterkommen, und lassen Sie sich nicht mehr in meinem Hof blicken, Schurke!« schrie Marasca.

Don Camillo machte nicht den Mund auf. Er kehrte um, und als er wieder auf der Straße war, wandte er sich an Marasca:

»So, jetzt bin ich nicht mehr in deinem Hof. Jetzt könntest du aber herkommen und wiederholen, was du gesagt hast, denn ich habe nicht gut verstanden.«

Die beiden Brüder schauten sich einen Augenblick an, gingen dann ebenfalls über die Brücke und pflanzten sich vor Don Camillo auf.

Einer der Marascas nahm die Heugabel mit und wollte sie benutzen, um die Diskussion abzukürzen. Das war ein schlechter Gedanke, da schließlich Don Camillo den Gabelstiel benutzte, um den beiden den Rücken zu bürsten.

Daraus entstand ein solcher Wirbel, daß der alte Bischof Don Camillo rufen ließ und zu ihm sagte:

»Monterana ist ohne Pfarrer. Du wirst nach Monterana fahren und erst dann wieder zurückkommen, wenn der alte Pfarrer heimkehrt.«

Don Camillo murmelte: »Der Pfarrer von Monterana ist aber tot ...«

»Richtig«, erwiderte der Bischof.

Monterana war das verwunschenste Dorf der Welt. Vier elende Hütten aus Stein und Lehm, und eine von diesen elenden Hütten war die Kirche. Sie unterschied man von den anderen Häusern nur dadurch, daß an einer Seite ein Glockenturm stand.

Um nach Monterana zu gelangen, mußte man nach einer bestimmten Brücke die Landstraße verlassen und einen steinigen Schluchtweg einschlagen, den man Maultierweg nannte, obwohl ihn ein Maultier niemals hätte bewältigen können. Don Camillo kam oben mit hängender Zunge an und schaute sich verzweifelt um.

Er betrat den Pfarrhof, und es verschlug ihm den Atem, so klein und niedrig waren dort die Räume.

Eine kleine vertrocknete Alte erschien aus irgendeinem Loch der Hütte und schaute ihn durch ihre Augenschlitze an.

»Wer sind Sie?« fragte Don Camillo.

Die Alte breitete die Arme aus. Sie konnte sich offensichtlich nicht mehr erinnern.

Der Hauptbalken in der Küchendecke war in der Mitte durch einen Baumstamm gestützt, und Don Camillo verspürte Lust, Samson zu spielen – und damit wäre alles aus gewesen.

Dann dachte er, daß ein Priester wie er sein ganzes Leben in diesem Elend verbracht hatte, und beruhigte sich daraufhin.

Er betrat die Kirche, und es war ihm zum Weinen, weil er noch nie eine so arme und trostlose Kirche gesehen hatte. Er kniete auf der Treppe des Hochaltars nieder und erhob den Blick zum Gekreuzigten.

»Jesus«, sagte er. Dann fehlten ihm die Worte: das Kruzifix auf dem Hauptaltar war ein schwarzes Kreuz aus Holz, voller Sprünge, nackt und roh. Vom Christus aus Gips waren nur noch die von großen Nägeln durchbohrten Hände und Füße übriggeblieben.

Er hatte geradezu Angst.

»Jesus«, rief er verängstigt. »Du bist im Himmel, auf der Erde und überall, und ich brauche kein Abbild aus

Holz oder Stein, um Dich meiner Seele nahe zu fühlen – hier aber ist mir, als ob Du mich verlassen hättest ... Jesus, was ist denn mit meinem Glauben, daß ich mich heute so allein fühle?«

Er kehrte in den Pfarrhof zurück und fand ein Tischtuch auf dem Tisch und darauf ein Stück Brot und ein Stückchen Käse. Die Alte erschien mit einem Krug Wasser.

»Woher kommt das Zeug?« fragte Don Camillo.

Die Alte breitete die Arme aus und richtete die Augen zum Himmel. Auch sie wußte es nicht; lange Jahre hindurch war das immer so mit dem alten Priester gewesen. Jetzt setzte sich das Wunder mit dem neuen Pfarrer fort. Das war alles.

Don Camillo bekreuzigte sich, und das schwarze, stumme Kreuz fiel ihm ein. Er verspürte einen Schauer im Rücken und hatte Angst vor der Angst. Tatsächlich war es aber ein Fieber, das ihn überfiel. Und auch dieses Fieber schickte die göttliche Vorsehung, wie das Brot und den Käse und den Krug Wasser.

Drei Tage verbrachte er im Bett; am vierten kam ein Brief vom Bischof mit genauen Weisungen:

»Verlasse unter keinen Umständen Monterana. Zeig Dich nie unten im Dorf. Die Leute müssen vergessen, daß sie jemals einen seiner Berufung so unwürdigen Priester gekannt haben ... Gott vergebe und helfe Dir!«

Er stand mit benommenem Kopf auf und ging zum Fenster. Die Luft war kalt und roch nach Nebel.

Der Winter kommt bald, dachte Don Camillo mit Schrecken. Der wird mich hier festnageln und mich von der Welt abschneiden. Allein wie ein Riff mitten im Ozean ...

Es war schon fünf Uhr nachmittags, und man mußte sich beeilen, um nicht von der Nacht überrascht zu werden.

Don Camillo rollte mehr den Maultierweg hinab, als daß er ihn hinunterstieg, und erreichte gerade noch rechtzeitig die Landstraße, um sich in den Autobus hineinzuzwängen. Um sieben Uhr abends war er in der Stadt. Er suchte zwei oder drei Garagen auf und fand endlich jemanden, der bereit war, ihn bis zur Kreuzung bei Gaggiola zu bringen.

Als er dort angekommen war, schlug Don Camillo den Weg über die Felder ein und war um zehn im Garten hinter Peppones Haus.

Peppone schaute besorgt Don Camillo an.

»Ich muß verschiedene Sachen nach Monterana bringen«, sagte Don Camillo. »Ist der Lastwagen in Ordnung?«

Peppone zuckte mit den Achseln.

»Warum wecken Sie mich wegen einer solchen Sache auf? Wir reden morgen darüber.«

»Wir reden sofort«, rief Don Camillo. »Ich brauche sofort deinen Lastwagen.«

Peppone schaute ihn an.

»Hochwürden, sind Sie verrückt geworden?«

»Ja«, antwortete Don Camillo.

Angesichts einer so logischen Antwort kratzte sich Peppone am Hinterkopf.

»Wir müssen uns beeilen«, drängte Don Camillo. »Was verlangst du?«

Peppone nahm ein Stümpfchen von einem Bleistift und rechnete.

»Siebzig Kilometer hin und siebzig Kilometer zurück macht hundertvierzig. Sechstausendfünfhundert Lire für Benzin und Öl. Außerdem die Arbeitsstunden und der Nachttarif. Mit der Rücksicht aber darauf, daß man helfen soll, Sie aus dieser Gegend zu vertreiben, die Sie wirklich nicht mehr aushalten konnte ...«

»Mach Schluß!« unterbrach ihn Don Camillo. »Wieviel verlangst du?«

»Ich mache es, für Sie, für zehntausend Lire alles in allem.«

Don Camillo antwortete, er sei einverstanden.

Peppone streckte die Hand: »Wenig, verflucht, und sofort«, murmelte er.

Zehntausend Lire waren Don Camillos gesamtes Vermögen, das Ergebnis monatelangen Sparens.

»Nimm deinen Lastwagen und warte auf mich auf dem halben Feldweg zum Wäldchen.«

Peppone riß wieder die Augen auf. »Was wollen Sie denn beim Wäldchen aufladen? Akazienäste?«

»Das geht dich nichts an, und halte den Schnabel.«

Peppone brummte vor sich hin, daß er mitten in der Nacht und auf einem Feldweg bestimmt niemanden zum Plaudern finden werde.

Das Fieber machte Don Camillo jetzt nicht mehr müde, sondern versetzte ihn in Aufregung wie noch nie. Er machte sich auf den Weg durch die Felder und kam durch den Obstgarten zur Kirche. Er rannte sozusagen mit dem Kopf gegen die Kirche, so dicht war der Nebel. Don Camillo hatte einen Schlüssel in der Tasche und trat durch das Turmpförtchen ein. Hinaus mußte er durch das große Tor, es konnte ihn aber niemand sehen.

Peppone hatte manchmal ausgezeichnete Einfälle. Als er sah, wie sich der Nebel herabsenkte, und daran dachte, daß Don Camillo jetzt mitten durch die Felder unter der Last seiner Sachen gehen müsse, kam er zu dem Schluß, daß er seinem Fahrgast bestimmt helfen würde, wenn er von Zeit zu Zeit die Hupe betätigte.

Don Camillo kam, er kam mit Hilfe der Hupe und des Fiebers; er rang nach Atem, als aber Peppone Anstalten machte, seinen Sitz zu verlassen, um ihm zu helfen, lehnte er ab: »Ich brauche nichts. Denk lieber daran, deine Kiste anzukurbeln, so daß wir wegfahren können, wenn ich es dir sage.«

Als er mit dem Aufladen fertig war, setzte sich Don Camillo neben Peppone und gab das Abfahrtszeichen.

Etwa dreißig Kilometer begleitete sie der Nebel, und es waren dreißig schwere Kilometer, die anderen vierzig legten sie aber wie im Flug zurück.

Als sie um zwei Uhr nachts bei der besagten Brücke waren, blieb Peppones Lastwagen vor der Einmündung des Maultierweges nach Monterana stehen.

Don Camillo lehnte auch beim Abladen jede Hilfe ab. Peppone hörte, wie er sich hinter dem Lastwagen zu schaffen machte, und als er ihn dann im Licht der Scheinwerfer erblickte, machte er große Augen.

Christus am Kreuz!

Don Camillo schritt mühsam auf dem Maultierweg einher, und als Peppone sah, wie er sich abmühte, sprang er vom Lastwagen ab und eilte ihm nach.

»Kann ich Ihnen helfen, Hochwürden?«

»Rühr mich nicht an!« schrie Don Camillo. »Geh und überlege es dir, bevor du etwas ausplauderst!«

»Gute Reise!« antwortete Peppone.

Und in der Nacht begann Don Camillos Kreuzweg.

Das Kruzifix war riesig, ganz aus Eiche. Christus aus hartem und festem Holz geschnitzt. Der Maultierweg war steil, die großen Steine naß und glitschig.

Noch nie hatte Don Camillo eine solche Last auf seinen Schultern getragen. Seine Knochen knirschten, und nach einer halben Stunde war er gezwungen, das Kreuz nachzuschleifen, so wie unser Herr Christus auf dem Kalvarienberg. Und das Kreuz wurde immer schwerer und der Weg immer rauher, Don Camillo aber gab nicht nach.

Er glitt aus und fiel gegen einen spitzen Stein. Er spürte das Blut vom Knie herunterrinnen, blieb aber nicht stehen. Ein Ast riß ihm den Hut vom Kopf und verletzte ihn an der Stirn, er blieb aber nicht stehen. Die Dornen zerkratzten sein Gesicht und rissen sein Priestergewand in Fetzen, Don Camillo aber stieg weiter. Und sein Gesicht berührte leicht das Antlitz des gekreuzigten Christus.

Er hörte eine Quelle sprudeln, blieb aber nicht stehen, um zu trinken, sondern stieg weiter. Eine Stunde, zwei Stunden, drei Stunden.

Vier Stunden brauchte er, bis er das Dorf erreichte. Die Kirche stand auf einer Anhöhe, und um dort hinzukommen, mußte man über einen Weg gehen, auf dem es zwar keine Steine, dafür um so mehr Schlamm gab. Niemand sah ihn, und niemand konnte ihn sehen, weil die Leute noch in ihren Betten verkrochen waren. Jetzt hatte er keine Kraft mehr, nur die Verzweiflung hielt ihn noch aufrecht.

Die Verzweiflung, aus der die Hoffnung kommt.

Er stand in der leeren und verwahrlosten Kirche. Don Camillo war aber noch nicht zu Ende, weil er jetzt das schwarze und nackte Kreuz vom Altar nehmen und sein Kreuz in die eingemauerten Eisenklammern stecken mußte. Und es war ein titanischer Kampf, zum Schluß aber war der gekreuzigte Christus oben.

Nun warf sich Don Camillo auf den Boden, ohne Kraft und ohne mehr denken zu können. Die Glocke ertönte aber, und er stand schon wieder auf und lief in die Sakristei, um sich Gesicht und Hände zu waschen und sich für die Frühmesse herzurichten. Er zündete selbst die Altarkerzen an, und es waren nur zwei Kerzlein, ihm schien es aber, als ob sie viel Licht verbreiteten.

In der Kirche waren nur zwei Personen, Don Camillo schien es aber, als ob er noch nie so viele Leute gesehen hätte, weil von den beiden Personen die eine die ihm vertraute Alte war, die nicht einmal wußte, wer sie war und wie sie hieß, und die andere – Peppone, der keine Kraft gehabt hatte, seinen Lastwagen wieder zu besteigen, und Don Camillo Schritt für Schritt gefolgt war. Obwohl er kein Kreuz auf den Schultern getragen hatte, nahm er dennoch an der unmenschlichen Plage teil, als ob dieses Gewicht auch auf seinen Schultern gelastet hätte.

Als er dann die Kirche betrat und den Opferstock neben sich sah, steckte er die Zehntausendernote, die ihm Don Camillo gegeben hatte, in die Öffnung.

»Jesus«, flüsterte Don Camillo und hob den Blick zum gekreuzigten Christus. »Wie, gefällt es dir hier nicht?«

»Gott ist überall«, antwortete Christus.

»Jesus, auch das Vaterland hat nur eine Fahne, und doch hat jedes Regiment seine eigene Fahne. Du bist meine Fahne, o Herr!«

Zwischen Berg und Ebene

Traurig sind die Tage der Verbannung im Dörflein hoch am Berg. Die Tage sind alle gleich, einer gleicht dem anderen so sehr, daß man nicht einmal Lust hat, in der Früh das Kalenderblatt abzureißen, denn es ist, als ob man die Seite eines Buches wendete, das aus weißen Blättern besteht.

»Jesus«, sagte Don Camillo zu Christus am Hochaltar, »es ist traurig zum Wahnsinnigwerden. Hier oben geschieht nichts!«

»Das versteh ich nicht«, antwortete lächelnd der gekreuzigte Christus. »Jeden Morgen geht die Sonne auf, und jeden Abend geht sie unter. Du siehst jede Nacht Milliarden von Sternen über deinem Haupt kreisen, das Gras wächst auf den Wiesen, die Zeit setzt ihren Lauf fort, Gott ist zugegen und offenbart sich in jedem Augenblick und überall. Mir scheint, daß viel geschieht, Don Camillo. Mir scheint, es geschehen nur sehr wichtige Dinge.«

»Habe Nachsicht für die Dummheit eines armen Priesters aus der Ebene«, sagte Don Camillo.

Und doch folgte er jeden Tag denselben Gedankengängen, denn er war übler Laune, die mit jedem Tag schlechter wurde. Das war die einzige Neuigkeit.

Inzwischen geschah im Dorf am Ufer des großen Flusses nichts Besonderes. Es ereigneten sich aber manche sonderbaren Kleinigkeiten, die auch Don Camillo mißfallen hätten, wenn er etwas von ihnen gewußt hätte.

Das Priesterlein, das während des politischen Erholungsurlaubs Don Camillos Pfarre zu leiten hatte, war ein recht braver Kerl. Trotz seiner theoretischen Gelehrsamkeit und seiner glatten, wohlgesetzten städtischen Ausdrucksweise verstand er es, sich rasch der neuen Umgebung anzupassen; er bemühte sich nach Kräften, allen zu zeigen, daß er begriffen habe, welcher Wind hier weht und von welcher Seite man die Leute anpacken muß. Und die Leute, ob rot oder weiß, grün oder schwarz, erwiderten seine Höflichkeit und fanden sich zahlreich in der Kirche zum Gottesdienst ein, ohne aber weitere Zugeständnisse zu machen.

Niemand ging mehr zur Kommunion. »Nehmen Sie es uns nicht übel, Hochwürden«, erläuterten sie dem entsetzten Priester, »wir sind aber seit undenklichen Jahren an ihn gewöhnt. Wenn er zurückkommt, werden wir auch wieder zur Kommunion gehen. Sie brauchen keine Angst zu haben, wir werden schon alles nachholen.«

Niemand heiratete mehr, alle Hochzeiten wurden auf den Tag verschoben, an dem er zurückkommen werde.

Es schien, als ob man übereingekommen wäre, daß auch niemand geboren werden oder sterben dürfe, bevor Don Camillo heimkehrt, weil seit Don Camillos Abschied tatsächlich niemand auf die Welt gekommen war und niemand diese Welt verlassen hatte, um in eine andere einzugehen. Und diese merkwürdige Geschichte dauerte viele Monate. Schließlich kam dann doch eines Tages ein Weiblein in den Pfarrhof zum Neuen und meldete, daß der alte Tirelli im Sterben läge. Das Priesterlein schwang sich auf das Fahrrad und eilte zum Sterbebett Tirellis.

Der alte Tirelli hatte so viele Jahre auf dem Buckel, daß auch ein Buchhalter an einer Bank müde geworden wäre, sie zu zählen. Er wußte nicht einmal selbst, wie viele es waren; er war alt geworden, ohne sich jemals erkältet zu haben. Und jetzt – alles wegen dieser verfluchten Atombombe, die alle Jahreszeiten auf den Kopf gestellt hatte, erwischte er eine Erkältung, die sich auf die Lunge schlug. Nun lag er auf dem Sterbebett und bereitete sich darauf vor, den irdischen Verwaltungsbezirk zu verlassen.

Bevor das Priesterlein das Krankenzimmer betrat, sprach es mit dem Arzt, der gerade herauskam.

»Ein ernster Fall, Herr Doktor?«

»Er ist schon tot«, sagte der Arzt. »Vom wissenschaftlichen Standpunkt ist er tot – ja, mehr als tot. Er atmet zwar noch, das ist aber ein Verstoß gegen die medizinische Wissenschaft.«

Das Priesterlein begab sich in das Zimmer des alten Tirelli, setzte sich am Kopfende des Sterbenden nieder und murmelte ein Gebet.

Der Alte machte die Augen auf und schaute ihn lange an.

»Danke schön«, sagte er schließlich mit schwacher Stimme. »Ich warte lieber.«

Das Priesterlein spürte, wie ihm der Schweiß auf der Stirn stand.

»Wenn Euch Gott schon noch etwas Leben schenkt, müßt Ihr Euer Gewissen in Ordnung bringen«, rief das Priesterlein.

»Ich weiß schon«, erwiderte der Alte. »Ich warte aber, bis er zurückkommt.«

Das Priesterlein konnte mit einem Sterbenden nicht zu streiten beginnen. Es beschwor die Verwandten, die im anderen Zimmer warteten – sie wußten besser als er selbst, wie es um den Alten stand und daß es geradezu ein Wunder war, daß er überhaupt noch atmete. Alle bemühten sich, ihn zur Beichte zu bewegen.

Die Verwandten sprachen lange auf den Alten ein; sie

erklärten ihm ganz offen, was der Arzt über ihn dachte, und der Alte, der zum Doktor großes Vertrauen hatte und der trotz seines vom wissenschaftlichen Standpunkt bereits eingetretenen Todes immer noch imstande war, mit seinem gewöhnlichen gesunden Hausverstand zu denken, antwortete:

»Schon, schon, ich weiß: die Lage ist sehr ernst. Man darf keine Minute verlieren. Beeilt euch, Don Camillo zu holen, denn ich will diese Welt mit ruhigem Gewissen verlassen.«

Man antwortete ihm vor allem, daß Don Camillo seine Pfarre nicht verlassen könne, um dem alten Tirelli die Beichte abzunehmen und ihn zu segnen. Außerdem müßte man, wenn er auch darauf eingehen sollte, ihn dort oben abholen und herunterbringen. Das würde viele Stunden dauern, hier ginge es aber um Minuten.

Der Alte begriff die Stichhaltigkeit dieser Einwände.

»Richtig«, antwortete er, »wir müssen die Zeit kürzen. Ladet mich auf ein Auto und bringt mich zu ihm.«

Der Arzt, der noch im Nebenzimmer war und alles gehört hatte, trat hervor.

»Tirelli«, sagte er, »hören Sie auf mich, wenn Sie überhaupt noch auf meine Meinung Wert legen. Was Sie da sagen, ist heller Wahnsinn. Sie werden nicht einmal drei Kilometer fahren können. Warum sollen Sie auf der Straße sterben wie ein Hund? Sterben Sie schön in Ihrem Bett und nutzen Sie diese letzten Atemzüge aus, die Ihnen der liebe Gott noch schenkt, sich auf den letzten Weg vorzubereiten. Gott ist gleich – hier und dort oben am Berge, und unser Hochwürden ist genau so ein Priester wie Don Camillo.«

»Ich weiß«, hauchte der Alte. »Ich will aber Don Camillo nicht unrecht tun. Unser Hochwürden muß das verstehen. Das heißt, er wird mich auf der Reise begleiten. Wenn ich das Gefühl habe, ich sterbe, dann werde ich auch vor ihm meine Beichte ablegen. Rasch, beeilt euch!«

Der alte Tirelli war noch am Leben und darum Herr

über sich selbst und sein Haus. In aller Eile wurde ein Krankenwagen besorgt, man lud den Alten und das Priesterlein auf und fuhr los. Der jüngste Tirelli und sein Sohn bestiegen das Motorrad und folgten dem Krankenwagen.

Das Auto fuhr mit der ganzen Kraft seiner vier Zylinder; der alte Tirelli rief aber von Zeit zu Zeit: »Schnell! Ich habe es eilig!«

Als der Wagen bei der Einmündung des berüchtigten Maultierweges, der ins Dorf hinaufführte, angekommen war, lebte der alte Tirelli noch immer.

Der Sohn und der Enkel brachten den Alten samt der Bahre aus dem Wagen und begannen den Maultierweg emporzuklettern. Der alte Tirelli war ohnedies nur noch ein Skelett, das ein wenig Haut, ein wenig Nerven und vor allem ein ungeheurer Eigensinn zusammenhielten. So war die Last nicht schwer. Das Priesterlein folgte der Bahre, und so gingen sie etwa zwei Stunden.

Endlich hatte man das Dorf vor sich. Das Kirchlein war nur noch zweihundert Meter entfernt. Der alte Tirelli hatte die Augen geschlossen, sah es aber trotzdem.

»Danke, Hochwürden«, flüsterte er zum Priesterlein, »ich werde mich schon für die Mühe erkenntlich zeigen.«

Das Priesterlein errötete, trat den Rückweg an und hüpfte über die Steine des Maultierweges.

Don Camillo saß vor dem Türchen der Hütte, die als Pfarrhof diente, rauchte melancholisch seine gewohnte Zigarre, und als er den merkwürdigen Zug mit der Bahre und den beiden Tirellis sah, machte er vor Staunen den Mund auf.

»Er hat unbedingt gewollt, daß wir ihn herbringen«, erklärte Tirellis Sohn. »Er will beichten.«

Don Camillo hob den Alten samt Matratze und Decken von der Bahre, trug ihn vorsichtig ins Haus und legte ihn sanft auf sein Bett.

»Was sollen wir jetzt tun?« fragte Tirellis Sohn unter der Tür. Und Don Camillo bedeutete ihm, daß er zu verschwinden habe; dann setzte er sich zum alten Tirelli ans Kopfende. Der Sterbende war eingeschlummert, als er aber Don Camillo wispern hörte, machte er die Augen auf.

»Ich bin gekommen, weil ich Ihnen nicht unrecht tun wollte«, erklärte er mit schwacher Stimme.

»Was Sie da sagen, ist unerhört und eine wahre Lästerung Gottes!« erwiderte Don Camillo. »Priester sind keine Krämer, sie sind Diener Gottes. Wenn einer beichtet, ist nur die Beichte an sich wichtig. Darum sitzt der Priester hinter dem Gitter, das sein Gesicht verdeckt. Wenn Sie beichten, dann erzählen Sie Ihre Sünden nicht dem einen oder dem andern Priester, Sie vertrauen sie Gott an. Und wenn Sie während der Reise gestorben wären?«

»Ich hatte einen Begleitpriester mitgenommen«, flüsterte der Alte. »Ich hätte ihm gebeichtet. Ich hätte auch ihm meine Sünden ruhig sagen können. Ein armer Teufel, der sein ganzes Leben lang anständig von früh bis abends gearbeitet hat, findet keine Zeit zu sündigen ... Ich wollte Sie nur begrüßen, bevor ich die große Reise antrete. Und ich wollte, daß Sie mich auf den Friedhof begleiten. Wenn man mit Don Camillo die Reise antritt, fühlt man sich sicher ...«

Der Alte beichtete Don Camillo alle seine Sünden, und es waren Sünden wie von einem Kind. Der Priester segnete ihn.

»Don Camillo«, flüsterte zum Schluß der Alte, »wenn ich nicht gleich sterbe, werden Sie eine Wut bekommen?«

Es war zwecklos, mit ihm zu reden, weil der alte Tirelli nicht scherzte – es war sein Ernst.

»Machen Sie es sich nur bequem«, antwortete Don Camillo. »Auch wenn Sie zweitausend Jahre hierbleiben wollen, mich stören Sie nicht im geringsten.«

»Danke«, hauchte der Alte.

Es war ein schöner Tag. Der Himmel war wie mit Anilinfarben gemalt, und die Sonne war warm. Don Camillo machte das Fenster weit auf und ließ den Alten, der eingeschlafen war und zu lächeln schien, in Frieden.

»Jesus«, sagte Don Camillo zu Christus. »Heute ist etwas geschehen, etwas so Großes, daß ich noch nicht verstanden habe, was es eigentlich ist.«

»Strenge dein Hirn nicht an, Don Camillo«, antwortete Christus. »Es gibt Dinge, die man nicht verstehen muß. Denk jetzt an deinen Alten, vielleicht braucht er dich.«

»Er braucht mehr Dich als mich«, rief Don Camillo.

»Genügt es dir nicht, daß er lebend bis herauf gekommen ist?«

»Mir genügt immer, was Gott gibt. Wenn mir Gott den kleinen Finger zeigt, werde ich nicht gleich die ganze Hand an mich reißen ... Manchmal hätte ich Lust dazu.«

Don Camillo erinnerte sich plötzlich, daß die beiden Tirellis vor der Tür warteten, und eilte zu ihnen.

»Jetzt hat er sein Gewissen in Ordnung gebracht und schläft«, erklärte Don Camillo. »Macht, was ihr wollt.«

»Ich würde hierbleiben«, sagte der Enkelsohn. »Das Wunder ist vollbracht, wir können nicht erwarten, daß noch eines geschieht. Ich mache einen Sprung hinunter und sage den Leuten vom Krankenauto, sie sollen auf uns warten. Wir werden ihn dann wieder hinuntertragen und auf unserm Friedhof begraben.«

Don Camillo kam nicht dazu, dem Jungen klarzumachen, daß der Alte hier begraben zu werden wünsche. Der ältere Tirelli wandte sich an seinen Sohn und sagte zu ihm mit strenger Stimme:

»Lauf hinunter und sag den Leuten vom Krankenauto, sie können gehen. Und warte auf mich, wir fahren zusammen nach Hause.«

Der Jüngling lief davon, und der Mann wandte sich zu Don Camillo:

»Tun Sie nur, was Ihnen recht scheint«, murmelte er.

Don Camillo verbrachte die Nacht am Sterbelager des alten Tirelli. Als er gegen Morgen in die Kirche zur Messe mußte, weckte er die Alte, die seinen Haushalt besorgte, und ließ sich von ihr ablösen. Nach der Messe ruhte er sich einige Stunden aus, und als er sich vergewissert hatte, daß der Alte noch lebte, ging er aus, weil er zur Hütte beim Brunnen gehen und dem Jungen, der ein Bein gebrochen hatte, etwas bringen wollte.

Auf dem Heimweg hörte er, wie ihn jemand grüßte:

»Guten Tag, Hochwürden.«

Und als er aufschaute, sah er ein Mädchen, das ihm von einem Fenster im ersten Stock zulächelte.

Einen Augenblick verzog er das Gesicht, als ob er nicht verstehen wollte; dann mußte er verstehen und fragte.

»Was machst du da?«

Neben dem Kopf des Mädchens erschien das weniger liebenswürdige Gesicht eines jungen Mannes.

»Wir sind hier auf Urlaub«, sagte der Jüngling. »Muß man vielleicht vorher beim Herrn Pfarrer Erlaubnis einholen, wenn man auf Urlaub gehen will?«

Don Camillo schüttelte den Kopf.

»Junger Mann, nimm dich in acht! Wenn du etwa die Absicht hast, dich hier schlecht aufzuführen, hast du dich in der Adresse geirrt. Hier ist die Luft für dich und für deinesgleichen schlecht.«

Der Jüngling zog sich schimpfend zurück, das Mädchen blieb aber ruhig am Fenster und lächelte weiter.

»Wir werden Sie besuchen kommen, Hochwürden«, sagte das Mädchen.

»Ihr seid wirklich liebe Leute, ihr kommt mich aber nur besuchen, wenn ich euch rufe, meine Schöne«, rief Don Camillo und drehte der zähen Person den Rücken.

Unterwegs murmelte er weiter: »Was haben sie hier zu suchen, diese zwei Heiden? Welches neue Unheil haben sie nur angestellt?«

Das neue Unheil, das Mariolino von der Bruciata und Gina Filotti angestellt hatten, war alles eher als gering.

Das, was sie angestellt hatten, war die unmittelbare Folge des ersten großen Unheils, in das sie seinerzeit zweimal Don Camillo hineingezogen hatten, als sie zum Sumpf mit der versunkenen Kapelle durchgebrannt waren, um Selbstmord zu begehen, und als sie in der Kirche erschienen waren, um getraut zu werden.

Seit dem Tag, an dem Mariolino und Gina geheiratet hatten, war nunmehr einige Zeit vergangen, und eines Abends hatten die beiden unglückseligen jungen Leute die ernsthafte Frage angeschnitten: »Ich sage dir, es wird ein Junge, und das freut mich, weil ich weiß, daß du dir ein Mädchen wünschst«, sagte Gina.

»Ich weiß, es wird ein Mädchen sein, und das freut mich, weil ich weiß, daß du dir einen Jungen wünschst, genau so wie deine ganze Sippschaft«, erwiderte der Jüngling.

»Natürlich, die Mädchen geraten immer nach dem Vater und die Jungen nach der Mutter«, rief das Mädchen. »Das wäre eine schöne Geschichte, ein Mädchen, das nach dem Vater und den väterlichen Großvätern geraten würde!«

Der junge Mann antwortete im entgegengesetzten Sinn, und die Debatte wurde hitziger.

»Wenn ich nicht in diesem Zustand wäre und wenn ich nicht Angst hätte, mich zu sehr aufzuregen, würde ich dich jetzt ohrfeigen!« brüllte Gina.

»Wenn du nicht in diesem Zustand wärst und wenn ich nicht Angst hätte, es könnte dem Mädchen schaden, hätte ich dir schon längst den Schädel gespalten!« brüllte Mariolino.

»Du Verbrecher, du Bolschewik«, kreischte Gina, »du siehst mich nie wieder, ich geh zu meiner Mutter zurück!«

»Du siehst mich zum letztenmal!« kreischte Mariolino. »Ich gehe zu meinem Vater zurück. Ich lasse mir nicht von der Tochter eines Gutsbesitzers das Leben sauer machen!«

Hieraus ergab sich die logische Erwägung, daß, falls

beide weggingen, das Kind, obwohl es noch nicht geboren war, allein bleiben würde, ohne Mutter und ohne Vater. Und da einigten sie sich.

»Junge oder Mädchen, wichtig ist nur, daß es das schönste Kind im ganzen Dorf wird«, schloß Gina. »Auch wenn es das häßlichste sein sollte, für uns wird es immer das schönste Kind auf der Welt sein.«

Um zu einem solchen Schluß zu kommen, war es wirklich nicht notwendig, so heftig zu streiten.

Es vergingen weitere Tage und Wochen. Und siehe, als das Unheil immer schwerer wurde, kam eines Tages eine andere, außerordentlich wichtige Frage aufs Tapet.

»Wir müssen uns überlegen, wie wir das Kind nennen sollen«, sagte Gina. »Junge oder Mädchen, wenn es geboren ist, muß schon ein ordentlicher Name bereit sein.«

Die von Mariolino vorgeschlagenen Namen waren unmöglich, weil sie mit Lenina begannen und mit Communarda aufhörten. Gina setzte eine Reihe von Namen entgegen, die mit Pio begannen und mit Alcide aufhörten.

Sie einigten sich schließlich auf Alberto und Albertina. Hier erhob sich aber das dritte und schwierigste Problem.

»Und bei wem lassen wir es taufen?« jammerte plötzlich Gina.

»Es wird nicht getauft«, antwortete Mariolino. »Wenn aber doch jemand will, daß es getauft wird, dann gehen wir einfach in die Kirche und lassen es taufen.«

»In die Kirche! Don Camillo ist aber nicht mehr hier!« rief das Mädchen.

»Das ist nicht wichtig«, erwiderte Mariolino. »Der eine oder der andere – mit allen Priestern ist es ein Kreuz.«

Gina ging zum Gegenangriff über und verteidigte den Klerus, wurde aber plötzlich blaß und fiel keuchend in den Stuhl.

»Reg dich nicht auf, Gina«, sagte der Ehegatte plötzlich ganz zart. »Das bekommt dir schlecht. Rede nur weiter, aber ruhig, ich werde auch ganz ruhig sein.«

Sie stritten in aller Form bis spät in die Nacht. Dann entschied Gina:

»Abgesehen von allem anderen, Don Camillo hat für uns so viel getan, daß wir das Kind von keinem fremden Priester taufen lassen können. Andererseits muß man aber Kinder sofort taufen. Wir können doch nicht sechs oder sieben Monate mit der Taufe warten!«

»Ganz einfach«, sagte Mariolino, »sobald das Mädchen geboren ist, bringen wir es zu Peppone, der es im Standesamt einträgt und der für uns mindestens so viel getan hat wie Don Camillo, und dann fahren wir mit dem Mädchen zu deinem Priester.«

»Das geht nicht«, sagte Gina. »Kinder tauft man dort, wo sie geboren sind. Und jetzt Schluß, wir müssen uns beeilen. Morgen pack ich den Koffer.«

Es vergingen sechs Tage, ohne daß sich etwas Neues ereignet hätte. Der alte Tirelli schien weiterhin tot zu sein, war aber noch immer am Leben. Don Camillo ging überhaupt nicht aus, um den beiden Unglücksmenschen, die er am Fenster gesehen hatte, nicht zu begegnen. Vor allem wollte er dem Alten beistehen, und zweitens hatten sie gesagt, daß sie ihn besuchen kommen werden.

Am frühen Nachmittag des siebenten Tages kam die Alte ganz aufgeregt ins Zimmer:

»Hochwürden, kommen Sie gleich herunter! Etwas Ungewöhnliches! Schnell!«

Don Camillo kam herunter und fand am Kirchhof die merkwürdigste Sache der Welt vor: nämlich Mariolino und Gina, die aber jetzt zu dritt waren, weil zwischen den beiden die alte Dorfhebamme stand, festlich gekleidet und mit einem spitzenbedeckten Bündel im Arm.

Don Camillo war fassungslos, trat dann aber näher.

»Also?« fragte er barsch die gute Frau.

»Die Herrschaften sind seit einiger Zeit hier auf Sommerfrische, und das Kind ist auf die Welt gekommen.«

Don Camillo verzog das Gesicht.

»Also deshalb seid ihr heraufgekommen?« fragte er.

»Ich wäre bestimmt nicht gekommen!« rief Mariolino herausfordernd. »Sie wollte aber unbedingt, daß Sie das

Kind taufen! Als ob nicht alle Priester gleich wären. Um so besser, wenn Sie es nicht taufen wollen.«

Don Camillo überlegte lange, weil die Lage sehr verwikkelt war, und verkündete dann: »Ach was!«

Die beiden machten aber keine Anstalten, in die Kirche zu gehen. Offensichtlich erwarteten sie jemanden – Mariolino schaute immer wieder auf die Uhr. Don Camillo machte die beiden Flügel des Kirchentores auf und richtete das Taufbecken her. Inzwischen zogen zwei fremde Haufen im Dorf ein. Der eine kam den üblichen Maultierweg herauf und war aus der ganzen Filotti-Bande zusammengesetzt, lauter Gutsbesitzer. Der andere kam den Maultierweg von Valfonda herauf und setzte sich aus der ganzen roten Bande der Bruciata zusammen.

Die beiden Haufen erschienen gleichzeitig auf dem kleinen Platz und näherten sich dem Kirchtor.

Das junge Paar ging in die Kirche, gefolgt von den beiden Haufen, und alle drängten sich um das Taufbecken, wo Don Camillo wartete.

»Wer ist der Pate?« fragte Don Camillo.

Gleichzeitig traten der alte Filotti und der Alte von der Bruciata vor. Beide bissen die Zähne zusammen, und beide legten die Hand auf die Spitzen, zwischen denen das Produkt der bürgerlichen Reaktion und der proletarischen Revolution wimmerte.

»Weg mit den Pfoten!« sagte finster und drohend ein Riese, der im Kirchentor erschienen war. Es war Peppone, der auf das Taufbecken zuging, das Kind packte und verkündete: »Wenn das Kind auch hier oben geboren wurde, sein wirklicher Bürgermeister bin ich. Ich mache mich auch zum Paten!«

Als die Taufe vollzogen war, entfernte sich Don Camillo, weil ihm die alte Dienerin verzweifelt Zeichen machte.

»Er verlangt Sie sofort!« keuchte die Alte.

Don Camillo stieg hinauf und betrat eilig das Zimmer des Sterbenden. Als er Tirellis Blick begegnete, vergaß Don Camillo den Sinn der christlichen Nächstenliebe:

»Nein, Tirelli, nur nicht jetzt! Sie können nicht jetzt sterben und uns dieses Fest des Lebens verderben!«

Der Alte schüttelte den Kopf.

»Ich wollte Ihnen nur gerade sagen, Hochwürden, daß ich beschlossen habe, am Leben zu bleiben. Diese gute Luft hat meine Lunge wieder in Ordnung gebracht. Ich spüre, daß mir nichts mehr fehlt. Verständigen Sie meine Tochter, sie soll mich pflegen kommen, und verschaffen Sie mir eine ordentliche Unterkunft.«

Don Camillo war etwas wirr im Kopf, weil sich zu viele Dinge auf einmal ereigneten. Er ging herunter und fand Peppone mit dem jungen Priesterlein vor.

»Jetzt fehlt nur noch der Gendarmeriewachtmeister, dann ist das ganze Dorf hier!« murmelte Don Camillo.

»Ich bin nur als Taxifahrer hier«, erklärte Peppone. »Hochwürden hat mich ersucht, ihn hier heraufzubringen, und da ich einmal da war, habe ich den Wagen unten an der Landstraße gelassen und bin mitgekommen, weil ich neugierig war, wie die Dinge stehen. Ich sehe, daß sie schlecht stehen – weil Sie vor Gesundheit bersten.«

Das Priesterlein reichte Don Camillo einen Briefumschlag.

»Von Seiner Exzellenz dem Bischof«, erklärte er. »Ich bin gekommen, um Sie abzulösen. Sie können gleich mit demselben Taxi heimkehren, mit dem ich gekommen bin.«

»Ich bin nur für die Hinfahrt verpflichtet worden«, wandte Peppone grob ein. »Ich denke gar nicht daran, gewisse Leute heimzubringen.«

»Wir zahlen die Differenz«, sagte Don Camillo.

»Es ist keine Geldfrage, es geht um das Prinzip«, erwiderte Peppone. »Je später Sie heimkehren, um so besser. Sie dürfen sich nichts einbilden, nur weil ein verrückter Alter hier heraufgekommen ist, zu sterben, und weil zwei gedankenlose Leute getan haben, was sie getan haben. Zu Hause geht es uns auch ohne Sie sehr gut.«

»Drum fahr ich auch sofort heim«, murmelte Don Camillo.

Jeder auf seinem Posten

In Wirklichkeit ging es den Einwohnern des Dorfes keineswegs so gut. Der Himmel hatte seine Schleusen geöffnet, und die Zeitungen berichteten von immer größeren Schäden, die das Hochwasser verursacht hatte.

Für die Dorfeinwohner war dies eine ausschließlich lokale Frage, und die alten Weiber hatten bereits begonnen zu jammern:

»Da haben wir es, seit Don Camillo nicht mehr da ist und den Christus vom Hochaltar mitgenommen hat, fing das Unglück an ...«

Der gekreuzigte Christus vom Hochaltar war innig mit dem großen Fluß verbunden, weil man ihn jedes Jahr in einer großen Prozession auf den Damm trug, wo dann die Segnung der Fluten stattfand.

Die alten Weiber schüttelten den Kopf: »Solang Er da war, hat Er uns geschützt, und jetzt ist Er nicht mehr da.«

Und in demselben Maße, in dem der Fluß dauernd anstieg, redete man immer mehr vom Kruzifix, und selbst die gescheitesten Köpfe begannen Unsinn zu reden. So fand eines Morgens der alte Bischof eine Abordnung in seinem Arbeitszimmer vor, die aus dem Dorf gekommen war, um ihm ihr eigenes und das Anliegen der übrigen Gläubigen vorzubringen.

»Exzellenz«, baten sie, »geben Sie uns unser Kruzifix zurück. Wir müssen sofort eine große Prozession auf dem Damm veranstalten. Man muß die Fluten segnen, sonst wird das ganze Dorf vom Hochwasser verschlungen.«

Der alte Bischof seufzte schmerzlich.

»Brüder«, sagte er. »So also ist euer Glaube? Gott ist nicht in euch, er hat euch verlassen, weil ihr an ein Abbild aus Holz glaubt und ohne dieses verzweifelt seid.«

In der Abordnung gab es auch Leute, die den Kopf an der rechten Stelle hatten. Der alte Bonesti trat hervor.

»Exzellenz«, rief er, »es fehlt nicht am Gottesglauben. Uns fehlt der Glaube an uns selbst. In jedem von uns lebt zum Beispiel die Vaterlandsliebe. Wenn man aber im Krieg vor einem Angriff steht, ist es notwendig, die Regimentsfahne wehen zu sehen. Die Fahne hält den Glauben an unsere Stärke lebendig, und wir brauchen sie, auch wenn der Glaube an das Vaterland in uns ist. Exzellenz, dieser gekreuzigte Christus ist unsere Fahne, und Don Camillo ist der Fahnenträger. Wenn wir unsere Fahne wieder sehen, werden wir wieder das Vertrauen an unsere eigene Kraft gewinnen und werden mutiger gegen das Unglück kämpfen.«

Der alte Bischof breitete die Arme aus: »Gottes Wille geschehe.«

Und die Einholungsabordnung war nach Monterana abgegangen, und nun war sie da.

Als Don Camillo aus dem Kirchlein trat, hatte er das Kruzifix auf den Schultern. Er schlug den üblichen Maultierweg ein und begann abzusteigen. Das Kreuz war diesmal federleicht.

Unten stand Peppones alter Jeep, den er Taxi nannte und der für den Transport von Menschen und Waren diente. Don Camillo stieg mit dem wie eine Fahne aufgerichteten Kruzifix ein.

Ein alter Lastwagen, der die Leute von der Bruciata gebracht hatte, wartete auch dort, und als sich Peppone in Bewegung setzte, folgte er dem Jeep.

An der Mündung des anderen Maultierweges standen die zwei mächtigen, glänzenden Autos der Filottis; im ersten saß Gina mit dem Kind im Arm, während Mariolino neben ihr lenkte. Mariolino reihte sich mit seinem Wagen zwischen dem Jeep und dem Lastwagen der roten Bande ein. Der zweite Wagen der Filottis fuhr hinter dem Lastwagen der Roten.

Dann erschien natürlich auch Smilzo, der in einer Staubwolke auf dem Motorrad gekommen war, weil er wegen des langen Ausbleibens seines Chefs in Sorge gewesen war. Als er sah, wie die Dinge standen, drehte er um und fuhr wie ein Vorreiter allen voran.

Am Dorfeingang wartete die gesamte Einwohnerschaft, und Don Camillo hielt das Kruzifix hoch wie eine Fahne.

Nach der ersten Messe kam Don Camillo aus der Sakristei. Die Leute drängten sich um ihn. Alle riefen:

»Prozession! Prozession!«

»Christus ist wieder auf dem Altar und rührt sich nicht von dort«, antwortete Don Camillo. »Er wird sich erst nächstes Jahr wieder rühren, am Tage der Segnung der Fluten. In diesem Jahr sind die Fluten schon gesegnet worden.«

Ein Weiblein fiel ein: »Ja, aber das Wasser steigt immer mehr!«

»Jesus weiß das ganz gut«, erwiderte Don Camillo hart. »Es ist nicht nötig, daß jemand sein Gedächtnis auffrischt. Ich kann nur bitten, daß er uns die Kraft gibt, unsere Leiden heiteren Herzens zu ertragen.«

Die Leute waren aber von der Angst besessen, daß das Wasser den Damm durchbrechen könnte, und wollten unbedingt die Prozession haben, worauf Don Camillo noch härter wurde:

»Ja, die Prozession! Wir werden aber kein hölzernes Kreuz durch die Straßen tragen, sondern den wahren Christus im Herzen! Jeder soll so seine eigene Prozession machen. Habt Vertrauen zu Gott, nicht zu einem Abbild aus Holz! Dann wird euch Gott helfen.«

Es regnete weiter. Und es regnete überall. In der Ebene und im Gebirge. Die Blitze spalteten alte Eichen, und das Meer war vom Sturm aufgewühlt. Die Flüsse begannen anzuschwellen, und da der Regen nicht aufhörte, untergruben die Fluten die Dämme und überschwemmten die Städte und bedeckten ganze Siedlungen mit Schlamm.

Der große Fluß wurde immer drohender, und die Fluten drückten immer heftiger gegen die Dämme und stiegen ununterbrochen.

Als der Krieg die Gegend heimgesucht hatte, war ein Stück des Dammes eingerissen worden, die Stelle hieß Pioppaccia und war erst vor zwei Jahren ausgebessert worden.

Jetzt schaute die ganze Gegend angstvoll auf Pioppaccia, weil alle überzeugt waren, daß beim weiteren Ansteigen des großen Flusses der Dammbruch bei Pioppaccia eintreten werde. Das Erdreich konnte sich noch nicht genügend gesetzt haben, das Wasser würde einsickern und den Damm aufreißen. Der übrige Damm würde, wie so oft schon, sehr gut widerstehen können, Pioppaccia aber nicht.

Die Angst stieg zugleich mit dem Wasser. Es kamen Techniker aus der Stadt und erklärten, daß der Damm bei Pioppaccia halten werde. Gefährlich aber sei die Lage doch, die Leute sollten auf jeden Fall die Häuser räumen und nicht bis zum letzten Augenblick warten. Um zehn Uhr vormittags fuhren die Techniker fort. Um elf war der Fluß noch weiter gestiegen, und auf die Angst folgte eine Panik.

»Wir werden nichts mehr retten können!« sagte jemand. »Der Damm wird bei Pioppaccia nachgeben, und alles wird verloren sein. Es gibt nur noch eine Rettung: den Fluß übersetzen und am anderen Ufer den Damm einreißen.«

Niemand wußte, wer diese Gemeinheit als erster ausgesprochen hatte; Tatsache ist, daß einige Minuten später das ganze Dorf davon überzeugt war, daß die einzige Rettung wäre, am anderen Ufer den Damm einzureißen. Achtzig Personen von hundert waren fieberhaft mit den Überlegungen beschäftigt, wie man am wirksamsten den anderen Damm aufreißen könnte.

Es schien bereits unabwendbar zu sein – jemand würde es schon zustandebringen, den Fluß zu überqueren und den Damm einzureißen.

Der Regen hörte aber plötzlich auf. Für eine kurze Zeit erleichterte die Hoffnung, daß die Fluten fallen werden, die Herzen. Da hörte man, wie die Glocken mit dem Hammer angeschlagen wurden, und das ganze Dorf lief am Kirchplatz zusammen.

»Brüder«, sagte Don Camillo, als er den von Leuten wimmelnden Platz sah. »Es bleibt uns nur noch eins übrig – keine Zeit zu verlieren und in aller Ruhe die wichtigsten Sachen in Sicherheit zu bringen.«

Es fing wieder zu regnen an.

»Die Zeit ist kurz! Der Damm wird bei Pioppaccia nicht halten!« brüllten die Leute.

»Er wird halten«, antwortete Don Camillo. »Ich bin davon so überzeugt, daß ich jetzt losgehe und mich auf den Damm bei Pioppaccia stelle und mich nicht von dort rühre. Wenn ich mich täusche, so zahle ich drauf!«

Don Camillo spannte seinen riesigen Regenschirm auf und ging auf den Damm zu, und die Leute folgten ihm. Und sie folgten ihm, als er auf den Damm stieg und den Weg nach Pioppaccia einschlug. Aber mit einem Male blieb die Menge stehen, weil dort das neue Dammstück begann.

Don Camillo drehte sich um.

»Jeder räumt nun in aller Ruhe sein Haus«, schrie er. »Ich warte inzwischen bei Pioppaccia, bis ihr fertig seid.«

Er ging weiter und blieb nach fünfzig Metern stehen, gerade an der Stelle, wo der Damm nachgeben sollte.

Die Leute waren fassungslos und schauten bald auf das Wasser, bald auf den Priester.

»Ich komme und leiste Ihnen Gesellschaft, Hochwürden!« schrie eine Stimme.

Peppone löste sich aus der Menge, und jetzt schauten alle auf ihn.

»Der Damm hält, es ist keine Gefahr«, schrie Peppone. »Niemand soll also Dummheiten machen, alle sollen den Befehlen des Vizebürgermeisters folgen und die Häuser planmäßig räumen. Ich warte inzwischen hier, um euch zu zeigen, daß ich dessen sicher bin, was ich sage.«

Als die Menge beide, den Priester und den Bürgermeister, auf dem Damm bei Pioppaccia sah, verfiel sie plötzlich in Raserei, und alle liefen in ihre Häuser, begannen das Vieh aus den Ställen zu führen und die Karren zu beladen.

Die Räumung begann. Inzwischen regnete es, und das Wasser zeigte keine Lust zu fallen. Peppone und Don Camillo saßen auf zwei großen Steinen und warteten unter dem Regenschirm.

»Hochwürden«, sagte plötzlich Peppone, »wenn Sie immer noch droben auf jenem Berg wären, wo Sie noch bis gestern waren, würden Sie sich bestimmt besser fühlen.«

»Ich glaube nicht, sonst hätte es mir der Bischof nicht erlaubt, wieder herunterzukommen.«

Peppone verhielt sich eine Zeitlang still, dann schlug er sich mit einer Hand auf den Schenkel:

»Wenn, zum Beispiel, der Damm jetzt unter uns brechen würde, nachdem die Leute kaum mit der Räumung begonnen haben, denken Sie nur, welch großartiges Ende das gäbe.«

»Wenn wir uns jedoch dadurch gerettet hätten, daß wir

den Damm auf der anderen Seite aufgerissen und das Unglück vieler anderer Leute verursacht hätten, wäre es noch schlimmer. Wenn ich nicht irre, Herr Bürgermeister, gibt es doch einen gewissen Unterschied zwischen Unglück und Verbrechen.«

Gegen Abend begann das Wasser zu fallen. Don Camillo und Peppone verließen den Damm und kehrten in das nunmehr leere Dorf zurück, denn es waren alle Leute ausgerissen.

Als sie am Kirchplatz angelangt waren, blieben sie stehen.

»Du könntest auch Gott danken, daß er deine Haut gerettet hat«, sagte Don Camillo zu Peppone. »Er hat dir diesen Gefallen erwiesen!«

»Schon«, erwiderte Peppone, »er hat mir aber auch das Mißvergnügen erwiesen, daß Ihre Haut gerettet wurde, und so sind wir quitt.«

Der große Damm hatte sich nicht um einen Millimeter gerührt, und am nächsten Morgen kamen einige, die am Vortag aus Angst zu früh geflüchtet waren, ins Dorf zurück, um noch etwas von ihren Sachen aufzuladen.

Gegen neun geschah etwas, was niemand erwartet hatte.

Das Wasser hatte unter dem Damm einen Durchlaß ausgehöhlt und schoß plötzlich aus dem Boden hervor.

Gegen einen solchen Springbrunnen ist kaum etwas zu machen. Und diejenigen, die zurückgekehrt waren, brachten sich mit Karren und Lastwagen in Sicherheit.

Don Camillo hatte bis drei Uhr nachts gearbeitet, um alle Sachen aus dem Erdgeschoß in den ersten Stock und auf den Dachboden zu bringen. Er war allein und hatte wie ein Besessener geschuftet. Schließlich hatte er sich aufs Bett geworfen und war in einen eisernen Schlaf gefallen.

Er wachte um halb zehn auf, als er die Flüchtenden schreien hörte. Bald hörte man kein Geräusch mehr, und als Don Camillo ans Fenster trat, sah er nur den verlassenen Kirchplatz.

Dann stieg er auf den Turm, von oben konnte man alles ausgezeichnet übersehen. Das Wasser hatte bereits den tiefergelegenen Teil des Dorfes erreicht und kam langsam näher.

Don Camillo ging zum anderen Fenster und sah auf dem Hauptdamm Leute, die verzweifelt auf das Dorf blickten.

Jene, die mit Karren und Lastwagen geflüchtet waren, hatten sich mit Haustieren und geretteter Habe in den umliegenden Nachbardörfern zu den anderen Flüchtenden gesellt. Sie ließen die Kinder bei den Karren, damit sie auf die Sachen aufpaßten, während sie selbst mit Rädern und Motorrädern auf der Straße am Damm vor ihr bereits überschwemmtes Dorf zurückfuhren.

Sie schauten stumm auf das Dorf, und jeder sah auf eine halbe Meile sein Haus, wenn er es auch nicht sah.

Niemand sprach. Die alten Weiber weinten lautlos.

Sie standen da und sahen, wie ihr Dorf starb – und sie sahen es bereits tot.

»Es gibt keinen Gott!« sagte mit hohler Stimme ein Alter.

In diesem Augenblick ertönte eine Glocke.

Es läutete eine Glocke. Man konnte sich nicht täuschen, wenn auch das Geläute ungewöhnlich klang.

Alle Augen waren jetzt nur noch auf den Glockenturm gerichtet.

Als Don Camillo die Menge auf dem Hauptdamm gesehen hatte, war er wieder hinuntergestiegen. Das Wasser hatte bereits zwei von den drei Stufen am Kirchentor bedeckt.

»Jesus, vergib mir, daß ich vergessen habe, daß heute Sonntag ist«, sagte Don Camillo und kniete vor dem Hochaltar nieder.

Bevor er in die Sakristei ging und sich ankleidete, begab er sich in die dunkle Turmkammer und erfaßte einen Glockenstrang, in der Hoffnung, daß es der richtige sei.

Es war der richtige, und die Leute auf dem Hauptdamm hörten den Ruf der Sonntagsglocke und sagten: »Die Elf-Uhr-Messe!«

Die Frauen falteten die Hände, und die Männer nahmen den Hut ab.

Don Camillo las die Messe. Und als die Stelle kam, an der er zu den Gläubigen zu sprechen hatte, kümmerte sich Don Camillo nicht darum, daß die Kirche leer war; er sprach zu jenen auf dem Hauptdamm.

Das Wasser hatte bereits die dritte Stufe bedeckt und war im Begriff, einen dünnen, kalten und glänzenden Schleier auf den Boden der Kirche auszubreiten.

Das Tor war weit aufgerissen, und man sah den Platz mit den im Wasser stehenden Häusern und den grauen und unheildrohenden Himmel.

»Brüder«, sagte Don Camillo, »die Fluten treten tosend aus dem Flußbett und dringen überall ein. Eines Tages werden sie aber besänftigt in ihr Bett zurückkehren, und die Sonne wird wieder scheinen. Und wenn ihr alles verloren habt, ihr werdet noch immer reich sein, wenn ihr den Glauben an Gott nicht verloren habt. Wer aber an der Güte und Gerechtigkeit Gottes zweifelt, wird arm und elend sein, wenn er auch sein ganzes Hab und Gut gerettet hat. Amen.«

Don Camillo sprach in der verlassenen und überschwemmten Kirche, während die Menge auf dem Damm unbeweglich zum Glockenturm blickte.

Und sie blickte immer noch zu ihm, als vom Turm das Geläute der Wandlung kam. Die Frauen knieten auf der nassen Erde nieder, und die Männer beugten das Haupt.

Die Glocke läutete wieder beim Segen. Jetzt, da in der Kirche die Messe aus war, regten sich die Leute wieder und plauderten mit verhaltener Stimme – aber nur aus Verlegenheit, denn sie warteten auf weiteres Glockengeläute.

Etwas später begann die Glocke wieder munter zu läuten, und die Männer holten die Uhren hervor.

»Ach ja, es ist schon Mittag«, sagten sie. »Es ist Zeit, nach Hause zu gehen.«

Und sie stiegen wieder auf ihre Fahrräder und Motorräder und fuhren zu ihren Kindern und zu ihren Sachen in den fremden und ungastlichen Zufluchtsorten. Sie schauten noch einmal nach ihren armen Häusern, die auf dem schlammigen Meer zu schwimmen schienen. Vielleicht dachten sie aber: Solange Don Camillo im Dorf ist, ist alles gut.

Als Don Camillo nach der Messe auf den Turm gestiegen war, weil er sehen wollte, was die Menge auf dem Damm machte, war das Wasser auf dem Boden der Kirche vier Finger hoch.

Als er wieder herunterkam, reichte ihm das Wasser bis zu den Knien. Ehe er die Kirche verließ, ging er noch einmal zum Hochaltar, schaute zum gekreuzigten Christus hinauf und flüsterte:

»Jesus, vergib mir, daß ich nicht niederknie, wie es sich gehört. Wenn ich aber auf die Knie falle, geht mir das Wasser bis zum Hals.«

Don Camillo hatte das Haupt gebeugt, und so konnte er nicht sehen, ob Christus gelächelt hatte. Er war aber dessen sicher, weil er in seinem Herzen eine Wärme spürte, die ihn vergessen ließ, daß ihm das Wasser bereits bis zum Gürtel reichte.

Er paddelte heftig zum Pfarrhof hinüber, fand dort eine Holzleiter, die im Wasser herumschwamm, richtete sie auf und betrat das Haus durch ein Fenster im ersten Stock.

Er zog sich um, aß ein wenig und legte sich ins Bett. Gegen drei Uhr nachmittags hörte er jemanden am Fenster klopfen.

»Herein!« sagte Don Camillo.

Peppones Gesicht erschien im Fensterrahmen.

»Wenn Sie wollen«, murmelte Peppone, »hier wartet ein Boot auf Sie.«

»Ich will nicht!« antwortete Don Camillo. »Die Garde fällt, sie ergibt sich nie.«

»Dann gehen Sie zum Teufel!« schrie Peppone und schlug das Fenster zu.

Als das Boot am weitgeöffneten Kirchentor vorüberfuhr, brüllte Peppone die Ruderer an: »Paßt dort links auf, ihr Trottel!« Als dann alle nach links schauten, konnte Peppone den Hut abnehmen und wieder aufsetzen, ohne daß ihn jemand gesehen hatte.

Peppone zerbrach sich die ganze Zeit den Kopf, konnte aber nicht verstehen, was Don Camillo damit hatte sagen wollen, als er von einer Garde sprach, die stirbt, sich aber nicht ergibt. Eines war aber sicher: Jetzt, da er wußte, daß Don Camillo im Dorf blieb, kam ihm die Gegend weniger arg überschwemmt vor.

Maroli war alt wie Methusalem und nur noch ein Haufen Knochen; wenn er aber wollte, konnte er eigensinnig sein wie ein junger Mann von fünfundzwanzig Jahren.

Am Tag, an dem wirklich alles schiefgegangen war, warfen auch die beiden Söhne Marolis die wichtigsten Sachen auf den Karren und bereiteten sich vor, das Haus mit der ganzen Sippe zu verlassen. Der Alte aber sagte, daß er nicht weg wolle.

»Das ist mein Haus, und hier bleibe ich.«

Die zwei Männer versuchten, ihn zu überzeugen, und erklärten ihm, daß das ganze Dorf geräumt wird, weil das Wasser jeden Augenblick den Damm aufreißen könne. Maroli aber schüttelte nur den Kopf.

»Ich gehe nicht weg. Bin krank. Will hier sterben, in meinem Haus! Ich will in diesem Bett sterben, in dem meine Frau gestorben ist.«

Dann versuchten es die beiden Schwiegertöchter. Der Alte war aber hart wie Stein. In einem günstigen Augenblick trat der älteste Sohn an das Bett.

»Genug!« schrie er. »Du packst ihn von der andern Seite und ihr beiden an den Füßen. Wir tragen ihn zusammen mit der Matratze.«

»Weg von hier!« brüllte der Alte.

Es waren aber schon alle da, hatten die Matratze gepackt und gehoben. Es war eine Kleinigkeit, die Matratze zu heben, weil der alte Maroli so ausgezehrt war, daß er nicht mehr wog als ein Kind.

Der Alte packte den ältesten Sohn an der Brust und versuchte, ihn abzuschütteln. Der Mann war aber wütend, ergriff seines Vaters Hände, die sich an ihm angeklammert hatten, und stieß Maroli aufs Bett. Dann hielt er ihn fest und brüllte:

»Hör auf, Vater, den Verrückten zu spielen, oder ich schlage dir den Schädel ein!«

Der Alte versuchte verzweifelt, sich zu befreien; es war aber, als ob ein Mühlstein auf ihm läge, und es wurde ihm ängstlich zumute.

Er sah so viele Augen auf sich gerichtet, und es waren lauter böse Augen, die Augen seiner Söhne, seiner Schwiegertöchter und der beiden ältesten Enkel. In einer Ecke entdeckte er aber zwei Augen, die anders waren, und er keuchte: »Rosa ... Rosa ...«

Was konnte ihm aber ein armes, unglückseliges Mädchen von nicht einmal zwölf Jahren helfen?

»Rosa ...«, keuchte wieder der Alte.

Das Mädchen stürzte sich auf den Mann, der den Alten auf dem Bett festhielt, und gebärdete sich wie eine tollwütige Katze. Zehn Hände faßten sie aber, stießen sie zur Seite und schlugen sie.

Der Alte schäumte vor Wut. »Ihr seid verrückt!« brüllte er. »Verrückt und Schufte! Wenn ihr Vater noch da wäre, würde man mich anders behandeln!«

Der Vater des Mädchens lag aber schon seit Jahren in der kühlen Erde, und auch die Mutter des Mädchens war tot. Ihr Vater war der beste von der ganzen Bande gewesen, und seit ihm dieser Sohn abging, war der alte Maroli herzkrank.

»Jetzt sind wir da«, lachte der älteste Sohn höhnisch. »Du wirst tun, was wir wollen. Nun los!«

Zehn ungeduldige Hände packten wieder die Matratze und hoben den Alten vom Bett; die zwei großen schwarzen Pfoten seines ältesten Sohnes hinderten ihn, sich zu rühren.

In diesem Augenblick hörte man Rosa mit fester Stimme rufen:

»Laßt ihn in Ruhe – oder ich schieße!«

Eine geladene Doppelflinte in den Händen eines Mädchens macht mehr Eindruck als eine Maschinenpistole in der Hand eines Mannes. Rosa war außerdem nicht nur ein kleines Mädchen, sondern galt auch als verrückt. Man versteht also, daß sich alle darüber einig waren, obwohl sie zu sechst waren – zwei Männer, zwei Frauen und zwei Burschen –, daß es besser sei, sich nicht darauf zu versteifen und den Alten in Ruhe zu lassen.

Sie legten ihn wieder ins Bett, und der Mann, der den Alten festhielt, zog seine Pfoten zurück.

»Weg, oder ich schieße!« sagte das Mädchen.

Die Bande zog sich zur Tür zurück, und als alle draußen waren, verriegelte das Mädchen die Tür.

»Ich lasse dich durch die Karabinieri holen!« brüllte der älteste Sohn von der Treppe.

Der Alte ließ sich nicht aus der Fassung bringen. »Es wird besser sein, ihr sagt kein Wort. Wenn sich jemand nähert, stecke ich das Haus in Brand!« drohte Maroli.

Zwischen dem Wohnhaus und dem Wirtschaftsgebäude war ein überwölbtes Tor, und darüber befand sich das Zimmer des Alten. Es verband das Wohnhaus mit dem Wirtschaftsgebäude und stieß an den Heuschober. Gewöhnlich diente dieses Zimmer als Getreidekasten; der Alte wollte es aber haben, weil er im Boden ein Loch hatte machen lassen, durch das er beobachten konnte, wie das Vieh zum Brunnen ging, und auch alle anderen Vorgänge beim Tor sehen konnte. Der Heuschober war gestopft voll mit Trockenfutter, und es genügte, einen brennenden Fetzen an einen Stock zu binden und sich nur einen Augenblick aus dem Fenster dieses Zimmers zu beugen, um in zwei Minuten den ganzen Futtervorrat in Brand zu stecken.

Die Drohung des Alten ließ alle in kalten Schweiß ausbrechen. Der alte Maroli hatte eine Petroleumlampe, eine volle Flasche Petroleum, eine geladene Doppelflinte und ein entfesseltes verrücktes Mädchen zur Verfügung.

»Wir lassen euch in Ruhe!« riefen sie dann von der Treppe.

Der Alte lachte höhnisch. »Es wird besser sein!«

Als sie im Hof waren, hatte eine Schwiegertochter einen schlauen Einfall. Sie zwinkerte den anderen zu und schrie zum Fenster des Alten hinauf:

»Wenn du bleiben willst, kann dich niemand hindern. Du hast aber kein Recht, das arme Mädchen der Gefahr auszusetzen zu ersaufen! Wenn du es wirklich so gut mit ihr meinst, laß Rosa mit uns gehen!«

Der Alte dachte besorgt nach. Dann wandte er sich an das Mädchen: »Rosa, hier ist es gefährlich, weil das Wasser kommt. Wenn du gehen willst, dann geh nur ruhig.«

Das Mädchen schüttelte abweisend den Kopf, ging zum Fenster, machte die Läden zu und verriegelte sie.

»Der Blitz soll euch beide treffen!« murmelte die Frau, die den Trick versucht hatte.

Die Enkel bemerkten, daß es schließlich allen recht sein könne, wenn diese zwei Verrückten krepierten.

Marolis Söhne waren verdrossen und sagten nichts. Als sie aber mit ihrer Habe auf dem Damm waren, schauten sie auf das Haus hinunter, und der Ältere sagte wütend:

»Auch das wird eines Tages vorbei sein. Wenn wir aber einmal zurückkommen, dann bringen wir alles zusammen für immer in Ordnung. Er kommt ins Spital und sie ins Irrenhaus.«

Der Bruder stimmte zu: »Diesmal entwischen sie uns nicht.«

Der Alte und das Mädchen blieben allein in dem verlassenen Haus, und niemand wußte, daß sie dort waren.

Sobald das Mädchen sicher war, daß sich alle entfernt hatten, ging es herab und verriegelte die Türen und Fenster des Hauses. In den Zimmern des ersten Stockes und im Getreidekasten gab es genug Lebensmittel. Der Alte ließ alles Notwendige in seine Kammer bringen. Dann sagte er Rosa, sie möge eine große Korbflasche heraufbringen; das Mädchen füllte sie nach und nach mit Wasser, das sie in der Küche pumpte und in einer Kanne hinaufbrachte.

Am Abend war Rosa todmüde und legte sich auf einer Matratze nieder, die sie auf dem Boden ausgebreitet hatte.

»Es besteht die Gefahr, daß diese verdammten Seelen in der Nacht zurückkommen«, murmelte der Alte. »Schlaf nur ruhig, ich werde wachen. Wenn ich etwas höre, wecke ich dich.«

So saß er im Finstern auf dem Bett, mit der Doppelflinte in den Händen. Es kam aber niemand.

Am nächsten Morgen bahnten sich die Fluten einen Weg unter dem Damm, und das Wasser kam in den Hof.

»Jetzt wird uns niemand mehr stören«, sagte der Alte.

Gegen elf hörten sie die Glocken läuten, und der Alte schickte das Mädchen auf den Dachboden, um Ausschau zu halten.

Rosa blieb eine Weile oben, und als sie zurückkam, meldete sie:

»Das Kirchentor steht weit offen, und überall ist Wasser. Der Damm ist voll von Menschen.«

Um drei kam das Mädchen, das inzwischen wieder auf Wache gegangen war, herunter.

»Ein Boot mit einigen Leuten ist da, sie rudern von Haus zu Haus!« schrie sie.

Maroli seufzte: »Rosa, wenn du gehen willst, dann geh!«

»Wenn sie uns holen kommen, legen wir Feuer an den Heuschober!« antwortete das Mädchen.

Das Boot fuhr am Haus der Marolis vorbei, und das Mädchen spähte durch eine Ritze der Fensterläden.

»Im Boot ist auch der große Mann, der Schlosser, der immer mit einem roten Halstuch herumläuft«, berichtete sie dem Alten.

Man hörte Peppones Stimme: »He! Ist noch jemand da?«

Der Alte und das Mädchen hielten den Atem an, und das Boot entfernte sich.

»Sie haben anscheinend Angst und niemandem etwas gesagt«, brummte der Alte. »Jetzt werden wir Ruhe haben.«

Don Camillo erwachte jählings und fand sich im Dunkeln. Er hatte den ganzen Nachmittag geschlafen, denn er war todmüde, und jetzt war schon Abend. Er machte das Fenster auf und sah in der Ferne, am Horizont dieser unendlichen Wasserfläche, die ihm wie ein Meer vorkam, als ganz dünnen Strich – wie mit einem Rotstift gezogen – das Abendrot.

Er fühlte sich von dieser großen Stille bedrückt. Er erinnerte sich der beleuchteten Fenster wie einer längst vergangenen Sache, wie eines Traumes. Jetzt waren alle Häuser dunkel, und das Wasser reichte bis achtzig Zentimeter unter die Decke im Erdgeschoß.

Er hörte das ferne Heulen eines Hundes und dachte unwillkürlich an Ful. Wo war Ful? Wo war er, als das Wasser das Dorf überschwemmt hatte?

Das Heulen dauerte an und schien nicht einmal so sehr aus der Ferne als aus dem Untergeschoß zu kommen. Er hatte fast Angst vor diesem geheimnisvollen Heulen, das nicht aufhören wollte und tatsächlich von unten kam.

Nun zündete Don Camillo eine Lampe an, nahm eine Eisenstange, kniete nieder und löste eine Platte aus dem Fußboden heraus. Er machte ein Loch im Boden, und darunter war Ful und bellte auf einem Floß, das einfach der umgekehrte Tisch war.

Das Wasser hatte den Hund außerhalb des Hauses überrascht. Und als dann Ful, Gott weiß wie, nach Hause zurückgekehrt war, stand das Wasser einen Meter achtzig hoch; Ful war durch die Tür hereingeschwommen und befand sich im Speisezimmer. Dann war das Wasser rasch über die Tür gestiegen, und das Tier war gefangen. Der große Tisch, den Don Camillo nicht mehr in Sicherheit bringen konnte, war umgekippt und bildete ein Floß.

Das Wasser hatte aufgehört, weiter zu steigen, und Ful blieb auf seinem Floß schwimmend und wartete auf eine Hilfe vom Himmel oder wenigstens von der Stubendecke.

Don Camillo zog ihn durch das Loch im Fußboden herauf, und Ful war so naß und so zufrieden, daß auch Don Camillo im Nu naß wurde, als ob er den ganzen Tag im Regen gestanden hätte.

Es war Zeit, die Abendglocken zu läuten. Mit Hilfe einer Weinkufe und vier leerer Fässer, die als Schwimmer dienten, baute sich Don Camillo eine Art Floß, mit dem er sich ruhig auf Schiffahrt begeben konnte.

Er bestieg sein Prunkschiff und fuhr in die Kirche. Unter den Füßen des gekreuzigten Christus – der Altar war schon ganz unter Wasser – kniete er nieder.

»Jesus, ich bitte um Vergebung, daß ich den Altar jetzt auf dem Turm errichtet habe und dort die Messe lesen werde. Eine Überschwemmung ist so etwas wie ein Krieg, und ich fühle mich heute wie ein Feldprediger bei einer kämpfenden Einheit und habe deshalb meinen kleinen Feldaltar hervorgeholt.«

Christus seufzte: »Don Camillo, was machst du hier? Ist nicht dein Posten bei deinen Leuten?«

»Jesus, meine Leute sind hier – mit dem Leib sind sie in der Ferne, mit dem Herzen sind aber alle hier.«

»Don Camillo, deine Arme sind stark und haben hier nichts zu tun, anderswo aber könnten sie dem Schwächsten helfen.«

»Jesus«, antwortete Don Camillo, »ich helfe ihnen am besten, wenn ich hierbleibe. Mit der Stimme dieser Glocke halte ich ihre Hoffnung auch in der Ferne aufrecht. Die Hoffnung und den Glauben.«

Don Camillo vertäute sein Prunkschiff unter dem Schlafzimmerfenster, stieg hinauf und legte sich ins Bett. Und er schlief eine gute Weile, weil ihm diese endlose Stille auf dem Hirn lastete und ihn betäubte.

Plötzlich weckte ihn das Gebell Fuls. Ful war unruhig und stürzte zum Fenster. Don Camillo nahm das Gewehr und schaute durch einen Spalt hinaus, ohne Licht anzuzünden. In einem großen Bottich war ein Bündel Fetzen und rührte sich.

»Wer bist du?«

»Ich bin die Rosa Maroli«, sagte das Fetzenbündel. »Mein Großvater will Sie sehen.«

»Der Großvater?«

Don Camillo stieg aus dem Fenster, lud das Mädchen auf sein Prachtschiff und fuhr mit Hilfe einer langen Holzstange los. »Um Himmels willen, was machst du denn da?« fragte er die Kleine.

»Der Großvater wollte hierbleiben, und ich leiste ihm Gesellschaft. Die andern wollten nicht, daß er bleibt, und haben ihn gequält. Ich wußte aber, wo das Gewehr war ...«

»Du bist geblieben und hast keine Angst?«

»Nein, der Großvater ist da. Und außerdem hat man bei Ihnen das Licht gesehen und die Glocke gehört.«

Mit dem alten Maroli ging es zu Ende.

»Man wollte mich in einem Spital wie einen Hund sterben lassen«, stöhnte er. »Ich will wie ein Christ sterben, in meinem Haus ... Verrückt! Sie sagen, ich wäre verrückt! Sie sagen, auch sie wäre verrückt.«

Unbeweglich und stumm starrte das Mädchen auf den Alten. »Rosa«, sagte der Alte leise, »ist es wahr, daß du verrückt bist?«

»Manchmal habe ich Kopfschmerzen, und dann verstehe ich nicht gut«, sagte sie schüchtern.

»Sie hat Kopfschmerzen, das ist es!« sagte der Alte. »Als sie noch ganz klein war, ist sie einmal auf einen Stein gefallen. Ein Knochen drückt jetzt auf das Gehirn. Der Professor hat es gesagt. Mir hat er es gesagt. Eine Operation könnte alles wieder gutmachen. Ich bin aber krank geworden. Und die Operation kostet viel, und die andern wollen kein Geld dafür ausgeben. Sie wollen das Mädchen ins Irrenhaus schicken! Es ist ihnen lästig ...«

Don Camillo unterbrach ihn: »Beruhigen Sie sich, ich bin auch noch da!«

»Lassen Sie die Operation machen«, sagte der Alte. »Schieben Sie das Bett ein wenig von der Wand weg. Sehen Sie, da in der Wand ... weiter in der Ecke! Nehmen Sie diesen angezeichneten Ziegel heraus ...«

Don Camillo löste den locker sitzenden Ziegel heraus und fand ein Säckchen, schwerer als Blei.

»Gold!« wisperte der Alte. »Gold ... Goldstücke ... Gehört alles mir. Alles für sie. Lassen Sie die Operation machen, geben Sie die Kleine zu jemandem, wo sie etwas lernen kann ... Wir werden ihnen noch zeigen, ob wir verrückt sind oder nicht! Nicht wahr, Rosa?«

Das Mädchen nickte zustimmend.

Der Tag graute schon, als Don Camillo sich aufrichtete. Der alte Maroli war wie ein Christ gestorben, und das Mädchen stand da und schaute mit großen Augen auf den erstarrten Großvater.

»Du kommst jetzt mit mir«, sagte Don Camillo sanft. »Niemand wird mehr deinen Großvater ärgern. Auch dich wird niemand ärgern.« Das Mädchen folgte ihm.

Zu Hause wartete Ful bellend am Fenster im ersten Stock. Das Prunkschiff legte an, und Don Camillo ließ das Mädchen aussteigen.

»Wirf dich in das erstbeste Bett, und schlafe ruhig!«

Dann fuhr Don Camillo mit seinem Prachtschiff zur Kirche. Und als er vor dem Hochaltar war, schaute er hinauf: »Jesus«, sagte er, »hast Du gehört? Sie hat gesagt, sie hätte keine Angst, weil bei mir Licht war und die Glocke läutete ... Sie ist nicht verrückt, sie ist nur gefallen, als sie klein war. Durch die Operation wird sie gesund werden!«

»Auch du bist gefallen, als du klein warst, mein armer Don Camillo«, antwortete Christus lächelnd. »Du wirst aber nie gesund werden ... Und du wirst immer mehr auf dein Herz und nicht auf deinen Verstand hören. Gott erhalte dir dieses gute Herz!«

Niemand hörte das Totengeläute, weil es der Wind sofort verwehte.

Nun erzähle ich Ihnen alles über mich

Am 1. Mai 1908 wurde in Fontanelle di Roccabianca, einer freundlichen Ortschaft in der Bassa von Parma, in einem der Häuschen, die auf den Platz schauen, ein Kindlein geboren, das dann den Namen Ermelinda erhielt.

Das war aber nicht ich. Ich wurde ebenfalls in jenem Ort und auch am 1. Mai 1908 geboren, aber in einem Haus an der anderen Seite des Platzes. Mir hingegen gab man den Namen Giovannino.

Mein vollständiger Name lautet Giovannino Guareschi, und mein Alter paßt genau auf einen Menschen, der im Jahre 1908 geboren wurde.

Ich habe zwei Kinder, die mir sehr sympathisch sind. Das erste heißt Alberto, das zweite Carlotta. Das beruht darauf, daß das erste männlichen und das zweite weiblichen Geschlechts ist. Schließlich ist auch die Mutter weiblichen Geschlechts, eine Frau, die am sympathischsten war, als sie noch Fräulein war. Meine Kinder und meine Gemahlin sind zusammen siebzig Jahre alt. Das

Alter meiner Tochter und das meiner Gattin ergeben zusammen siebenundfünfzig. Das Alter meines Sohnes und seiner Mutter zusammen hingegen sechzig. Das ist alles, was ich Ihnen über das Alter meiner Gemahlin sagen kann. Zur Erleichterung darf ich hinzufügen, daß meine Tochter zehn Jahre alt ist.

Ich habe mit Erfolg das humanistische Gymnasium besucht, wo ich lernte, wie ein Journalist nicht schreiben darf. Dann besuchte ich die Universität, aber ich kam nicht bis zum Doktorat. Peinlich ist einzig und allein, daß ich mich nicht mehr entsinne, ob ich mich für Jura oder Medizin eingeschrieben hatte. Die Ansichten meiner Studienkollegen darüber stimmen nicht überein.

Ich schreibe und zeichne, bin aber nicht in der Lage, Ihnen zu sagen, als was ich mehr zu verachten bin, als Schriftsteller oder als Zeichner. Trotzdem ziehe ich mich nicht übel aus der Affäre, weitgehend unterstützt von dem Umstand, einen beachtlichen Schnurrbart zu besitzen, der mir ein gewisses Ansehen verleiht.

Ich führe ein sehr einfaches Leben, reise nicht gern, betreibe keinen Sport und glaube nicht an die Vitamine. Dafür glaube ich an Gott. Ich bin ein zäher Arbeiter, und unter diesem Gesichtspunkt bin ich der Trost meiner Familie, und meine Kinder führen mich stets ihrer Mutter gegenüber als Beispiel an.

Meinerseits bin ich meinen Eltern zu tiefstem Dank verpflichtet, daß sie mich in die Welt gesetzt haben. Am dankbarsten aber bin ich dem himmlischen Vater, weil er mich weder schlechter noch besser gemacht hat, als ich bin.

Ich wollte immer genau so sein, wie ich bin.

Wäre das anders, so würde ich nicht aus noch ein wissen.

Nachwort des Herausgebers

Don Camillo bin ich bis vor kurzem dreimal in meinem Leben zum Greifen nah begegnet. Inzwischen treffe ich ihn häufiger – und so möchte ich auch Ihnen die Begegnung gönnen.

Ehe ich rasch und kurz davon erzähle – rasch und kurz, weil nach 415 Druckseiten wirklich keine Zeit und kein Papier mehr zu verlieren sind –, will ich immerhin als Herausgeber erwähnen, daß ich dies nicht könnte, wenn nicht erstens Signore Giovannino Guareschi ihn getroffen hätte (Guareschi lebt übrigens seit 1968 nicht mehr, seine Gattin auch nicht, und die Summe des Alters von Alberto und Carlotta hat sich beträchtlich erhöht), wenn nicht zweitens Alfons Dalma von dieser Begegnung erfahren und sie uns ohne Verzug übermittelt hätte, wenn nicht drittens der weise Verleger mit Spürsinn, Otto Müller aus Salzburg, aus den hübschen Zeitungsgeschichten einfach zwei Bücher gemacht hätte – und wenn nicht viertens der junge Direktor des Salzburger Verlages, Herr Arno Kleibel, mir erlaubt hätte (mit einem lachenden und einem weinenden Auge), aus diesen zwei Büchern eins zu machen. So, und erst an fünfter Stelle komme ich, vielleicht nicht gar als fünftes Rad am Wagen, aber doch mit deutlich geringerer Berufung.

Nicht in diese Aufzählung gehören mein Vater und meine Mutter, ein Don Riccardo aus Campo Sampiero und meine Frau. Aber sie sind fast noch wichtiger. Weil sie mit meinen drei Begegnungen zu tun haben. Und eben davon will ich nun am Schluß dieses schönen Buches berichten.

Nach dem Krieg übernahm mein Vater eine Pfarrvakanz in Altenkirchen auf Rügen. Als widerspenstiger zugewanderter und unwillkommener Ostpreuße fand er nicht den rechten Draht zu den alteingesessenen dickschädeligen Pommern, den knickerigen Bauern und hinterspinnigen Fischern. Seine liebe Not hatte natürlich auch der neue Bürgermeister mit dieser Brut: dort, wo über Jahrhunderte Gemüse, Vieh und Korn, Aal, Bernstein und Strandgut nach Möglichkeit nur den eigenen Wohlstand gemehrt hatten, weil sich jeder selbst der liebste Nächste war, dort sollte dieser arme Mensch plötzlich den Weg vom Ich zum Wir freikämpfen.

Da knallte es laufend. Eines Tages kam der Bürgermeister ins Pfarrhaus. Wir Jungens – meine beiden Brüder und ich – fühlten uns ordentlich geehrt, denn wir mochten den Mann: er war riesenstark, packte zu, wo er den Fuß hinsetzte, sprach mit uns Kindern immer freundlich und mit den Erwachsenen meistens grob – das fanden wir schön. Außerdem gehörte er einer schlimmen Partei an, deren Namen man in einem Pfarrhaus besser nicht erwähnte – das fanden wir aufregend. Dieser Mann war da, und es sollte eine Auseinandersetzung über die Steuern geben. Das wußten wir, denn davon war lange genug im Dorf die Rede gewesen. Mein Vater machte dem Bürgermeister von der Kanzel herab den Vorwurf, daß er durch sein Theater um die Gemeindesteuern die Getauften vom Zahlen des regelmäßigen Kirchpfennigs abhalte, und der Bürgermeister behauptete am Schwarzen

Brett vor dem »Lindenhof«, das pathetische Gezeter um das Pfaffengeld lenke von der eigentlichen Steuer ab: der für die Kommune.

Im Amtszimmer wurde es lauter und lauter. Immerhin brauchten wir nicht mehr mucksmäuschenstill zu lauschen, sondern konnten getrost die Molkensuppe löffeln – und verstanden doch jedes Wort. Da sagte unsere Mutter zu uns: »Wenn er nur etwas geduldiger wäre! Er schlägt ja um sich wie Don Camillo!«

Don Camillo? Wer war das? Keiner von uns hatte je diesen seltsamen Namen gehört. Und weiß der Himmel, wie er hier hinauf ans Nordkap gelangt war. Filme und Bücher jedenfalls hatten den Weg über den Rügendamm noch nicht zu uns gefunden.

Don Camillo ... Es blieb ein Rätsel.

Übrigens kam es zu einer galanten Lösung zwischen Pfarrer und Bürgermeister von Altenkirchen. Der Bürgermeister forderte nicht weniger heftig die pünktliche Abgabe für die weltliche Gemeinde, wies aber knurrend darauf hin, daß auch – wenn noch was übrigbliebe – die Spenden für den Klerus nicht vergessen werden sollten. Und mein Vater verlangte mit Nachdruck das Seine, meinte aber, daß die Dorfkasse selbstverständlich nicht leerbleiben dürfe.

Das zweite Mal begegnete ich Don Camillo in Italien, auf dem platten Lande zwischen Venedig und Padua. Ich war neunzehn Jahre alt und fuhr mit einem Freund per Rad über rappeltrockene Straßen und Wege, ausgehungert, von sengender Sonne gedörrt, südlicher Sommer ohne Adria, nur staubiges Geflimmer. Durch welche Dummheit wir unser Geld eingebüßt hatten, will ich verschweigen. Mit den letzten Lire in der Tasche erreichten wir in Campo Sampiero eine Trattoria. Mein Freund kaufte sich Pane – das war klug; ich Kaffee – das war unklug. Der italienische »Moca« ist irrsinnig stark, irrsinnig süß, und das verheerendste: es ist immer Acquavite dabei. Nichts als Hunger und Hitze im Bauch trinke ich den Sud. Ich merke, wie die Beine schlapp werden, rosa wird es vor Augen, bald rot, da öffnen sich die Perlenschnüre, und schwarz wird es, ganz schwarz, es kommt der schwarze Mann. Höre ich die Worte des Wirtes oder träume ich sie? »Lasciate ogni speranza, voi ch'entrate, Don Camillo!«

Don Camillo? Don Camillo ...

Als ich auf dem Sofa in der guten Stube des guten Wirts aufwache, sitzt ein katholischer Priester neben mir, wie er katholischer und priesterlicher nicht sein kann, sitzt neben mir, neben dem protestantischen Pfarrerssohn, und kühlt mit einem nassen kalten Lappen meine Stirn. »Läßt den dummen Jungen Schnaps trinken, du Trottel«, faucht er den Wirt an, »und was er braucht ist eine tüchtige Tracht und etwas Käse!« Zwei Tage und zwei Nächte haben wir uns im Pfarrhaus von Campo Sampiero erholt, viel Acquavite und viel Käse bekommen und eine tüchtige Tracht Freundlichkeit. Hochwürden Don Riccardo Cancogni ist in dieser Zeit von niemandem mit Don Camillo angesprochen worden, und ich habe ihn auch nicht befragt, ob er den Dorfpriester Giovannino Guareschis kennt. Beim Abschied vom Pfarrhaus haben wir jedenfalls unsere Hoffnung nicht fahrenlassen, sondern mitgenommen.

Ja, und nun die dritte, die ausschlaggebende Begegnung. Die hatte ich in meiner Wohnung am Alexanderplatz in Berlin. Schuld daran war meine Frau. Wir lasen gemeinsam Korrekturen zu der von mir herausgegebenen italienischen Anthologie »Gespräch mit der Hoffnung«, die vor einigen Jahren in der Evangelischen Verlagsanstalt erschienen ist. Besonders hübsch fand meine Frau die Guareschi-Erzählung »Julia und Romeo«.

»Sag mal, da gibt es doch noch mehr Geschichten um Don Camillo?« fragte sie.

»Ja, eine ganze Menge«, antwortete ich.

»Und einen Film mit Fernandel?«

»Drei Filme inzwischen, einer vergnüglicher als der andere.«

»Läßt sich damit nichts machen?«

»Wie denn? Ich bin kein Filmverleiher und arbeite nicht bei Progress.«

»Nein, aber Lektor und arbeitest in einem beliebten Verlag.«

»Na, beliebt! Davon merken wir nichts – die Buchhändler und Pfarrer, diese Alles- und Besserwisser, schimpfen bloß. Aber ich arbeite tatsächlich da, und trotzdem gern.«

»Vielleicht könnte dein Verlag mit Don Camillo Punkte sammeln, wenn's daran fehlt?« Meine Frau half mir hartnäckig auf die Sprünge.

Ich mußte lachen. »Punkte sammeln! Bei wem denn? Guareschi entschuldigt sich von vornherein für diese Geschichten, ehe er seine Leser auch nur eine Zeile lesen läßt. Er rechnet sogar mit Prügel ...«

»Wann war denn das? Zwei, drei Jahre nach dem Krieg und dann noch da unten im Süden, wo sowieso alles ... wo sowieso alles nicht ganz so pedantisch läuft wie bei uns hier oben. Du weißt: Temperamento und Passione – Scirocco, Donner, Blitz. Alles beieinander. Und als Finale doch die große Sehnsucht nach Harmonie und Eintracht.«

Don Camillo ... Don Camillo hier bei uns?

Ich habe mich nicht lange mit den Gedanken meiner Frau herumgequält. Die Zweifel verflogen, als ich alle Geschichten noch einmal las. Ja, auch hier oben im Norden hatten wir Krach und oft genug bitteren Streit in den Jahren der Neuordnung. Besonders in kleinen Orten, wo jeder den anderen kennt und alles auf Zuruf geschieht, verunsicherte die dekretierte Trennung von Staat und Kirche manchen frommen Kirchenchristen, manchen eifrigen Diener der weltlichen Ordnung. Nicht immer waren die Auseinandersetzungen nur amüsant. Aber nach einigen Jahrzehnten des Zusammenraufens darf man wohl sagen, daß es ein heilsamer »Lernprozeß« war, der uns da zugemutet wurde. Keine Verniedlichung ist gemeint nach Wilhelm Buschs Devise »Gehabte Schmerzen hat man gern ...« Triumphalismus und Überlegenheit sollten auf der Strecke geblieben sein. Einander ins Herz sehend, gibt es Verständnis – und damit Verständigung.

Nein, niemand darf böse sein, denn was hier erzählt wird, ist schon Geschichte geworden. Und aus der Geschichte wurden Geschichten, die uns heute beruhigen können, wenn zwei Kürbisköpfe aneinandergeraten – nicht jenseits der Alpen in der Bassa, sondern diesseits im Lande zwischen Ostsee und Thüringer Wald.

Bis zu meinem Vorhaben, Don Camillo auch in der Evangelischen Verlagsanstalt bekanntzumachen, bin ich dem aufregenden Priester dreimal begegnet. Davon konnte ich erzählen. Inzwischen habe ich ihn viel öfter getroffen, eigentlich täglich. Don Camillo hat vor Mauern nicht haltgemacht. Unsere Mauer ist geöffnet, wird zerpickt und überrannt. Don Camillo hat den kantigen Tisch zertrümmert. Wir begegnen einander am runden Tisch – und, o Wunder, endlich gelingt die Quadratur des Kreises: es bleiben bei aller Nettigkeit die Ecken erhalten, an denen wir uns stoßen dürfen. Don Camillo ist mein Bruder, Pfarrer einer Berliner Innenstadtgemeinde, oder mein Schwager, Pfarrer einer Lausitzer Landgemeinde. Don Camillo ist in allen Pfarrern, katholischen und nichtkatholischen, in allen Kirchenmusikern, Diakonen, Jugendwarten, Gemeindehelferinnen, Küstern und Sargträgern, bezahlten und unbezahlten Christenmenschen, die mehr auf ihr Herz als auf ihren Verstand hören und den Menschen neben sich, der anders denkt und anders handelt, ernst nehmen und liebhaben.

Zu jedem einzelnen von ihnen spricht Christus: »Gott erhalte dir dieses gute Herz!«

Berlin, 9. November 1989

Jörg Hildebrandt

Inhalt